VI KEELAND / PENELOPE WARD

The Story of a Love Song

Die Romane von Vi Keeland und Penelope Ward bei LYX:

Hate Notes
Park Avenue Player
The Story of a Love Song
Sleepless in Manhattan *(erscheint 25. 06. 2021)*
British Player *(erscheint 30. 09. 2021)*

Die One-More-Reihe:
One More Chance
One More Promise
One More Kiss
One More Time

Das Rush-Duett:
Rebel Soul
Rebel Heart

Außerdem von Vi Keeland:
Touchdown – Er will doch nur spielen

Außerdem von Penelope Ward (exklusiv als E-Book):
Off Limits – Wenn ich von dir träume
Hate You, Love You

Vi Keeland / Penelope Ward

The Story of a LOVE SONG

Roman

Ins Deutsche übertragen
von Anika Klüver

LYX

LYX in der Bastei Lübbe AG
Dieser Titel ist auch als E-Book und als Hörbuch erschienen.

MIX
Papier aus verantwortungsvollen Quellen
FSC
www.fsc.org
FSC® C014496

Die Originalausgabe erschien 2019 unter dem Titel »Dirty Letters«
bei Montlake Romance, Seattle.
www.apub.com

Textredaktion: Christiane Wirtz
Umschlaggestaltung: © Guter Punkt, München |
www.guter-punkt.de unter Verwendung von Motiven von
© iStock/aetb und © Plainpicture/Design Pics/LJM Photo
Satz: Greiner & Reichel, Köln
Gesetzt aus der Adobe Caslon
Druck und Verarbeitung: GGP Media GmbH, Pößneck
Printed in Germany
ISBN 978-3-7363-1444-3

3 5 7 6 4 2

Sie finden uns im Internet unter lyx-verlag.de
Bitte beachten Sie auch: luebbe.de und lesejury.de

Für alle, die unter Angstzuständen leiden.
Ihr seid nicht allein.

1. KAPITEL

Luca

Oh Mann, es geht wieder los.

Ich schob meinen Einkaufswagen vorwärts, anstatt in den Gang abzubiegen, in den ich ursprünglich hatte gehen wollen. Aber nach ein oder zwei Schritten konnte ich einfach nicht mehr anders. Ich wich weit genug zurück, um mich hinter den Waren am Kopfende des Regals zu verstecken, und reckte den Kopf vor, um die Situation zu beobachten.

Eine Frau mit krausem, total unnatürlich rotem Haar stellte ein Deodorant zurück ins Regal und nahm sich ein neues. Sie zog die Kappe von dem Stick und roch daran. Dann hob sie eine Seite ihres Oberteils hoch und schmierte sich das Deodorant unter ihre Achsel, um danach zur anderen Seite zu wechseln. Sie schraubte die Kappe wieder auf den Stick, studierte das Angebot im Regal eine Weile lang und griff dann nach einer anderen Marke. Wieder zog sie die Kappe ab, roch daran und schmierte sich etwas unter die Achseln. Ich beobachtete sie und war vollkommen fasziniert davon, wie systematisch sie vorging, während sie sechs verschiedene Deodorants ausprobierte, bis schließlich ein Mitarbeiter des Ladens bemerkte, was sie tat. Als sie beide einander anbrüllten und den Gang hinuntergingen, nahm ich das als mein Stichwort, meine Einkaufstour zu Ende zu bringen.

Vor ein paar Monaten hatte ich beobachtet, wie ein Mann

ein Dutzend Grillhähnchen *probiert* hatte. Er hatte die Plastikabdeckung von jedem einzelnen entfernt, ein Bein abgerissen, einen großen Bissen genommen, das Bein dann wieder in den entstandenen Hohlraum im Hähnchen gestopft und die Plastikabdeckung darüber geschlossen. Als ich dem Geschäftsführer davon berichtet hatte, hatte er geseufzt und einem Angestellten zugerufen, dass er Mr Hammond holen solle. Wenn man seine Lebensmitteleinkäufe um zwei Uhr morgens in einem rund um die Uhr geöffneten Supermarkt erledigte, begegnete man einer einzigartigen Sorte von Menschen.

Ich füge mich da gut ein.

»Wie geht es Ihnen heute, Luca?«, fragte Doris, die Kassiererin, als ich meine Einkäufe aufs Kassenband legte. Sie arbeitete schon in diesem Supermarkt, als ich vor etwa fünf Jahren anfing, hier einzukaufen – sie war eine wirklich nette Frau. Ich wusste, dass sie neun Enkel hatte und der zehnte unterwegs war. Tagsüber passte sie auf ein paar von ihnen auf, weswegen sie hier im Supermarkt die Nachtschicht übernahm. Doris war auch eine der wenigen Personen, denen ich je den wahren Grund dafür verraten hatte, warum ich mitten in der Nacht knappe fünfundsechzig Kilometer von meinem Wohnort entfernt einkaufte.

»Es geht mir gut.« Sie scannte eine Packung Lakritz gefolgt von zwei Packungen Chips und zwei Schachteln mit abgepackten Brownies. Das waren nicht meine üblichen Artikel, also erklärte ich: »Ich kaufe Vorräte für eine längere Autofahrt, ich bin nicht schwanger.«

Doris zog die Augenbrauen hoch. »Eine Autofahrt? Das muss ein besonderer Anlass sein, wenn Sie sich für längere Zeit in ein kleines Auto einsperren.«

»Ich muss die Wohnung meines Vaters in Manhattan ausräumen.«

»Er ist letztes Jahr gestorben, richtig?«

Ich nickte. »Ich habe es lange vor mir hergeschoben. Ich würde lieber Waterboarding über mich ergehen lassen, als einen Fuß auf eine winzige Insel mit achteinhalb Millionen Einwohnern zu setzen. Ganz zu schweigen davon, stundenlang in einem Auto festzusitzen und auf dem Weg dorthin in zahlreichen Staus zu stehen – das ist die reinste Folter.«

Doris runzelte die Stirn. »Können Sie nicht jemanden engagieren, der das für Sie erledigt?«

Ich *hatte* jemanden engagiert. Dann sorgten jedoch meine eigenen Schuldgefühle und mein Therapeut Dr. Maxwell dafür, dass ich mich dafür entschied, mich selbst darum zu kümmern. Aber irgendwann führte der Stress, den die Gedanken an all diese Menschen in New York City in mir auslösten, bei mir zu Schlafproblemen, und ich beauftragte die Firma erneut. Dann stornierte ich den Auftrag. *Schon wieder.* Dann beauftragte ich eine andere Firma, weil es mir zu peinlich war, dieselbe Firma noch ein drittes Mal anzuheuern. Und wieder stornierte ich. *Ein ewiger Kreislauf.* Bis ich keine Zeit mehr hatte und, tja, jetzt musste es eben morgen passieren.

»Das ist einfach eine Sache, die ich selbst erledigen muss.«

Doris wirkte aufrichtig besorgt. »Werden Sie denn zurechtkommen? Ich bin eine gute Beifahrerin, falls Sie eine Freundin brauchen, die Sie begleitet.«

Ich lächelte. »Danke, Doris. Das ist wirklich großzügig von Ihnen. Aber ich habe bereits jemanden, der mich begleitet. Wir brechen morgen Abend auf, um dem schlimmsten Verkehr aus dem Weg zu gehen.«

Doris scannte meine letzten Artikel, und ich zog meine Kreditkarte durch das Lesegerät. Bevor ich ging, griff ich in meinen Einkaufswagen und nahm eine Tüte mit Kirschen sowie eine Packung Kekse mit Zartbitterschokolade heraus. Ich legte beides ans Ende ihrer Kasse, so wie immer.

»Die Kirschen sind für Ihre Enkel. Verstecken Sie die Kekse vor den kleinen Monstern.«

Sie dankte mir. »Ich wünsche Ihnen eine sichere Reise, Schätzchen. Ich bin gespannt, wie es laufen wird.«

Ja, ich auch. Das würde wirklich ein verdammt interessanter Trip werden.

»Du könntest dich besser darauf konzentrieren, dich zu entspannen, wenn ich mein Auto fahren würde. Vielleicht solltest du dir ein paar dieser Atemübungen anhören, die ich dir gegeben habe.«

Ich warf einen Blick auf Dr. Maxwells verbeulten Cadillac, der in meiner Einfahrt stand. Der Mann sollte gar nicht mehr Auto fahren. Tatsächlich war er ein perfektes Beispiel dafür, warum Leute ab einem gewissen Alter eine erneute Führerscheinprüfung ablegen sollten, um weiterhin am Straßenverkehr teilnehmen zu dürfen. *Entspannung* wäre das Letzte, wozu ich in der Lage wäre, wenn er am Steuer säße. Außerdem wusste er, dass ich so viel Kontrolle haben musste wie nur irgend möglich.

Ich ließ den Wagen an, und mein Fliege tragender Beifahrer hob ein Fernglas an seine Augen und starrte aus dem Fenster. Ich brauchte einen neuen Therapeuten, denn wie konnte ich nur denken, dass es eine gute Idee war, diese Reise zusammen mit meinem aktuellen Therapeuten anzutreten?

»Bist du bereit, Doc?«

Er nickte und ließ das Fernglas sinken. »Ich war noch nie im Big Apple. Ich kann es kaum erwarten zu sehen, welchen Vögeln wir dort begegnen werden.«

Ich schüttelte den Kopf. »Tauben, Doc. Ratten mit Flügeln. Denen werden wir begegnen.«

Wir brachen zu unserer siebenstündigen Fahrt von Vermont nach Manhattan auf. Die ersten paar Stunden verliefen ereignislos, bis wir in einen Stau gerieten. Ich fing an zu schwitzen – buchstäblich –, und meine Fingerspitzen kribbelten. *Oh nein. Nicht während ich fahre.*

Die Angst vor dem drohenden Panikanfall war beinahe genauso schlimm wie der eigentliche Anfall. Mein Herz raste, und mir wurde schwindelig. Manchmal musste ich mich während eines besonders heftigen Anfalls übergeben, und ich wollte ganz sicher *nicht*, dass das passierte, während ich in einem fahrenden Auto saß.

Ohne lange nachzudenken, nahm ich die nächste Ausfahrt, um dem beengenden Gefühl zu entkommen, zwischen unbeweglichen Autos gefangen zu sein. Das Bremsen riss Dr. Maxwell aus seinem Nickerchen. Er wachte auf und umklammerte sofort den Haltegriff über seiner Tür.

»Was ist passiert? Was ist los?«

»Nichts. Wir sind nur in einen Stau geraten. Mein Herz fing an zu rasen, und ich musste die Ausfahrt nehmen.«

Nur der Doc würde angesichts dessen, was ich gerade gesagt hatte, erleichtert wirken. Er ließ den Haltegriff los und sprach mit beruhigender Stimme. »Entspann deinen Griff am Lenkrad, Luca.«

Ich schaute auf meine Hände. Die Knöchel waren weiß, und die Finger drumherum knallrot. Ich tat, was er verlangte. Ich mochte dem verrückten Doc nicht zutrauen, ein Auto zu fahren, aber er wusste, wie er mich von meinen Panikanfällen ablenkte.

Ich nickte und sagte: »Ich habe es mit einer Atemtechnik versucht, aber das hat offensichtlich nicht funktioniert.«

»Erzähl mir, was du jetzt gerade machst.«

Ich schaute kurz zu ihm und dann wieder auf die Straße, während ich auf der Nebenstraße weiterfuhr. »Was ich mache? Ich fahre.«

»Nein. Erzähl mir, wozu du in der Lage warst, als sich der Panikanfall ankündigte.«

»Ich nahm die Ausfahrt?« Ich war mir nicht sicher, worauf er hinauswollte.

»Das ist richtig. Du hast das Auto von einer Straße auf eine andere Straße gesteuert, auf der du dich sicherer fühltest. Das kannst du tun. Und außerdem kannst du jederzeit anhalten und aussteigen, wenn dir danach zumute ist.«

Ich nickte. Natürlich hatte er recht. Aber er sprach nicht einfach nur das Offensichtliche aus. Er rief mir ins Gedächtnis, dass *ich* diejenige war, die die Kontrolle über die Situation hatte und diese Kontrolle auch ausgeübt hatte, als ich das Gefühl bekam, das tun zu müssen. Der größte Teil meiner Angststörung bestand in der überwältigenden Angst, gefangen zu sein. Deswegen mied ich Menschenmassen, Verkehr, öffentliche Verkehrsmittel oder kleine Räume. Ich war jedoch trotzdem in der Lage, zu Fuß in einer geschäftigen Stadt herumzulaufen. Wenn ich die Kontrolle darüber hatte, mich aus einer Situation zu entfernen, half mir das dabei, meine Angst im Griff zu behalten.

»Hol tief Luft, Luca.«

Ich atmete durch die Nase ein und durch den Mund wieder aus. Ein Schauer lief über meine Haut, und das beruhigte mich tatsächlich ein wenig. Mein Körper wurde schwitzig, wann immer ich einen Panikanfall bekam. Oft bedeckte dann ein Schweißfilm mein ganzes Gesicht, weil meine Körpertemperatur anstieg. Ein Schauer bedeutete, dass sich mein Körper wieder abkühlte.

»Erzähl mir von der Verabredung, die du am Samstagabend hattest.«

Mir war klar, dass er versuchte, mich abzulenken und meinen Verstand auf etwas anderes als den drohenden Panikanfall zu richten, aber das war für mich in Ordnung. »Er brachte … *seine Mutter* mit.«

Der Doc zog die Augenbrauen zusammen. »Seine Mutter?«

»Ja. Zu einem Picknick, das ich vorbereitet hatte.« Für gewöhnlich wählte ich für eine erste Verabredung ein Picknick am Mittag im Park, egal wie das Wetter war. Das ermöglichte es mir, überfüllte Restaurants zu meiden und die Situation trotzdem locker zu halten. Also wählte ich entweder das oder mein Zuhause. Doch der letzte Kerl, den ich zum Abendessen zu mir nach Hause eingeladen hatte, ging davon aus, dass ich ihm damit auch Sex gleich bei der ersten Verabredung angeboten hätte.

»Warum in aller Welt sollte er seine Mutter mitbringen?«

Ich zuckte mit den Schultern. »Er sagte, er habe ihr gegenüber unsere Pläne erwähnt, und sie meinte daraufhin, sie sei noch nie in diesem Park gewesen.«

Das hatte ich davon, dass ich Männern gegenüber ehrlich war und ihnen vor unserer ersten Begegnung von meinen Problemen erzählte – ich bekam immer die *Spinner* ab. Aber es war nicht fair, die Tatsache zu verbergen, dass ich nicht mit ihnen ausgehen konnte wie eine normale fünfundzwanzigjährige Frau. Es war nicht weiter schockierend, dass Männer dazu neigten, recht schnell zu verschwinden, wenn man ihnen von sich erzählte und dabei Wörter wie »agoraphob« und »Angstzustände« benutzte. Was wiederum bedeutete, dass diejenigen, die für Verabredungen übrig blieben, nicht besonders brauchbar waren.

Als mir klar wurde, dass mich unsere Unterhaltung abgelenkt und mir dabei geholfen hatte, den drohenden Panikanfall abzuwehren, sagte ich: »Danke übrigens. Ich fühle mich schon sehr viel besser. Ich werde mal auf diesem leeren Parkplatz da vorne anhalten, aussteigen und mich ein wenig strecken.«

Der Doc lächelte, weil er wusste, dass Yoga eine meiner Methoden war, um mich zu beruhigen. »Braves Mädchen.«

Der Rest der Reise verlief beinahe friedlich – abgesehen von ein paar zusätzlichen Umwegen und der Tatsache, dass der Doc mit seiner *Freundin* telefonierte und die Lautstärke des Handys dabei so stark eingestellt hatte, dass ich hören konnte, wie sie ihn daran erinnerte, sein Viagrarezept einzulösen. Ich hatte die Fahrtzeit so berechnet, dass wir Manhattan mitten in der Nacht erreichen würden, damit ich dem Verkehr so gut wie möglich aus dem Weg gehen konnte. Und wir hatten das Glück, einen Parkplatz an der Straße zu erwischen, da eine Tiefgarage für mich nicht infrage kam. Mein Therapeut hatte für sich ein Hotel gebucht, das nur einen halben Block von der Wohnung meines Vaters entfernt lag.

»Doc. Wach auf. Wir sind da.«

Er öffnete verwirrt die Augen, und ich fühlte mich schlecht, weil ich seinen Schlaf stören musste.

»Was? Hm? Oh. Okay. Wir sind da. Ja. Okay.«

Ich begleitete ihn zu seinem Hotel und wartete draußen, um sicherzugehen, dass er problemlos einchecken konnte.

»Danke noch mal, dass du mit mir hergefahren bist, Doc. Ruf mich an, falls du morgen früh Lust auf Frühstück hast. Ich weiß, dass es schon spät ist, also falls nicht, dann sehen wir uns vielleicht zum Mittagessen.«

Der Doc tätschelte meine Schulter. »Ruf mich an, wenn du mich brauchst. Jederzeit, Luca. Und du hast das heute gut gemacht. Wirklich gut. Ich bin stolz auf dich.«

Ich wusste, dass er es ehrlich meinte.

Auch wenn ich während der letzten paar Stunden der Fahrt müde gewesen war, war ich plötzlich hellwach, als ich das Zuhause meines Dads betrat. Bei meinem Vater in der Wohnung zu sein, ohne dass er da war, war ein absolut seltsames Gefühl.

Er war nun schon seit einem Jahr tot – allerdings würde man das nicht vermuten, wenn man sich hier umschaute. Mrs Cascio, Dads Nachbarin, hatte alle paar Tage nach dem Rechten gesehen, die Post reingeholt und regelmäßig die Spinnweben beseitigt.

Ich ging umher und öffnete alle Fenster, weil mir frische Luft immer dabei half, mich weniger gefangen zu fühlen. Dads Bücherregale wurden immer noch von gerahmten Fotos gesäumt, von denen seit Moms Tod vor fünf Jahren kein einziges aktualisiert worden war. Ich hob einen kleinen silbernen Doppelrahmen hoch. Auf der linken Seite befand sich ein Foto von mir in meiner Pfadfinderinnenuniform. Die rechte zeigte eins, auf dem ich auf dem Schoß meines Vaters saß, während ich mich vorbeugte und die Kerzen auf einem Geburtstagskuchen auspustete. Ich muss sechs Jahre alt gewesen sein. Ein großer Elfenbeinrahmen präsentierte das Hochzeitsfoto meiner Eltern. Ich fuhr mit einem Finger an Moms Schleier entlang. Alle sagten mir ständig, dass ich wie sie aussehe, aber als Kind und Jugendliche konnte ich keinerlei Ähnlichkeit feststellen. Nun jedoch war ich ihr Ebenbild. Ich konnte nur schwer glauben, dass sie nun beide nicht mehr da waren.

Auf dem kleinen Esstisch lag ein Stapel Post. Ich hatte veranlasst, dass Dads Post an meine Adresse weitergeleitet wurde, also handelte es sich größtenteils um Kataloge und Werbung. Einmal im Monat hatte mir Mrs Cascio alles zugeschickt, auch wenn ich ihr mitgeteilt hatte, dass das nicht nötig sei.

Gedankenverloren ging ich den Stapel durch und rechnete nicht damit, etwas Wichtiges zu finden. Aber ich hielt inne, als ich einen Umschlag entdeckte, der an mich adressiert war – nun ja, nicht an mich, sondern an Luca Ryan. Das war ein Name, den ich schon sehr lange nicht mehr gehört hatte. In der zweiten Klasse rief meine Lehrerin, Mrs Ryan, ein Brieffreundschaftsprojekt mit einer kleinen Stadt in England ins Leben. Aus Sicherheitsgründen durften wir nicht unsere echten Nachnamen angeben, also benutzte die gesamte Klasse ihren Nachnamen – daher war ich Luca Ryan.

Ich warf einen Blick auf den Absender, um herauszufinden, wer den Brief geschickt hatte.

G. Quinn.

Wow, ernsthaft? Das konnte nicht sein.

Ich betrachtete den Poststempel. Er stammte von einem Postfach in Kalifornien, nicht aus England, aber ich kannte keinen anderen Quinn als Griffin. Und die Handschrift kam mir ziemlich bekannt vor. Doch unser letzter Briefaustausch war fast acht Jahre her. Warum sollte er mir jetzt schreiben?

Neugierig riss ich den Umschlag auf und suchte am unteren Ende des Briefs nach dem Namen. Er stammte definitiv von Griffin. Ich fing oben an zu lesen.

Liebe Luca,
magst du Scotch? Ich erinnere mich daran, dass du sagtest, dass du den Geschmack von Bier nicht mögen würdest. Aber wir sind nie dazu gekommen, unsere Vorlieben für harten Alkohol zu vergleichen. Vielleicht fragst du dich jetzt, warum das so ist. Ich werde dir auf die Sprünge helfen: Weil du vor acht verdammten Jahren einfach aufgehört hast, meine Briefe zu beantworten.
Ich wollte dich wissen lassen, dass ich deswegen immer noch sauer bin. Meine Mum sagte immer, dass ich dazu neige, nachtragend zu sein. Aber ich sehe es lieber so, dass ich mich an die Tatsachen erinnere. Und Tatsache ist: Du bist scheiße. So, jetzt ist es raus. Ich habe diesen Mist sehr lange für mich behalten. Versteh mich nicht falsch, ich bin nicht besessen oder so was. Ich sitze nicht zu Hause und denke den ganzen Tag lang über dich

nach. Tatsächlich sind hin und wieder ganze Monate vergangen, in denen du mir nicht ein einziges Mal in den Sinn gekommen bist. Aber dann huscht plötzlich wie aus dem Nichts ein willkürlicher Gedanke durch meinen Kopf. Zum Beispiel sehe ich ein Kind in einem Kinderwagen, das Lakritz isst, und muss an dich denken.

Randbemerkung: Ich habe es als Erwachsener noch mal probiert und finde immer noch, dass es wie Schuhsohle schmeckt, also vielleicht hast du einfach keinen Geschmack. Vermutlich magst du nicht mal Scotch.

Wie dem auch sei, ich bin mir sicher, dass dich dieser Brief nicht erreichen wird. Und falls er durch irgendein Wunder doch bei dir landet, wirst du nicht antworten. Aber falls du das hier liest, solltest du zwei Dinge wissen.

1. Der Macallan von 1926 ist den höheren Preis absolut wert. Er geht runter wie Öl.

2. Du bist scheiße.

Bis dann, Verräterin

Griffin

Was zum Teufel soll das denn jetzt?

2. KAPITEL

Luca

Du bist scheiße.

Du bist scheiße.

Du bist scheiße.

Seit ich diesen Brief geöffnet hatte, konnte ich mich auf nichts anderes mehr konzentrieren.

Während ich die Sachen meines Vaters zusammenpackte, beherrschten die Gedanken an einen Jungen – nun ja, mittlerweile war er wohl ein Mann –, der mir einst sehr wichtig gewesen war, meinen Kopf.

Eine Textnachricht von Doc unterbrach meine geistige Reise in die Vergangenheit.

Doc: Ich hätte schwören können, dass ich im Central Park gerade eine Meise gesehen habe.

Eine Meise?

Luca: Was?

Doc: Eine Blaumeise.

Luca: Ah. Vogelbeobachtungen. Ich hätte es wissen sollen.

Doc: Blaumeisen kommen in Amerika gar nicht vor, also kann es keine gewesen sein. Aber wenn es keine Meise war, was war es dann? Das letzte Mal habe ich eine in England gesehen!

Die Tatsache, dass er England erwähnte, war seltsam – beinahe wie ein Zeichen des Universums, wenn man den Brief von Griffin bedachte – obwohl der Brief technisch gesehen aus Kalifornien kam. Ich musste wirklich mal tief durchatmen und mit dem Doc darüber reden. Ich hatte Griffin ihm gegenüber noch nie zuvor erwähnt.

Luca: Ich muss mit dir über etwas reden. Kannst du zu mir kommen?

Doc: Ich denke, dass es dir guttun würde, dich mal nach draußen zu wagen.

Ich seufzte, wusste aber, dass er recht hatte. Ich musste jedoch erst sichergehen, dass er sich nicht an einem überfüllten Ort befand.

Luca: Ist im Park gerade viel los?

Doc: Nein. Zumindest nicht da, wo ich sitze.

Luca: Okay. Wo genau kann ich dich finden?

Als ich die Statue des Falkners im Central Park erreichte, saß der Doc auf einer Bank und war von Tauben umgeben. Er hatte sein Fernglas gen Himmel gerichtet, und als er es auf Augenhöhe absenkte, zuckte er zusammen, weil er sich erschreckte.

»Tja, sieht so aus, als hättest du dein Seelentier gefunden«, neckte ich ihn. »Ich schätze, es hat sich herumgesprochen, dass der größte Vogelliebhaber, der New York City je besucht hat, in der Stadt ist.«

»Schön wär's. Aber das war das Brot. Es braucht nicht viel, um ihre Aufmerksamkeit zu erlangen. Das Problem ist, dass sie es nicht verstehen, wenn man keins mehr hat. Ehe man sich versieht, befindet man sich in einem Alfred-Hitchcock-Film.«

Er wandte sich mir zu und studierte meinen Gesichtsausdruck. »Was ist los, Luca? Du wirkst ein wenig nervös. Hast du Probleme damit, draußen zu sein?«

»Nein, das ist es nicht.«

»Stresst dich das Packen? Brauchst du meine Hilfe?«

»Nein. Eigentlich bin ich in dieser Hinsicht ziemlich produktiv gewesen.« Vorsichtig hob ich den Deckel von dem Kaffeebecher, den ich gerade an einem Stand an der Ecke gekauft hatte, und pustete auf den heißen Inhalt. »Aber es ist noch etwas anderes passiert.«

»Oh?«

Ich trank einen Schluck und nickte. »Ich habe überraschend einen Brief von einem alten Brieffreund erhalten. Sein Name ist Griffin. Der Brief lag in einem Stapel Post, die normalerweise zu mir nach Vermont geschickt wird.«

»Und warum hat dich der Brief so aus der Fassung gebracht?«

»Ich habe das erste Mal seit vielen Jahren wieder etwas von ihm gehört, und der Brief war … ein wenig aggressiv … vorwurfsvoll. Im Grunde genommen hat er mir mitgeteilt, dass ich scheiße bin. Das tat weh, weil … er in gewisser Weise recht hat. Ich habe ihm nie richtig erklärt, warum ich vor acht Jahren aufhörte, seine Briefe zu beantworten.«

Der Doc schloss kurz verständnisvoll die Augen und schien genau zu wissen, worauf ich hinauswollte. »Vor acht Jahren … das Feuer.«

Ich nickte einfach nur.

Vor acht Jahren änderte sich mein ganzes Leben.

Mit siebzehn war ich eine völlig normale Teenagerin. Freitags abends schaute ich meinem Freund, der der Kapitän der Footballmannschaft war, von der Tribüne aus zu, wie er Touchdown-Pässe warf. Ich ging mit meinen Freunden ins Einkaufszentrum und besuchte Konzerte. Damals hätte ich noch nicht einmal sagen können, was Agoraphobie überhaupt war. Ich hatte vor nichts auf der Welt Angst.

Mein Leben, wie ich es kannte, endete am vierten Juli während meines letzten Schuljahrs. Es sollte ein traumhafter Sommer werden, doch stattdessen wurde es mein schlimmster Albtraum.

Meine beste Freundin Isabella und ich waren in New Jersey auf einem Konzert unserer Lieblingsband, den Steel Brothers, als ein in der Nähe gezündeter Feuerwerkskörper auf dem Dach der Konzerthalle landete und ein Feuer auslöste, das das gesamte Gebäude verschlang. Über hundert Menschen starben, darunter auch Isabella. Ich kam nur deswegen mit dem Leben davon, weil ich zufällig Schlange stand bei den Getränkeständen, die sich im unteren Stockwerk und damit weit genug von dem Ausgangspunkt des Brandes entfernt befanden.

»Tja, du weißt ja, wie lange ich mich mit dem Gefühl gequält habe, dass ich es nicht verdiente zu leben, wenn Izzy sterben musste«, sagte ich. »Wenn sie diejenige gewesen wäre, die uns die Getränke geholt hätte, dann wäre sie noch am Leben. Damals war mein geistiger Zustand für eine Weile so schlecht, dass ich mir nichts von dem gestattete, was mich glücklich machte. Darunter fiel auch der Briefwechsel mit Griffin. Er lebte in England, und wir hatten einander seit der zweiten Klasse geschrieben – ein Jahrzehnt lang. Im Laufe der Jahre waren wir mehr als nur Brieffreunde geworden. Wir waren wirklich enge Vertraute. Als das Unglück geschah … hörte ich einfach auf, ihm zu schreiben, Doc. Ich verlor mich in meiner eigenen Welt und antwortete ihm nicht mehr. Ich ließ unsere Freundschaft zusammen mit allen anderen Teilen von mir sterben, die sich für mich tot anfühlten.«

Bald darauf fing ich auch an, überfüllte Orte zu meiden, und im Laufe der Jahre verschlimmerten sich meine Ängste. Nun war ich fünfundzwanzig und hatte eine lange Liste an Phobien. Das einzig Gute daran, eine antisoziale Einsiedlerin zu sein, war die Tatsache, dass mir diese Existenz endlose Stunden der Einsamkeit verschaffte, in denen ich schreiben konnte. Mein allererster selbst verlegter Roman war vor ein paar Jahren ein Überraschungserfolg geworden, und bevor ich wusste, wie mir geschah, hatte ich unter dem Pseudonym Ryan Griffin drei Thriller geschrieben, die allesamt Bestseller wurden, und einen Vertrag mit einem großen Verlag in der Tasche.

»Sagtest du, sein Name sei Griffin? Ist das nicht dein …?«

»Ja. Ryan war der Nachname, den ich in meinen Briefen an ihn benutzte – es war der Nachname meiner Lehrerin. Und Griffin kommt von *diesem* Griffin.«

Er wirkte fasziniert. »Das ist so interessant, Luca.« Es war schon lange her, dass ich dem Doc neues Material zum Analysieren gegeben hatte.

Als sich meine Bücher damals plötzlich so gut verkauften, wurde mir klar, dass ich nicht nur meine Karriere, sondern auch mein Leben in den Griff bekommen wollte. Zu diesem Zeitpunkt fand ich Dr. Maxwell, der schon halb im Ruhestand war und als einziger Seelenklempner in Vermont Hausbesuche bei Agoraphobikern machte. Was ich damals noch nicht wusste, war, dass der Doc sogar noch seltsamer war als ich – was natürlich bedeutete, dass er irgendwann mein neuer bester Freund wurde. Wir führten eine total seltsame Patient-Arzt-Beziehung, das war mir bewusst, aber für uns funktionierte es. Und der Umstand, dass mein von Bäumen gesäumtes Grundstück ein Paradies für Vögel war, erwies sich als recht hilfreich.

»Wann hat Griffin dir vor diesem Mal denn zuletzt geschrieben?«, fragte er.

»In dem ersten Jahr nachdem ich aufgehört hatte, auf seine Briefe zu antworten, schrieb er mir noch ein paarmal. Dann gab er schließlich auf, weil er wohl nicht mehr damit rechnete, noch mal einen Brief von mir zu erhalten. Ich war damals einfach nur wie betäubt. Und als mir schließlich klar wurde, was ich getan hatte – dass ich eins der wertvollsten Dinge in meinem Leben sabotiert hatte –, schämte ich mich zu sehr, um den Kontakt wieder aufzunehmen.« Ich seufzte und gestand die schmerzhafte Wahrheit ein. »In vielerlei Hinsicht bestrafte ich mich mit dem Verlust von Griffin dafür, dass ich das Feuer überlebt hatte.«

Er starrte eine Weile lang ins Leere, um das alles zu verarbeiten. »Tja, dein Pseudonym ist zweifellos ein Beweis dafür, dass du in irgendeiner Weise immer noch an Griffin hängst.«

»Absolut. Ich habe ihn niemals vergessen. Ich hätte nur nie gedacht, dass ich noch mal von ihm hören würde. Ich bin schockiert. Aber ich kann ihm seine Verärgerung nicht mal vorwerfen. In seinen Augen habe ich es verdient. Er weiß nicht, was wirklich passiert ist.«

»Was sollte dich davon abhalten, es ihm jetzt zu erklären? Ihm zurückzuschreiben wäre sicher von therapeutischem Nutzen und lange überfällig.«

»Er hasst mich, Doc.«

»Er *hasst* dich nicht. Wenn das so wäre, hätte er dir nach all den Jahren nicht geschrieben. Du beschäftigst ihn eindeutig immer noch. Er mag wütend sein. Aber normalerweise lässt man sich von seiner Wut nicht so sehr beeinflussen, wenn einem die andere Person nicht trotzdem auch noch wichtig ist.«

Ich wusste, dass ich Griffin einst wichtig gewesen war. Mir hatte er auch sehr viel bedeutet. Unseren Kontakt abzubrechen war eine der Entscheidungen, die ich in meinem Leben am meisten bereute. Tja, abgesehen davon, dass ich auf dem Konzert losgegangen war, um Getränke zu holen.

Als ich mir ein paar Erinnerungen an Griffin ins Gedächtnis rief, musste ich unwillkürlich lächeln.

»Er war so witzig. Ich hatte immer das Gefühl, dass ich ihm alles erzählen konnte. Doch das Seltsame ist, dass wir zwar eigentlich nichts über die wahre Identität des anderen wussten, er mein wahres Ich zu diesem Zeitpunkt aber vermutlich besser kannte als jeder andere. Tja, er kannte die Person, die ich damals *war*.«

»Diese Person bist du immer noch, Luca. Nur ein wenig …« Er zögerte.

»Spezieller?«

»Nein.«

»Verrückter?«

»Ich wollte verletzlicher sagen.«

Der Doc richtete seine Aufmerksamkeit auf einen Vogel, der auf der Bank uns gegenüber gelandet war. Sofort hob er das Fernglas an seine Augen.

»Ein Rotkardinal!« Er wandte sich mir zu. »Weißt du, was man über Kardinäle sagt?«

»Was?«

»Dass sie Boten unserer Lieben sind, die von uns gegangen sind. Vielleicht möchtest du darüber nachdenken, was dir unser kleiner roter Freund in genau diesem Moment mitzuteilen versucht, Luca.«

Wir blieben fünf Tage lang in New York. Dann fuhren wir nach Vermont zurück.

Nach so langer Abwesenheit war es eine große Erleichterung für mich, in mein geliebtes Haus – meinen sicheren Hafen – zurückzukehren.

Ich hatte mein Hausschwein, Hortencia, bei einem ortsansässigen Bauern abgeholt, der sich bereit erklärt hatte, auf sie aufzupassen. Wie kommt eine Frau, die sich nur zu Hause aufhält, an ein Hausschwein? Tja, vor ein paar Jahren brach auf einer Farm am Ende der Straße, in der ich wohnte, ein Feuer aus. Als ich hörte, dass ein paar der Tiere gestorben waren, löste das natürlich etwas in mir aus. Der Doc war der Meinung, dass ich mir den Ort, an dem das Feuer gewütet hatte, aus der Nähe ansehen solle, weil es sich um eine gute Konfrontationsübung handeln würde. Als ich dort ankam, erfuhr ich, dass nicht alle Tiere ums Leben gekommen waren. Ein paar waren noch dort und in einer Übergangsscheune untergebracht. Als ich meinem Schwein in die Augen schaute, sah ich im Grunde genommen mich selbst: ein trauriges, einsames Wesen. Vermutlich hatte auch sie ihre beste Freundin verloren. Also tat ich das, was jede Person getan hätte, die ihre Seelenverwandte gefunden hatte: Ich nahm sie mit nach Hause. Seitdem war sie für mich fast wie ein Kind, und ich verwöhnte sie viel zu sehr. Da ich nicht vorhatte, Kinder zu bekommen, dachte ich mir, dass ich sie ebenso gut wie eins behandeln könnte.

Während ich versuchte, mich zu Hause wieder in meine tägliche Routine einzufinden, ließ mich Griffins Brief einfach nicht los.

Du bist scheiße.

Du bist scheiße.

Du bist scheiße.

Er hatte noch nie ein Blatt vor den Mund genommen, aber nach all dieser Zeit … war das heftig.

Es fühlte sich so an, als sollte ich deswegen weinen müssen, aber tatsächlich konnte ich nicht mehr weinen. Der Doc und ich scherzten oft über die Tatsache, dass ich unfähig war, Tränen zu vergießen. Er hatte mich dazu gedrängt zu weinen, alles rauszulassen, aber es war mir nie gelungen – nicht seit dem Unglück. Nicht mal, als mein Vater starb.

Ich wagte mich nach unten in meinen Keller und machte mich auf die Suche nach der Plastikkiste, in der ich Griffins alte Briefe verstaut hatte – ich hatte sie alle aufbewahrt.

Vielleicht konnte ich irgendwie wieder einen Zugang zu ihm finden, indem ich einen oder zwei erneut las, und dann besser entscheiden, ob ich ihm zurückschreiben sollte oder nicht. Wenn ich auf seinen aggressiven Brief reagierte, könnte ich damit in ein gewaltiges Wespennest stechen. Vielleicht war es besser, keine schlafenden Hunde zu wecken. Auf diese Weise würden meine Erinnerungen an ihn größtenteils positiv bleiben. Andererseits könnte mir eine Antwort auch einen dringend benötigten Abschluss bringen, selbst wenn er mir nie wieder zurückschreiben würde.

Ich öffnete den Behälter und schloss die Augen, während ich einen Brief auswählte. Ich wollte das Schicksal nicht manipulieren, indem ich einen bestimmten Brief heraussuchte, um ihn zu lesen. Ich ließ den Zufall entscheiden.

Als ich das Datum sah, wurde mir klar, dass es einer der älteren war. Damals mussten wir ungefähr zehn Jahre alt gewesen sein.

Liebe Luca,
wie geht es dir?
Ich bin traurig, weil mir meine Mum und mein Dad mitgeteilt haben, dass sie sich scheiden lassen werden. Sie sagten, dass es nicht meine Schuld sei. Wie ist deine Tanzaufführung gelaufen? Hast du danach Blumen bekommen, so wie du es wolltest? Ich würde dir welche schicken, wenn ich Geld hätte. Dinge nach Amerika zu schicken, kostet eine Menge.
Ich habe ein Lied für dich geschrieben. Es fängt so an:

Luca. Luca. Luca.
I want to buy you a bazooka.

Ich bin noch nicht fertig. Ich suche noch nach weiteren Worten, die sich auf Luca reimen.

Bis dann
Griff

Ich presste den Brief an meine Brust und dachte an das Bild, das ich von ihm in meinem Kopf hatte. Irgendwo in der Kiste befand sich das eine Foto, das er mir je von sich geschickt hatte. Als wir ungefähr zwölf waren, verstießen wir gegen die inoffiziellen »Regeln« und tauschten schließlich Fotos aus. Ich hatte mich für eins entschieden, auf dem ich für einen Tanzwettbewerb angezogen war. Ich hatte Schminke im Gesicht und trug Stepptanzschuhe. Er hatte mir ein Foto von sich vor irgendeinem Gebäude in London geschickt. In jenem Alter fing ich langsam an, mich für Jungs zu interessieren. Ich war definitiv überrascht, als ich feststellte, dass Griffin mit seinen großen braunen Augen und seinem dunklen Haar ziemlich süß war.

Ich würde niemals vergessen, was er mir geschrieben hatte, nachdem er mein Foto erhalten hatte.

Dreh diesen Brief um, denn auf der Rückseite findest du meine Reaktion auf dein Foto.

Und als ich ihn dann umdrehte, stand dort:

Wow, Luca. Du bist wirklich hübsch!

Vermutlich war ich noch nie in meinem ganzen Leben so heftig errötet. In diesem Augenblick wurde mir klar, dass meine Gefühle für Griffin vielleicht mehr als nur platonisch waren. Natürlich behielt ich diesen Gedanken tief in meinem Inneren verborgen, denn angesichts der Entfernung zwischen uns war klar, dass sich nie mehr daraus entwickeln konnte. Keiner von uns hatte genug Geld, um in ein Flugzeug zu steigen und den anderen zu besuchen. Die Entfernung machte es für uns jedoch leichter, dem anderen gegenüber völlig offen zu sein.

Ich erinnerte mich an die Worte dieser süßen, jungen Version von Griffin und verglich sie mit den harten Vorwürfen, die ich vor einer Woche erhalten hatte. Der Unterschied war für mich schwer zu schlucken. Und ich war mir immer noch nicht im Klaren darüber, ob ich ihn kontaktieren sollte, also zog ich einen weiteren Brief aus der Kiste.

Dem Datum zufolge stammte dieser hier aus einer Zeit, in der wir etwa fünfzehn oder sechzehn waren.

Liebe Luca,
ich werde dir ein Geheimnis verraten. Trau Jungs nicht über den Weg. Niemals. Wir werden dir alles erzählen, nur um dich ins Bett zu bekommen. Und wenn es uns dann gelingt, vermasseln wir es, und in buchstäblich zwei Sekunden ist alles vorbei. Okay … mir kannst du trauen, aber keinem anderen Jungen. (Und das liegt auch nur daran, dass ich weit weg bin und nichts versuchen kann, ansonsten würde ich mir wohl selbst auch nicht trauen.)
Jedenfalls … ich hatte Sex. Ich schätze, dass du dir das vielleicht schon gedacht hast.
Es war gut, aber es war nicht so toll, wie ich es mir vorgestellt hatte. Um ehrlich zu sein, war es ein bisschen unbeholfen. In erster Linie war es kurz. Du hast es noch nicht gemacht, oder? Ich hoffe, dass die Antwort Nein lautet. Sie sollte besser Nein lauten, Luca. Falls sie Ja lautet, dann verrate es mir nicht. Ich könnte mit dem Wissen nicht umgehen. (Eigentlich, nein, ich will, dass du es mir verrätst. Aber bevor ich es lese, werde ich vielleicht etwas vom Scotch meines Vaters stehlen müssen.)

Meiner Mum geht es besser. Danke der Nachfrage. Sie haben gesagt, dass sich der Krebs nicht über die Eierstöcke hinaus ausgebreitet hat. Das ist gut. (Das ist doch gut, oder?) Weißt du irgendetwas über Eierstockkrebs? Du musst mir sagen, dass alles wieder in Ordnung kommen wird. Ich würde es glauben, wenn es von dir käme. Ich schätze, dass ich es einfach hören muss. Denn ich darf meine Mum einfach nicht verlieren.
Lass dir nicht zu viel Zeit mit deiner Antwort. Von dir zu hören macht mir immer gute Laune.

Bis dann
Griff

Ich seufzte und steckte den Brief zurück in seinen Umschlag. So viele Gefühle.

Okay, vielleicht noch einen mehr.

Ich nahm einen weiteren Brief heraus, öffnete ihn und las.

Liebe Luca,
hör mir zu. Wenn ich dir nur eine Sache erzähle, die du wirklich glauben musst, dann glaub mir das hier: einmal ein Betrüger, immer ein Betrüger. Woher ich das weiß? Weil mein verdammter Vater einer ist, daher weiß ich das! Ich stamme von einem Betrüger ab.
Wenn du also noch mal betrogen werden willst, dann bleib bei diesem dämlichen Verlierer, mit dem du zusammen bist.
Hast du das gehört? Das bin ich, der dich von England aus anschreit! Gib diesem Mistkerl KEINE zweite Chance. Mir ist egal, wie leid es ihm angeblich tut.
Er verdient dich nicht, Luca. Wirklich nicht.
Er kann von Glück reden, dass sich zwischen uns ein Ozean befindet, denn dafür, dass er dich so sehr verletzt hat, hätte ich

ihm sonst die Fresse poliert. Dann säße ich jetzt im Gefängnis, und meine Briefe würden mit dem Hinweis bei dir ankommen, dass sie aus einer Strafvollzugsanstalt an dich verschickt worden sind.
Kommt es bei dir an, dass ich wütend bin? Denn ich bin verdammt wütend.
Wie auch immer … (Ich musste das loswerden.) Was gibt es sonst noch Neues bei dir?
Ich habe tatsächlich eine Neuigkeit. Ich bin einer Band beigetreten. Es sind ein paar Jungs aus der Schule. Lach nicht, aber es ist irgendwie so was wie … eine Boyband. Nur dass ich viel niedlicher als Harry Styles bin. Aber das kannst du nicht wissen, weil du mich in letzter Zeit nicht gesehen hast. Sollen wir das bald mal ändern? War nur ein Scherz. Kein Stress. Nur so ein Gedanke. Ich weiß, dass du gerne ein Geheimnis bleiben möchtest, und mir gefällt das irgendwie auch. (Aber nur fürs Protokoll: Wenn ich die Wahl hätte, würde ich gerne wissen, wie du jetzt aussiehst.)
Schreib bald zurück.

Bis dann
Griff
PS: Ich bin nach wie vor bereit, diesen Mistkerl zu vermöbeln.

Ich schloss die Augen und lächelte.

Es gab nur einen Brief, den ich nie gelesen hatte. Es war der letzte, der beinahe ein Jahr nachdem ich aufgehört hatte zurückzuschreiben, bei mir ankam. Zu diesem Zeitpunkt schämte ich mich so sehr dafür, dass ich ihm so lange nicht mehr geantwortet hatte, dass ich es nicht ertragen konnte, seine Briefe zu lesen. Damals wusste ich nicht, dass es sein letzter Brief sein würde.

Ich brach meine Regel und durchsuchte den Stapel nach diesem einen ungeöffneten Brief, bis ich ihn fand. Ich wusste, dass der Inhalt nicht erfreulich sein würde, aber ich öffnete ihn trotzdem.

Nichts hätte mich jedoch auf das vorbereiten können, was darin stand. *Nichts.*

Luca,
ist dir aufgefallen, dass ich das »Liebe« weggelassen habe? Ich finde dich nicht mehr lieb. Weil du verdammt noch mal aufgehört hast, auf meine Briefe zu antworten. Du solltest besser tot sein. Das ist alles, was ich zu sagen habe.
Warte. So meine ich das nicht. Ich würde mir niemals wünschen, dass du tot bist. Niemals. Ich bin nur so verdammt verwirrt. Ich schreibe, um dir mitzuteilen, dass dies der letzte Brief ist, den du je von mir erhalten wirst.
Das ist eine verdammte Schande, denn ich könnte gerade wirklich eine Freundin gebrauchen, Luca.
Meine Mutter ist gestorben.
Ich kann nicht glauben, dass ich das tatsächlich schreibe.
Vor zwei Monaten haben wir erfahren, dass der Krebs zurückgekehrt ist und gestreut hat. Danach ging alles so schnell.
Meine Mutter ist GESTORBEN, Luca.
Sie ist tot.

Den Rest des Briefs konnte ich nicht lesen, weil seine Tränen die Tinte verwischt hatten.

Und nun liefen mir ohne Vorwarnung selbst Tränen übers Gesicht – Tränen, von denen ich gar nicht gewusst hatte, dass ich sie noch hervorbringen konnte.

Es verging eine Stunde, bis ich endlich aufhörte, mir die Augen auszuweinen. Ich hatte nicht mehr geweint, seit Isabella in dem Feuer gestorben war. Ich dachte, dass meine Tränen komplett versiegt wären. Aber offenbar hatte mich seitdem einfach nichts mehr genug berührt, um mich zum Weinen zu bringen.

Er hatte seine Mutter verloren, und ich wusste es nicht einmal.

Nun war ich mir ohne jeden Zweifel sicher, dass ich ihm schreiben musste. Ich schuldete ihm eine vollständige Erklärung und musste ihm erzählen, was mir zugestoßen war und warum ich nicht mehr zurückgeschrieben hatte.

Selbst wenn er mich danach weiterhin hassen sollte, verdiente er wenigstens eine Entschuldigung.

Das konnte nicht länger warten.

Ich wusste, dass ich die ganze Nacht lang wach sein würde, um ihm mein Herz auszuschütten.

Ich hoffte nur, dass er mir vergeben konnte.

3. KAPITEL

Luca

Seit ich den Brief zur Post gebracht hatte, waren zwei Wochen vergangen. Nun ja, es war eher so was wie ein Buch geworden – mehrere Seiten lang. Ich hatte alle Einzelheiten des Feuers und meinen emotionalen Zustand danach erklärt und mich dafür entschuldigt, dass ich nie auf den Tod seiner Mutter reagiert hatte, weil ich den letzten Brief erst kürzlich nach dem Tod meines Vaters geöffnet hatte. Ich erzählte ihm von meinen Problemen mit Panikanfällen, erläuterte Agoraphobie im Detail und stellte klar, dass es eine psychische Erkrankung war, die bei jedem anders verlief. Ich wollte, dass er verstand, dass ich nicht komplett zurückgezogen lebte, sondern liebend gern nach draußen ging und intime Beziehungen führen konnte. Wenn ich ehrlich war, konnte ich nicht mal mehr sagen, was ich sonst noch geschrieben hatte. Ich blieb die ganze Nacht wach, bis mein Herz leer war. In meinem Kopf schrieb ich nicht an einen Kerl, der mir vorgeworfen hatte, dass ich scheiße sei. Ich schrieb an den Griffin, von dem ich hoffte, dass er immer noch derselbe Mensch war, der mir so viel bedeutet hatte.

Normalerweise ging ich zweimal die Woche zur Post, wenn dort wenig los war, um mein Postfach zu leeren, das ich für Leserbriefe benutzte. Eine Woche nachdem ich den Brief abgeschickt hatte, schaute ich jedoch jeden Nachmittag dort vorbei.

Mehrere Tage lang war kein Brief von Griffin eingetroffen. Am vierzehnten Tag stach ein knallroter Umschlag zwischen dem Rest der Post hervor. Der Name des Absenders lautete Griffin Quinn.

Meine Hand zitterte. *Soll ich ihn aufreißen und gleich hier lesen?* Konnte ich überhaupt lange genug warten, um nach Hause zu fahren?

Ich beschloss, dass es keine gute Idee wäre, an einem öffentlichen Ort potenziell beunruhigende Nachrichten zu empfangen. Gott bewahre, dass ich in Ohnmacht fallen und umgeben von einem Schwarm Menschen wieder aufwachen würde oder so etwas. Ich schüttelte mich bei der Vorstellung.

Also beschloss ich, nach Hause zu eilen.

Sobald ich wieder in meinem Haus war, fütterte ich ganz schnell Hortencia, damit sie satt und zufrieden war, während ich den Brief las.

Mit pochendem Herzen machte ich es mir auf meiner Couch bequem und öffnete vorsichtig den Umschlag.

Liebe Luca,
ich bin scheiße.
Schlägst du immer noch jeden Tag ein Wort im Wörterbuch nach, um es dir einzuprägen, wie du es früher immer gemacht hast? Tja, nur für den Fall, dass das hier noch nicht dabei gewesen ist, übernehme ich das mal für dich.
ego·zen·trisch
[ego ˈt͡sɛntʁɪʃ]
Adjektiv

1. nur mit seinen eigenen Gefühlen, Interessen oder Erlebnissen beschäftigt.
2. ein Freund, der auf dich scheißt, weil er nicht mal für eine

Minute innegehalten hat, um darüber nachzudenken, dass es vielleicht einen Grund dafür gab, warum seine beste Freundin aufhörte, ihm zu schreiben.

Ich lächelte und schaute zu dem alten abgenutzten Wörterbuch hinüber, das auf der Ecke meines Schreibtischs lag. Meine Ausgabe stammte von 1993 und enthielt vierhundertsiebzigtausend Wörter. Der Buchrücken wurde nach all den Jahren der Benutzung von mehreren Schichten Klebeband zusammengehalten. Seit meinem vierten Lebensjahr, als ich Lesen lernte, schlug ich jeden Morgen willkürlich eine Seite auf, schloss die Augen und tippte auf ein Wort auf der Seite, um es mir zu merken. Die, die ich mir eingeprägt hatte, hob ich mit Textmarker hervor, was bedeutete, dass das alte Buch mittlerweile massenhaft gelbe Stellen hatte. Meinen Berechnungen zufolge müsste ich tausendzweihundertachtundachtzig Jahre alt werden, um das komplette Buch durchzuarbeiten. Aber das hatte mich nie entmutigt.

Ich fand es wunderbar, dass sich Griffin an mein kleines Hobby erinnerte. Nur vier Menschen wussten davon. Mir wurde schwer ums Herz, als mir klar wurde, dass er der Einzige von ihnen war, der noch übrig war – Mom, Dad und Izzy waren alle tot. Nicht mal der Doc wusste davon. Ich hatte es nicht absichtlich vor ihm verborgen oder so, aber es hatte nie einen Grund gegeben, es zu erwähnen.

Ich widmete mich wieder dem Brief, da ich unbedingt erfahren wollte, was er noch geschrieben hatte.

Alles, was du durchgemacht hast, tut mir so leid, Luca. Noch mehr bedaure ich, dass ich nicht für dich da war, als es passierte. Ich habe meine Mum verloren, und sie war zu jung, um zu sterben, aber es ist normal, dass wir unsere Eltern irgendwann verlieren. Wir sollten jedoch nicht unsere Freunde als Teenager begraben müssen. Vor allem nicht auf die Weise, auf die du Izzy verloren hast. Herrgott, mein Brief war verdammt unsensibel. Es ist keine Entschuldigung, aber ich hatte ein bisschen zu viel getrunken, als ich ihn schrieb. Meinst du, wir können noch mal von vorn anfangen? Wie wäre es mit einem Versuch. Ja? Das ist nett von dir. Okay. Ich fange an.

Liebe Luca,
hey! Es ist viel zu lange her. Ich habe im Laufe der Jahre oft an dich gedacht und mich gefragt, was du wohl machst. Aus irgendeinem Grund sind mir diese Gedanken in letzter Zeit öfter gekommen. Es ist wirklich schade, dass wir den Kontakt verloren haben. Das war vermutlich meine Schuld. Wie dem auch sei, dann werde ich dich in Bezug auf mein Leben jetzt mal auf den neuesten Stand bringen. Ich bin vor vier Jahren in die Staaten gezogen. Ich spiele immer noch Gitarre. Meine Musikkarriere ist … interessant verlaufen. Sie hat sich nicht unbedingt so entwickelt, wie ich es erwartet hätte, aber es genügt, um die Rechnungen zu bezahlen. Ich bin nicht verheiratet und habe keine Kinder. Für eine Weile hatte ich eine Freundin, jetzt nicht mehr. Ich liebe den Pazifik. Ich habe mir ein Surfbrett gekauft. Ich bin nicht besonders talentiert, aber ich paddele aufs Meer hinaus, so oft ich kann, um mir eine Auszeit vom Leben zu nehmen.
Also … Agoraphobie?
Das ist irgendwie ein cooles Wort. Ich frage mich, wie viele Punkte man dafür beim Scrabble bekommt? B, P, H und C sind mindestens drei wert. Aber warte … Ich will nicht, dass du mich für einen Spinner hältst, der die ganze Zeit herumsitzt und Scrabble spielt. Andererseits würdest du das nicht seltsam finden – du lernst schließlich ein verdammtes Wörterbuch

auswendig. Ein ruhiges Spiel könnte genau nach deinem Geschmack sein. Vielleicht ein Spiel für zwei? Würden drei Leute in einem Raum dafür sorgen, dass du ausflippst? Oder gibt es eine feste Anzahl, bei der du die Grenze ziehst? Siebzehn vielleicht? Das sind eine Menge Leute. Viel mehr als auf einmal Scrabble spielen können, so viel ist sicher.
Zu schade, dass du nicht unter Agriozoophobie leidest. (Die Angst vor wilden Tieren, nur für den Fall, dass du im Wörterbuch auch über dieses Wort noch nicht gestolpert bist, Schnarchnase.) Dafür würdest du allein für das Z zehn Punkte bekommen. Vielleicht in einem anderen Leben. Schließlich sind wilde Tiere ziemlich beängstigend, oder?

Bis dann
Griff

PS: In deinem Brief hast du mir all deine Schwächen verraten … oder zumindest alles, was du für deine Schwächen hältst. Nenn mir doch im nächsten drei Dinge, auf die du stolz bist.
PPS: Ich habe gelogen. Ich fand dich zu keiner Zeit nicht lieb.
PPPS: Dein Verlust tut mir so leid, Luca.

»Also lass mich mal sehen, ob ich das richtig verstanden habe. Er hat sich über deinen Gesundheitszustand lustig gemacht, und das ist eine der Eigenschaften, die du an ihm magst?«

Der Doc hielt inne und hob den Zeigefinger an seine Lippen, um mich davon abzuhalten, etwas zu sagen, obwohl er mir gerade eine Frage gestellt hatte. Wir hielten definitiv keine traditionellen Therapiesitzungen ab. Zweimal die Woche gingen wir ein paar Stunden lang im Wald spazieren und unterhielten uns, während wir Ausschau nach Vögeln hielten. Er brachte ein Notizbuch mit, aber die meiste Zeit über schrieb er Stichworte zu den Vogelarten auf, die er sah, und notierte sich nichts von dem, was ich sagte.

»Ja. Ich weiß, dass es seltsam klingt. Aber er hat sich nicht wirklich über mich lustig gemacht. Ich meine, irgendwie schon, aber eigentlich nicht. Das ist eins der Dinge, die ich an unserer Beziehung immer so mochte. Er war immer ehrlich, und seine Scherze waren nie böse gemeint. Es war eher seine Art, mir zu zeigen, dass das, weswegen ich mir den Kopf zerbrach, halb so wild war. Zum Beispiel damals, als ich siebzehn und noch Jungfrau war. Ich erzählte ihm, dass ich nervös sei, weil ich befürchtete, dass alle anderen mehr Erfahrung haben würden und ich wie eine unbeholfene Anfängerin wirken würde, wenn ich endlich meine Jungfräulichkeit verlieren würde. Also dachte er sich dieses verrückte Lied aus, dass er ›Urgin' the Virgin‹ nannte. Er hat einfach ein Talent dafür, über meine Ängste zu lachen, ohne dass es gemein wirkt.«

»Hmm«, machte der Doc.

Ich ging davon aus, dass seine Erwiderung auf einen Vogel bezogen war, den er entdeckt hatte, und nicht auf eine Erklärung. Aber als ich zu ihm hinüberschaute, hatte er sein Fernglas nicht mal erhoben.

»Hmm was?«

»Tja, du hast deine alte Agentin gefeuert, weil sie ein paar Scherze über deine Krankheit gemacht hat, obwohl sie ständig beteuert hat, dass sie nur scherzt. Du warst nie wirklich überzeugt, dass sie es nicht doch ernst meinte. Und doch bist du im Fall von Griffin, einem Mann, dem du nie persönlich begegnet bist, in der Lage, seine Sticheleien als harmlos und beinahe tröstlich zu akzeptieren. Wie es scheint, hast du sehr viel Vertrauen in deinen Brieffreund.«

Ich dachte darüber nach. »Ich vertraue ihm *tatsächlich*. Ich mag ihm nie begegnet sein, aber ich habe ihn immer als einen der engsten Freunde angesehen, die ich je hatte. Wir haben im Laufe der Jahre viel miteinander geteilt. Er lebte in England, also bestand keine Chance, dass wir uns auf dem Schulflur über den Weg laufen würden. Das half uns dabei, die Mauern einzureißen, die Kinder normalerweise um sich herum errichten, um sich zu schützen. Wir standen uns wirklich nah – selbst wenn es um ziemlich intime Themen ging.«

»Und doch hast du nach dem Feuer jeglichen Kontakt zu ihm abgebrochen.«

»Ich habe dir doch erzählt, dass ich damals sehr selbstzerstörerisch war. Es fühlte sich so ungerecht an, dass ich noch lebte und Izzy nicht. Ich ließ nicht zu, dass irgendetwas, das mich glücklich machte, Teil meines Lebens blieb. Und ich denke, dass ich mich schämte, ihm zu erzählen, was passiert war. Mittlerweile weiß ich, dass das keinen Sinn ergibt, aber damals schämte ich mich dafür, dass ich Izzy nicht gerettet hatte.«

Der Doc und ich gingen eine Weile schweigend weiter. Irgendwann blieb er stehen, um durch sein Fernglas zu starren. Er sprach mit mir, während er in die Ferne schaute.

»Ihn wieder in dein Leben zu lassen kann aus zahlreichen Gründen gut sein. Erstens: Deine Beziehung mit ihm ist mit der Phase deines Lebens verbunden, die dir großen Kummer bereitet hat. Du hast so gut wie alles aus dieser Zeit deines Lebens dauerhaft ausgelöscht – du hast New York verlassen, du hörst keine Musik mehr, du meidest Menschenmengen, und traurigerweise sind sogar deine Eltern gestorben. Also fällt es dir im Alltag relativ leicht, so zu tun, als hätte dieser Teil deines Lebens nie existiert. Aber er *hat* existiert, und auch wenn wir Dinge, an die wir nicht denken wollen, in die hintersten Winkel unserer Erinnerung verdrängen können, besteht die einzige Möglichkeit, sie wirklich hinter uns zu lassen, darin, uns mit ihnen auseinanderzusetzen. Griffin ist ein Teil deines alten Lebens, das du begraben wolltest. Dich mit dieser Beziehung auseinanderzusetzen ist ein Schritt nach vorn.«

Ich nickte. Das ergab Sinn. »Was sind die anderen Gründe?«

Der Doc stellte sein Fernglas neu ein. »Hmm?«

»Du sagtest, dass es aus zahlreichen Gründen gut sein könne, Griffin wieder in mein Leben zu lassen. Aber du hast mir nur einen genannt.«

»Oh. Ja. Akzeptanz. Je mehr Leuten gegenüber du dich bezüglich deiner Krankheit öffnest, desto weniger wirst du die Reaktionen anderer fürchten und desto mehr Unterstützung wirst du finden.«

»Vermutlich …«

»Außerdem ist da noch der Koitus.«

Ich ging davon aus, dass ich ihn falsch verstanden hatte. »Der was?«

»Der Koitus. Du weißt schon, die Vereinigung der männlichen und weiblichen Genitalien. Es ist eine Weile her, dass du mit einem Mann zusammen warst.«

Oh Gott. »Ähm. Ja. Ich hab's kapiert. Lass uns einfach einen Schritt nach dem anderen machen.«

Einmal hatte ich vierzehntausenddreihunderteinunddreißig Wörter an einem Tag geschrieben. Das war der produktivste Arbeitstag gewesen, den ich je gehabt hatte. Mein durchschnittliches tägliches Pensum lag eher bei zweitausend Wörtern. Und doch brauchte ich einen halben Tag, um in einem Brief an Griffin ein paar Hundert Wörter zustande zu bringen. Es fiel mir nicht leicht, die Frage zu beantworten, die er gestellt hatte.

Lieber Griffin,

die zehn Seiten voller Trauer und Schmerz, die ich dir geschrieben habe, flossen regelrecht aus meinen Fingern. Doch nun hast du mir eine einfache Frage gestellt – was sind die drei Dinge, auf die ich am meisten stolz bin –, und ich starre seit fast einer Stunde auf eine leere Seite. Der erste Punkt auf der Liste ist leicht.

Meine Arbeit. Ich bin stolz auf die Bücher, die ich geschrieben habe. Ich schätze, dass ich in meinem deprimierenden ersten Brief vergessen habe zu erwähnen, dass mein Traum wahr geworden ist: Ich bin Schriftstellerin, Griff! Vor vier Jahren wurde mein Debütroman – ein Krimi – zu einem New-York-Times-Bestseller. Seitdem habe ich drei weitere Bücher veröffentlicht, und momentan stecke ich mitten in der Überarbeitung meines fünften Romans.

Die anderen beiden Dinge, auf die ich stolz bin, fallen mir nicht so leicht ein. Aber ich schätze, dass etwas, worauf ich wirklich stolz bin, die Tatsache ist, dass ich mir nach Izzys Tod Hilfe gesucht habe. Ich brauchte ein wenig länger dafür, aber ich fand einen Therapeuten und arbeite daran, mich meinen Ängsten zu stellen. Es fiel mir so schwer wie wenige Dinge zuvor, den Telefonhörer in die Hand zu nehmen, um den ersten Termin zu vereinbaren. Es mag albern klingen, aber sogar am Telefon war es damals schwierig für mich, jemandem zum ersten Mal mein Problem zu erklären. Es geht mir noch nicht viel besser, aber ich arbeite daran und darauf bin ich stolz.

Gott, das ist schwer. Warum musstest du drei Dinge verlangen? Mir wird gerade klar, dass ich nicht besonders gut darin bin, mich selbst zu loben. Aber das Letzte, worauf ich stolz bin, ist etwas, das ich so oft tue, wie sich die Gelegenheit ergibt. Vielleicht könnte man es als »zufällige gute Tat« bezeichnen. Zum Beispiel habe ich schon ein paarmal für die Lebensmittel-

einkäufe eines Fremden bezahlt, der hinter mir an der Kasse stand. Oder an richtig kalten Tagen bringe ich den Schülerlotsen manchmal heiße Schokolade – die stehen den ganzen Tag draußen in der Kälte. Ich weiß, dass das nichts Weltbewegendes ist, aber ich tue es gerne. Einmal im Monat verbringe ich den Tag damit, mehrere verschiedene Gerichte zu kochen, um sie dann zu Mr Fenley zu bringen. Er ist mein Nachbar und hat letztes Jahr seine Frau verloren, und ihm fehlt ihre Hausmannskost sehr.

Okay, genug von mir. Nun darf ich dir eine Frage stellen: Nenn mir drei Dinge, vor denen du Angst hast.

Deine Lieblingsbrieffreundin

Luca

PS: Ich liebe handschriftliche Briefe, aber wenn du dich mit E-Mails wohler fühlst, können wir auch auf diesem Weg Nachrichten austauschen.

PPS: Ich würde liebend gern aktuellere Fotos austauschen. Ich zeig dir meins, wenn du mir deins zeigst, okay?;)

PPPS: Für Agriozoophobie bekommt man dreißig Punkte ohne Bonusfelder. Aber für Logiozomechanophobie – die Angst vor Computern – bekommt man dreiundvierzig Punkte.

Ich dachte darüber nach, mein Foto mit in den Umschlag zu stecken, aber letztendlich entschied ich mich dagegen. Wir waren keine Kinder mehr. Mrs Ryans Regeln galten nicht. Aber Fotos von uns als Erwachsene auszutauschen, fühlte sich aus irgendeinem Grund wie ein großer Schritt an. Vor allem jetzt, da Griffin hier in den Staaten lebte. Sobald wir diesen ersten Schritt machten, was hielt uns dann davon ab, einen zweiten zu wagen? Dieser Gedanke war ziemlich beängstigend, aber auch ziemlich aufregend.

Ich faltete den Brief zusammen, schob ihn in einen Umschlag und adressierte ihn an sein Postfach in Kalifornien. Als ich fertig war, klebte ich eine Briefmarke darauf und starrte auf seinen Namen hinunter. Das war schon ziemlich verrückt.

Griffin Quinn.

Nach all den Jahren.

4. KAPITEL

Griffin

»Wie hoch ist die Gesamtsumme?«

Mein Anwalt schüttelte den Kopf. »Knapp unter einhundertneunzehntausend.«

Ich fuhr mir mit den Fingern durchs Haar. »Herrgott. Wie konnte ich nur so verflucht blind sein?«

»Es geschah über eine Zeitspanne von zweieinhalb Jahren. Gehen Sie nicht so hart mit sich ins Gericht. Leider erlebe ich so etwas immer wieder. Ich hatte Fälle, in denen es um Millionen ging, Griff. Sie waren viel unterwegs. Eine Menge Geld kam rein und wurde auch wieder ausgegeben. Sie mussten irgendjemandem vertrauen.«

»Ja. Offenbar war der beste Freund aus meiner Kindheit verdammt noch mal die falsche Wahl.«

Nachdem ich meinen ersten Plattenvertrag unterschrieben hatte, holte ich als Erstes meinen Kumpel Will aus England her und stellte ihn als meinen Manager ein. Ich reiste viel herum, um Auftritte zu absolvieren und mein Album zu bewerben. Meine Plattenfirma drängte mich dazu, ins Studio zurückzukehren und mit dem nächsten Album anzufangen, und an dem Tag, an dem meine Single veröffentlicht wurde, gewann ich über Nacht zweihunderttausend Follower auf Instagram. Und das war noch bevor die Sache *so richtig* ins Rollen kam. Ich brauchte jemanden, der mir dabei half, alles zu organisieren, jemanden, dem ich im täglichen Umgang mit meinen Finanzen vertrauen konnte. Mein Anwalt Aaron hatte mich davor gewarnt, einen Freund zu engagieren. Ich sagte ihm, dass er verrückt sei – ich würde niemals irgendeine Firma anstelle meines Kumpels engagieren.

Ich streckte Aaron meine Hand entgegen. »Danke, dass Sie sich ein ›Ich habe es Ihnen ja gesagt‹ verkniffen haben.«

Er lächelte. »Das würde ich niemals tun. Das gehört nicht zu meinem Job. Haben Sie sich schon entschieden, wie Sie mit der Sache umgehen wollen? Sie wissen, was ich für angebracht halte: Sie sollten die Angelegenheit der Polizei übergeben. Wenn er seinem Kumpel so etwas antut, was wird er dann erst Fremden antun?«

Ich wusste, dass er recht hatte, aber ich konnte einfach keine Anzeige erstatten. Tief im Inneren fühlte ich mich teilweise für Wills Probleme verantwortlich. Ich hatte ihn mit auf die Partys genommen, auf denen er mit den Drogen in Kontakt kam, nach denen er süchtig geworden war. Und was tat ich, als ich schließlich erkannte, wie sehr seine Sucht außer Kontrolle geraten war? Ich ging auf eine dreimonatige Tournee und ließ ihn allein in meinem großen Haus zurück, wo er Zugang zu sämtlichem Bargeld hatte, das er brauchte, um sich sein eigenes Grab zu schaufeln.

Wenn ich ein paar Auftritte abgesagt und ihn zu einem Entzug gedrängt hätte, wäre dieser ganze Mist vielleicht nicht passiert.

»Er hat sich Geld von seiner Familie geliehen, um mir alles zurückzuzahlen. Solange dieser Scheck bis Ende der Woche nicht platzt, will ich den ganzen Ärger einfach nur hinter mir lassen.«

Aaron nickte. »Es ist Ihre Entscheidung. Was ist mit seinem Wagen in der Einfahrt?«

»Ich habe ihm gesagt, dass das Zinsen sind. Geben Sie ihn irgendwo als Spende ab. Ich will ihn nicht haben.«

»Sind Sie sicher? Das ist ein sehr teures Auto und erst zwei Jahre alt.«

»Ich will sein Geld nicht. Ich werde das zurücknehmen, was er gestohlen hat. Aber das ist alles.«

»Geht klar.« Aaron stand auf. »Schwebt Ihnen irgendeine bestimmte Wohltätigkeitsorganisation vor?«

»Nein. Suchen Sie sich eine aus.« Ich begleitete ihn zur Tür und öffnete sie. »Wenn ich so darüber nachdenke ... Finden Sie heraus, ob es eine anständige Wohltätigkeitsorganisation für Menschen gibt, die an Agoraphobie leiden.«

Mein Anwalt zog die Augenbrauen zusammen. »Ist das Ihr Ernst?«

»Absolut.«

Er lachte. »Was immer Sie sagen, Boss.«

Ich beobachtete, wie Aaron in seinem Audi R8 die Einfahrt hinabfuhr. Er musste an Wills Mercedes G-Klasse und meinem Tesla Roadster vorbeimanövrieren. Diese verdammten Extreme in Kalifornien. Zu Hause in Yorkshire war das Leben definitiv einfacher gewesen. Natürlich wusste ich den Wohlstand und den Ruhm zu schätzen, aber an manchen Tagen fragte ich mich, ob der Preis, den man dafür zahlte, das alles wert war – Freunde, die Freunde betrogen, Frauen, die einen benutzten, um bei den Plattenfirmen einen Fuß in die Tür zu bekommen, ständig umgeben von Paparazzi, die Unfähigkeit, in einen Plattenladen zu spazieren und dort einfach mal in Ruhe ein wenig zu stöbern. Ich vermisste die einfachen Dinge im Leben. Gerade im Moment herrschte ausnahmsweise mal ein wenig Ruhe in meinem verrückten Alltag. Schon bald würde ich wieder auf Tournee gehen, und dann würde Cole Griffin wieder komplett verschlingen.

Das erinnerte mich an etwas. Statt ins Haus zurückzukehren, ging ich zum Ende meiner Einfahrt, um einen Blick in den Briefkasten zu werfen. Seit meinem letzten Brief an Luca war eine Woche vergangen, und ich hoffte, dass sie mein erster Brief nicht abgeschreckt hatte. Verdammt, ich hatte nicht mal damit gerechnet, dass sie meinen Brief überhaupt jemals bekommen würde. Und ich hatte ganz sicher nicht mit einer so schlimmen Geschichte gerechnet, die sie mir schließlich in ihrem Antwortbrief geschrieben hatte.

Eine Freundin in einem Feuer zu verlieren – noch dazu auf einem überfüllten Konzert. Das war ziemlich entsetzlich.

Auf dem Weg zurück zum Haus ging ich den dicken Stapel Briefe durch und lächelte, als ich Lucas vertraute Handschrift entdeckte.

Ich machte es mir auf der Couch bequem, riss den Umschlag auf und las jedes Wort. Zweimal.

Wann war das letzte Mal jemand so ehrlich zu mir gewesen? Vermutlich meine Mutter, als sie noch gelebt hatte. In den letzten drei Jahren, seit ich in der Musikwelt zum Star aufgestiegen war, war mir Ehrlichkeit jedenfalls nur noch selten begegnet. Mittlerweile gab es zwei Arten von Menschen in meinem Leben: diejenigen, die ständig Ja zu mir sagten, weil sie für mich oder meine Plattenfirma arbeiteten, und diejenigen, die etwas von mir haben wollten.

Luca gehörte zu keiner dieser beiden Kategorien – und sofern sie nicht totalen Schwachsinn redete, hatte sie auch keine Ahnung, wer zum Teufel ich war. Entweder wusste sie nicht, wer Cole Archer war, oder sie wusste es, erkannte mich aber nicht, weil sie nur ein einziges Foto von mir hatte, das ich ihr vor zehn Jahren geschickt hatte. Auf jeden Fall fühlte es sich gut an, wieder Griffin zu sein. Und mit Luca zu reden, fühlte sich sogar noch besser an.

Ich las ihren Brief noch zweimal und schnappte mir dann einen der zahlreichen Notizblöcke, die überall im Haus verteilt lagen, damit ich immer etwas zum Schreiben hatte, falls mir plötzlich ein Liedtext oder eine Melodie einfiel.

Liebe Luca,
drei Dinge vor denen ich Angst habe? Wie soll ich das beantworten und trotzdem noch wie ein harter Kerl klingen? Ich kann dir ganz sicher nicht erzählen, dass ich Angst vor der Dunkelheit oder Spinnen oder Höhe habe. Das würde meinen Ruf ruinieren. Also muss ich ja etwas wirklich Beängstigendes nennen. Zum Beispiel Versagen.
Wenn du die Wahrheit wissen willst, und ich bin mir ziemlich sicher, dass das der Fall ist, dann gebe ich zu, dass ich Angst davor habe zu versagen. Andere zu enttäuschen, mich selbst zu enttäuschen …

Ich wollte gerade schreiben »die Fans zu enttäuschen«. Aber Griffin hatte keine Fans. Ich wollte Luca nicht anlügen, also musste ich aufpassen, wie ich mich ausdrückte.

… oder dass das Leben, das ich mir hier in Kalifornien aufgebaut habe, zusammenbricht.
Wovor habe ich noch Angst? Vor dem Tod. Angst vor etwas zu haben, das unausweichlich ist, mag nicht gerade sonderlich produktiv sein. Vielleicht fürchte ich mich nicht mal vor dem Tod an sich, sondern eher vor dem Unbekannten. Kommen wir wirklich in den Himmel? Ich denke, dass jeder, der eine gesunde Angst vor dem Tod hat, im Hinblick auf die Antwort wahrscheinlich skeptisch ist – denn wenn ich mir sicher wäre, dass ich an einen Ort komme, an dem es keinen Schmerz und keine Krankheiten gibt und alle coole Flügel bekommen und auf ihre

alten Freunde treffen, hätte ich ganz bestimmt keine Angst vor dem Tod.

Die dritte Angst, die mir in den Sinn kam, war neu, und ich überlegte hin und her, ob ich darüber schreiben sollte, bis ich mich schließlich dafür entschied, ehrlich zu sein. Ich meine, sie hatte ein paar ziemlich beängstigende Dinge mit mir geteilt. Es war das Mindeste, was ich tun konnte.

Die letzte ist eine relativ neue Angst, aber das macht sie nicht weniger real. Ich habe Angst, dass ich es verbocken und dich wieder vergraulen werde. Also lass uns einen Pakt schließen, okay? Falls ich Mist baue, sagst du es mir und hörst nicht einfach auf, meine Briefe zu beantworten. Okay?
Ich denke, dass wir uns erst mal genug über ernste Themen ausgetauscht haben. Das sollte für eine Weile reichen. Also lass uns zum leichteren Teil von »Luca und Griffin, Teil zwei« übergehen. Ich habe unbeantwortete Fragen aus den letzten acht Jahren an dich:

1. Hattest du endlich Sex? Falls ja, schuldest du mir die Geschichte von deinem ersten Mal, da ich meine mit dir geteilt habe und du mir versprochen hast, mir deine zu erzählen. (Ist es verkorkst, dass ich mir irgendwie wünsche, dass du noch keinen Sex hattest?)
2. Wie stehst du zu Speck? Ich meine, du hast erwähnt, dass du ein Schwein als Haustier hast, also frage ich mich, ob das bedeutet, dass du keinen Speck isst. Oder ob du vielleicht Vegetarierin bist, wie die Hälfte der Leute hier im gesunden Kalifornien.
3. Wenn du Karaoke singen würdest, welches Lied würdest du auswählen und warum?

Bis dann
Griff
PS: Auch wenn die Vorstellung, dich zu sehen, ziemlich verlockend ist, würde ich mit dem Austauschen der Fotos gern noch ein wenig warten. Lass uns das Geheimnis aufrechterhalten.
PPS: Hippopotomonstrosesquippedaliophobie – die Angst vor langen Wörtern – sechsundfünfzig Punkte. Dagegen wirkt deine kleine Agoraphobie mit neunzehn Punkten wie Kinderkram, nicht wahr? Such dir eine bessere Angst, Ryan!
PPPS: Hast du Genophobie? Ich definitiv nicht.

5. KAPITEL

Luca

Ich lief zum Wörterbuch, um das Wort »Genophobie« nachzuschlagen. *Die psychologische Angst vor sexuellen Beziehungen oder sexuellem Verkehr.*

Großartig.

Tja, er redete definitiv nicht um den heißen Brei herum. In dieser Hinsicht war es, als wäre keine Zeit vergangen.

Seine Fragen lieferten mir zweifellos eine Menge Stoff zum Grübeln. Aber das Witzige daran war, dass ich wusste, wie ich sie beantworten wollte, abgesehen von der Frage, wie ich zu Speck stand. Das war ein Dilemma, mit dem ich schon oft gehadert hatte.

Verdammt! Warum musste er das fragen?

Allerdings würde ich ohnehin nicht dazu kommen, den Brief vor heute Abend zu beantworten. Ich hatte einen Termin mit dem Doc und war spät dran. Normalerweise gingen wir im Wald spazieren, aber das Wetter spielte heute nicht mit. Also hatten wir vereinbart, uns beim Doc zu Hause zu treffen.

Zum Glück litt ich unter Agoraphobie und nicht unter Klaustrophobie, denn Dr. Maxwell hatte ein winziges Haus – buchstäblich. Bis ich den Doc kennengelernt hatte, war ich noch nie jemandem begegnet, der tatsächlich in so einem Tiny House lebte.

Der Doc deutete auf sein liebstes Vogelgemälde, das an der Wand hing. »Den mag ich immer noch am liebsten, Luca. Den Kolibri.«

Vor etwa einem Jahr hatte der Doc beschlossen, ein minimalistisches Leben anzustreben – daher das winzige Haus. Offenbar brauchte er lediglich Luft und Vögel. Außerdem kam er zu dem Schluss, dass er von mir nicht länger für die Therapiestunden bezahlt werden wollte, weil er genug Geld besaß. Er bestand darauf, dass ich mir stattdessen eine andere Möglichkeit überlegte, um ihn zu entlohnen, und bat mich, etwas zu wählen, das ich für angemessen hielt.

Was gab man einem Mann, der offensichtlich nichts wollte oder brauchte? Ich fand, dass es etwas sein musste, das mit Vögeln zu tun hatte.

Abgesehen von meiner Schriftstellerei hatte ich mich immer mal wieder in Malerei versucht, nur einfache Ölgemälde. Eines Nachmittags googelte ich, wie man einen Vogel malte. Über mehrere Monate hinweg arbeitete ich daran – von den Details der Federn bis hin zur Schnabelform. Ich brachte mir bei, wie man unterschiedliche Vogelarten zeichnete und malte, schenkte ihm aber nur die allerbesten Ergebnisse. Den Rest bewahrte ich in meinem Keller auf. Dort unten sah es aus wie in einer Leichenhalle für Vögel. Das Einzige, was alle Vögel, die ich je gemalt hatte, gemeinsam hatten, war die Tatsache, dass sie alle stoisch aussahen. Sie flogen nie, sondern posierten nur. Und ihre Schnäbel waren nie geöffnet. Wir hatten meiner Kunst den Namen »Die Sammlung stoischer Vögel« gegeben. Der Doc hatte die Theorie, dass die Gesichtsausdrücke der Vögel meine inneren Gefühle widerspiegelten. Das ist echt heftig. Jedenfalls schmückten meine gerahmten Kunstwerke nun jede kleine Ecke von Docs Haus, und irgendwie musste ich immer lachen, wenn ich mich hier umschaute.

Der Doc nahm mir gegenüber Platz. »Also dann erzähl mal, Luca, wie läuft deine Korrespondenz mit Griffin?«

Die bloße Erwähnung von Griffins Namen sorgte dafür, dass ich innerlich ganz hibbelig wurde.

»Sie läuft wirklich toll. Es fühlt sich an, als hätten wir einfach da weitergemacht, wo wir aufgehört hatten, was ziemlich unglaublich ist, wenn man bedenkt, was wir beide durchgemacht haben und wie viel Zeit vergangen ist.«

»Was genau macht er in Kalifornien?«

»Weißt du … er redet eigentlich nicht genauer über seine Arbeit, aber ich weiß, dass er in der Musikindustrie tätig und ein aufstrebender Musiker ist. Ich gehe davon aus, dass er irgendeine Stelle angenommen hat, um einen Fuß in die Tür zu bekommen.«

»Ah. Clever.«

»Eine Sache ist jedoch interessant … Als ich vorschlug, dass wir Fotos austauschen, schrieb er tatsächlich, dass er es vorziehen würde, das Geheimnis aufrechtzuerhalten. Das fand ich ein wenig seltsam. Früher war er immer derjenige, der unbedingt wissen wollte, wie ich aussah.«

»Meinst du, dass er sich vielleicht für sein Aussehen schämt?«

»Ich bin mir nicht sicher. Entweder das oder er genießt einfach die Spannung.« Ich seufzte. »Ist es seltsam, dass es mir vollkommen egal ist, wie er mittlerweile aussieht? Ich meine … ein Teil von mir stellt sich definitiv vor, dass er gut aussieht, so wie auf dem einen Foto, das ich von ihm bekam, als wir zwölf waren. Aber gleichzeitig spielt es für mich einfach keine Rolle.«

»Tatsächlich bin ich ein bisschen überrascht, dass du so sehr darauf erpicht warst, ihm ein Foto von dir zu schicken. Das passt nicht zu dir. Normalerweise neigst du dazu, ein wenig zurückhaltender zu sein.«

»Nicht wenn es um ihn geht. Ich denke, dass mein Ego das Bedürfnis hat, ihm mitzuteilen, dass ich nicht unattraktiv bin – oder zumindest finde ich das nicht. Ich schätze, ich will irgendwie, dass er mich will. So unbeholfen ich mich in der Gesellschaft anderer Menschen auch manchmal verhalte, im Grunde fühle ich mich in meiner Haut doch recht wohl. Man hat mir schon oft genug gesagt, dass ich attraktiv bin, weshalb ich es glauben kann, auch wenn ein paar dieser Aussagen von Leuten kamen, die vermutlich nur darauf aus waren, mich ins Bett zu bekommen.«

»Ich bin froh, dass du dich schön findest, Luca – denn das solltest du, sowohl innerlich als auch äußerlich. Die Meinung anderer spielt natürlich keine Rolle. Wichtig ist nur, was du denkst.«

Auch wenn ich wusste, dass er theoretisch recht hatte – die Meinung anderer sollte mich nicht kümmern –, war mir definitiv wichtig, was Griffin dachte. Vielleicht sogar ein wenig mehr, als es nach so kurzer Zeit der Fall sein sollte.

»Wenn mir abends langweilig ist, lege ich manchmal Make-up auf und ziehe mich schick an – ohne Anlass.«

»Ich würde sagen, dass das seltsam ist, aber ich verbringe mein halbes Leben damit, einseitige philosophische Unterhaltungen mit Vögeln zu führen.«

»Ja. Du darfst wirklich nichts dagegen sagen, Doc.« Ich lachte. »Wie dem auch sei … Ich mache mich schick, gehe dann aber nirgendwo hin. Das ist ziemlich armselig. Aber auf diese Weise sehe ich, wie ich aussehen würde, wenn ich tatsächlich mal das Haus verlassen würde. Ich mache ein paar Fotos. Ich kann mich durchaus herausputzen.«

»Du weißt schon, dass du mir gerade eine gute Idee für eine deiner nächsten Konfrontationsübungen gegeben hast, oder?«

»Lass mich raten. Du wirst mich dazu bringen, mich schick zu machen und dann tatsächlich raus unter Leute zu gehen, nicht wahr?«

»Ja. Und ich weiß auch schon, wo wir hingehen werden.«

Ich sollte vermutlich besorgt sein.

»Toll.«

Als ich endlich mit einer heißen Tasse Tee bequem auf meiner Couch saß, machte ich mich daran, Griffin zurückzuschreiben.

Lieber Griffin,
ich musste tatsächlich nachschlagen, was Genophobie bedeutet. Zuerst dachte ich, dass du dich auf Germaphobie beziehen würdest, worunter ich definitiv nicht leide, wenn man bedenkt, dass ich mit einem Schwein zusammenlebe! (Ich halte sie so sauber wie möglich, aber sobald sie einen Haufen Matsch sieht, gibt es für sie kein Halten mehr. Dann treten all ihre schweinischen Neigungen zutage.)
Bin ich Genophobikerin? Nein. Ich liebe die grundsätzliche Idee von Sex, dass man sich einer anderen Person auf diese Weise öffnet – vermutlich sowohl im wörtlichen wie im übertragenen Sinn.:-) Es kann ein wenig beängstigend sein, aber nicht so sehr, dass ich es als Phobie bezeichnen würde. Meine sexuellen Erfahrungen haben aber noch nicht das volle Potenzial ausgeschöpft, wie ich es mir mit dem richtigen Partner vorstelle.
Mit anderen Worten: Ich hatte noch nicht den überwältigenden Sex, den man vermutlich haben kann. Zumindest hoffe ich, dass er existiert, und warte immer noch darauf, ihn zu erleben.
Das führt mich dazu, deine erste Frage zu beantworten, was ich im Grunde genommen gerade getan habe. Hatte ich endlich Sex? Ja, aber erst, als ich zwanzig war. Nach dem Feuer brauchte ich eine Weile, um mich auf Verabredungen einzu-

lassen. Letztendlich verlor ich meine Jungfräulichkeit an einen Typen, den ich über eine Selbsthilfegruppe für Menschen kennengelernt hatte, die von dem Feuer betroffen waren. Michael hatte seinen Cousin verloren. Nach einer der Sitzungen gingen wir zusammen zu seinem Auto, um zu reden, und eins führte zum anderen. Er hatte keine Ahnung, dass ich noch Jungfrau war. Wie dem auch sei, es war kurz und schmerzhaft. Und nur nebenbei bemerkt fühlt sich Leder an einem nackten Hintern nicht gerade angenehm an. Kurz darauf kam er nicht mehr zu den Treffen, und damit hatte sich die Sache erledigt. Es war nicht unbedingt das erste Mal, das man sich erträumt. Andererseits war das bei dir ja ähnlich. Seitdem hatte ich zwei Partner, die nicht besonders spektakulär waren. Es lag nicht allein an ihnen. Für eine Beziehung braucht es immer zwei Menschen, und ich glaube, ich habe einfach nicht das Maß an Verletzlichkeit zugelassen, das man vermutlich braucht, um sich in einer anderen Person zu verlieren. Hast du diesbezüglich irgendwelche Tipps für mich?

Tja, Karaoke … Ich habe nur einmal Karaoke gesungen, aber es hat mir sehr viel mehr Spaß gemacht, als ich gedacht hätte, auch wenn ich dabei allein in meinem Wohnzimmer war und nur Hortencia zugeschaut hat. Ich mag ein wenig betrunken gewesen sein, so ähnlich wie du, als du mir zum ersten Mal nach all den Jahren wieder geschrieben hast. (Das war übrigens die beste betrunkene Entscheidung, die je jemand getroffen hat.)

Okay, siehst du? Ich schinde Zeit, weil ich ein wenig Bedenken habe, dir zu verraten, dass mein absolutes Lieblingslied für Karaoke (Trommelwirbel) »Fernando« von ABBA ist! Andererseits hättest du dir auch denken können, dass ich ein Lied von ABBA wählen würde, falls du dich an irgendwas von dem erinnerst, was ich dir in unseren zahlreichen Briefen erzählt habe.

Die schwierigste deiner Fragen habe ich mir bis zum Schluss aufgehoben. Ich habe ernsthaft den ganzen Tag gebraucht, um herauszufinden, wie ich sie beantworten soll, weil das für mich wirklich ein moralisches Dilemma ist. Auch wenn ich mittlerweile keinen Speck mehr esse, LIEBE ich ihn. Ich habe ihn viele Jahre lang als mein Lieblingsessen bezeichnet: Eier mit Speck, Speckwürfel, Jakobsmuscheln im Speckmantel. Die Lust darauf vergeht nicht einfach über Nacht, nur weil man ein Schwein adoptiert. Die Tatsache, dass mir gerade das Wasser im Mund zusammenläuft, finde ich schrecklich. Also halte ich es mit Speck so ähnlich wie mit vielen Dingen im Leben: Ich meide ihn, kann aber nichts dagegen unternehmen, dass ich ihn mag. (Vielleicht ist das ein bisschen so wie mit Pornos?) Natürlich starrt mich Hortencia die ganze Zeit an, während ich das hier schreibe, und ich fühle mich wie Hannibal Lecter.

Mit diesen seltsamen Gedanken hoffe ich, dass du bald zurückschreibst. Ich genieße unseren erneuten Kontakt wirklich sehr. So langsam fühlt es sich wie in alten Zeiten an.

Glaubst du immer noch an Gott?

Deine Lieblingsbrieffreundin

Luca

PS: Da du keine Fotos austauschen willst, dachte ich mir, dass ich dir vielleicht ein wenig über mein jetziges Aussehen erzähle. Ich bin eins achtundsechzig groß, wiege sechsundfünfzig Kilo und kann mich ganz nett herausputzen, wenn es sein muss. Wenn es nicht sein muss, wickle ich mich an den meisten Abenden in eine Fleecedecke ein. Dann sehe ich aus wie eine Kartoffel.

PPS: Das war dein Stichwort, mir mehr darüber zu erzählen, wie du jetzt aussiehst.

Das Warten auf seinen nächsten Brief war stets eine Qual. Ich besaß keine Garantie dafür, dass er zurückschreiben würde. Ich musste einfach jedes Mal blind darauf vertrauen. Also verbrachte ich die Wartezeit damit, mit meinem Leben weiterzumachen: Ich schrieb mein tägliches Wortpensum, ich ging zu meinen Sitzungen mit dem Doc, ich kümmerte mich um Hortencia. Aber die Vorfreude auf den nächsten Brief war immer präsent.

Es dauerte über eine Woche, aber endlich lag ein knallroter Umschlag in meinem Postfach. Die »Brieftage« waren immer ein Grund zum Feiern. Ich fuhr nach Hause, versorgte Hortencia und ließ mich entspannt auf meine Couch sinken, um jedes einzelne Wort zu genießen.

Liebe Luca,
Speck und Pornos passen übrigens total gut zusammen.
In meinem nächsten Leben will ich als Schwein wiedergeboren und von dir adoptiert werden. Ist das seltsam?
Ich liebe deine Antworten auf meine Fragen und auch die Tatsache, dass du so ehrlich bist. Ich hätte nichts dagegen, mich mit dir und Hortencia im Matsch zu suhlen. Ironischerweise hatte ich heute Morgen Speck zum Frühstück, und ich muss zugeben, dass ich mich dabei erwischte, wie ich diese Entscheidung hinterfragte, also vielen Dank dafür.
Ich denke, dass »Fernando« eine gute Wahl ist, wenn du dich für ein Lied von ABBA entscheidest. Du hättest »Dancing Queen« wählen können, aber das wäre viel zu offensichtlich und langweilig gewesen – zwei Dinge, die du definitiv nicht bist, Luca.
Du hast mich gefragt, ob ich immer noch an Gott glaube. Ich habe das Gefühl, dass Gottes Anwesenheit in unseren Leben zu- und abnimmt, aber ja, ich glaube, dass Er oder Sie existiert.
Wir fühlen uns immer dann von Gott verlassen, wenn wir lei-

den oder Schmerzen haben. Trotz unseres Mangels an Stärke während dieser Zeiten bringt Gott uns dazu, unseren Weg zu Ihm zurückzufinden. Dann belohnt Er uns für unseren Glauben und unsere Ausdauer. Manchmal habe ich das Gefühl, dass mein erneuter Kontakt mit dir ein Beispiel für eine Belohnung ist, dafür, wie Gott hin und wieder Seine Magie wirkt. Glauben ist nicht leicht. Ich denke nicht, dass wir alle Antworten haben oder immer verstehen sollen, warum schlimme Dinge passieren. Wir wissen zum Beispiel nicht, ob unsere Lieben an einem besseren Ort sind. Vielleicht denken wir manchmal, dass sie bestraft wurden, als sie starben, aber womöglich wurden sie verschont. Vielleicht sind wir diejenigen, die sich in der Hölle befinden. Wir haben einfach nicht alle Antworten, und wir sollten sie auch nicht haben. Verstehst du?

Hinweis an Luca: Bring Griffin nicht dazu, mit philosophischem Gelaber anzufangen, sonst hört er womöglich nie mehr damit auf.

Danke für die anschauliche Beschreibung deines Aussehens. Jetzt bekomme ich das Bild nicht mehr aus dem Kopf. Und ich? Ich sehe ungefähr noch so aus wie auf dem Foto, das ich dir vor Jahren geschickt habe, nur ein wenig muskulöser (Gott sei Dank) und mit ein bisschen Bartwuchs. Ich hoffe, dass du mich nicht für fragwürdig hältst, weil ich keine Fotos austauschen will. Diese Anonymität mit dir gewährt mir ein gewisses Maß an Geborgenheit, die ich nirgendwo sonst bekommen kann.

Ich habe den Teil deines Briefs, in dem du meine Frage zum Thema Sex beantwortest, ein paarmal gelesen, aber eine Sache ist mir immer noch nicht klar. Hattest du NOCH NIE *einen Orgasmus? Könnte ich* IRGENDWIE *aufdringlicher sein? (Ja, ich klinge wie Chandler aus Friends.) Bitte sag mir, dass du während der ganzen Zeit wenigstens einmal gekommen bist. Ich verstehe dein Argument, dass du jemandem vertrauen musst, um in der Lage zu sein, dich wirklich gehen zu lassen. Das ist der Unterschied zwischen bloßem Sex und einer echten Verbindung mit einer anderen Person. Letzteres ist selten. Ich habe eine Menge Sex gehabt, aber meistens ist es nur ein Mittel zum Zweck, und wenn es vorbei ist, gibt es nichts, woran es sich lohnt festzuhalten. Ich bin nicht stolz darauf, aber die Frauen (zumindest hier in Kalifornien) machen es den Männern zu leicht. Größtenteils nehmen wir einfach das, was ihr uns anbietet, aber manchmal ist es auch schön, wenn man darum kämpfen muss. Ich habe den Eindruck, dass du es niemandem leicht machst, und das ist heiß, Luca. Glaub mir. Ich will nicht mit einer Frau zusammen sein, die kein Problem damit hat, dass ich schnell über sie herfalle und dann nach Hause gehe. Ich will eine Frau, die versteht, dass sie mehr wert ist als das, und die auch mehr will als das. Du würdest nicht glauben, wie vielen oberflächlichen Frauen ich jeden Tag begegne, für die es vollkommen in Ordnung ist, dass man sie einfach benutzt und dann weiterzieht. Ich will mehr empfinden. Ich denke, dass du die Art von Mensch bist, die mehr will und mehr erwartet, aber als du Sex mit diesen paar Glückspilzen hattest, warst du aufgrund der Umstände in deinem Leben einfach nicht in der Lage, gute Entscheidungen zu treffen. Ich denke, dass die Person, die du jetzt bist, sehr viel klüger und deutlich wählerischer ist. Das ist gut, denn du verdienst mehr. Nur fürs Protokoll: Ich hätte absolut kein Problem damit, wenn du beschließen würdest, nie wieder Sex zu haben.;-) War nur ein Witz. Aber tatsächlich war ich unfassbar eifersüchtig auf diesen Footballspieler, mit dem du auf der Highschool zusammen warst. Wann immer du über die Möglichkeit geredet hast, Sex mit ihm zu haben, hat mich das fast umgebracht. Also bin ich irgendwie froh, dass er nicht derjenige war, mit dem du dein erstes Mal hattest, auch wenn du es dann an einen »mutmaßlich« trauernden Cousin verschwen-*

det hast, der sich vielleicht einfach nur bei der Selbsthilfegruppe eingeschlichen hatte, um eine verletzliche Person zu finden. Auf jeden Fall war dieser Betrüger, mit dem du auf der Highschool zusammen warst, deiner nicht würdig.
Ich finde es toll, dass ich meine Eifersucht nun zugeben kann. Oder vielleicht denke ich nur, dass ich es kann, doch in Wahrheit bereite ich dir Unbehagen, und du installierst gerade eine Alarmanlage in deinem Haus. Sag mir, was davon der Fall ist.
Außerdem: Hat dich schon mal jemand mit dem Mund verwöhnt?

Bis bald
Griff
PS: Du musst das nicht beantworten, aber falls du es tust, würde ich das als Hinweis nehmen, dass du noch ein wenig ausführlicher über Sex reden willst. Nun, da wir erwachsen sind, könnte ich mir vorstellen, dass es irgendwie Spaß machen würde, unsere Möglichkeiten zu erforschen – und unsere Fantasien.
PPS: In deinem letzten Brief hast du erwähnt, dass du noch nie den »überwältigenden Sex« hattest, der »VERMUTLICH existiert«. Er existiert definitiv, Luca.
PPPS: Leiste dir eine Alarmanlage mit einer Videokamera.

Ich las den Brief mindestens fünfmal. Gott, er brachte mich zum Lachen und ließ mich schmunzeln. Und heilige Scheiße, er hatte mich nicht mal berührt, und doch erregten mich seine Worte wahnsinnig. Dass ich keine Ahnung hatte, wie er aussah, spielte keine Rolle. Unsere Chemie hatte noch nie auf körperlichen Aspekten basiert, sondern immer auf der intensiven geistigen und emotionalen Verbindung, die wir zueinander besaßen. Ich vertraute ihm mehr als fast jedem anderen Menschen auf der Welt, und das bedeutete, dass ich definitiv herausfinden wollte, wo unsere Worte uns hinführen würden. Seit wir Teenager waren, war so viel passiert. Eine gute Sache, die sich daraus entwickelt hatte, war: Ich glaubte nicht mehr, dass man alles für sich behalten sollte. Wenn man etwas zu sagen hatte, dann sollte man es sagen, und wenn man etwas tun wollte, dann sollte man es tun. Ich musste immer noch meine Agoraphobie überwinden, aber im schützenden Umfeld meines Hauses hatte ich das Gefühl, dass ich die Welt regieren konnte. Zumindest gab Griffin mir dieses Gefühl.

6. KAPITEL

Griffin

Hinter mir lag ein langer und anstrengender Tag im Aufnahmestudio. Meine Bandkollegen waren schon alle weg, und ich wollte auch gerade gehen, als sich die Produktionskoordinatorin von hinten an mich heranschlich.

»Hey, Griffin.«

»Hey, Melinda.«

Als ich Melinda vor ein paar Monaten das letzte Mal gesehen hatte, hatte ich sie gegen eine Wand gepresst, während wir es in der Tonkabine miteinander getrieben hatten. Sie war ebenso attraktiv wie alle anderen Frauen, mit denen ich eine Affäre gehabt hatte – auf eine künstlich blondierte, mit Silikon ausgestopfte Art und Weise. Aber ich war absolut nicht auf eine Wiederholung aus. In letzter Zeit fiel es mir schwer, mich auf irgendetwas anderes als Lucas Briefe zu konzentrieren, was total verkorkst war.

»Ein paar von uns gehen heute Abend ins Roxy, um das neue Album zu feiern«, sagte Melinda. »Kommst du mit?«

»Äh … Ich bin mir noch nicht sicher, wie meine Pläne aussehen.«

»Ich hatte wirklich gehofft, dass du dabei sein würdest.«

»Ja, ich gebe dir noch Bescheid.«

»Falls nicht … könnte ich ja vielleicht einfach zu dir kommen und wir verbringen ein bisschen Zeit miteinander.«

Zu mir? Ähm, nein.

»Ich muss mal sehen.«

Nicht wirklich.

»Okay … Tja, dann meldest du dich vielleicht später.«

»Ja. Bis dann«, sagte ich, zwängte mich an ihr vorbei und verließ das Gebäude.

Nachdem ich in mein Auto gestiegen war, zögerte ich, es zu starten. Die Gedanken an Luca fluteten meinen Geist, und dazu kamen einige ziemlich heftige Schuldgefühle. Wir waren immer stolz darauf gewesen, dass wir vollkommen ehrlich miteinander waren, und doch verbarg ich den größten Teil von mir selbst vor ihr. Ich hatte sie nicht mal nach den Büchern gefragt, die sie geschrieben hatte, obwohl ich wirklich neugierig war. Aber ich fand es ungerecht, dass sie über ihre Karriere reden sollte, während ich in Bezug auf meine so vage blieb. Doch welche Wahl hatte ich denn? Wenn ich alles so erleben wollte, wie es früher mit ihr war, dann konnte ich ihr nicht erzählen, dass ihr treuer Freund Griffin nun Cole Archer war, der Leadsänger der Band Archer, der Legionen von Fans überall auf der Welt hatte. Luca würde verdammt noch mal ausflippen. Mein Leben war das komplette Gegenteil von ihrem.

Um Himmels willen, wenn das mit uns jemals herauskäme, würde sie tagsüber nicht mehr in Ruhe einkaufen gehen können, und mit dem Ansturm an Leuten, die ihr unweigerlich ständig folgen würden, käme sie niemals zurecht.

Ich hatte das Gefühl, mit dem Rücken zur Wand zu stehen. Wenn ich es ihr nicht erzählte, würde sie es eines Tages herausfinden und wütend sein, weil ich es vor ihr verheimlicht hatte. Wenn ich es ihr erzählte, würde sie nie im Leben bereit sein, sich irgendwann mal mit mir zu treffen. Gleichzeitig hatte ich das Gefühl, dass ich nicht weitermachen konnte, ohne zu wissen, wer *sie* wirklich war. Diese Frau war einer der wichtigsten Menschen in meinem Leben. Während die Wochen verstrichen, wollte ich immer dringender erfahren, wie diese gesichtslose Frau aussah, von der ich ständig träumte. Da bald die Tournee starten würde, hatte ich das Gefühl, dass ich ein wenig inneren Frieden brauchte, bevor ich ununterbrochen arbeiten musste.

Ich durchsuchte mein Handy nach dem Namen des Privatdetektivs, der mir zuvor schon mal geholfen hatte, und wählte schließlich die Nummer.

»Julian … Hier ist Cole Archer.«

»Cole … Es ist eine Weile her.«

»Ja. Ja, das stimmt.«

»Was kann ich für Sie tun?«

»Tja, dieses Mal habe ich einen etwas anderen Auftrag. Sind Sie gerade in der Lage zu verreisen?«

»Um was für eine Entfernung geht es?«

»Sie müssten nach Vermont.«

»Was geht da oben vor?«

»Ich habe eine Freundin, die Sie für mich ausfindig machen müssten. Ich will nicht, dass Sie mit ihr reden oder sich ihr nähern. Ich möchte nur, dass Sie ein paar Fotos machen und ihr einige Tage lang folgen. Ich würde gerne ein Gefühl für ihren Alltag bekommen und wüsste außerdem gern, ob Sie sich dort oben sicher fühlt.«

»Ich gehe davon aus, dass Sie ihren Namen und ihre Adresse haben?«

»Das ist der komplizierte Teil. Diese Frau … Sie ist eine alte Freundin, aber wir kennen den richtigen Namen des anderen nicht.«

»Steckt da irgendwas Verrücktes dahinter?«

»Nein. Ganz und gar nicht. Wir lernten uns als Brieffreunde kennen, als wir Kinder waren. Damals benutzten wir von Anfang an falsche Namen, weil unsere Lehrer diese Regel aufgestellt hatten. Wir haben kürzlich wieder Kontakt aufgenommen und diese Gewohnheit einfach beibehalten. Sie weiß nicht mal, dass ich Cole Archer bin.«

»Hmm. Okay. Tja, welche Informationen haben Sie denn dann für mich?«

»Ich habe die Anschrift ihres Postfachs. Sie müssten sich in der Nähe der örtlichen Post herumtreiben, bis sie das Postfach leert, und ihr dann nach Hause folgen. Ich kann nicht garantieren, wie lange es dauern wird, bis sie auftaucht, aber ich zahle Ihnen für die Zeit, die Sie dort verbringen, was immer Sie wollen.«

»Da oben ist es arschkalt, wissen Sie?«

»Kaufen Sie sich warme Kleidung und setzen Sie sie mit auf die Rechnung. Ich schicke Ihnen die Adresse. Was glauben Sie, wie bald können Sie sich auf den Weg machen?«

»Ich kann vermutlich dieses Wochenende hochfahren.«

Ich seufzte und verspürte eine Mischung aus Angst und Aufregung. »Perfekt.«

Nachdem ich aufgelegt hatte, wurden die Schuldgefühle nur noch stärker. Ich hasste es, zu solchen Mittel greifen zu müssen, aber ich musste wirklich mehr erfahren, bevor ich entscheiden konnte, wie ich vorgehen würde. Um die Wahrheit zu sagen, war es ihr letzter Brief gewesen, der mir schließlich den Rest gegeben hatte. Nun hatte ich tatsächlich das Gefühl, dass sich das mit uns in eine andere Richtung bewegte. Ich zog ihn hervor und las ihn erneut.

Lieber Griffin,
ich habe diesen Brief fünfmal angefangen. Jedes Mal endete es damit, dass ich ein zerknülltes Blatt Briefpapier in den Papierkorb neben meinem Schreibtisch geworfen habe. Eigentlich ist

das irgendwie gelogen – nicht alle fünf sind im Papierkorb gelandet. Ich kann wirklich schlecht zielen. Aber wie dem auch sei … Der Grund, warum ich ein paar Anläufe gebraucht habe, um diesen Brief zu verfassen, ist folgender: Ich habe versucht, mich bei den Antworten auf ein paar deiner Fragen zurückzuhalten, damit du mich nicht für eine Irre hältst. Auch wenn ich dir bereits erzählt habe, dass ich zahlreiche Ängste sowie Probleme mit Speck habe und gelegentlich mit meinem Hausschwein rede. Ach, womöglich ist dieser Zug ohnehin bereits abgefahren. Also los … Hier kommt die nackte Wahrheit über Oralsex, Orgasmen und Masturbation …
Ich hatte schon mal einen Orgasmus. Leider nicht mit einem Partner. Ich bin mir nicht sicher, ob meine Unfähigkeit, während des Sex mit einem Mann zum Höhepunkt zu kommen, mit dem jeweiligen Partner zu tun hatte – womit ich sagen will, dass mich die Männer, mit denen ich bislang zusammen war, einfach nicht genug erregt haben –, oder ob es ein körperliches Problem meinerseits ist. Aber ich kann einen Orgasmus bekommen, nur eben nicht in Anwesenheit der Männer, mit denen ich bisher zusammen war. Tatsächlich fällt es mir sehr leicht, mich selbst zum Höhepunkt zu bringen. Ich habe eine hübsche Vibratorensammlung, wobei der Rabbit mein Lieblingsmodell ist, weil er gleichzeitig innerlich und äußerlich stimuliert. Aber wenn ich ehrlich bin, tut es zur Not auch meine Hand.

Ich ließ den Kopf nach hinten gegen die Kopfstütze sinken und schloss die Augen. Herr im Himmel, die Vorstellung, wie sich Luca selbst berührte, trieb mich fast in den Wahnsinn. Für eine Sekunde spielte ich mit dem Gedanken, meine Hose zu öffnen und mir gleich hier im Auto einen runterzuholen. Aber ich konnte es mir wirklich nicht leisten, wegen unsittlicher Handlungen in der Öffentlichkeit direkt vor dem Aufnahmestudio verhaftet zu werden. Oder noch schlimmer: Ein Fan könnte zufällig vorbeikommen und ein Video von mir machen, während ich es mir selbst besorgte – das würde sich innerhalb kürzester Zeit im Internet verbreiten. Meine Jeans wurde langsam ziemlich eng. Ich musste daran denken, Lucas Briefe in Zukunft nicht mehr in der Öffentlichkeit, sondern nur noch bei mir zu Hause zu lesen.

Ich holte ein paarmal tief Luft, um einen klaren Kopf zu bekommen, und öffnete die Augen. In diesem Moment war ich nicht in der Lage zu fahren, also konnte ich es ebenso gut genießen und den Brief ein verdammtes sechstes Mal zu Ende lesen.

Seltsamerweise war der Absatz, den ich gerade zu Papier gebracht habe, nicht der, bei dem ich unsicher war, ob ich ihn schreiben sollte. Aber beim nächsten bin ich es ...
Ich habe es dir nie erzählt, aber ich habe einen heimlichen Spitznamen für dich: Mee-Mee. Die Geschichte dazu ist ziemlich peinlich. Aber was soll's ... ist jetzt auch egal. Ich war fast dreizehn, als du mir dein erstes und einziges Foto geschickt hast. Ich habe es mir wieder und wieder angeschaut. Falls es dir nicht bewusst ist, du warst sehr, sehr gut aussehend. Ich war ziemlich heftig in dich verknallt – und zwar schon bevor dieses Bild bei mir ankam. Aber sobald ich sah, wie umwerfend du aussahst, katapultierte das für mich alles auf eine ganz neue Ebene. Du darfst nicht vergessen, dass ich damals eine Teenagerin mit wild gewordenen Hormonen war. Auf jeden Fall lag ich eines Nachts in meinem Bett und starrte dein Foto an, und da schob ich zum ersten Mal meine Hand in meinen Slip. Es fühlte sich so gut an, aber ich besaß natürlich noch keinen Vibrator und brauchte mehr Stimulation. Also musste ich improvisieren. Das ist der

Teil, wo es peinlich wird. Erinnerst du dich an diese kleinen Furby-Schlüsselanhänger, die vibrierten und die man vor Jahren bekam, wenn man bei McDonald's ein Happy Meal kaufte? Ich bin mir sicher, dass du nun ahnen wirst, worauf diese Geschichte hinausläuft. Auf jeden Fall … hatte ich ein paar Exemplare von einem ganz speziellen Furby. Ja, du hast es erraten … sein Name lautete Mee-Mee.

Tja, ich hatte also die brillante Idee, Mee-Mee mal in meinen Slip zu schieben. Ich hielt ihn mir in den Schritt, und die Vibrationen stimulierten meinen Kitzler. Ich bin mir ziemlich sicher, dass ich keine Ahnung hatte, was ich da tat – aber mein lieber Mann, ich hatte den Jackpot geknackt. In jener Nacht erlebte ich meinen allerersten Orgasmus – dabei hielt ich mit der einen Hand dein Foto hoch, um es mir anschauen zu können, und mit der anderen presste ich Mee-Mee gegen meinen Körper. Also warst du im Grunde genommen ein wichtiger Bestandteil meines ersten Orgasmus.

Waren das zu viele Informationen? Ich hoffe nicht. Übrigens kam mein Dad nie dahinter, warum ich plötzlich wie besessen davon war, zu McDonald's zu gehen. Ich muss wohl kaum erwähnen, dass mich Happy Meals danach eine ganze Weile ziemlich glücklich machten.

Zufälligerweise bekomme ich gerade richtig Appetit auf ein paar Chicken Nuggets, eine Apfeltasche und eine Milchtüte. Was ist mit dir?;)

Okay, zu deiner letzten Frage – Oralsex. Ja, ich habe schon welchen gehabt, sowohl aktiv als auch passiv. Der passive Teil war zwar angenehm, führte aber nicht zu einem Orgasmus. Vielleicht war der Kerl nicht gut darin? Ich bin mir nicht sicher. Aber ich kann dir sagen, dass ich für meinen ersten aktiven Blowjob vorher recherchiert habe. Wusstest du, dass es eine ganze Pornoreihe gibt, die Anfängern Sexpraktiken erklärt? Blow-

jobs für Dummies hat mich 29,99 Dollar gekostet, dabei war es lediglich ein fünfzehnminütiges Video. Aber man hat mir versichert, dass es eine sehr gute Investition war.
Ich glaube, dass ich damit all deine Fragen beantwortet habe.
Nun bin ich dran!
Erzähl mir deine dunkelste Fantasie.

Deine Lieblingsbrieffreundin
Luca
PS: Ich bin mir ziemlich sicher, dass ich irgendwo in einer Schachtel in meinem Schrank noch einen Mee-Mee habe. Wenn du mir irgendwann ein aktuelles Foto schickst, suche ich ihn vielleicht raus …
PPS: Ich bin mir außerdem ziemlich sicher, dass mein Vibrator nach diesen letzten paar Briefen neue Batterien brauchen wird.

7. KAPITEL

Luca

»Luca?«

Cecily, die Dame, die in meiner kleinen Poststelle an der Empfangstheke saß, rief nach mir. Zum Glück war das Gebäude heute leer. Ich schloss mein Postfach zu und war angesichts der Tatsache, dass ich immer noch keinen Antwortbrief von Griffin erhalten hatte, ein wenig enttäuscht. Seit meinem letzten Brief an ihn war mehr als eine Woche vergangen, und so langsam bekam ich Bedenken, dass ich mit der Schilderung meiner sexuellen Eskapaden vielleicht ein wenig zu ehrlich gewesen war. Vor allem die Sache mit dem Furby könnte ihn verschreckt haben. Als ich den Hauptraum betrat, der sich direkt an den Raum mit den Postfächern anschloss, hob Cecily einen Finger.

»Ich habe ein Paket für Sie. Es passte nicht in Ihr Postfach. Lassen Sie es mich schnell holen.«

»Oh. Okay.« Ich vermutete, dass mir der Verlag Vorabexemplare meines aktuellen Romans geschickt hatte, aber als Cecily mit einem riesigen *roten* Karton zurückkam, fing mein Herz an zu rasen.

Hat mir Griff etwas geschickt?

Sie stellte das Paket auf die Theke. »Normalerweise sind Ihre Pakete immer recht schwer, aber das hier ist für seine Größe ziemlich leicht.«

Ich musste mich auf die Zehenspitzen stellen, um einen Blick auf die Absenderadresse zu werfen. Als ich Griffs vertraute Handschrift sah, lächelte ich breit.

Cecily bemerkte es. »Sieht so aus, als würden Sie sich über das sichere Eintreffen freuen.«

»Ja. Ich hatte nicht mit einem Paket gerechnet, nur mit einem Brief.«

Sie lächelte freundlich. »Tja, ich hoffe, dass es etwas Schönes ist.«

Ich trug das Paket nach draußen zu meinem Auto und konnte mich kaum davon abhalten, es direkt auf dem Parkplatz aufzureißen. Normalerweise wartete ich, bis ich zu Hause war, um Griffs Briefe zu lesen, aber ich war viel zu aufgeregt, um das mit diesem Paket genauso zu machen. Also stellte ich es auf den Beifahrersitz, ging um das Auto herum zur Fahrerseite und stieg ein. Dann riss ich die große Kiste auf.

Ganz oben lag ein roter Umschlag mit meinem Namen darauf auf rotem Seidenpapier. Ich nahm ihn heraus und überlegte, ob ich ihn lesen sollte, aber meine Neugier war stärker, und ich entschied mich für die unhöfliche Vorgehensweise: Ich öffnete das Geschenk, bevor ich überhaupt die Karte gelesen hatte.

Ich schlug das Seidenpapier zur Seite und riss die Augen auf.

Oh mein Gott!

Dann brach ich in Gelächter aus. In dem Paket lagen über hundert vibrierende Furby-Schlüsselanhänger. Ich konnte mir nicht mal vorstellen, wo zum Geier er sie herbekommen hatte, da man sie schon seit über zehn Jahren nicht mehr als Zugabe zum Happy Meal bekam. Ich nahm einen heraus, schaute mir die Unterseite an und schob den Schalter auf »An«. Sofort fing er auf meiner Handfläche an zu vibrieren. Ich quietschte, als wäre ich wieder dreizehn.

Der Brief konnte auf keinen Fall warten, bis ich zu Hause

war. Ich musste ihn jetzt lesen. Ich riss den Umschlag auf wie eine Süchtige, die ihren nächsten Schuss brauchte.

Liebe Luca,
wenn du mich vor einem Monat nach meiner dunkelsten Fantasie gefragt hättest, hätte ich dir vermutlich erzählt, dass ich ein- oder zweimal von einer kleinen BDSM-Spielerei geträumt habe. Davon, einer Frau all ihre Sinne zu nehmen – die Augen verbunden und Kopfhörer auf den Ohren. Sie würde eine Lederhose tragen, bei der die Pobacken freiliegen, und dazu mit Nieten besetzte Stiefel mit hohem Absatz. Ihre Hände wären hinter ihrem Rücken gefesselt, während sie über eine dieser Bänke gebeugt läge, die zum Hinternversohlen gedacht sind. Und auf ihren Pobacken würde sich mein Handabdruck knallrot abzeichnen. Ich bin mir sicher, dass du dir vorstellen kannst, was ich meine – wenn man bedenkt, dass du von Speck und Pornos besessen bist und all das.
Aber vor Kurzem hat sich für mich einiges verändert. Momentan grenzt meine tiefste, dunkelste Fantasie an Perversion. Perversion, Luca. Ich kann nicht aufhören, daran zu denken, wie eine gewisse eins achtundsechzig große Frau mit weit gespreizten Beinen auf meinem Bett liegt und sich einen verdammten Furby in den Schritt drückt.
Traurigerweise ist das mein völliger Ernst. Ich habe sogar darüber nachgedacht, zu einer Selbsthilfegruppe zu gehen – vielleicht eine für Leute, die sich sexuell zu anthropomorphen Tieren hingezogen fühlen? Ich denke, dass die das vielleicht verstehen würden.
Luca, Luca, Luca. Was hast du mir angetan?

Alles Liebe
Mee-Mee

PS: Du weißt, was du mit diesen Dingern anstellen sollst. Denk an mich, während du es tust.
PPS: Schreist du beim Sex? Stöhnst du? Hattest du je Sex in der Öffentlichkeit?
PPPS: Mein eBay-Konto wurde gesperrt, weil sie aufgrund meiner zahlreichen aufeinanderfolgenden Käufe einen möglichen Betrug vermuten. Kein Verkäufer hatte eine so große Menge vibrierender Mee-Mees auf Lager – aber siebenundsiebzig Leute hatten zusammen einhundert!

Hortencia hielt sie für Kauspielzeuge. Ich jagte sie durchs ganze Haus und versuchte, ihr den Furby aus dem Maul zu nehmen, aber dadurch hielt sie das Ganze für ein Spiel. Als ich ihr das Ding endlich entrissen hatte, lief sie zurück in mein Büro und schnappte sich einen neuen Furby aus dem Karton. Ich musste einen sichereren Aufbewahrungsort für meine neue kleine Sammlung finden, bevor der Doc für unsere heutige Sitzung eintraf. Also holte ich eine große Aufbewahrungskiste aus Plastik aus dem Keller – eine mit einem Deckel, den man mit Schnappverschlüssen verschließen konnte – und räumte die kleinen Spielzeuge hinein. Unter all den Furbys steckte halb unter einer der Papplaschen auf dem Boden des Kartons ein Stück Papier, das in der Mitte gefaltet war. Ich klappte es auf, weil ich dachte, dass mir Griffin vielleicht noch eine zweite Nachricht geschrieben hatte. Doch stattdessen handelte es sich um eine eBay-Rechnung für einen der vibrierenden Schlüsselanhänger. Er musste sie versehentlich mit in den Karton geworfen haben, als er die Dinger in das Paket gepackt hatte. In der oberen linken Ecke befand sich die Lieferadresse:

MARCHESE MUSIC
VIA CERRITOS 12
PALOS VERDES ESTATES, CA 00274

Wow. Das muss die Firma sein, für die Griffin arbeitet. Marchese Music.

Und nun hatte ich seine Adresse, oder zumindest einen Ort, an dem ich ihn finden konnte. Sofort rasten meine Gedanken. Was würde wohl passieren, wenn ich vor der Tür seines Arbeitsplatzes auftauchen würde? Wahrscheinlich würde er mich gar nicht erkennen. Ich könnte ihm persönlich gegenüberstehen, und er hätte keine Ahnung, wer ich bin. Das wäre verrückt.

Bei dem Gedanken musste ich lachen, und ich packte die restlichen Furbys in die Aufbewahrungskiste. Doch anstatt den Zettel mit der Adresse wegzuwerfen, legte ich ihn in meine Schreibtischschublade.

Ein paar Minuten später rastete Hortencia vollkommen aus. Sie grunzte und rannte zwischen meinem Büro und der Haustür hin und her. Ich hatte immer gedacht, dass Schweine Quieklaute von sich gaben, aber meins produzierte eher schnaubende Laute. Zumindest tat sie das, wann immer der Doc in meine Einfahrt einbog.

»Planänderung für heute, Luca!«, rief er, als er meine Fliegengittertür öffnete.

Ich zerrte an Hortencias Halsband, damit sie von der Tür zurückwich.

»Komm schon, Mädchen, lass den Doktor in Ruhe. Er will nur mit dir spielen, wenn dir Flügel wachsen.«

Der Doc beugte sich vor und gab Hortencia ein Leckerchen aus seiner Tasche. Der Mann hatte Erdnussbutterleckerchen für Schweine in der einen und Hundekuchen in der anderen Tasche – obwohl er gar keinen Hund besaß.

»Mach dich bereit, meine liebe Luca. Wir fahren heute in die Zoohandlung.«

Ich erstarrte. »Nein, das tun wir nicht. Du hast gesagt, dass wir heute spazieren gehen.«

»Das habe ich gesagt, weil du dir vor einem Ausflug tagelang Stress machst, wenn ich dir verrate, dass ich eine Konfrontationssitzung plane. Auf diese Weise hast du vorher weniger Zeit, dich zu stressen.«

»Nur dass jetzt der angesammelte Stress von fünf Tagen geballt über mich hereinbricht, weshalb während der fünfzehnminütigen Autofahrt zur Zoohandlung mein Kopf explodieren könnte.«

Der Doc runzelte die Stirn. »Ich glaube nicht, dass das so funktioniert.«

»Erinnerst du dich nicht mehr an unseren letzten Besuch in der Zoohandlung?«

Vor ein paar Monaten, am Wochenende vor Ostern, hatten wir es mit Konfrontationstherapie versucht. Weder der Doc noch ich hatten damals gewusst, dass ausgerechnet an diesem Tag jemand in einem Osterhasenkostüm in der Zoohandlung sein würde, um Fotos mit den Tieren zu machen. Wir hatten das Geschäft durch einen Seiteneingang betreten, also hatten wir den überfüllten Parkplatz nicht gesehen. Der Laden war wie ein Irrenhaus voller Menschen mit ihren Tieren gewesen. Schon auf halbem Weg durch den ersten Gang war mir so schwindelig und schlecht geworden, dass ich hyperventilierte und mich auf den Boden setzen musste. Leider hatte ich mich versehentlich in eine kleine Hundepfütze gesetzt. Als ich endlich genug Mut aufgebracht hatte, um aufzustehen und den Laden zu verlassen, hatte mich jeder Hund für einen Hydranten gehalten und an mir schnüffeln wollen – oder besser gesagt an meinem nassen Hintern.

»Dieses Mal fahren wir zu einem kleineren Laden. Und ich war heute Morgen auf meinem Weg hierher schon mal dort, um sicherzugehen, dass heute keine Veranstaltungen stattfinden.«

Das sorgte trotzdem nicht dafür, dass ich mich besser fühlte. »Warum gehen wir nicht bei der nächsten Sitzung in den Laden und machen heute einfach einen netten Spaziergang? Draußen ist es wunderschön.«

Er schüttelte den Kopf. »Ich brauche ein neues Futterhäuschen. Ein Eichhörnchen hat mein Kolibrifutterhäuschen runtergeworfen.«

»Du hast mindestens zwanzig verschiedene Futterhäuschen in deinem Garten. Die Kolibris können für ein paar Tage etwas anderes fressen.«

Der Doc kam auf mich zu und legte beide Hände auf meine Schultern. »Vertrau mir, Luca. Bei unseren Therapiebesuchen geht es nicht darum, in den Laden zu gehen und dort keine Panikanfälle zu haben. Ich gehe sogar davon aus, dass du dort einen Panikanfall haben wirst. Bei der Konfrontationstherapie geht es darum, dass du dich einer Situation stellst, die dir Angst macht, und dann mit der Panik umgehst, wenn sie dich überkommt. Wir werden das zusammen durchstehen.«

Ich schloss die Augen. »Meinetwegen.«

»Das ist mein Mädchen.«

»Also, erzähl mir, was es Neues von deinem Brieffreund gibt.«

Der Doc und ich hatten das Auto auf dem Parkplatz der Zoohandlung abgestellt, aber ich brauchte ein paar Minuten, um mich so weit zu beruhigen, dass ich den Laden betreten konnte. Also machten wir einen kleinen Spaziergang um den Block. Ich wusste, dass er Griff ansprach, weil er mich ablenken wollte, aber ehrlich gesagt, wenn Gedanken an Griffin nicht dafür sorgen konnten, dass sich mein Verstand auf etwas anderes als meine Angst konzentrierte, dann war ich mir nicht sicher, dass es überhaupt möglich war.

»Er hat mir ein Geschenk geschickt.«

»Oh?«

Ich hatte nicht vor, dem Doc meine Furby-Masturbationsgeschichte zu erzählen, also umschiffte ich die Wahrheit. »Nur ein paar Spielzeuge, von denen ich damals in unserer Kindheit besessen war. Er hat mir keine Diamanten geschickt oder so etwas.«

»Ich bin mir sicher, dass dir die Tatsache, dass er sich an etwas erinnert, das du früher mochtest, ohnehin mehr bedeutet als irgendein Schmuckstück.«

Ich lächelte. Der Doc kannte mich wirklich gut. »Wir schreiben uns jetzt schon seit einer Weile wöchentlich Briefe, und irgendwie ist die ganze Sache … persönlich geworden. Wir reden zum Beispiel offen über Verabredungen und unsere Sexleben – oder in meinem Fall wohl eher über mein nicht vorhandenes Sexleben.«

»Und ihr habt immer noch keine aktuellen Fotos ausgetauscht oder miteinander telefoniert?«

»Ich habe es versucht, aber Griff sagte, ihm gefalle das Geheimnisvolle, weswegen er es gerne dabei belassen würde.«

Der Doc schwieg einen Moment lang. »Glaubst du, dass er dir die Wahrheit sagt?«

Darüber hatte ich in letzter Zeit auch viel nachgedacht. Ich hatte langsam das Gefühl, dass Griff vielleicht nicht mehr so selbstbewusst war wie in unserer Kindheit. Er wollte nicht wirklich über seine Arbeit reden – abgesehen davon, dass er erwähnt hatte, dass sich die Dinge nicht so entwickelt hätten wie geplant. Und er war sogar einer Beschreibung seines Aussehens ausgewichen. Das ließ mich vermuten, dass es Griff vielleicht peinlich war, dass er es in der Musikindustrie nicht so weit gebracht hatte, wie er es sich wünschte. Und möglicherweise hatte das sein Selbstvertrauen erschüttert. Wahrscheinlich war es auch nicht besonders hilfreich, dass ich damit angegeben hatte, dass es mein Debütroman auf die Bestsellerliste der New York Times geschafft hatte.

»Ich bin mir nicht sicher. Aber ich habe eine Theorie, dass er sich vielleicht ein bisschen für seinen Job schämt und sein Selbstvertrauen darunter gelitten hat. Es ist seltsam, weil nichts davon eine Rolle spielt. Mir ist egal, wie er aussieht oder ob er in einem Supermarkt arbeitet und dort die Regale auffüllt. Wann immer ich es früher mit Onlinedating versucht habe, habe ich einem Mann nicht mal eine Chance gegeben, wenn ich ihn optisch nicht attraktiv fand. Und doch ist es mir wirklich egal, ob Griffin gut gealtert ist oder nicht. Selbst eine riesige Narbe in seinem Gesicht würde mich nicht stören. Ich mag den Mann, der er im Inneren ist, und seinen Sinn für Humor.«

»Das ist sehr erwachsen. Klingt so, als würdest du tatsächlich Gefühle für diesen Mann entwickeln.«

Ich seufzte. »Ich glaube, das tue ich. Aber ich bin mir nicht sicher, wie ich Griffin vermitteln soll, dass ich ihn um seinetwillen mag und dass sein Aussehen für mich keine Rolle spielt. Dieses Thema kann man nur schwer in Briefen diskutieren. Aber ich denke, dass ich versuchen werde, es noch mal ausführlicher anzusprechen.«

»Gut. Ich bin definitiv neugierig darauf, dem Mann zu begegnen, der dein Interesse geweckt hat.«

»Das geht uns beiden so, Doc. Witzigerweise könnten wir uns sogar mit ihm treffen. Ich habe auf dem Boden des Pakets, das er mir geschickt hat, eine Rechnung gefunden, und darauf stand eine Adresse, an die er mein Geschenk schicken ließ. Ich denke, dass es sich dabei um seinen Arbeitsplatz handeln könnte. Theoretisch könnten wir beide dort auftauchen, und er würde nicht mal wissen, wer wir sind. Ich habe mich in den letzten zehn Jahren äußerlich sehr verändert. Zu schade, dass er nicht in der Nähe wohnt, sonst würde ich es vielleicht tatsächlich auf einen Versuch ankommen lassen, weil ich so neugierig bin.«

Nach unserer Runde um den Block kamen wir wieder am Haupteingang der Zoohandlung an. Auf dem Parkplatz standen ein paar Autos, aber es war kein Vergleich zu unserem letzten Besuch in einer Zoohandlung.

Der Doc warf mir einen Blick zu. »Sieh den heutigen Tag als einen weiteren Schritt in Richtung einer Begegnung mit Griffin an. Man kann nie wissen – heute besuchen wir eine Zoohandlung … nächsten Monat könntest du schon in ein Flugzeug nach Kalifornien steigen.«

Wenn es doch nur so einfach wäre. Ich holte tief Luft und zupfte am Kragen meines T-Shirts. Mir war jetzt schon ein wenig zu warm, und allein beim Blick auf die Tür fühlte ich mich eingeengt.

»Okay, ich will es hinter mich bringen.«

»Du hast das heute sehr gut gemacht, Luca«, sagte der Doc, als ich in meine Einfahrt einbog. Er griff nach unten zwischen seine Beine und nahm seine Tüte aus der Zoohandlung hoch.

»Ich denke, dass ›sehr gut‹ vielleicht ein wenig übertrieben ist.«

»Du unterschätzt dich. Du hast es fast ganze zehn Minuten lang im Laden ausgehalten.«

»Neuneinhalb Minuten davon stand ich an der Tür.«

»Das ist in Ordnung. Wie weit du dich ins Gebäude hineingewagt hast, spielt keine Rolle. Wichtig ist nur, dass du Panik empfunden hast und damit umgegangen bist. Du hättest problemlos zur Tür hinauslaufen können. Doch stattdessen bist du standhaft geblieben und hast es durchgezogen. Das ist ein Fortschritt.«

Der Doc mochte den Eindruck haben, dass ich heute Fortschritte gemacht hatte, aber ich fühlte mich einfach nur ernüchtert. Wieso sollte Griffs Aussehen überhaupt eine Rolle spielen? Ich würde niemals in ein Flugzeug steigen.

Ich rang mir ein trauriges Lächeln ab. »Danke, Doc. Ich weiß das, was du heute versucht hast, zu schätzen.«

»Fortschritt braucht Zeit, Luca. Sei nicht deprimiert. Du magst noch nicht dort sein, wo du sein willst, aber du bist auch nicht mehr da, wo du gestern noch warst. Jeder Tag ist ein kleiner Schritt in die richtige Richtung. Du schaust einfach weiter nach vorn und machst einen nach dem anderen. Ich verspreche dir, dass du eines Tages zurückblicken und überrascht sein wirst, wie weit dich all diese winzigen Schritte gebracht haben.«

»Ich frage mich, wie viele kleine Schritte zwischen hier und Kalifornien liegen«, scherzte ich. »Wenigstens werde ich mir keine Gedanken mehr über Griffs Aussehen machen müssen, wenn ich dort ankomme, weil ich ihn dann aufgrund meines altersbedingten grauen Stars ohnehin nicht mehr sehen werde.«

Der Zuspruch des Docs munterte mich nicht wirklich auf. Ich war es leid, mich danach zu sehnen, normale Dinge machen zu können, und frustriert, dass ich meine Ängste offenbar einfach nicht überwinden konnte.

An diesem Abend schrieb ich Griff nicht zurück, da ich nicht wollte, dass er meine schlechte Laune und meine Wut spürte. Aber irgendwie konnte ich auch nicht einschlafen. Ich wälzte mich stundenlang hin und her, bis ich schließlich aufstand und eine Schlaftablette nahm – was ich nicht oft machte. Diese Dinger hauten mich wirklich um.

Also war es nicht weiter überraschend, dass ich am nächsten Tag lange schlief. Ein lautes Hupen weckte mich auf – es war keine Autohupe, sondern eher so was wie die Warnsirene eines Zugs oder Sattelschleppers. Die ersten zwei Male, die ich es hörte, zog ich mir die Decke über den Kopf und versuchte, es zu ignorieren. Doch nach dem dritten Mal grunzte Hortencia wie verrückt, also stand ich auf, um nachzusehen, was los war.

Was in aller Welt ...?

Ich rieb mir die Augen und schob die Jalousien am vorderen Fenster beiseite, um besser sehen zu können. Aber meine Augen hatten mir keinen Streich gespielt. Ein riesiges Wohnmobil mit Holzoptikverkleidung, das aussah, als würde es aus den Siebzigern stammen, parkte vor meinem Haus. Als mich der Fahrer entdeckte, kurbelte er das Fenster herunter.

Oh mein Gott. Ich hab Angst.

Es war der Doc. Er lehnte sich halb aus dem Fenster und wedelte mit den Armen, als könnte ich ihn übersehen.

»Schau mal, was meine Schwester Louise hat! Ich wette, dass wir unterwegs jede Menge Vögel sehen können.«

Ich öffnete die Haustür und schirmte meine Augen mit der Hand gegen die Sonne ab.

»Unterwegs wohin?«

Ich würde auf gar keinen Fall in dieses verdammte Ding steigen, solange der Doc am Steuer saß.

»Nach Kalifornien, Dummerchen!«

8. KAPITEL

Griffin

Verdammt noch mal. Ich konnte nicht aufhören, sie anzustarren.

Julian hatte mir die Fotos von Luca vor fast zwei Stunden zugeschickt, und seitdem hatte ich mich nicht vom Fleck bewegt. Sie war sehr viel schöner, als ich es mir je vorgestellt hätte. Um ehrlich zu sein, hatte ich aufgrund ihrer Eigenheiten beinahe erwartet, dass sie ein wenig durchschnittlicher aussehen würde. Durchschnittlich wäre vollkommen in Ordnung gewesen, weil unsere Chemie unabhängig vom Aussehen bereits unbeschreiblich war. Aber jetzt? Jetzt, da ich herausgefunden hatte, dass Luca tatsächlich eine Granate war? Das goss einfach so viel mehr Öl ins Feuer, und ich bezweifelte, dass ich je in der Lage sein würde, es zu löschen.

Sie hatte immer noch das lange braune Haar, an das ich mich von dem einen Foto erinnerte, das sie mir vor Jahren geschickt hatte. Ihre grünen Augen waren riesig und funkelten wie wunderschöne Sterne. Sie gewährten einem Einblick in ihre Seele, und ich wollte stundenlang in sie hineinschauen.

Wow.

Sie sah wie eine bessere Version dieser … Wie hießen diese Puppen noch mal? Dieses kranke Mädchen in der Klinik hatte sie sich gewünscht, und ich hatte ihr ein Dutzend davon geschickt. *Blythe-Puppen!* Das war's. Mit ihren umwerfenden Augen sah Luca wie eine lebendige Blythe-Puppe aus.

Nun, da ich sie gesehen hatte, waren meine Schuldgefühle zehnmal heftiger. Aber es war nicht nur ihr Aussehen. Julian hatte Fotos von ihr vor der Post in ihrem Auto gemacht, und zwar in genau dem Augenblick, in dem sie mein Geschenk erhalten hatte. Die Freude auf ihrem Gesicht, als sie diesen Karton voller Furby-Schlüsselanhänger öffnete, werde ich so schnell nicht wieder vergessen.

Oh, du wunderschöne Frau. Wie großartig ist es, dein Lächeln zu sehen, dich glücklich zu sehen.

Julian hatte mir per E-Mail aus Vermont mehrere Fotos sowie einen Bericht über seine ersten Eindrücke geschickt.

Grüße aus Montpelier!
Im Anhang finden Sie alle Fotos, die ich seit meiner Ankunft hier gemacht habe.
Folgendes konnte ich bisher in Erfahrung bringen: Wie Sie sehen können, ist Ihre Freundin ein ziemlicher Hingucker. Das ist die gute Nachricht. Der Rest ist ein wenig seltsam, wenn Sie mich fragen, also schnallen Sie sich an.
Zuerst einmal führt sie ein Schwein an einer Leine Gassi. Ja, ich sagte SCHWEIN. Ein verfluchtes Schwein. Keine Ahnung, was es damit auf sich hat. Abgesehen von diesen Spaziergängen scheint sie hauptsächlich zwischen ihrem Haus und der Post hin- und herzufahren. Also war es ziemlich einfach, sie im Auge zu behalten.
Aber jetzt kommt der wirklich seltsame Teil. Es gibt da diesen alten Kerl, der sie mal abgeholt hat. Ich folgte ihnen zu einer Zoohandlung und wieder zurück. Das war alles. Ich bin mir nicht sicher, ob er ihr Großvater oder ein Sugardaddy oder was auch immer ist. Ich glaube allerdings, dass er ein Spanner ist, weil ich gesehen habe, wie er draußen vor ihrem Haus ein Fernglas benutzt hat. Ein echter Perversling. Das ist wirklich selt-

sam. Falls Sie wollen, dass ich ihn mir mal genauer anschaue, geben Sie mir Bescheid.
Die Geschichte wird sogar noch seltsamer. Am nächsten Tag tauchte derselbe Kerl mit einem alten Wohnmobil vor ihrem Haus auf. Sie stieg ein, blieb ein paar Minuten lang im Inneren und rannte dann wieder in ihr Haus. Ich habe keine Ahnung, worum es bei der ganzen Sache ging.
Das ist so ziemlich alles, was ich bislang habe. Ich könnte selbst dann keine Zusammenhänge zwischen all dem erkennen, wenn Sie mir doppelt so viel bezahlen würden oder mein Leben davon abhinge. Ich bin mir nicht sicher, wie viele Informationen Sie noch brauchen.
Wie dem auch sei, das gehört zwar nicht zu Ihrem Thema, aber ich habe hier gestern Abend eine kleine Ablenkung in einer Bar gefunden. Ihr Name ist Vanessa. Ich spiele mit dem Gedanken, noch ein wenig länger in der Stadt zu bleiben, falls Sie möchten, dass ich an dem Job dranbleibe. Der alte Kerl hat irgendwas vor. Das weiß ich einfach.
Geben Sie mir Bescheid!
Julian

So seltsam Lucas Lebensstil auch auf ihn gewirkt haben mochte, für mich ergab das alles total Sinn. Ich wusste, dass dieser Kerl ihr exzentrischer Therapeut war, mit dem sie oft Ausflüge unternahm, weil sie ihn in ihrem ersten Brief erwähnt hatte. Und natürlich hatte ich bereits von Hortencia gehört. Also beunruhigte mich das alles seltsamerweise überhaupt nicht.

Ich schrieb zurück und beauftragte Julian, vor Ort zu bleiben, bis ich ihm etwas anderes mitteilte. Ich glaubte nicht, dass er noch weitere wertvolle Informationen herausfinden würde, aber er hatte momentan eindeutig nichts Besseres zu tun – abgesehen von seinem Techtelmechtel mit »Vanessa« –, also dachte ich mir, dass ich ihn ruhig noch ein wenig länger im Einsatz lassen konnte.

»Mr Archer?«

Mist. Offensichtlich konnten die Kappe und die Sonnenbrille meine Identität nicht verbergen, während ich versuchte, unerkannt die Post zu betreten.

»Ja.«

»Kann ich ein Autogramm haben?«

»Klar«, sagte ich und kritzelte schnell meine Unterschrift auf die Post der jungen Frau.

»Ich bin ein riesiger Fan«, quiekte sie. »Sie haben ja keine Ahnung. ›Luca‹ ist mein absolutes Lieblingslied.«

Oh Mann, musste sie mich unbedingt daran erinnern?

»Danke«, sagte ich und eilte davon.

Auch damit musste ich mich irgendwann auseinandersetzen. Wie sollte ich Luca erklären, dass ich mein erfolgreichstes Lied – es war eher eine Schimpftirade – für sie geschrieben hatte, während ich eines Abends betrunken und wütend gewesen war? Wer hätte ahnen können, dass das Ding die Charts stürmen würde? Als ich es schrieb, konnte ich mir beim besten Willen nicht vorstellen, dass Luca und ich eines Tages wieder Kontakt miteinander haben würden.

Ich seufzte. Vermutlich war das Lied gerade das geringste meiner Probleme.

Ich zog mir die Kapuze über den Kopf und ging schneller, damit mich nicht noch jemand erkannte. Schließlich hielt ich Lucas Brief in den Händen und konnte nicht schnell genug zu meinem Auto zurückkehren.

Ich riss den Umschlag auf und konnte es kaum erwarten, den Brief zu lesen.

Lieber Griffin,
ich habe drei Furbys verbraucht. Nur gut, dass du mir so viele geschickt hast, auch wenn du dafür dein eBay-Konto opfern musstest. Das tut mir leid, aber aus irgendeinem Grund musste ich laut lachen, als du mir erzählt hast, dass es gesperrt wurde. Ernsthaft, danke für das Überraschungsgeschenk. Ich glaube, ich habe seit Jahren nicht mehr so heftig gelächelt und gelacht wie in dem Moment, in dem ich es geöffnet habe. Und ja, es ist wirklich wahr, dass drei davon bereits durchgebrannt sind. (Ups.) Übrigens habe ich jede Sekunde dabei an dich gedacht.;-)
Ich habe mit dem Gedanken gespielt, dir ein Video zu schicken, um dir zu beweisen, wie sehr ich dein Geschenk zu schätzen weiß, aber ich dachte, dass dich das vielleicht verstören würde. Hättest du gern so etwas von mir? Ein Video? Das würde natürlich bedeuten, dass wir Telefonnummern und E-Mail-Adressen austauschen müssten. Und das könnte dazu führen, dass wir uns – oh Gott – am Telefon unterhalten würden. Und eine Unterhaltung am Telefon könnte dazu führen, dass wir uns – oh Gott – treffen. Und ein Treffen könnte dazu führen … Nun ja, du verstehst, worauf ich hinauswill. Ich weiß, dass du gesagt hast, dass dir die Dynamik gefällt, die wir gerade miteinander haben, und dass du das Geheimnisvolle an der Sache magst. Versteh mich nicht falsch, ich LIEBE das, was wir haben. Aber ich weiß nicht … Willst du manchmal nicht auch mehr?

Ich musste für einen Moment aufhören, den Brief zu lesen.

Mist.

Verdammt.

Mist.

Sofort überkam mich ein grauenhaftes Gefühl. Ganz zu schweigen davon, dass ich steinhart war. Eine seltsame Kombination. Ich wusste, wohin das führen würde, und es machte mich innerlich vollkommen fertig. Ich holte tief Luft und las weiter.

Tut mir leid, wenn ich gerade eine Grenze überschreite, indem ich das anspreche. Aber das beschäftigt mich in letzter Zeit sehr. Ich würde mir wirklich wünschen, dass das, was wir haben, über Briefe hinausgeht. Ich bin verrückt nach dir. So, jetzt ist es raus. Du kannst gerne so tun, als hätte ich es nie gesagt. Ich werde deinen Mangel an Bestätigung einfach als Hinweis verstehen, dass ich das Thema nicht wieder ansprechen soll. (Wer ist jetzt derjenige, der die Alarmanlage installiert?)
Okay, nun, da ich mir das von der Seele geredet habe, werde ich deine Fragen beantworten. Du wolltest wissen, ob ich schreie oder stöhne. Eigentlich beides – aber hauptsächlich, wenn ich mich selbst befriedige, weil ich mich dann am wohlsten fühle und mir keine Gedanken um die Meinungen anderer Leute mache. Außerdem wohne ich sehr abgelegen, also kann mich niemand außer Hortencia schreien hören. Das ist ganz praktisch, wenn man etwas Privatsphäre haben will, aber es wird problematisch, wenn ein Axtmörder hinter einem her ist oder ein Grizzlybär angreift.
Die Antwort auf deine andere Frage lautet, dass ich noch nie in der Öffentlichkeit Sex hatte, aber ich denke, wenn das je passieren sollte, dann ganz sicher in Kalifornien.;-) Das ist übrigens schon der zweite Zwinkersmiley, den ich in diesem Brief gezeichnet habe, und ich finde mich langsam selbst ein bisschen gruselig. Keine Zwinkersmileys mehr.
Bitte sag mir, dass ich dich mit meinem Vorschlag, dir ein Video zu schicken, nicht verschreckt habe.

Deine Lieblingsbrieffreundin
Luca

PS: Ziehst du komplett rasiert, Landebahn oder einen wilden Busch vor? Ich frage für eine Freundin.
PPS: Vielleicht heißt diese Freundin Luca.

Ich atmete geräuschvoll aus und lehnte den Kopf gegen den Sitz. *Verdammt.* Was jetzt?

Die Tatsache, dass ich sie ausspionieren ließ, war verflucht ungerecht. Ich konnte offenbar nicht weiterleben, ohne sie zu sehen, und doch gestand ich ihr nicht das Gleiche zu, wenn es um mich ging? Das fühlte sich an, als würde ich sie bestehlen.

Ich muss ihr die Wahrheit sagen.

Aber wenn sie herausfand, wer ich war, würde das alles ruinieren, was wir hatten. Ich lebte für ihre Briefe, dafür, dass sie nicht über mich urteilte. Luca war die einzige noch verbliebene Person auf dieser Welt, die mich wirklich als den Mann sah, der ich war. Die Vorstellung, dass sich das je ändern könnte … Nun ja, ich wollte es mir nicht vorstellen. Doch nun, da ich sie gesehen hatte, wollte ich gleichzeitig nichts mehr, als sie zu riechen, sie zu schmecken und *leibhaftig* bei ihr zu sein. Obwohl es bei uns nie um den körperlichen Aspekt gegangen war, konnte ich ihr Bild jetzt nicht mehr vergessen.

Luca, Luca, Luca. Was soll ich nur mit dir anstellen?

Ich brauchte noch ein bisschen mehr Zeit, um es herauszufinden.

Es dauerte ein paar Tage, bis ich mich entschieden hatte, wie ich ihr antworten sollte.

Nachdem ich eines Nachmittags aus dem Studio zurückkehrte, biss ich in den sauren Apfel und versuchte letztendlich, mir ein wenig mehr Zeit zu erkaufen.

Liebe Luca,
falls dieser Brief ein wenig später als die anderen ankommt … liegt das daran, dass ich mich tagelang in meinem Zimmer eingeschlossen und mir zu der Vorstellung eines kleinen Pornovideos von dir einen runtergeholt habe. Was die Frage aufwirft: Versuchst du, mich umzubringen? Neben Äxten und Grizzlybären gibt es auch noch andere Methoden, Menschen zu töten, weißt du? So etwas vorzuschlagen, wenn ich dich nicht berühren kann, wäre eine davon. Ich bin mir ziemlich sicher, dass das unter Folterverbrechen fällt. Ich bin froh, dass du die Furbys gut genutzt hast, auch wenn dabei drei geopfert werden mussten. Sie wurden eindeutig nicht für den Langzeitgebrauch hergestellt.
Ich rede definitiv um den heißen Brei herum, nicht wahr?
Okay.
Los geht's.
Ein Aspekt, der unsere Beziehung immer ausgemacht hat, ist meiner Meinung nach blindes Vertrauen. Siehst du das auch so? Vertraust du mir blind? Ich kann ehrlich sagen, dass ich dir blind vertraue. Auch wenn wir uns nie begegnet sind, würde ich dir mein Leben anvertrauen. Ich glaube nicht, dass ich das von irgendeinem anderen Menschen auf dieser Erde behaupten kann. Und nun muss ich dich um einen Gefallen bitten. Du musst mir vertrauen, wenn ich dir sage, dass es für uns momentan das Beste ist, einfach so weiterzumachen wie bisher. Du bist mir sehr wichtig, Luca. Und ich will in der Lage sein, der richtige Mann für dich zu sein. Es tut mir leid, dir sagen zu müssen, dass ich das momentan nicht bin. Wenn man seine Träume verfolgt, wird einem irgendwann klar, dass sie nicht umsonst sind und der Preis dafür sehr viel höher ist, als man je erwartet hätte. Aber ich versuche herauszufinden, wie ich die Dinge ändern kann, und zwar lieber früher als später. Ich will dich unbedingt

treffen, dich berühren und viele andere Sachen mit dir (und für dich) machen. Wenn der richtige Zeitpunkt gekommen ist, um den nächsten Schritt zu machen, verspreche ich, dass ich es dich wissen lasse. Und ich hoffe, dass das hier dann alles Sinn für dich ergeben wird.
Kannst du das für mich tun? Kannst du mir in dieser Hinsicht blind vertrauen? Beantworte diese Frage jetzt nicht. Nimm dir Zeit, um darüber nachzudenken. Denk an MICH und frag dich, ob du wirklich glaubst, dass ich dir je absichtlich wehtun oder dich in eine falsche Richtung lenken würde.
Widmen wir uns doch anderen dringenden Themen, genauer gesagt deiner Pussy und meinen Präferenzen in Bezug auf sie. Glaub mir, wenn ich sage, dass ich dich so nehmen werde, wie du dich gibst, ob kahl oder haarig wie der eben noch erwähnte Grizzlybär. Wenn ich dich mit meinem Mund verwöhne, werde ich jede Sekunde davon genießen und dir den besten Orgasmus deines Lebens verschaffen, besser als jeder Furby es je könnte. Ich träume jeden Tag von dir, Luca.

Bis dann
Griff
PS: Bevorzugst du unbeschnittene oder beschnittene Penisse? Ich frage für einen Freund.
PPS: Vielleicht heißt dieser Freund Mee-Mee.

9. KAPITEL

Luca

Der Doc war wirklich verrückt. Er hatte das Wohnmobil vor seinem Haus geparkt und mir im Grunde genommen mitgeteilt, dass es bereit sei, jederzeit loszufahren, falls ich mich doch noch entschließen sollte, sein Angebot anzunehmen und nach Kalifornien aufzubrechen. Das verdammte Ding war größer als sein eigentliches Haus.

Wenn ich zugestimmt hätte, wäre er an dem Tag, an dem er damit vor meinem Haus aufgetaucht war, mit mir losgefahren. Ich hatte ihm gesagt, dass ich wirklich ein wenig Zeit bräuchte, um darüber nachzudenken.

Ein Teil von mir wollte sein Angebot annehmen und sich auf seine verrückte Idee einlassen. Aber wenn ich es tatsächlich tat, würde das bedeuten, dass ich vermutlich etwas herausfinden würde, das ich eigentlich gar nicht wissen wollte. Griffin verbarg etwas. Da war ich mir sicher. Diese Erkenntnis schmerzte. In seinem letzten Brief bat er mich, ihm blind zu vertrauen, aber wie konnte man das tun, wenn man einen guten Grund geliefert bekam zu vermuten, dass etwas nicht stimmte? In mir tobte ein Kampf, und ich fragte mich, wie ich mit der Situation umgehen und trotzdem vorankommen sollte.

Ein Klopfen an der Tür ließ mich aufschrecken. Ich wusste, dass es der Doc war, aber ich war nicht mal ansatzweise bereit, heute Abend auszugehen – wo auch immer er mich dieses Mal hinzwingen wollte.

Ich öffnete die Tür. Der Doc trug einen Anzug. *Oh nein.*

»Du bist noch nicht angezogen?«, fragte er.

»Nein. Weil du mir nicht verraten willst, wo wir hingehen.«

»Luca … darum geht es doch. Ich verspreche dir, dass es nichts sein wird, womit du nicht umgehen kannst.«

Eine Weile später trug ich mein schickstes schwarzes Kleid und saß zitternd im Auto des Docs.

Er schaute zu mir herüber. »Du siehst umwerfend aus.«

»Danke. Wirst du mir jetzt bitte endlich verraten, wohin wir fahren?«

»Wir werden schon bald dort sein.«

Letztendlich hielten wir vor einem alten Backsteingebäude. Auf einem Schild stand: AUDUBON-GESELLSCHAFT VERMONT.

»Du nimmst mich mit zu einem Treffen mit deinen Vogelfreunden?«

»Es ist die jährliche Gala. Viele Menschen sind anwesend, und das ist die perfekte Gelegenheit für dich, deinen Umgang mit der Panik zu üben. Keine Sorge. Die Veranstaltung findet draußen im Hof hinter dem Gebäude statt, nicht drinnen.«

Ich sank in meinen Sitz. »Ich kann trotzdem nicht damit umgehen.«

»Damit liegst du falsch. Du kannst alles schaffen, was du dir in den Kopf setzt, oder in diesem Fall eben *nicht* in den Kopf setzt. Halte deinen Kopf da raus und lass dich einfach treiben, von einem Augenblick in den nächsten. Sitz da und lass all die Gefühle der Panik auf dich einwirken, ohne zu fliehen.«

Ich wollte aus diesem Auto fliehen, ganz zu schweigen von der Gala. »Ich kann das nicht.«

»Doch, du kannst das. Dich erwartet wahre Freiheit, wenn du lernst, die Gefühle auszusitzen, ohne die Flucht anzutreten. Sobald die Panik nachlässt, wirst du erkennen, dass es nichts gab, wovor du Angst haben musstest. Hast du denn nichts aus unseren Studien der Lehren von Dr. Claire Weekes gelernt?«

Mein Tonfall wurde aggressiv. »Warum muss das unbedingt heute Abend sein?«

»Weil es an der Zeit ist, Luca. Dein Leben zieht an dir vorbei. Wir müssen dich an einen Punkt bringen, an dem du wieder in der Gesellschaft anderer Menschen funktionieren kannst. Das bedeutet auch, dass du in der Lage sein musst, ihre Anwesenheit zu ertragen.«

Als ich nichts sagte, fuhr er fort.

»Ich mache dir einen Vorschlag. Wenn du nur fünfzehn Minuten der Gala durchstehst, können wir gehen. Ich werde dich für den Rest des Abends nicht mehr behelligen. Dann werde ich dich direkt nach Hause bringen.«

Ich atmete zitternd aus und erwiderte: »Ich weiß nicht …«

»Wenn du es nicht für mich tun willst, dann tu es für deinen Griffin.«

Meinen Griffin.

Ich dachte intensiv darüber nach, was diese Aussage wirklich bedeutete – es für Griffin tun.

Ich dachte an die vielen Kilometer, die zwischen uns lagen.

Ich dachte über den Lebensstil nach, den er als alleinstehender Mann in Kalifornien vermutlich führte, und wie sehr der sich von meinem unterschied.

Wenn ich je eine echte Chance haben wollte, ihn zu treffen, musste ich wenigstens *versuchen*, mich meinen Ängsten zu stellen. Wenn ich mich vor einem Haufen Vogelkundler zum Narren machte, war das wohl immer noch besser, als mich vor Griff zum Narren zu machen.

Ich gab nach und stieg aus dem Auto aus. »Fünfzehn Minuten.«

Übelkeit überkam mich, als ich auf die versammelte Menschenmenge im Hof der Gesellschaft zutrat. Sofort schoss das Adrenalin durch meinen Körper, und ich befand mich umgehend im vollen Panikmodus. Das Geräusch all dieser Leute, die sich unterhielten, vermischte sich zu einem lauten, wirren Durcheinander. Der Himmel über mir schien zu schwanken.

Als wir einen Tisch erreichten, setzte ich mich und zitterte auf meinem Stuhl.

»Du machst das toll, Luca.«

Der Doc begann eine Unterhaltung mit der Frau, die auf dem anderen Platz neben ihm saß, und ließ mich still vor mich hin leiden. Schweiß bedeckte meinen Körper, während die quälenden Minuten vergingen und ich mich an der Tischdecke festklammerte.

Tu es für Griffin, sagte ich mir immer wieder.

Irgendwann passierte etwas Interessantes. Die betäubenden heißen Panikblitze schienen sich zu verflüchtigen, nachdem sie ihren schlimmsten Punkt erreicht hatten. Mein Herz schlug langsamer. Erleichterung überkam mich. Ich wollte weinen, weil es sich anfühlte, als hätte ich eine Nahtoderfahrung überlebt. Ich konnte mich nicht erinnern, dass das je zuvor passiert war, weil ich normalerweise nie lange genug an einem Ort blieb, um es an diesen Punkt zu schaffen.

Bevor ich wusste, wie mir geschah, verkündete der Doc: »Die Zeit ist um, Luca. Wie fühlst du dich?«

»Ich lebe noch. Können wir jetzt gehen? Ich bin nach dieser ganzen Sache ein wenig erschöpft.«

»Du hast das gut gemacht. Ich bin sehr stolz auf dich. Wir können sofort gehen.«

Sobald wir zu seinem Auto zurückkehrten, brach ich zusammen, und Tränen liefen über mein Gesicht. Das war das erste Mal, dass ich weinte, seit ich den Brief gelesen hatte, in dem mir Griffin vom Tod seiner Mutter berichtet hatte. Wie es schien, würden Tränen nun meine ständigen Begleiter sein, seit ich den Schleusentoren einmal erlaubt hatte, sich zu öffnen. *Toll. Einfach toll.*

Der Doc war schockiert. »Du weinst …«

»Das ist erst das zweite Mal seit sehr langer Zeit, dass ich weine.«

»Ich weiß. Aber der Grund dafür ist nicht das, was da drinnen passiert ist, oder?«

»Nein. Ich weine, weil ich … Angst habe.«

»Okay … Erzähl mir, warum du Angst hast.«

»Es ist wegen Griffin. Wegen seines letzten Briefs. Er hat im Grunde genommen angedeutet, dass es einen Grund dafür gibt, warum er nicht den nächsten Schritt mit mir machen will. Er hat mich gebeten, ihm blind zu vertrauen, dass es die richtige Entscheidung ist, so weiterzumachen wie bisher, ohne miteinander zu reden oder uns zu treffen. Ein Teil von mir will ihm wirklich glauben, und der andere Teil von mir hat furchtbare Angst davor, verletzt zu werden.«

»Du denkst doch nicht, dass er verheiratet ist, oder?«

»Nein. Ich denke nicht, dass es etwas in der Art ist. Griffin ist treulosen Betrügern gegenüber immer sehr gnadenlos gewesen, daher ist mir das nie in den Sinn gekommen.«

»Denkst du, dass es etwas anderes Bedrohliches ist?«

Ich hatte den Teil seines letzten Briefs, der mich am meisten beunruhigt hatte, auswendig gelernt.

Wenn man seine Träume verfolgt, wird einem irgendwann klar, dass sie nicht umsonst sind und der Preis dafür sehr viel höher ist, als man je erwartet hätte.

»Ich bin mir nicht sicher, aber ich denke, dass er vielleicht finanzielle Probleme hat. Er hat zuvor schon mal erwähnt, dass seine Karriere nicht wie geplant verlaufen ist. Und in seinem letzten Brief hat er geschrieben, dass seine Träume sehr viel kostspieliger gewesen sind, als er dachte. Ich weiß nicht, ob er das wörtlich oder im übertragenen Sinn meint. Aber mir ist egal, ob er ein einfaches Leben führt oder harte Zeiten durchgemacht hat. Ich *habe* Geld – mein Dad hat mir etwas hinterlassen, und meine Bücher sind erfolgreich –, und sieh nur, wie wenig es mir in meinem Privatleben hilft. Geld und Gegenstände machen nicht glücklich – ein schönes Herz ist sehr viel wertvoller als alles, was man kaufen kann.«

Der Doc lächelte. »Für eine Person deines Alters bist du sehr weise, Luca.«

»Ach was. Ich hatte nur eine kluge Mom. Sie sagte immer: ›Geld beeindruckt die faulen Mädchen. Kluge Mädchen sind reich, wenn sie etwas haben, das sie nicht kaufen können.‹«

»Kluge Mutter, kluge Tochter.« Er nickte. »Also, wie sehen denn deine Pläne aus? Willst du mit Griffin darüber sprechen und sehen, ob er seine Meinung in Bezug auf den nächsten Schritt dann ändert?«

»Ich habe wirklich keine Ahnung, was ich tun soll, Doc. Absolut keine. Ein Teil von mir will dein Angebot annehmen und mit dir nach Kalifornien fahren, um ihm zu zeigen, dass mir egal ist, ob er in einer kleinen Einzimmerwohnung lebt oder für ein Taschengeld vor dem Busbahnhof singt. Aber der andere Teil von mir hat das Gefühl, dass ich damit sein Vertrauen verletzen würde.«

»Ich kann dir aus eigener Erfahrung sagen, dass wir Männer manchmal einen kleinen Schubs brauchen. Ich erinnere mich noch daran, wie ich meine Geraldine kennenlernte. Ich war im

Medizinstudium und ernährte mich seit über einer Woche nur von Nudelsuppe. Meine Wasserrechnung hatte ich seit zwei Monaten nicht bezahlt, und jedes Mal wenn ich abends den Hahn aufdrehte, hielt ich den Atem an und hoffte, dass sie mir nicht das Wasser abgestellt hatten, weil ich dann die Hälfte der Zutaten für mein Abendessen verloren hätte. Geraldine hatte eine feste Stelle und war immer so gut gekleidet. Sie arbeitete in der Bibliothek, in die ich regelmäßig ging, und ich war total in sie verschossen. Aber was sollte ich machen? Ich konnte sie ja schlecht bitten, sich eine Tüte Nudelsuppe mit mir zu teilen und das Essen am Freitag der darauffolgenden Woche womöglich ganz ausfallen zu lassen.«

»Hast du gewartet, bis du deinen Abschluss hattest, und sie erst dann um eine Verabredung gebeten?«

Der Doc schaute für einen Moment aus dem Fenster, und ich beobachtete, wie sein Gesichtsausdruck weich wurde, während er an diese Zeit zurückdachte.

Er schüttelte den Kopf. »Meine Geraldine war ein sehr direkter Mensch. Eines Tages kam sie an den Tisch marschiert, an dem ich saß und lernte, und sagte: ›Jeden Abend bevor du gehst, lungerst du für zehn Minuten an meinem Tisch herum und redest mit mir. Du *flirtest* mit mir, oder?‹ Ich erwiderte, dass ich in der Tat mit ihr geflirtet oder es zumindest versucht hätte, woraufhin sie mir entgegenschleuderte: ›Tja, warum hast du mich dann noch nicht um eine Verabredung gebeten?‹« Der Doc lachte. »Sie hatte mich so unvorbereitet erwischt, dass ich keine Zeit hatte, mir eine Ausrede zu überlegen. Also erzählte ich ihr die Wahrheit – dass ich nichts lieber tun würde, als mit ihr auszugehen, aber dass ich zu pleite sei, weil meine Bücher und die Miete mein Bankkonto bis auf den letzten Cent leergefegt hätten.«

»Was sagte sie daraufhin?«

»Nichts. Kein einziges verdammtes Wort. Sie ging einfach nur davon. Ich dachte, dass ich meine Chance bei ihr vermasselt hätte. Aber als ich am nächsten Abend in die Bibliothek ging, lag auf dem Tisch, an dem ich normalerweise saß, eine Zeitschrift. Sie war aufgeschlagen, und die Überschrift des Artikels lautete: ›Fünfzig traumhafte erste Verabredungen, die nichts kosten‹.«

Ich lachte. »Hat es funktioniert?«

»Ich riss die Seiten aus der Zeitschrift und hatte mit ihr fünfzig Wochen in Folge jede Woche eine dieser fünfzig Verabredungen. Als unsere letzte bevorstand, hatte ich gerade meinen Abschluss gemacht und mir meinen ersten Job gesichert. Während unserer fünfzigsten kostenlosen Verabredung – in einem Zelt, das ich im Garten aus Bettlaken errichtet hatte – machte ich ihr einen Antrag.«

»Ich liebe diese Geschichte! Wieso hast du sie mir noch nie zuvor erzählt?«

Der Doc zuckte mit den Schultern. »Ich schätze, dass einfach nie der richtige Zeitpunkt dafür war. Und jetzt ist der richtige Zeitpunkt gekommen.«

Ich seufzte. »Ich vermute, dass wir nach Kalifornien reisen und einfach improvisieren könnten. Ich meine, Griffin müsste ja nicht erfahren, dass wir überhaupt dort waren, falls ich mich dagegen entscheide, mich ihm zu zeigen. Wir könnten einfach hinfahren, um herauszufinden, was wir wissen müssen, und dann wieder verschwinden. Er weiß nicht, wie ich aussehe. Aber was ist mit seiner Forderung nach blindem Vertrauen? Ich würde sein Vertrauen definitiv verletzen.«

»Tja, meine Liebe, du musst dich entscheiden, ob du Geduld mit ihm haben kannst oder ob du jetzt sofort wissen musst, was wirklich vor sich geht. Ich denke tatsächlich, dass eine Reise nach Westen auf mehr als eine Weise förderlich wäre. Damit könntest du nicht nur deine Neugier in Bezug auf Griffin befriedigen, sondern dich auch einer ausgezeichneten Konfrontationsübung stellen, indem du dich mit der Ungewissheit des Reisens auseinandersetzt.«

Mein Herz raste. »Du denkst also, dass wir nach Kalifornien fahren sollten …«

»Ich denke, dass es dir nicht schaden kann, die Wahrheit herauszufinden und dich aus deiner Wohlfühlzone herauszuwagen. Ich bin ein wenig voreingenommen, da ich bereits ein paar fantastische Orte für die Vogelbeobachtung herausgesucht habe, die auf dem Weg liegen, aber ich schweife ab. Lass dich davon nicht in deiner Entscheidung beeinflussen. Du musst diese Wahl für dich treffen.«

Später an diesem Abend tigerte ich in meinem Wohnzimmer umher.

»Gib mir ein Zeichen, Hortencia. Ich muss wissen, was in dieser Situation das Richtige ist.«

Sie schnaubte.

Die Wahrheit war: Ich wusste bereits, dass die richtige Entscheidung für mich darin bestand, das Angebot des Docs anzunehmen. Wann würde ich in meinem Leben sonst noch mal die Gelegenheit bekommen, dass mir sowohl ein Wohnmobil als auch ein williger Reisegefährte zur Verfügung stand? Aber es mochte auch die falsche Entscheidung sein, wenn es darum ging, die Dinge zwischen mir und Griffin ins Rollen zu bringen. *Blindes Vertrauen.* Darum hatte er mich gebeten. Ich würde seinen Wunsch nicht respektieren, wenn ich herausfand, dass er am Empfang eines Musikstudios arbeitete, und dann dort hineinspazierte und so tat, als wäre ich jemand anders. Ich würde sein Vertrauen verletzen. Aber würde ich damit nicht gleichzeitig beweisen, dass ich blindes Vertrauen in uns hatte? Ich hatte das Gefühl, dass er *mir* vielleicht gar nicht blind vertraute – dass er mir nicht zutraute, ihn so zu mögen, wie er war, egal was er für Probleme hatte. Vielleicht musste ich genug Vertrauen für uns beide haben? So ähnlich wie Geraldine es beim Doc gemacht hatte. Ich würde seine Wünsche nicht missachten. Ich würde blind darauf vertrauen, dass ich für uns beide die richtige Entscheidung traf.

Oh mein Gott.

Ich werde es tun, oder?

Ich schaute zu Hortencia hinüber, die neben meinem Schreibtisch lag. »Was meinst du, Mädchen? Sollte ich eine Reise unternehmen?«

Meine treue Gefährtin setzte sich auf und spitzte ein Ohr.

»Sollte ich gehen und blindes Vertrauen beweisen oder nicht?«

Hortencia antwortete, indem sie aus dem Zimmer rannte. Für eine Sekunde dachte ich, dass sie zur Haustür eilte, um mir zu zeigen, dass auch sie bereit zum Aufbruch war. Aber eine Minute später kam sie zurück und legte mir ihre Antwort vor die Füße.

Mee-Mee. Mir war nicht einmal klar gewesen, dass sie einen weiteren Furby stibitzt hatte. Aber das Timing hätte nicht perfekter sein können.

Ich hob den feuchten, pelzigen Schlüsselanhänger auf und tätschelte Hortencias Kopf. »Okay … was immer du sagst. Dann werde ich also einen kleinen Roadtrip machen!«

10. KAPITEL

Luca

»Hier biegst du links ab.«

Ich hatte vor einem Stoppschild angehalten, das gleichzeitig das Ende der Straße markierte, die wir die letzte halbe Stunde entlanggefahren waren. Wir hatten im Grunde genommen zwei Möglichkeiten. Nach links abbiegen oder umdrehen. »Ähm ... Doc. Ab hier ist die Straße nicht mehr asphaltiert. Links gibt es nur Dreck.«

»Tja, dann werden wir wohl für eine Weile über Dreck fahren.«

Ich seufzte. »Darf ich bitte mal die Karte sehen?«

Der Doc hatte während der letzten drei Tage zwischen einem halben Dutzend faltbarer Karten hin und her gewechselt. Außerdem hatte er ein riesiges Routenbuch dabei. So eins hatte ich seit meiner Kindheit nicht mehr gesehen – *offensichtlich aus sehr gutem Grund.* Ich nahm dem Doc die Karte ab und verfolgte die Route nach, die er mit gelbem Textmarker hervorgehoben hatte.

»Ich verstehe nicht, warum wir nicht das Navigationssystem auf dem Handy benutzen können. Es teilt einem mit, wann man abbiegen muss, und sogar, wie man Staus umfahren kann.«

»Diese Applikatoren sind Aufspürgeräte.«

»Du meinst Apps.«

»Was auch immer. Die Regierung weiß bereits zu viel über

uns. Unsere Vorfahren kämpften für ihre Freiheit, und die jungen Leute heutzutage geben sie einfach so auf.«

Ich lehnte mich auf meinem Sitz vor und schaute auf die Schotterstraße, auf die ich laut dem Doc abbiegen sollte. Sie erschien mir ziemlich dubios. Unser Wohnmobil hatte keinen Allradantrieb, und der Weg war wirklich schmal.

»Ich denke nicht, dass wir dort entlangfahren sollten. Ich habe Angst, dass wir stecken bleiben.«

»Okay. Dann lass uns zu Fuß weitergehen.«

»Zu Fuß?« Ich zog die Augenbrauen zusammen. »Wohin führst du uns?«

»Das ist nur ein winzig kleiner Umweg. Unser Ziel sollte sich nicht mal einen Kilometer die Straße hoch befinden.«

Ich schüttelte den Kopf. »Ich dachte, wir hätten den letzten Umweg dieser Reise gestern hinter uns gebracht, als wir gute dreihundert Kilometer von unserer eigentlichen Route abgewichen sind, um einen Fichtenwaldsänger zu beobachten.«

»Ein Umweg bedeutet, dass wir von der Route abweichen. Dieser kleine Besuch liegt jedoch direkt auf unserem Weg.«

Ich schaute erneut auf die Schotterstraße. »Ich denke, dass die Interstate eher direkt auf unserem Weg liegt.«

Der Doc löste seinen Sicherheitsgurt und stieg aus dem Wohnmobil aus. *Dann machen wir wohl einen weiteren Abstecher.*

»Der Bajaweber baut wirklich wunderschöne Nester. Er baut es für das Weibchen, und wenn sie das Nest akzeptiert, wird sie sich mit ihm paaren. Vor letztem Monat sind sie noch nie in diesem Land gesichtet worden.«

Ich stellte den Motor des Wohnmobils ab und öffnete ebenfalls meinen Gurt. Dieser Mann hatte sich zwei Wochen seines Lebens freigenommen, um diese verrückte Reise mit mir zu unternehmen, also konnte ich ein wenig Nachsicht zeigen und ihm wenigstens seine Aufregung angesichts einiger Vögel gönnen. Schließlich wartete in Kalifornien ja niemand auf uns. Ich sprang vom Fahrersitz, streckte meine Arme über den Kopf und drehte mich dann hin und her. Ein kleiner Spaziergang würde mir auf jeden Fall guttun. Da ich nicht bereit war, den Doc fahren zu lassen, saß ich heute bereits seit gut acht Stunden am Steuer dieses großen Fahrzeugs.

»Stell dir mal vor, wie es wäre, wenn Menschen das machen würden«, überlegte ich laut. »Wenn Männer ein ganzes Haus bauen müssten, um die Aufmerksamkeit einer Frau zu erlangen.«

»Ich fürchte, dass ich dann in echten Schwierigkeiten gesteckt hätte. Ich war handwerklich noch nie besonders begabt.«

Der Doc und ich machten uns auf den Weg und gingen den Pfad entlang. Ich war mir nicht mal sicher, wo wir hinwollten – vermutlich wieder in einen Park.

»Bist du sicher, dass das der richtige Weg ist? Das hier kommt mir eher wie ein Wohngebiet vor, und ich kann mir nicht vorstellen, dass ein Nationalpark keinen befestigten Weg hat, der zum Eingang führt.«

»Ich glaube, dass wir hier richtig sind. Martha sagte, sobald wir ihre Straße erreicht hätten, sollten wir einfach noch ein Stückchen weitergehen und nach den bemalten Mülltonnen Ausschau halten.«

»Martha?«

»Die Frau aus meinem Onlinevogelclub, die wir besuchen werden. Der Bajaweber baut sein Nest in ihrem Garten.«

Ich blieb wie angewurzelt stehen. »Wir gehen ins Haus einer fremden Person? Woher wissen wir, dass sie keine verrückte Serienmörderin ist?«

Der Doc schob seine Brille die Nase hoch. »Das Gleiche könnte ich auch über Griffin sagen, oder?«

Fantastisch. Noch etwas, worum ich mir Sorgen machen musste. Dass Griffin ein Serienmörder sein könnte, war vielleicht das *Einzige*, das mir während unserer dreitägigen Fahrt bislang noch nicht in den Sinn gekommen war. Ich hatte bereits panisch darüber spekuliert, dass er verheiratet, schwul, ein Gigolo oder ein Messie sein könnte … Während wir durch Illinois gefahren waren, hatte ich sogar mal für eine Weile darüber nachgedacht, ob Griffin womöglich in Wahrheit eine Frau war – eine Frau, die mich seit achtzehn Jahren an der Nase herumführte und mir ein Foto ihres kleinen Bruders geschickt hatte. Dieser verrückte Gedanke hatte zu einer mehrstündigen inneren Debatte darüber geführt, ob ich mich für ihn – sie – ihn … was auch immer, körperlich zu einer Frau hingezogen fühlen könnte. Ich spielte ernsthaft mit dem Gedanken, für einen Mann, dem ich nie begegnet war, lesbisch zu werden, wenn er sich als Frau herausstellen sollte. Und nun musste ich mich für den Rest der Fahrt durch Nebraska und den halben Weg durch Colorado auch noch mit der Vorstellung auseinandersetzen, dass Griffin ein Serienmörder sein könnte.

Fantastisch. Einfach fantastisch.

Martha war die farbenfrohste Person, die ich je gesehen hatte. *Buchstäblich.* Sie hatte dem Doc gesagt, dass er nach ihren bemalten Mülltonnen Ausschau halten solle, um ihr Haus zu finden, aber sie hatte vergessen zu erwähnen, dass *alles*, was sie besaß, bunt war. Der Außenbereich ihres kleinen puppenhausartigen Zuhauses war in drei Nuancen von Pink gestrichen und mit gelben und blaugrünen Umrandungen versehen. Im Inneren war jedes Zimmer in einer anderen Neonfarbe gehalten. Ihre Kleidung war ebenso bunt. Sie trug eine quietschgelbe Bluse und dazu eine sogar noch knalligere rote Hose. Ihre Brille war hingegen in einem schimmernden Violettton gehalten. Falls diese Farbenexplosion den Doc überraschte, gelang es ihm sehr gut, das zu verbergen. Er und Martha wirkten sehr aufgeregt, weil sie sich endlich persönlich kennenlernten. Offenbar waren sie im Internet Mitglieder derselben Gruppe und unterhielten sich online bereits seit Jahren miteinander. Diese Reise machte mir klar, dass es einiges gab, was ich nicht über den Doc wusste.

Wir spazierten eine Weile zu dritt über Marthas Grundstück. Sie führte uns herum und blieb schließlich an einem Baum neben einem kleinen Bachlauf stehen. Sie deutete nach oben auf das außergewöhnliche Nest, und obwohl es sehr viel cooler aussah, als ich es erwartet hatte, konnte ich die Ehrfurcht des Docs immer noch nicht so ganz nachvollziehen. Er blieb draußen, um das Nest zu beobachten und auf die Rückkehr des Bajawebers zu warten, während Martha und ich ins Haus gingen, um Tee zu kochen.

»Also … Sie und Chester … sind Sie … ein Paar?«

Ich brauchte ein paar Sekunden, um zu begreifen, dass sie über den Doc redete. Ich hatte vergessen, dass er natürlich einen Vornamen besaß. »Oh Gott, nein.«

Sie füllte den Kessel und drehte sich dann damit zu mir um. »Sind Sie *sicher*? Ich meine, Sie beide reisen zusammen in einem Wohnmobil. Und letzten Monat sind Sie doch auch zusammen nach New York City gefahren, oder?«

»Ähm. Ja. Ich bin mir absolut sicher. Der Doc ist mein … Doc.«

Sie runzelte die Stirn, also stellte ich klar, was ich damit meinte.

»Er ist mein Therapeut. Ich bin seine Patientin.«

Erleichterung huschte über ihr Gesicht. Hatte sie ernsthaft gedacht, dass mein über siebzig Jahre alter Therapeut mein Freund wäre?

Sie tätschelte meine Schulter. »Er bezeichnet Sie als seine *besondere* Freundin.«

Ich lächelte. »Vermutlich wollte er nichts erwähnen, um die ärztliche Schweigepflicht nicht zu verletzen und all das.«

Martha schien das zu erfreuen. Offenbar war dieser alte Vogel daran interessiert, dem Doc mehr als nur ihr Nest zu zeigen. »Oh! Tja, das ergibt Sinn. Also, was für Probleme haben Sie?«

Ich blinzelte ein paarmal. Niemand hatte mir je eine so direkte Frage in Bezug auf meine geistige Gesundheit gestellt. »Ähm. Ich habe Angst vor Menschenmengen und geschlossenen Orten.«

Sie stellte den Kessel auf den Herd und zündete die Gasflamme an. »Das ist in Ordnung. Ich mag keine Clowns.«

Das war nicht unbedingt das Gleiche, aber meinetwegen. »Also … Sie und der Doc sind schon seit einer ganzen Weile befreundet, sehe ich das richtig?«

»Das müssen jetzt drei oder vier Jahre sein.«

»Sind Sie schon immer eine Vogelliebhaberin gewesen?«

»Meine Mutter hatte einen Vogel als Haustier, als ich klein war. Ihr Name war Kelly. Sie hatte so wunderschöne bunte Flügel, und ich konnte ihr stundenlang beim Herumflattern zusehen. Aber erst als ich der Gruppe beitrat, der Chester und ich angehören, erkannte ich die wahre Magie der Vogelbeobachtung.«

Sie hatte mich sehr direkt nach meinen Problemen gefragt, also ging ich davon aus, dass Offenheit für sie in Ordnung war. »Die da wäre …?«

Martha lächelte. »Bei der Vogelbeobachtung geht es um die Reise. Man kann nie wissen, wohin einen das Hobby führen wird. Ich habe Monate damit verbracht, unterschiedliche Futtersorten und -häuschen auszuprobieren, um zu sehen, wie eine

Veränderung des Lebensraums verschiedene Arten anlocken kann. Wenn man Vögel füttert, zieht man damit auch andere Wildtiere an, zum Beispiel Schmetterlinge, Libellen und sogar Streifenhörnchen. Und dann sind da noch die Freundschaften, die Wanderausflüge und Festivals mit sich bringen. Ganz zu schweigen von den Onlineclubs. Herrje, ich habe schon Freunde in Alaska besucht, um Vögel zu beobachten – Freunde, denen ich niemals begegnet wäre, wenn ich mich nicht auf diese Reise begeben hätte.« Sie neigte den Kopf zur Seite und musterte mich. »Deswegen ist Chester so ein Naturtalent. Sie wissen ja, wie er ist – bei ihm geht es immer um die Reise und nie um das endgültige Ziel.«

Das war tatsächlich die Philosophie des Docs. Er hatte mich ermuntert, kleine Schritte zu machen, damit ich lernte, mein Glück im Hier und Jetzt zu finden, statt darauf zu warten, an irgendein Ziel zu gelangen. Aber ich war so sehr darauf konzentriert gewesen, eine Heilung für meine Ängste zu finden, dass ich nicht erkennen konnte, dass er versuchte, mir beizubringen, mit jedem Schritt auf meinem Weg zu akzeptieren, wer ich bin.

Vor zwei Jahren hätte ich mich niemals auf diese Reise begeben, weil es viel zu weit außerhalb meiner Komfortzone lag. Und ich hätte mich ganz sicher nicht um eine Beziehung bemüht, die ebenso beängstigend wie aufregend war. Griffin war zwar immer einer der wenigen Menschen gewesen, mit denen ich mich wirklich wohlgefühlt hatte, aber eine richtige Beziehung war etwas anderes, als eine Brieffreundin so zu akzeptieren, wie sie war. Und er war gerade erst in mein Leben zurückgekehrt. Ich war nicht bereit, ihn zu verlieren. Es war ein großes Risiko, aber da ich glaubte, dass die mögliche Belohnung es wert sein könnte, wagte ich diesen beängstigenden Schritt.

Doch zum ersten Mal seit Langem verspürte ich einen Anflug von Hoffnung. Ob das mit Griff nun zu etwas führen würde oder nicht, ich würde diese Reise und diese Erfahrung so sehr genießen, wie es mir möglich war.

11. KAPITEL

Luca

Heilige Scheiße.

HEILIGE SCHEISSE.

Das konnte doch nicht wirklich Griffins Arbeitsplatz sein, oder? Er musste für eine Berühmtheit arbeiten. Aber für wen? Ob es jemand war, den ich kannte?

Ich lugte aus dem Fenster des Wohnmobils, als wir auf der Via Cerritos parkten, und wandte mich an den Doc. »Das ist verrückt.«

»Ist es möglich, dass Griffin wohlhabend ist und hier lebt? Aufgrund des Firmennamens hatte ich mit einem Geschäftsgebäude gerechnet und nicht mit einem Wohnhaus.«

»Ich glaube nicht, aber ich muss ehrlich sagen, dass ich vollkommen verwirrt bin. Im Grunde weiß ich nicht mal, ob diese Adresse auf der eBay-Rechnung überhaupt irgendetwas mit Griffin zu tun hat. Das war nur meine Vermutung wegen des Namens ›Marchese Music‹.« Nun fing ich langsam an, mich zu fragen, ob diese komplette Reise reine Zeitverschwendung war.

Der Doc starrte mit seinem Fernglas aus dem Fenster. »Vermutlich ist es nur eine Frage der Zeit, bis man uns von dieser Straße verscheucht. Bevor das passiert, sollten wir vielleicht nachfragen, wem dieses Haus gehört.«

Ein paar Minuten später entdeckte ich eine Frau, die durch das Tor einer Villa kam, die ein paar Grundstücke von dem

Anwesen entfernt lag, das mutmaßlich irgendwas mit Griffin zu tun hatte. »Soll ich diese Dame mal ansprechen und sie fragen, ob sie weiß, wer hier wohnt?«

»Kann nicht schaden«, meinte er.

Als sie in unsere Nähe kam, stieg ich aus dem Wohnmobil.

»Verzeihung. Hallo. Können Sie mir sagen, wer da drüben wohnt ... Via Cerritos 12?«

Sie zerrte an der Leine ihres Hundes, damit er stehen blieb, und schaute mich misstrauisch an.

»Befinden Sie sich etwa auf einer Art Besichtigungstour? Die Bewohner hier in dieser Gegend haben nicht viel für *neugierige* Leute wie Sie übrig. Meine Chefin ist eine von ihnen. Ich sollte Sie warnen, sie wird den Sicherheitsdienst rufen, wenn ...«

»Ich bin nicht auf einer Besichtigungstour. Ich suche nach einem Freund. Können Sie mir einfach verraten, wer dort wohnt?«

»Das ist Cole Archers Haus.«

»Cole Archer? Ist er berühmt?«

»Ja. Er ist der Leadsänger der Band Archer.«

Archer?

»Ich bin mir nicht sicher, ob ich je von dieser Band gehört habe.«

Sie starrte mich ungläubig an. »Leben Sie hinterm Mond?«

Die Ironie dieser Frage entlockte mir ein Lachen. »Im Grunde genommen ja.«

Sie schaute an mir vorbei zum Doc, der nun aus dem Wohnmobil geklettert war und zu einem Baum hinaufstarrte. »Wenn Sie nicht hier sind, um die Reichen und Berühmten auszuspionieren, warum hat er dann ein Fernglas dabei?«

»Er hält Ausschau nach Vögeln, nicht nach Beyoncé.«

»Tja, ich schlage vor, dass Sie Ihr Wohnmobil von dieser Straße entfernen, bevor Sie jemand verhaften lässt.«

»Vielen Dank«, sagte ich und eilte zum Doc.

Er ließ das Fernglas sinken. »Was hat sie gesagt?«

»Sie hat gesagt, dass der Name der Person, die hier wohnt, Cole Archer lautet. Offenbar ist er ein berühmter Musiker. Vielleicht arbeitet Griffin für diesen Mann.« Als der Doc und ich wieder ins Wohnmobil stiegen, sagte ich: »Du hast doch deinen Laptop dabei, oder? Können wir uns über den Hotspot mit dem Internet verbinden?«

»Klar. Willst du nach diesem Musiker suchen?«

»Ja. Ich muss wissen, wer Cole Archer ist.«

Nachdem er mir seinen Computer gereicht hatte, rief ich YouTube auf und tippte »Cole Archer« ein. Eine Fülle an Ergebnissen tauchte auf. Wenn ich so darüber nachdachte, war ich mir ziemlich sicher, dass ich doch schon mal von der Band Archer gehört hatte, aber da mein Musikgeschmack eher ein wenig altmodisch war, wusste ich nichts über sie und konnte auch keins ihrer Lieder nennen.

Das erste Video, das ich abspielte, trug den Titel »Archer Live im Pavilion«. Es war eine professionelle Videoaufnahme von einem ihrer Auftritte. Es sah nach einer kleineren Location aus. Der Leadsänger, vermutlich Cole Archer, saß auf einem Barhocker und spielte Gitarre, während er eine langsame Ballade sang. Seine Stimme war kraftvoll, hypnotisch und ein klein wenig rau. Er war extrem attraktiv, genauso wie man sich den Leadsänger einer Band vorstellen würde: dichtes Haar, das aussah, als hätte er gerade Sex gehabt, markante Gesichtszüge und ein toller Körper. Ein paar silberne Ringe schmückten seine großen Hände, die die Gitarre hielten.

Da mir dieses Video jedoch nicht wirklich etwas verriet, wählte ich ein anderes aus. Es trug den Titel »Archer-Interview, *Liam Stanley Tonight*«. Die Bandmitglieder saßen in einer Reihe und beantworteten die Fragen eines Interviewers.

»Erzählt mir, wie ihr Jungs euch gefunden habt.«

Cole antwortete. *»Tja, ich bin mir nicht sicher, wie viel Zeit wir haben. Das ist eine ziemlich lange Geschichte.«*

Mir fiel sofort auf, dass Cole einen *britischen* Akzent hatte.

Moment.

Ein Adrenalinschub rauschte durch meinen Körper. Das war das erste Mal, dass ich das Undenkbare in Betracht zog. *Nein.* Das war unmöglich. Griffin konnte nicht Cole Archer *sein.* Oder doch? Niemals. Auf keinen Fall. Der Akzent musste ein Zufall sein. Zumindest wollte ich das glauben.

»Hast du etwas gefunden?«, rief der Doc aus seiner Ecke des Wohnmobils.

»Bislang noch keine Verbindung zwischen Griffin und Cole Archer. Ich muss weitersuchen.«

Ich zögerte, dem Doc gegenüber zuzugeben, dass ich den Verdacht hegte, dass Cole Griffin sein könnte. Das erschien mir immer noch zu verrückt, und ich hatte keine Beweise, um diese Theorie zu untermauern.

Im Verlauf der nächsten Stunde durchkämmte ich das Internet nach jedem Informationsschnipsel, den ich über Cole Archer finden konnte. Seine Wikipediaseite deutete an, dass er in England aufgewachsen war, was angesichts des Akzents nicht überraschte. Aber es gab keinerlei Informationen, die meinen Verdacht eindeutig bestätigten, dass dieser Mann Griffin war.

Erst als ich in den Kommentaren unter einem Artikel aus einer Musikzeitschrift stöberte … erhielt ich meine Antwort. Sie war glasklar inmitten einer beleidigenden Anfeindung verborgen.

Ich kapiere nicht, was an ihm so toll sein soll. Seine Stimme ist nervig. Es ist, als könnte er sich nicht entscheiden, ob er britisch oder amerikanisch klingen will. Oh, und sein echter Name ist nicht mal Cole Archer. Er lautet offenbar Griffin Marchese.

Meine Augen klebten förmlich an dem Wort.

Griffin.

Griffin Marchese.

Griffin Marchese.

Marchese Music.

Oh. Mein. Gott.

Mein Körper erstarrte vollkommen, während sämtliches Blut in meinen Kopf rauschte. Mein Herz raste. *Griffin IST Cole Archer? Cole Archer IST Griffin? Griffin ist … ein Superstar? MEIN Griffin?*

Ich hielt das Video an unterschiedlichen Stellen immer wieder an, um zu sehen, ob ich in dem Mann den zwölfjährigen Jungen erkennen konnte, an den ich mich von dem einen Foto erinnerte, das er mir geschickt hatte. Ein Standbild beseitigte dann meine letzten Zweifel: Darauf hatte er exakt den gleichen Gesichtsausdruck wie auf dem Foto.

»Luca, was ist los? Du siehst aus, als hättest du einen Geist gesehen.«

Erst nach mehreren Sekunden war ich in der Lage, ihm zu antworten. »Ich weiß nicht, was ich sagen soll … ich … Griffin ist … er ist … er *ist* Cole Archer. Deswegen wohnt er auf so einem Anwesen.« Ich stellte den Laptop ab und bedeckte meinen Mund. »Er ist berühmt. Das ist … unglaublich.«

Der Doc hielt sich ebenfalls die Hand vor den Mund. »Ach, du meine Güte. Denkst du, dass das der Grund ist, warum er nicht wollte, dass du etwas über seine Identität erfährst?«

Ich dachte an die Worte in seinem letzten Brief zurück. *Wenn man seine Träume verfolgt, wird einem irgendwann klar, dass sie nicht umsonst sind und der Preis dafür sehr viel höher ist, als man je erwartet hätte.*

Er hatte von einem symbolischen Preis gesprochen, nicht von einem wortwörtlichen. Er war nicht arm, aber vielleicht hatte er für seinen Ruhm einen hohen Preis gezahlt.

»Das ist es, Doc. Jetzt ergibt langsam alles Sinn. Er muss denken, dass ich ihn anders sehe, wenn ich weiß, wer er ist.«

Die Realität dieser Situation traf mich immer wieder aufs Neue. Griffin ist ein Rockstar.

Ein verdammter Rockstar.

Ich konnte nur vermuten, dass sein Leben aus schnellen Autos, Sex und Menschenmengen bestand. Wahrscheinlich war es das komplette Gegenteil von meiner zurückgezogenen Existenz. Als ich das realisierte, wurde mir auch klar, dass wir mit ziemlicher Sicherheit niemals mehr sein *konnten* als nur Freunde. Diese Erkenntnis brach mir das Herz. *Könnten wir* noch *unterschiedlicher sein? Warum höre ich ausgerechnet jetzt die Stimme von Chandler Bing aus* Friends *in meinem Kopf?*

Ich geriet in Panik und fragte: »Was jetzt? Das war das Letzte, was ich erwartet hätte. Was mache ich jetzt, Doc? Ich fühle mich wie gelähmt.«

»Wir sind den ganzen Weg hierhergefahren, Luca. Nun, da du weißt, was er vor dir verbirgt … solltest du es ihm einfach sagen. Sag ihm die Wahrheit. Irgendwann wird es ohnehin herauskommen. Ich denke, dass es dir sehr schwerfallen würde, dein Wissen für dich zu behalten und in Zukunft so zu tun, als hätte sich nichts geändert.«

Mit einer Sache hatte der Doc recht. Das hier veränderte *alles*.

»Wie soll ich überhaupt zu ihm kommen? Seine Sicherheitsleute werden doch auf keinen Fall irgendeine verrückte Frau in seine Nähe lassen.«

Als ich erneut nach dem Laptop griff, fragte der Doc: »Was machst du?«

»Ich muss ihn mir einfach noch ein wenig anschauen.«

Ich scrollte durch die Videos. Wann immer ich in seine Augen schaute und erkannte, dass dieser Mann mein Griffin war, war ich wie hypnotisiert. Je länger ich ihn betrachtete und darüber nachdachte, desto mehr Ähnlichkeiten erkannte ich mit dem Gesicht, an das ich mich von dem Foto von vor vielen Jahren erinnerte.

Es gab ein Video, das Griffin – Cole – zeigte, wie er inmitten eines Schwarms aus sexhungrigen Frauen Autogramme gab. Er wirkte frustriert und müde, und doch signierte er jedes einzelne Bild, bis niemand mehr wartete.

Man musste wohl nicht erwähnen, dass jede einzelne dieser Frauen froh gewesen wäre, neben ihm stehen zu dürfen, während er diesen Pflichtteil seines Jobs erledigte. Für mich hingegen war der bloße Gedanke an diese Menschenmenge Grund genug, um in Panik zu verfallen.

Ich schluckte schwer. Ich hatte das Gefühl, dass ein unfassbar schweres Gewicht auf meiner Brust lastete. Plötzlich war ich unendlich traurig, weil ich mich von der Zukunft verabschieden musste, die ich mir mit Griffin vorgestellt hatte. Das würde unmöglich funktionieren. Ich konnte vollkommen verstehen, warum er das Gefühl gehabt hatte, dass das mit uns nicht über einen Briefwechsel hinausgehen konnte. Ehrlich gesagt wäre es vielleicht besser gewesen, wenn ich das hier nie herausgefunden hätte.

Gerade als ich dachte, dass mich heute nichts mehr überraschen könnte, fiel mein Blick auf eins von Archers Musikvideos. Der Titel des Lieds zog meine Aufmerksamkeit auf sich: »Luca«.

Was?

Bevor ich das Video anklicken konnte, erschreckte mich ein lautes Klopfen an der Tür des Wohnmobils. Als ich einen Blick aus dem Fenster warf, rutschte mir das Herz in die Hose. Der schönste Mann, den ich vermutlich je leibhaftig gesehen hatte, stand mit vor der Brust verschränkten Armen vor dem Wohnmobil und trug … einen Bademantel?

Oh nein.

Oh mein Gott. Oh mein Gott. Oh mein Gott.

»Wer ist das, Luca?«

Einem Zusammenbruch nahe schaute ich zum Doc hinüber und flüsterte: »Es ist Griffin.«

12. KAPITEL

Griffin

Eine Stunde zuvor

Ich hatte zwei Tage lang nichts von Julian gehört. Als ich ihn angeheuert hatte, war ich davon ausgegangen, dass er ein paar Fotos schießen und Luca vielleicht für eine Weile beschatten würde, um herauszufinden, wie ihr Alltag ablief – nichts zu Aufwendiges. Doch meine Rumschnüffelei hatte sich mittlerweile in eine Überlandexpedition verwandelt.

Luca hatte in ihrem letzten Brief nicht erwähnt, dass sie eine Reise geplant hatte. Als Julian also anrief, um mir zu berichten, dass sie mit dem alten Kerl und einem Koffer in ein Wohnmobil gestiegen war, trug ich ihm auf, ihr zu folgen und herauszufinden, wohin sie fuhr. Zwölf Stunden später rief er wieder an und sagte, dass er gerade die Staatsgrenze nach Ohio überquert habe. Ich dachte mir, dass ich, wenn ich schon so tief in der Sache drinsteckte, ebenso gut abwarten könnte, wohin die beiden unterwegs waren. Außerdem war ich neugierig. Bislang hatten sie drei verschiedene Nationalparks besucht, zwei Tage in Nebraska im Haus einer Frau verbracht, die ein wenig verrückt wirkte, und dann den Grand Canyon angesteuert. Natürlich schuldete mir Luca keinerlei Erklärungen bezüglich ihres Aufenthaltsorts, aber ich fand es schon ziemlich seltsam, dass sie mir ihre Fantasien mitteilte, aber nicht erwähnte, dass sie eine Wohnmobilreise durch fünfzehn Staaten unternehmen wollte.

Wenn ich diese Woche nicht jeden Tag im Studio sein müsste, wäre ich in mein verdammtes Auto gestiegen und nach Nevada gefahren, nur um persönlich einen Blick auf Luca werfen zu können. Der Gedanke, dass sie mir so nah war, lenkte mich den ganzen Tag über ab. Aber als mein Telefon um sechs Uhr morgens klingelte, hatte ich keine Ahnung, wie nah sie mir tatsächlich war.

»Was?« Ich hatte nicht mal aufs Display geschaut, bevor ich drangegangen war. Wer auch immer sich am anderen Ende der Leitung befand, sollte lieber einen verdammt guten Grund für seinen Anruf haben. Ich war gestern – oder eher heute – bis nach zwei Uhr früh im Studio gewesen.

»Aufwachen, Mr Rockstar. Ich habe einige sehr interessante Neuigkeiten.«

Als ich Julians Stimme hörte, setzte ich mich im Bett auf. »Was ist passiert?«

»Ihre kleine Süße hat ihr nächstes Ziel erreicht.«

»Wo ist sie jetzt? Mexiko?«

»Nah dran. Ein wenig weiter nördlich. Da kommen Sie nie drauf.«

»Ich bezahle Sie pro Stunde, also sparen Sie sich die Ratespielchen und kommen Sie zum Punkt.«

»Sie ist in Palos Verdes Estates.«

Was? Sie ist hier? In meiner kleinen Stadt? Das konnte kein verdammter Zufall sein. Was zum Teufel war hier los?

Ich sprang aus dem Bett, schnappte mir eine Jogginghose und zog sie an.

»Wo ist sie?«

»In der Via Cerritos, mein Freund. Sie hat dieses Ungetüm etwa einen Block von Ihrem Haus entfernt geparkt und die Scheinwerfer ausgeschaltet. Bislang ist sie noch nicht ausgestiegen.«

Mein Herz hämmerte wie verrückt, und mein Verstand raste sogar noch schneller. Eine Million Fragen stürmten gleichzeitig auf mich ein.

Was in aller Welt macht sie hier?

Sie weiß, wer ich bin?

Wie lange weiß sie es schon?

Was hatte das zu bedeuten?

Was ZUM TEUFEL hatte das zu bedeuten?

»Sind Sie noch dran?«, fragte Julian.

Ich hatte vergessen, dass er am Telefon war, obwohl ich es mir immer noch ans Ohr hielt.

»Ja, ich bin hier.«

»Was soll ich machen?«

Ich fuhr mir mit der freien Hand durchs Haar. »Keine Ahnung. Bleiben Sie an ihr dran. Ich brauche ein paar Minuten, um nachzudenken. Rufen Sie mich an, falls sie aus dem Wohnmobil steigt.«

»Geht klar, Boss.«

Ich legte auf und starrte mein Telefon ganze fünf Minuten lang an. Ich konnte wirklich nicht fassen, was hier passierte. Luca war hier … nach achtzehn Jahren.

Die Frau, der ich nie begegnet war und die mich doch besser kannte als jeder andere, obwohl sie noch nicht mal meinen richtigen Namen wusste … und sie stand direkt draußen vor meinem Haus.

Was zum Teufel hatte sie vor? Wollte sie an meine Tür klopfen?

Wie wollte sie an der Wache an meinem Tor vorbeikommen?

Wie in aller Welt hatte sie mich gefunden?

Eine noch bessere Frage war jedoch: Was würde *ich* nun tun, da sie hier war und über mich Bescheid wusste?

Ich war wütend, aber hatte ich wirklich das Recht, wütend zu sein, falls sie jemanden angeheuert hatte, um mich zu finden? Immerhin hatte ich genau das Gleiche gemacht. Natürlich war ich nicht in ein Wohnmobil gestiegen und einmal quer durchs Land gefahren, um vor ihrer Tür zu stehen.

Was eine weitere Reihe Fragen mit sich brachte: Warum zum Teufel hatte ich das nicht getan?

Ich habe keinen Mumm.

Keinen gottverdammten Mumm.

Luca hat mehr Mumm als ich.

Mist. Scheiße. VERDAMMT.

Ich brauchte einen Kaffee, wenn ich auch nur die geringste Chance haben wollte, das alles zu begreifen. Also ging ich in die Küche und setzte eine Kanne auf. Während er durchlief, schaute ich aus den Fenstern. Die hohen Hecken, die an mein Grundstück grenzten, verdeckten den Blick auf die Straße, sodass ich nicht bis zum Ende des Blocks sehen konnte. Das hatte mich damals sofort an dem Haus begeistert – die Privatsphäre.

Als mein Kaffee fertig war, rief ich Julian an, um mich auf den neuesten Stand bringen zu lassen. Er ging sofort dran. »In dem verrückten Wohnmobil ist immer noch alles ruhig.«

Er wollte vermutlich witzig sein, aber ich war viel zu angespannt. »Sie parken also einfach nur da? Was haben sie vor? Wollen sie in meinem Viertel campen?«

»Keine Ahnung. Aber so wie die Polizei diese schicke Nachbarschaft patrouilliert, bin ich mir sicher, dass man sie schon ziemlich bald hier wegeskortieren wird. Die Sonne ist noch nicht mal aufgegangen. Die Polizisten holen sich gerade Donuts und Kaffee, aber sie werden schon bald hier sein.«

Er scherzte, aber er hatte nicht ganz unrecht. Meine Wohngegend beherbergte zahlreiche Berühmtheiten. Die Polizei sorgte wirklich dafür, dass hier niemand herumlungerte. Das bedeutete, was auch immer Luca hier machte, sie würde es nicht besonders lange tun.

»Geben Sie mir Bescheid, falls sich irgendwas ändert. Aber ich werde in ein paar Minuten draußen sein.«

»Sie kommen raus? Soll ich diese Sache für Sie regeln?«

»Ich denke nicht. Darum muss ich mich persönlich kümmern.«

»In Ordnung. Ich bin hier am Ende des Blocks, falls Sie mich brauchen, und behalte die Situation im Auge.«

»Danke, Julian.«

Ich legte auf, warf das Telefon auf den Tisch und leerte meine Kaffeetasse. Als ich die Haustür öffnete, schlug mir die kühle Morgenluft entgegen. Ich trug lediglich eine Jogginghose, also schnappte ich mir einen Bademantel, der an einem Haken hing, und schlüpfte in ein Paar Hausschuhe. Ich sah wie James Gandolfini aus *Die Sopranos* aus, der die Morgenzeitung reinholen und den FBI-Agenten zuwinken wollte. Ich hoffte wirklich, dass nicht gerade ein Auto voller Teeniemädchen vorbeifuhr, während ich den Block hinunterging.

Am Ende der Einfahrt saß ein Wachmann in einer kleinen Kabine, die sich neben meinem Eingangstor befand. Ich winkte ihm zu. »Hey, Joe.«

»Morgen, Mr Acher. Wollen Sie irgendwohin?«

»Nur den Block runter.«

»Ich bin mir nicht sicher, ob das eine gute Idee ist. Ich behalte nach wie vor ein seltsames Fahrzeug im Auge, das vor einer Weile dort angehalten hat. Ich dachte mir, dass ich den Insassen fünfzehn Minuten gebe und dann die Polizei rufe, damit sie es von hier wegbringen, falls es dann immer noch da sein sollte. Es könnte sich um einen exzentrischen Fan oder um Paparazzi handeln.«

Oh, mit »exzentrisch« liegen Sie goldrichtig.

»Das geht schon in Ordnung. Rufen Sie noch nicht bei der Polizei an. Ich werde mich selbst darum kümmern.«

»Sind Sie sicher?«

»Absolut.«

Joe betätigte einen Knopf, um das Tor zu öffnen, und ich trat nach draußen auf die Straße. Ein paar Häuser weiter parkte tatsächlich ein Wohnmobil. Ich war an Aufregung gewöhnt – in einem Stadion voller jubelnder Fans die Bühne zu betreten brachte mein Adrenalin natürlich in Fahrt. Aber das Gefühl war nichts gegen die Nervosität, die ich verspürte, während ich nun die Straße hinunterging.

Achtzehn Jahre.

Und sie hatten uns hierhergeführt.

Als ich mich näherte, sah ich, dass niemand auf dem Fahrer- oder dem Beifahrersitz saß. Ein Vorhang war zugezogen, sodass ich nicht ins Innere des Wohnmobils schauen konnte. Dann würde mein Besuch wohl ein Überraschungsangriff werden.

Als ich die Tür erreichte, holte ich tief Luft. Das half jedoch nicht im Geringsten dabei, meinen rasenden Puls zu beruhigen.

Luca. Luca. Luca. Was hast du vor?

Ich schätze, dass ich das gleich herausfinden werde, mein exzentrisches, wunderschönes Mädchen.

Meine Brust fühlte sich an, als wäre darin ein entgleister Zug eingesperrt. Auf meiner Stirn bildete sich ein dünner Schweißfilm. Ich hob eine Hand, um anzuklopfen, war aber kaum in der Lage, das Zittern lange genug zu unterdrücken. Gott, ich war ein Wrack. Ich konnte mich nicht erinnern, wann ich das letzte Mal so nervös gewesen war. Aber es wurde sogar noch schlimmer, als die Tür aufschwang.

Bei ihrem Anblick hörte mein Herz beinahe auf zu schlagen. Ihre schönen, riesengroßen Augen schienen direkt in meine Seele zu starren, was dazu führte, dass ich keine Ahnung hatte, was ich überhaupt sagen sollte. Ich musste mir schnell etwas einfallen lassen und entschied mich dafür, sie noch nicht auffliegen zu lassen. Ich wollte sehen, wo das hier hinführen würde, wenn ich mich ihr gegenüber nicht sofort zu erkennen gab. Schließlich hatte ich keine Ahnung, ob sie wusste, dass ich »Cole« war.

»Ihnen ist schon klar, dass Sie hier nicht parken dürfen, oder?«, sagte ich schließlich.

Sie schluckte und suchte nach Worten. »Wer sind Sie?«

Ich konnte mir nicht zu hundert Prozent sicher sein, dass sie wusste, wer ich war, aber ihre offensichtliche Nervosität ließ mich vermuten, dass sie es wusste.

»Ich bin Cole Archer.« Ich deutete hinter mich. »Mein Anwesen befindet sich gleich dort drüben.«

Sie schien jeden Zentimeter meines Gesichts zu mustern. »Oh.«

Schöne, schöne Luca.

Wow.

Du bist es wirklich.

Ich wollte sie in meine Arme ziehen und ihre vollen Lippen verschlingen, um ihre Nervosität zu vertreiben. Doch stattdessen sagte ich: »Sie sollten das Fahrzeug entfernen, bevor jemand die Polizei ruft.«

Sie schüttelte den Kopf. »Oh ja … klar. Das können wir tun.«

»Wir sind schon weg«, sagte der alte Mann und sprang von seinem Platz im hinteren Bereich des Wohnmobils auf. Ich hatte ihn nicht mal bemerkt, bis er gesprochen hatte.

Er kletterte auf den Fahrersitz.

Ich hatte ihnen nur gesagt, dass sie verschwinden sollten, um eine Entschuldigung zu haben, hier herauszukommen. Ich wollte nicht, dass sie *tatsächlich* verschwanden, denn was würde dann passieren? Ich könnte sie verlieren.

Bevor er den Motor startete, hob ich eine Hand, um ihn aufzuhalten. »Moment!«

Er schaute mich an und wartete, dass ich weitersprach.

Denk nach.

»Ich ... schätze, dass Sie nichts Verbotenes machen. Sie parken ja nur hier. Ich kann nicht garantieren, dass nicht einer der anderen Anwohner die Polizei rufen wird, aber für mich ist das in Ordnung. Bleiben Sie, solange Sie wollen.«

Luca atmete erleichtert aus. »Danke. Wir wissen das wirklich zu schätzen.«

»Kein Problem.« Unsere Blicke hielten einander fest, während ich nickte. »Dann wäre das ja geklärt.«

Ich machte kehrt und ging zu meinem Haus zurück. Dabei schüttelte ich angesichts dieses Dilemmas den Kopf.

Obwohl ich sie so dringend in meine Arme nehmen und ihr sagen wollte, dass ich wusste, wer sie war, war das leichter gesagt als getan. Außerdem hatte ich gehofft, dass sie sich mir gegenüber zu erkennen geben würde, aber das hatte sie nicht getan. Auch wenn ich aufgrund der Art, wie sie mich angesehen hatte, davon ausging, dass sie wusste, wer ich war, konnte ich mir eben nicht zu hundert Prozent sicher sein.

Ich hatte eine Menge Fragen. Hatte sie mich vielleicht als Cole Archer erkannt und nicht gewusst, dass *ich* das in Wahrheit bin? Könnte das ebenfalls eine Erklärung für ihre Reaktion sein? Suchte sie immer noch nach Griffin? Oder schlimmer, hatte sie erkannt, dass ich Cole war, und daraufhin beschlossen, dass sie ein Stück von mir wollte, so wie alle anderen? Das klang nicht nach Luca, aber das galt ehrlich gesagt auch für diese ganze Reise, die sie unternommen hatte. Ich war so verdammt verwirrt. Ich hatte das Gefühl, dass ich nur dann erfahren konnte, ob sie mich wirklich um *meinetwillen* wollte, wenn ich diese Scharade noch ein wenig länger aufrechterhielt. Wenn ich ihr zu bald die Wahrheit sagte, würde ich ihre wahren Absichten vielleicht nie erfahren.

Ich verbrachte den Rest des Nachmittags damit, aus dem Fenster auf das Wohnmobil zu schauen, das ein Stück entfernt parkte. Ich hatte ein paar Anrufe getätigt, um sicherzustellen, dass die Polizei sie nicht wegschickte. Ich verstand nicht, warum sie den ganzen Weg bis nach Kalifornien gekommen war, wenn sie nicht vorhatte, mir zu verraten, wer sie war. Andererseits hatte ich meine Gelegenheit, die Karten auf den Tisch zu legen, komplett vermasselt.

So wie ich Luca kannte, hinterfragte sie nun alles und überlegte ebenso wie ich, wie sie mit der ganzen Situation umgehen sollte. Ich musste sie hervorlocken und es ihr leichter machen, sich mir gegenüber zu öffnen. Ich würde auf keinen Fall zulassen, dass sie Kalifornien verließ, ohne ihr eine ausführliche Erklärung zu liefern. *Herrgott.* Trotz ihrer Agoraphobie war sie den ganzen Weg hierhergefahren. Das sprach doch wirklich Bände darüber, wie dringend sie die Wahrheit herausfinden wollte.

Ich musste da rausgehen, bevor sie eine überstürzte Entscheidung traf und verschwand. Dieses Mal würde ich aber nicht in einem verdammten Bademantel vor ihr auftauchen.

Nachdem ich mir ein halbwegs anständiges Hemd angezogen hatte, passierte ich einmal mehr meinen sehr verwirrten Wachmann und ging die Straße hinunter zu dem parkenden Wohnmobil. Sie hatte nie eingewilligt, mich an einem öffentlichen Ort zu treffen, und wenn man ihre Probleme bedachte, würde ich es ihr niemals zumuten, sich mit den Paparazzi herumschlagen zu müssen. Aber ich musste mit ihr allein sein, damit wir vielleicht sogar ein wenig Spaß miteinander haben konnten, bevor ich heute Abend reinen Tisch machte.

Es gab nur eine Möglichkeit, mit diesem Chaos umzugehen: Ich musste einfach improvisieren.

Ich klopfte an das Wohnmobil und wartete.

Luca öffnete die Tür und wirkte einmal mehr nervös.

Ich winkte. »Hey. Ich schon wieder.«

Sie atmete aus. »Sie schon wieder …«

»Ich wollte mich nur entschuldigen, falls ich eben zu aufdringlich war.«

»Oh … äh … ganz und gar nicht.«

»Was führt Sie in diese Gegend?«

Sie schaute nach hinten zu ihrem Freund und sagte: »Wir befinden uns auf einer Reise. Das hier sah nach einem netten, sicheren Ort aus, um eine Pause einzulegen.«

»Tut mir leid, ich war vorhin so unhöflich, dass ich Sie nicht mal nach Ihrem Namen gefragt habe.«

»Mein Name? Ich bin …« Sie zögerte und schaute dann nach links. »Mirada. Und das ist mein Freund Chester.«

»Mirada …«, wiederholte ich.

»Ja.«

»Tja, es freut mich sehr, Sie kennenzulernen. Willkommen in Kalifornien. Ich bin Cole.«

Ich streckte meine Hand aus, und sie ergriff sie. Sie zum ersten Mal zu berühren, war elektrisierend.

»Freut mich, Sie kennenzulernen, Cole.«

»Was haben Sie vor, während Sie hier sind?«, fragte ich.

»Ich kann nicht behaupten, dass wir irgendetwas geplant haben. Wir gehen einfach dahin, wohin der Wind uns trägt.«

Oder die heiße Luft …

Ich musste diesen Unsinn beschleunigen.

»Hätten Sie vielleicht Zeit, heute mit mir zu Abend zu essen?«

Luca erwiderte nichts, aber der alte Mann antwortete für sie. »Das würde sie liebend gern tun.«

Sie drehte sich zu ihm herum. »Würde ich das?«

»Ja, das würdest du.«

Sie schaute wieder mich an. »Ich schätze, das würde ich.«

»Großartig. Sagen wir so gegen achtzehn Uhr? Ich werde meinem Wachmann Ihren Namen nennen … *Mirada.* Er wird Sie reinlassen.«

Sie heuchelte Fröhlichkeit. »Das ist toll. Danke. Ich freue mich darauf.«

Ich wusste, dass sie innerlich wahrscheinlich gerade tausend Tode starb. Ich hasste das, aber da musste sie jetzt durch.

Als ich zu meinem Haus zurückging, wurde mir erneut bewusst, wie lächerlich diese Situation war. Und ich hatte nicht mehr viel Zeit, um herauszufinden, wie zum Teufel ich sie meistern sollte.

13. KAPITEL

Luca

»Mirada? Mirada! Ich konnte mir wirklich nichts Besseres ausdenken als den Markennamen des Wohnmobils, das wir fahren?«

»Das war tatsächlich eine interessante Wahl.« Der Doc kicherte.

»Ich habe Panik bekommen und einen Blick auf das Armaturenbrett geworfen, und das war alles, was mir in den Sinn kam.«

»Ich muss sagen, dass ich sehr neugierig darauf war zu sehen, wie du diese ganze Situation meistern würdest.«

»Ich habe sie nicht gemeistert. Ich habe mich nur in ein noch größeres Chaos gestürzt. Übrigens danke, dass du die Einladung zum Abendessen für mich angenommen hast. Es wäre nett gewesen, wenn ich eine Wahl gehabt hätte.«

»Du hast keine Wahl, Luca. Du musst die Suppe jetzt auslöffeln.«

Ich seufzte. »Wie soll ich nur damit umgehen, Doc? Er wird mich für eine Irre halten, weil ich hergekommen bin, um ihn aufzuspüren, und in Bezug auf meine Identität gelogen habe.«

»Du bist nicht die Einzige, die gelogen hat. Seine Lüge bestand darin, dass er seine wahre Identität verschwiegen hat.«

»Ziehe ich das jetzt wirklich durch? Werde ich mit ihm zu Abend essen?«

»Ja.«

»Was soll ich zu ihm sagen?«

»Er gibt dir die Chance, alles zu sagen, was du loswerden möchtest. Die Tatsache, dass er hierher zurückgekommen ist und dich in sein Zuhause eingeladen hat, erspart dir die Mühe, herausfinden zu müssen, wie du unter vier Augen mit ihm sprechen kannst. Er hat dir die Gelegenheit auf einem Silbertablett serviert. Nun musst du entscheiden, was du damit anfangen willst.«

Eine Stunde später trug ich das einzige schicke Outfit, das ich eingepackt hatte – ein einfaches rotes Etuikleid. Ich hatte nicht wirklich geplant, während meiner Suche nach Griffin mit einem Prominenten in einer schicken Villa zu Abend zu essen. Und ich hatte ganz sicher nicht damit gerechnet, dass *Griffin* dieser Prominente sein würde.

Mit weichen Knien ging ich zu dem riesigen Haus hinüber.

Ich sprach den Wachmann an. »Hi …« *Oh Gott, beinahe hätte ich meinen angeblichen Namen vergessen.* »Ich bin Mirada. Ich bin mit Cole Archer verabredet.«

»Ja. Er erwartet Sie.« Er schickte mich zum Haupteingang.

Als ich auf die Tür zuging, fragte ich mich, was »Cole« überhaupt von mir wollte. Griffin wusste nicht, wer ich war. Er ging davon aus, dass er irgendeine Zufallsbekanntschaft zum Abendessen eingeladen hatte. Machte er so was öfter? Fühlte er sich zu mir hingezogen? Oder war er einfach nur gastfreundlich? Ich hatte keine Ahnung, warum er mich eingeladen hatte. Bevor ich noch länger darüber nachgrübeln konnte, öffnete sich die gewaltige Holztür des mediterranen Hauses. Eine kleine Frau in der Uniform einer Haushälterin nickte mir zu und ließ mich hinein.

Griffin war nirgends zu sehen. Meine Absätze klapperten

hallend auf dem Marmorfußboden, während ich mich in dem beeindruckenden Eingangsbereich umschaute. Ein paar gerahmte Schallplatten schmückten die Wände. So hatte ich mir das Haus eines Rockstars definitiv vorgestellt.

In diesem Moment konnte ich nur denken: *Ich bin so stolz auf dich, Griffin.*

Seine Stimme erschreckte mich. »Die schickt mir die Plattenfirma immer, also kann ich sie ebenso gut aufhängen. Aber eigentlich bin ich kein Egomane. Das schwöre ich.«

»Das habe ich gar nicht gedacht. Sie sollten stolz sein. Sie sind erfolgreich und haben wirklich etwas erreicht.«

Als ich mich umdrehte, um ihn anzuschauen, stellte ich fest, dass er sich umgezogen hatte. Nun trug er eine schwarze Jeans und ein eng anliegendes graues T-Shirt. Sein Haar war feucht. Er war wirklich verdammt heiß. Ich konnte nicht glauben, dass das mein Griffin war.

»Das kommt darauf an, wie man ›erfolgreich‹ definiert. Ich habe in der Tat Reichtum angehäuft und es geschafft, einen gewissen Prozentsatz der Menschheit mit meiner Musik zu beeindrucken. Aber es ist nicht immer leicht. Das Leben kann sehr einsam sein.«

Das versetzte mir einen Stich ins Herz. »Ja. Das kann ich mir vorstellen.«

»Darf ich Ihnen etwas zu trinken anbieten, Mirada?«

»Klar. Was immer Sie dahaben.«

»Ich habe eine riesengroße Bar. Was hätten Sie gern?«

»Ein Glas Wein wäre nett.«

Griffin führte mich in das gewaltige Wohnzimmer. Die Möbel waren alle weiß. Ich wusste jetzt schon, dass ich sie irgendwie schmutzig machen würde, bevor ich wieder ging. Er trat zu der großen Bar in der Ecke des Zimmers und schenkte mir einen Rotwein ein.

Dann kehrte er zurück und reichte mir das Glas. »Tut mir leid … das Abendessen verzögert sich ein wenig. Mein Koch hat heute Abend frei und, nun ja, ich wollte Sie nicht mit meinen Kochkünsten vergiften, also habe ich etwas bestellt. Ich hoffe, das ist in Ordnung.«

»Das klingt köstlich.«

»Sie wissen doch noch gar nicht, was es ist.«

»Das stimmt. Aber ich bin mir sicher, dass es gut sein wird.«

»Sie vertrauen mir wohl blind, was?«

Was hatte er da gerade gesagt?

Dass ich ihm blind vertraute?

Wahrscheinlich benutzte er diesen Ausdruck einfach sehr häufig. Ich sollte da nicht zu viel hineininterpretieren.

Ich räusperte mich. »Offenbar.«

Er klatschte in die Hände. »Also … das Abendessen. Ich hoffe, Sie mögen Jakobsmuscheln im Speckmantel. Das habe ich als Vorspeise ausgewählt. Als Hauptgang gibt es Schweinebraten mit Knoblauch und Thymian.«

Schweinebraten? Soll das ein Witz sein?

Ich schluckte. »Klingt köstlich.«

Er musterte mich. »Sie kommen mir so bekannt vor. Sind Sie sicher, dass wir uns nicht schon mal begegnet sind?«

Ich fummelte nervös an meinem Haar herum und lachte. »Halten Sie mich etwa für ein Groupie?«

»Ha! Nein, nein, nein. Ich verspüre nur seit unserer ersten Begegnung eine gewisse Vertrautheit.« Er starrte mir durchdringend in die Augen.

Sein Blick war so intensiv, dass ich ernsthaft befürchtete, innerlich zu verbrennen.

Kann er vielleicht doch wissen, dass ich es bin? Aber wie?

Ich hatte geplant, ihm die Wahrheit zu sagen, aber je länger sich diese Scharade hinzog, desto schwerer fiel es mir aus irgendeinem Grund, damit herauszurücken. Die ganze Zeit über wartete ich auf den perfekten Augenblick für die Beichte, aber er schien sich irgendwie nicht zu ergeben. Ganz zu schweigen davon, dass mich sein durchdringender Blick ein wenig sprachlos machte.

»Wer ist dieser Mann, mit dem Sie unterwegs sind?«, fragte er.

»Er ist ein guter Freund.«

»Also läuft da nichts zwischen Ihnen?«

»Oh Gott, nein. Er ist nur mein Reisegefährte. Ich reise nicht allein.«

»Ah. Verstehe. Ja, allein zu reisen, ist etwas für die Vögel.«

Vögel.

»Stimmt.«

Er lächelte. »Haben Sie mich denn erkannt? Sie wirkten so, als hätten Sie nicht gewusst, wer ich bin.«

Mein Herz schlug so heftig, als wollte es aus meiner Brust springen. »Sie meinen … ob ich erkannt habe, dass Sie … Cole Archer sind?«

Griffin legte den Kopf schief. »Was sollte ich denn sonst meinen?«

Ich atmete erleichtert aus. »Ich wusste tatsächlich, wer Sie sind, ja.«

»Das ist schade. Irgendwie hatte ich gehofft, dass Sie es nicht wussten.«

Ich schaute ihm tief in die Augen. »Das muss verrückt sein, oder? Sie zu sein?«

»Ja, aber was genau meinen Sie?«

»Alles?«

Er schaute mich einfach nur eine Weile an, bevor er antwortete. »Manchmal wünschte ich, dass ich mich einfach in meinem Haus verstecken könnte und nie wieder nach draußen gehen müsste.«

Das kommt mir bekannt vor.

Mein Herz schlug wieder schneller.

Er fuhr fort. »Ich beneide Menschen, die nirgendwo erkannt werden.«

»Das kann ich mir vorstellen.«

»Was machen Sie so, Mirada?«

Was ich so mache?

»Ich … Ein bisschen von allem. Momentan stehe ich gewissermaßen vor einem Wendepunkt in meinem Leben.«

»Was verbergen Sie vor mir? Wenn ich ganz offen sein kann, dann können Sie das doch sicher auch. Schreiben Sie etwa … Pornos oder so was?«

»Nein, nichts dergleichen.«

»Zu schade.« Er zwinkerte mir zu.

Plötzlich führte die Haushälterin einen Haufen Leute durchs Wohnzimmer und ins angrenzende Esszimmer.

»Ah. Das Abendessen ist da«, sagte Griffin.

Ich stellte meinen Wein auf einen Beistelltisch und folgte ihm ins Esszimmer. Ein kompletter Trupp Personal deckte eine große Tafel ein. Ein Mann trug ein riesiges abgedecktes Silbertablett.

»Das sieht aus wie ein Festmahl für einen König«, sagte ich.

Als der Mann die Abdeckung von dem Tablett nahm, rutschte mir das Herz in die Hose. Es war nicht nur ein Schweinebraten, sondern ein komplettes Schwein, das sogar noch einen Kopf hatte. Ich wandte mich ab. Das konnte ich nicht ertragen. Es war, als müsste ich zusehen, wie Hortencia auf dem Scheiterhaufen verbrannte und dann für ihre Beerdigung aufgebahrt wurde.

Griffin fielen fast die Augen aus dem Kopf. Seine gelassene Haltung verschwand schlagartig. Er wandte sich an den Mann.

»Was zum Teufel soll das? Ich habe den Schweinebraten bestellt, nicht das ganze Tier. Was in aller Welt bringen Sie da in mein Haus? Das ist ja verstörend. Bitte decken Sie es ab und nehmen Sie es wieder mit.«

Der Mann kam der Aufforderung hastig nach, fragte aber: »Was haben Sie sich denn unter einem Schweinebraten vorgestellt, Sir?«

»Mir ist klar, worauf Sie hinauswollen, aber es ist doch absolut unnötig, dass mich mein Abendessen anstarrt.« Er schaute zu mir. »Sie sehen doch sicher, dass mein Gast extrem aufgewühlt ist.«

Ich zitterte. Ich wusste ehrlich nicht mehr, was ich sagen sollte.

Nachdem sich das Zimmer geleert hatte, kam Griffin zu mir. »Bist du okay?«

»Das war ... Das war unerwartet.«

»Verdammt. Ich wollte mir nur einen kleinen Spaß erlauben, indem ich Schweinebraten bestellte. Ich wusste, dass du ihn nicht essen würdest. So etwas hätte ich dir niemals absichtlich angetan. Ich weiß, wie viel sie dir bedeutet.«

Moment.

Was?

Was passiert hier?

Er legte seine Hände um mein Gesicht. »Du siehst aus, als würdest du gleich in Tränen ausbrechen. Ich habe es total vermasselt. Ich würde dir niemals so wehtun. Du bedeutest mir so verdammt viel.« Er drängte mich gegen die Wand und presste seinen steinharten Körper an meinen. »Luca ... meine wunderschöne Luca.«

Meine Stimme zitterte. »Griffin?«

»Wie hast du mich gefunden, mein verrücktes Mädchen?« Er schüttelte den Kopf. »Egal. Du brauchst jetzt nicht antworten.«

Er lehnte sich vor, presste seine Lippen auf meine und küsste mich so heftig, dass ich förmlich Sterne sah. Mein ganzer Körper fühlte sich schwerelos an, während ich mich gegen ihn sinken ließ. Unsere Zungen trafen in einem feuchten und köstlichen Tanz aufeinander, während wir Jahre voller verlorener Küsse aufholten.

»Gottverdammt, Luca, du schmeckst so gut«, murmelte er an meinen Lippen. »Ich habe das Gefühl, dass ich mein ganzes Leben lang hierauf gewartet habe.«

Ich vergrub die Finger in seinem dichten Haar und konnte die Laute, die aus meinem Mund kamen, nicht unterdrücken. Niemand hatte mich je so geküsst, wie Griffin Marchese es gerade tat. Ihn auf diese Art einzuatmen war die Erfüllung all meiner Träume.

Unser Kuss wurde unterbrochen, als die Haushälterin das Esszimmer mit drei großen Pizzakartons betrat.

Ich fühlte mich wie ein läufiges Tier, als ich keuchend fragte: »Was ist das?«

»Unser echtes Abendessen. Ananaspizza – deine Lieblingspizza.«

Ein Gefühl der Nostalgie überkam mich, und mir wurde ganz warm ums Herz. »Das weißt du noch?«

»Wie könnte ich das vergessen? Ich erinnere mich an alles, Luca.«

»Verrate mir, was du gerade denkst.«

Ich blinzelte ein paarmal, und meine Sicht klärte sich wieder. Ich hatte auf ein Stück Ananaspizza hinuntergestarrt und gar nicht bemerkt, dass Griffin mich beobachtete. Ich hatte ihn sprechen hören, aber die Worte rauschten nur in das eine Ohr hinein und zum anderen wieder heraus. »Tut mir leid. Was hast du gesagt?«

Er stand auf. Wir hatten einander am Esstisch gegenübergesessen. Der heutige Tag war surreal gewesen. Erst hatte ich herausgefunden, dass Griffin Cole Archer war, dann hatte ich ihn nach all den Jahren zum ersten Mal gesehen, und dann hatten wir uns sogar geküsst. *Dieser Kuss.*

Griffin streckte eine Hand aus. »Komm mit. Dir geht gerade viel zu viel durch den Kopf, um zu essen. Lass uns ins Wohnzimmer gehen und reden, okay?«

Ich nickte und legte meine Hand in seine. Er führte mich zu der riesigen Couchgarnitur, und als ich mich setzte, kniete er sich vor mich und zog mir meine Schuhe aus.

»Ich ziehe dir die Schuhe aus, damit du es bequem hast, aber ich habe auch einen Hintergedanken. Ich werde uns den Wein aus der Küche holen und dabei einen hiervon mitnehmen, damit du nicht zur Tür hinausrennen kannst, während ich für zwei Minuten weg bin.«

Ich ging davon aus, dass er scherzte, aber er nahm tatsächlich einen meiner Schuhe mit. Ein paar Minuten später kehrte er mit zwei frischen Gläsern Wein und meinem Schuh zurück.

»Ein Cabernet von Nottingham Cellars.« Griff hielt mir ein Glas von meinem Lieblingswein hin. Es war bis zum Rand gefüllt. »Ich war mir nicht sicher, welchen Jahrgang du magst, also habe ich ein paar verschiedene gekauft. Das hier ist der 2014er. Welchen kaufst du normalerweise?«

»Ähm. Den, der gerade am billigsten ist.«

»Mist. Ich habe genau das Gegenteil gemacht.«

Ich lächelte. »Das ist schon in Ordnung. Ich bin nicht wirklich eine Weinkennerin, also werde ich den Unterschied zwischen den Jahrgängen nicht erkennen.«

Griffin nahm neben mir auf der Couch Platz, zog ein Knie hoch und wandte sich mir zu. Er wirkte vollkommen entspannt, während ich mich darauf konzentrierte, dass meine Hand nicht allzu sehr zitterte. Ich wollte wirklich keinen Rotwein auf seiner weißen Couch verschütten. Er bemerkte es und legte eine Hand auf mein Knie.

»Entspann dich. Ich werde dich schon nicht beißen.« Er schenkte mir ein bezauberndes jungenhaftes Grinsen. »Es sei denn, du willst es.«

Ich kippte das halbe Glas Wein hinunter.

Griffin hob eine Augenbraue. »Fühlst du dich jetzt besser?«

Ich schüttelte den Kopf. »Nicht wirklich.«

Er nahm mir das Glas ab und stellte es auf den Wohnzimmertisch neben seins, von dem er noch nichts getrunken hatte. Dann nahm er meine Hände in seine und schaute mir tief in die Augen. »Leibhaftig bist du sogar noch schöner.«

Meine Wangen brannten. »Danke. Ich kann nicht glauben, dass du mich erkannt hast. Wie alt war ich auf dem Foto, das du von mir hattest? Zwölf?«

Griffin schaute auf unsere verschränkten Hände hinunter und drückte fest zu. »Ich glaube, dass wir beide einander eine Menge zu beichten haben. Also werde ich jetzt direkt damit anfangen. Ich habe dich nicht aufgrund des Fotos erkannt, das du mir geschickt hast, als wir noch in der Schule waren. Ich habe einen Privatdetektiv angeheuert, der dir gefolgt ist und ein paar Fotos von dir gemacht hat.«

Mir fielen fast die Augen aus dem Kopf. »Du hast *was* getan? Wann?«

»Vor ein paar Wochen? Er hat Fotos von dir geschossen, als du aus dem Postgebäude kamst. Und dann … ist er dir im Verlauf der letzten Woche quer durchs Land gefolgt.«

Mit einem Mal fühlte ich mich sehr verletzlich und entblößt, weil mich ohne mein Wissen jemand beobachtet hatte. Ich entzog ihm meine Hände.

»Warum hast du das getan?«

Griffin fuhr sich mit den Fingern durchs Haar. »Ich wollte wissen, wie du aussiehst.«

»Ich hatte doch *vorgeschlagen*, dass wir Fotos austauschen. Du bist derjenige, der das nicht wollte.«

»Ich wollte *dich* sehen. Doch ich wollte nicht, dass du *mich* siehst. Aber da du vermutlich schon die ganze Zeit über wusstest, wer ich bin, war ich ohnehin der Angeschmierte.«

Ich zog die Augenbrauen zusammen. »Wovon redest du? Ich habe erst heute Morgen herausgefunden, wer du bist.«

Er wirkte aufrichtig verwirrt. »Aber wie bist du denn dann vor meinem Haus gelandet?«

»In der Kiste mit den Furbys, die du mir geschickt hast, lag noch eine eBay-Rechnung. Darauf stand als Lieferadresse Marchese Music. Ich dachte mir, dass das dein Arbeitsplatz sein müsste.«

Griffin schüttelte den Kopf. »Aber wenn du keine Ahnung hattest, wer ich war, warum bist du dann einmal quer durchs Land gefahren?«

Die Tatsache, dass er diese Frage überhaupt stellen musste, verriet mir eine ganze Menge. Dieser attraktive Mann mit seinem großen, schönen Haus glaubte, dass sich andere Menschen nur aufgrund seines Reichtums und seines Ruhmes zu ihm hingezogen fühlten. Dieses Mal war ich diejenige, die ihm das Gegenteil versichern musste. Ich streckte einen Arm aus und ergriff seine Hand. Als ich sprach, schaute ich ihm in die Augen.

»Weil ich in den Jungen verliebt war, der mir vor vielen Jahren diese Briefe geschrieben hatte. Aber ich fing an, mich in den wunderbaren Mann zu verlieben, der mich um meinetwillen zu mögen schien – problembeladen oder nicht –, und ich musste herausfinden, ob wir womöglich eine Chance hatten, wenn wir uns endlich persönlich begegneten.«

Griffin lehnte sich ein wenig näher zu mir. Er schaute mir tief in die Augen und schien nach etwas zu suchen. »Du hattest bis heute Morgen wirklich keine Ahnung, wer ich bin?«

Ich deutete ein Lächeln an. »Ich verpasse deinem Ego nur ungern einen Dämpfer, Mr Rockstar, aber ich hatte nicht nur keine Ahnung, wer du bist, sondern habe auch noch nie zuvor deine Musik gehört.«

Obwohl ich ihn gerade beleidigt hatte, lächelte Griffin, als wäre meine Antwort das Beste, was er je gehört hatte. Seine Augen leuchteten auf.

»Was wäre gewesen, wenn du den ganzen Weg bis hierher gekommen wärst und ich ein obdachloser Glatzkopf mit ein paar fehlenden Zähnen gewesen wäre?«

Ich hielt mir die Hand vor den Mund und lachte. »Das ist ziemlich genau das, was ich erwartet hatte. Du sagtest, dass dich deine Karriereentscheidungen mehr gekostet hätten, als du dachtest. Also ging ich davon aus, dass du womöglich arm bist und dich dafür schämst.«

Griffin wirkte verwirrt. Er kniff die Augen zusammen. »Und trotzdem hast du Tausende von Kilometern zurückgelegt?«

Ich zuckte mit den Schultern. »Ich mochte dich um deinetwillen. Ich war bereit, deine Lebensumstände zu akzeptieren, wie sie auch sein mochten. Aber versteh mich nicht falsch. Die Tatsache, dass du« – ich wedelte vor seinem Gesicht herum – »so aussiehst … ist eine sehr nette Überraschung.«

Griffin schlang die Hände um meine Knie und zog mich näher zu sich heran. »Ach ja? Willst du damit sagen, dass dir mein Aussehen gefällt, Babe?«

Babe. Das gefiel mir definitiv. Ich versuchte, nicht zu lächeln, versagte aber kläglich.

»Ich schätze, dass du schon ganz hübsch anzuschauen bist.«

Er umfasste meine Wange. »Ist das so? Tja, du kannst dich auch sehen lassen.« Er senkte den Blick auf meinen Mund und strich mit dem Daumen über die Unterlippe. »Dieser Schmollmund. Als Teenager verbrachte ich Stunden damit, ihn anzustarren. Du willst gar nicht wissen, was ich in meiner Fantasie alles damit angestellt habe.«

Ich schluckte. »Doch, das will ich.«

Griffins Blick verdunkelte sich, und er schob seinen Daumen in meinen Mund. Ohne darüber nachzudenken, legte ich die Zunge darum und schloss die Augen, bevor ich daran saugte.

»*Verdammt*, Luca.« Das heisere Knurren, das aus seiner Kehle grollte, jagte mir einen Schauer über den Körper.

Im nächsten Moment hob er mich von der Couch hoch und zog mich auf seinen Schoß. Er vergrub die Hände in meinem Haar und presste seine Lippen auf meine. Seine Zunge ersetzte den Daumen in meinem Mund. Ich hatte gedacht, dass unser erster Kuss elektrisierend gewesen wäre, aber dieser hier sorgte dafür, dass sich mein ganzer Körper wie unter Hochspannung anfühlte. Seine Lippen waren so weich, aber seine Berührung war so fest. Dieser Mann wusste, wie man küsst. Ich war mir ziemlich sicher, dass ich später Stunden damit verbringen würde, diese Tatsache zu analysieren, aber momentan war mir egal, wie er so gut darin geworden war. Mich kümmerte nur, dass seine erfahrene Zunge in meinem Mund war und es sich verdammt noch mal himmlisch anfühlte. Er küsste mich lange und leidenschaftlich – mit genau der richtigen Menge an Aggressivität, um mich dazu zu bringen, ihm die Führung zu überlassen und ihm bereitwillig überallhin zu folgen.

Ich nahm ein entferntes Geräusch wahr, aber das Rauschen des Blutes in meinen Ohren sorgte dafür, dass mir alles andere weit weg und gedämpft vorkam. Deswegen erkannte ich das Geräusch auch nicht als die Türklingel. Bis es zum zweiten Mal läutete.

»Das ist die …« Ich versuchte, zwischen unseren miteinander verschmolzenen Mündern zu sprechen, aber Griffin presste seine Lippen noch fester auf meine.

»Ignorier sie …«, murmelte er.

Da ich nicht erpicht darauf war aufzuhören, tat ich so, als hätte ich die Klingel nicht gehört. Doch als sie ein drittes Mal läutete, war schließlich Griffin derjenige, der sich zurückzog.

Schwer atmend kam er auf die Füße. Benommen hob ich eine Hand an meine Lippen. »Ich dachte …«

Das war der Moment, in dem ich hörte, warum Griffin innegehalten hatte. Der Grund war leider die Stimme des einzigen Menschen, den ich nicht ignorieren konnte.

Doc.

14. KAPITEL

Griffin

»Wo ist Luca?« Der alte Mann marschierte an mir vorbei, als würde ich gar nicht existieren.

Ich schloss die Tür und räusperte mich. »Sie ist im Wohn...«

Luca kam in die Küche gestolpert. Sie sah ziemlich zerzaust aus. Ihre Lippen waren geschwollen, und ihr Haar war ein wirres Durcheinander. Doch ich war mir nicht sicher, ob ihr Zustand das Ergebnis unseres Kusses war oder ob sie sich Sorgen um den Alten machte. Sie wirkte äußerst panisch.

»Doc? Was ist los? Ist alles in Ordnung?«

Er ging schnurstracks auf sie zu und legte beide Hände auf ihre Schultern. »Bist du okay? Du hast mir keine Nachricht geschrieben, obwohl es abgesprochen war.«

Luca atmete erleichtert aus. »Mist. Tut mir leid, Doc. Griffin und ich ... wir haben angefangen ... Wir waren einfach beschäftigt, und ich habe vergessen, dass ich dir Bescheid geben sollte, dass alles in Ordnung ist.«

Der Doc musterte sie gründlich von Kopf bis Fuß, schaute dann misstrauisch zu mir und schließlich wieder zu ihr. »Bist du sicher, dass alles in Ordnung ist?«

»Ja. Es geht mir gut. Griffin ... Er weiß jetzt, wer ich bin.«

Die gerunzelte Stirn des Docs glättete sich. »Oh. Okay. Tja, ich bin froh, das zu hören. Ich hab mir nur Sorgen um dich gemacht. Ich wollte nicht stören.«

Da ich wusste, wie wichtig er ihr war, streckte ich ihm eine Hand entgegen. »Griffin Marchese. Manchmal kennt man mich auch als Cole Archer, Dr. Maxwell. Ich habe eine Menge von Ihnen gehört.«

Der gute Doktor entspannte sich. »Bitte nennen Sie mich Chester.«

Plötzlich fiel mir auf, dass der Wachmann nicht angerufen hatte, um mich darüber zu informieren, dass er jemanden zum Haus vorgelassen hatte. »Sind Sie durch das Haupttor gekommen, Chester?«

Er schüttelte den Kopf. »Ich bin am hinteren Ende des Grundstücks über den Zaun geklettert.«

Ich riss die Augen auf. Mein Zaun musste gut und gerne zweieinhalb Meter hoch sein. »Sie sind … über den Zaun geklettert?«

»Luca ging nicht an ihr Handy, und ich habe mir Sorgen gemacht.«

Bei der Vorstellung, wie dieser siebzigjährige Mann einen riesigen Zaun hochgekraxelt war, um seine Patientin zu retten, konnte ich mir das Lachen nicht länger verkneifen. Diese zwei waren wirklich ein verdammt verrücktes Team.

Luca schenkte ihm ein warmes Lächeln. »Es tut mir so leid, dass du dir meinetwegen Sorgen gemacht hast, Doc.«

Er hob eine Hand. »Kein Grund, sich zu entschuldigen. Ich wollte nur sichergehen, dass es dir gut geht. Ich lasse euch zwei dann mal wieder allein.«

Nichts wäre mir lieber gewesen, als wieder allein mit Luca zu sein und genau da weiterzumachen, wo wir gerade aufgehört hatten. Aber als ich sie anschaute und sah, wie sich das süße Lächeln auf ihrem Gesicht in ein Stirnrunzeln verwandelte, kam der dümmste Vorschlag aller Zeiten aus meinem Mund.

»Nein. Bleiben Sie. Leisten Sie uns doch beim Abendessen Gesellschaft.«

»Also, wie lange wollt ihr zwei in Kalifornien bleiben?«

Luca seufzte, und noch bevor sie sprach, wusste ich, dass ich die Antwort nicht hören wollte.

»Übermorgen müssen wir uns wieder auf den Weg machen.«

Mir wurde schwer ums Herz. »Warum schon so bald?«

»Die Strecke ist fast fünftausend Kilometer lang. Wir haben auf dem Hinweg ein wenig länger als geplant gebraucht, und wir müssen sechs Tage für die Heimreise einplanen. Wenn ich zu lange am Stück am Steuer sitze, verfalle ich in Tagträumereien und vergesse, dass ich fahre. Ich habe halb Colorado verpasst, weil ich im Kopf bereits die Handlung meines nächsten Buchs geplant habe. Das ist nicht wirklich sicher.«

»Wie wäre es, wenn ich jemanden engagiere, der das Wohnmobil auf einem Anhänger zurückbringt, und ihr nehmt ein Flugzeug? Ich könnte euch einen Privatflug buchen.«

Luca lächelte traurig. »Das ist sehr süß von dir. Aber ich … ich steige nicht in Flugzeuge.« Sie senkte den Blick. »Oder in Züge oder Busse. Ich gehe ja nicht mal in einen Supermarkt wie eine normale Person, Griffin.«

Der Doc meldete sich zu Wort. »In der Zoohandlung hat sie sich letzte Woche allerdings großartig geschlagen.«

Luca schüttelte den Kopf. »Mein Leben ist … kompliziert.«

Der Doc schaute mich an. »Ja, Lucas Leben ist kompliziert. Aber ich würde wagen zu behaupten, dass Griffins auch nicht gerade unkompliziert ist. Wo ein Wille ist, ist auch ein Weg.«

Wenn man Luca anschaute, fiel es leicht, ihre Probleme zu vergessen. Verdammt, es fiel leicht, alles zu vergessen, während man sich in ihrem schönen Gesicht verlor. Aber der Doc hatte recht. Mein Leben war ebenso kompliziert wie ihres, vielleicht sogar noch komplizierter – nur auf eine andere Weise. Ich starrte Luca an – uns blieben nur noch anderthalb Tage, und ich wollte keine Minute unserer gemeinsamen Zeit verschwenden.

»Doc, ich habe hinten auf meinem Grundstück ein kleines Gästehaus. Es verfügt über ein Schlafzimmer und eine Kochnische. Warum verbringen Sie die nächsten zwei Nächte nicht dort? Ich vermute, dass die Betten in diesem Wohnmobil nicht allzu bequem sind. Wir können das Wohnmobil in der Einfahrt parken, und Sie hätten ein wenig Privatsphäre.«

Der Doc zögerte und schien sich nicht sicher zu sein, ob er das Angebot annehmen sollte. Also tischte ich ihm eine kleine Notlüge auf, von der ich wusste, dass sie die Situation zu meinen Gunsten drehen würde.

»Dort draußen gibt es einige tolle Vögel. Ich habe gerade erst ein neues Futterhäuschen aufgestellt, also wette ich, dass es dort bei Tagesanbruch wie in einer Voliere zugeht.«

Die Augen des Docs leuchteten auf. »Haben Sie die Grundammer gesehen? Ich habe gehört, dass sie ziemlich beeindruckend sein soll.«

Die Grundwas? »Klar, sicher. Da draußen gibt es definitiv ein paar von denen.«

Der Doc schaute Luca an. Sein Gesichtsausdruck erinnerte mich an den eines kleinen Jungen, der sich die Nase an der Scheibe vor der Eiscremetheke plattdrückte, während er darauf wartete, dass ihm seine Mom eine Kugel erlaubte.

Luca lächelte den Doc an. »Das klingt nach einer großartigen Idee, Doc.«

Er strahlte. »In Ordnung. Danke für das Angebot, Griffin. Aber nur, wenn wir unser Gefährt wirklich in der Einfahrt hinter dem Tor parken können. Ich will nicht, dass Luca alleine im Wohnmobil auf der Straße schläft.«

Oh, machen Sie sich deswegen keine Sorgen. Ich habe ebenfalls nicht vor, Luca in diesem Wohnmobil übernachten zu lassen.

»Natürlich. Am besten kümmern wir uns jetzt sofort darum, und danach zeige ich Ihnen das Gästehaus.«

Wir verließen das Haus zu dritt. Der Doc ging als Erster durch die Haustür. Ich streckte meine Hand aus, um Luca zu signalisieren, dass sie mir vorausgehen sollte, doch sie blieb stehen und drehte sich noch einmal zu mir um. Dann stellte sie sich auf die Zehenspitzen und flüsterte mir ins Ohr: »Du solltest besser dafür sorgen, dass morgen früh ein paar Vögel auf deinem Grundstück auftauchen, du *Lügner*.«

Cole: Ich muss dich um einen Gefallen bitten.

Aiden: Was immer du brauchst, Boss.

Cole: Finde einen Baumarkt, der rund um die Uhr geöffnet hat, und kauf ein Dutzend Vogelfutterhäuschen und das entsprechende Futter. Häng sie bis zum Morgengrauen überall rund um mein Gästehaus auf. Dort muss es bei Tagesanbruch nur so von Vögeln wimmeln. Kauf ein Dutzend Papageien in der Zoohandlung, wenn es sein muss.

Aiden: Okay …

Cole: Und weck auf keinen Fall den alten Mann auf, der im Gästehaus schläft.

Mein Assistent hatte schon seltsamere Aufträge als diesen erhalten. Einer der Gründe, warum er gut in seinem Job war, bestand darin, dass er nie Fragen stellte. Also schaltete ich mein Handy aus, verließ mich darauf, dass der Doc am nächsten Morgen zufrieden sein würde, und wandte meine Aufmerksamkeit wieder der Frau zu, die in meiner Küche stand.

Ihr schöner Mund war nach wie vor eine undeutbare Linie. Also ging ich auf sie zu und hielt den Blick fest auf ihre Lippen gerichtet. Ich fragte mich, ob sie etwas dagegen hatte, wenn ich hineinbeißen würde. Doch Luca hob eine Hand und legte sie auf meine Brust, wodurch sie mich davon abhielt, es herauszufinden.

»Ich werde nicht mit dir schlafen.«

Ich zog eine Augenbraue hoch. »Niemals?«

»Nicht heute Abend.«

Ich nickte amüsiert. »Okay. Dann also morgen Abend.«

»Das meinte ich nicht.«

Sie hatte immer noch ihre Hand an meiner Brust, also sondierte ich das Terrain, indem ich mich ein wenig zu ihr neigte. Sie hielt mich nicht auf, daher wagte ich mich weiter vor und vergrub mein Gesicht an ihrem Hals. Ich küsste mich an ihrer Schlagader entlang bis zu ihrem Ohr hinauf und flüsterte: »Willst du damit sagen, dass du dich nicht zu mir hingezogen fühlst, Luca? Das ist eine Schande, denn ich fühle mich *sehr* zu dir hingezogen.«

Sie schüttelte den Kopf. »Ich … Ich fühle mich zu dir hingezogen. Sehr sogar. Aber …« Sie verstummte.

Ich zweifelte nicht daran, dass ich sie davon überzeugen konnte, ihre Entscheidung noch einmal zu überdenken, wenn ich es darauf anlegte. Aber Luca war für mich mehr als nur eine schnelle Nummer.

Ich zog mich zurück, um sie anzuschauen, und umfasste ihre Wangen. »Das respektiere ich, Luca. Ich würde lügen, wenn ich sagen würde, dass es nicht die Erfüllung all meiner Träume wäre, wenn ich mich in dir verlieren dürfte. Aber ich würde dich niemals darum bitten, etwas zu tun, das du nicht willst.«

Sie wirkte aufrichtig erleichtert. »Ich habe einfach nur Angst. Dir zu begegnen war ein wahnsinnig großer Schritt, und ich will mich nicht noch stärker an dich binden, als ich ohnehin schon an dir hänge.«

Diese Worte waren eine größere Enttäuschung als ihre Ansage, dass es keinen Sex geben würde. Sie war erst seit ein paar Stunden in meinem Haus, aber ich war mir ziemlich sicher, dass ich bereits mehr an ihr hing als an ein paar meiner Gliedmaßen.

»Warum entspannen wir uns nicht ein bisschen? Ich habe mehr als ein Gästezimmer, falls du später ein wenig schlafen möchtest. Ich weiß nicht, wie es dir geht, aber ich habe noch lange nicht genug davon, mich mit dir zu unterhalten.«

Sie lächelte. »Ja. Das klingt perfekt.«

Im Wohnzimmer zündete ich den Kamin an und füllte unsere vergessenen Weingläser von vorhin neu auf. Luca zog die Füße auf die Couch und machte es sich bequem. »Kann ich dich etwas fragen?«

»Was immer du willst.« Ich nippte an meinem Wein.

»Warum wolltest du es mir nicht erzählen?«

Ich schüttelte den Kopf. »Keine Ahnung. Ich schätze, es gefiel mir, dass wir einfach nur wir sein konnten. Ich hatte Angst, dass sich alles verändern würde, wenn du die Wahrheit herausfindest.«

»Ist dir das schon mal mit jemandem, dem du vertraut hast, passiert? Hat sich jemand aus deinem Umfeld aufgrund deiner Berühmtheit verändert?«

Ich war nicht überrascht, dass sie den Nagel auf den Kopf getroffen hatte. Luca konnte mich besser durchschauen als jeder andere Mensch, obwohl wir uns vor dem heutigen Tag nie persönlich begegnet waren. Nun, da sie vor mir saß, musste ich die Antwort nicht mal laut aussprechen. Sie sah mein Gesicht und redete erneut, bevor ich es tun konnte.

»Tut mir leid, dass dir das jemand angetan hat. Das ist schlimm.«

Da unsere gemeinsame Zeit begrenzt war, wollte ich mich nicht auf den ganzen negativen Mist konzentrieren, der in meinem Leben vorgefallen war, also erzählte ich ihr die Kurzfassung.

»Freunde, die ich für Freunde hielt, stellten sich als das Gegenteil heraus. Und Frauen … Nun ja, sie wollen mit mir zusammen sein, weil ich Cole Archer bin, nicht um meinetwillen. Falls das Sinn ergibt.«

Sie nickte. »Das tut es. Weißt du, das Seltsame ist, dass deine Berühmtheit für mich wahrscheinlich die schlimmste Eigenschaft ist, die ein Mann haben könnte, weil ich nicht mit Menschenmengen und überfüllten Orten umgehen kann. Und nach dem, was ich heute im Internet gesehen habe, besteht dein Leben im Grunde nur aus Menschenmengen an überfüllten Orten.«

»Ich schätze … dass das zumindest manchmal der Fall ist. Aber in den letzten Wochen habe ich hauptsächlich Musik im Studio aufgenommen, also ging es eher ruhig zu. Ehrlich, ich liebe die Musik, aber die Menschenmengen und der Ruhm haben ziemlich schnell ihren Reiz verloren. Ich wusste Anonymität nie zu schätzen, bis ich sie nicht mehr hatte. In dieser Branche kann es ganz schön verrückt zugehen.«

»Hast du ein Beispiel? Erzähl mir das Verrückteste, was dir je passiert ist.«

Ich dachte darüber nach. Ich hatte genug Geschichten, um ein Dutzend Bücher zu schreiben, aber eine stach ganz besonders heraus. »Einmal kam ich nach Hause und traf eine Frau an, die nackt in meiner Küche stand und mir etwas zu essen kochte.«

Luca runzelte die Stirn. »Man sollte meinen, dass sich ein Mann darüber freuen würde, wenn ihm seine Geliebte nackt etwas kocht. Das erscheint mir nicht verrückt.«

»Sie war nicht meine Geliebte. Ich war der Frau noch nie zuvor begegnet. Sie war eingebrochen und tat so, als würde sie mich kennen. Sie nannte mich die ganze Zeit ›Schatz‹ und so was. Das war wie eine Geschichte aus *Twilight Zone*. Sie hatte meinen Namen über ihrem Herzen tätowiert und ihren Nachnamen rechtskräftig in Archer umändern lassen. Sie war der Ansicht, dass wir verheiratet wären.«

Luca machte große Augen. »Oh mein Gott. Das ist beängstigend. Kam sie ins Gefängnis?«

Ich schüttelte den Kopf. »Nein. Ich war bereit, die Klage fallen zu lassen, sofern sie sich in psychiatrische Behandlung begeben würde. Mit ihr stimmte ganz offensichtlich etwas nicht. Aber danach stellte ich ein Sicherheitsteam ein, und seitdem sitzt rund um die Uhr ein Wachmann an meinem Tor. Ich brauchte es ohnehin. Eine Woche nach der Verhaftung von Miss Archer fügte mich einer dieser Touristenbusse, die Rundfahrten zu den Häusern berühmter Persönlichkeiten anbieten, seiner Route hinzu. Seitdem tauchen ständig Leute auf, die versuchen, auf mein Grundstück zu gelangen.«

»Wieso dürfen sie das tun? Was ist mit deiner Privatsphäre?«

Ich zuckte mit den Schultern. »Ich habe meine Privatsphäre gegen den Ruhm eingetauscht, Luca.«

»Das ist Schwachsinn. Ich kann verstehen, dass Leute Autogramme haben wollen und versuchen, dich zu fotografieren, wenn du in der Öffentlichkeit unterwegs bist. Aber dein Zuhause – das sollte dein Rückzugsort sein.«

»Ja. Irgendwie vergessen die Leute, dass ich ein echter Mensch bin.«

Sie ließ die Schultern hängen. »Und ich habe genau das Gleiche gemacht, nicht wahr? Ich bin uneingeladen mit einem Wohnmobil vor deinem Haus aufgetaucht. Tatsächlich hast du mir ja sogar unmissverständlich mitgeteilt, dass du nicht mal Fotos austauschen willst.«

»Das ist etwas anderes. Ich bin froh, dass du diesen Schritt für uns beide gemacht hast, Luca. Das bin ich wirklich. Es musste getan werden. Aber ich hoffe, dass du verstehen kannst, warum ich anfangs Bedenken hatte. Die Leute kommen nicht, um Griffin zu sehen. Sie kommen, um Cole zu sehen.«

»Aber als ich diese Reise antrat, wusste ich ja noch nicht mal, dass du Cole bist.«

»Das ist mir jetzt klar. Und es tut mir leid, dass ich je an dir gezweifelt habe.«

»Tut mir leid, dass ich dich aus deiner Komfortzone gedrängt habe. Gott weiß, wie sehr ich es hasse, außerhalb von meiner zu sein.«

Ich betrachtete ihr Gesicht. »Danke, dass du hergekommen bist. Ich weiß, dass es sicher nicht leicht war.«

Sie nickte.

Danach schwieg Luca eine ganze Weile lang. Sie starrte auf ihren Wein hinunter und schien in Gedanken verloren zu sein. Nach einer Minute schob ich meinen Finger unter ihr Kinn und hob es an.

»Wenn wir nur anderthalb Tage haben, wirst du mir erzählen müssen, was dir durch den Kopf geht. Ich würde liebend gern in deinen Kopf hineinschauen können, um herauszufinden, wie er funktioniert, aber ich fürchte, dass wir diesen Luxus nicht haben.«

Sie nickte. »Ich dachte nur gerade, dass … es eine Menge Frauen geben muss, die sich dir ständig an den Hals werfen.«

Es hatte keinen Sinn zu lügen. Sie musste nur im Internet recherchieren und würde sofort Bilder von Frauen finden, die auf so gut wie jedem Konzert in der ersten Reihe standen und mir ihre Brüste entgegenreckten. Und am Anfang hatte ich diese Aufmerksamkeit auch genossen und mir genommen, was ich wollte. Die Paparazzi hatten mehr Frauen abgelichtet, die nach einem Stelldichein aus meiner Garderobe kamen, als mir lieb waren. Am liebsten hätte ich das alles aus meiner Erinnerung verbannt. Ich war nicht stolz auf den Mann, der ich am Anfang meiner Karriere gewesen war, aber ich hatte meine Lektion gelernt.

»Ich werde dir nicht erzählen, dass ich Jungfrau bin, aber diese Frauen werfen sich nicht Griffin Marchese an den Hals. Sie werfen sich Cole Archer an den Hals – einem Mann, der eigentlich gar nicht existiert.«

»Hattest du irgendwelche ernsthaften Beziehungen?«

Mein Kiefer verkrampfte sich. »Das dachte ich, aber wie sich herausstellte, lag ich damit falsch. Haley wohnte drei Monate lang bei mir. Sie war eine aufstrebende Sängerin. Auf meiner letzten Tournee beschloss ich, sie zu überraschen und zwischen zwei Auftritten unangekündigt nach Hause zu kommen. Ich erwischte sie mit meinem fünfundvierzig Jahre alten Agenten im Bett.«

»Wow. Tut mir leid. Das ist ja schrecklich.«

»Ja. Das war nur der Anfang. Nach und nach fand ich eine ganze Menge üblen Mist über die Leute heraus, von denen ich dachte, dass ich ihnen wichtig wäre.«

Luca streichelte meinen Unterarm. »Ich schätze, dass ich jetzt verstehen kann, warum du dein aktuelles Leben vor mir geheim halten wolltest.«

Diese Unterhaltung zog uns allmählich ganz schön runter. Ich rief mir ins Gedächtnis, dass wir nur sehr wenig Zeit hatten. Die Uhr tickte. Ich kratzte die Bartstoppeln an meinem Kinn.

»Ich habe eine Idee. Erinnerst du dich an dieses kleine Spiel, das wir als Teenager immer gespielt haben? Dabei haben wir uns gegenseitig zwei wahre Dinge und eine Lüge erzählt und mussten dann herausfinden, was stimmte und was nicht.«

Luca grinste. »Zwei Wahrheiten und eine Lüge. Wie könnte ich das vergessen? Du hast mir die Geschichte erzählt, dass du gerade deinen Führerschein gemacht hast und dir bei deiner ersten Fahrt durch den Drive-in bei McDonald's so cool vorkamst, dass du gar nicht merktest, dass du deine komplette Bestellung in den Abfallbehälter gebrüllt hast.«

Ich lachte. Das hatte ich ganz vergessen. Luca natürlich nicht. Typisch.

»Das ist das Spiel. Der Verlierer musste dem anderen immer Aufkleber schicken, wenn ich mich richtig entsinne.«

»Ich habe eine komplette Schranktür mit Aufklebern beklebt, weil ich dich so oft besiegt habe.«

»Nur weil ich dich immer habe gewinnen lassen, du freche Göre«, log ich.

»Na klar.«

»Ich finde, dass es an der Zeit für eine Revanche ist. Wir haben nur anderthalb Tage, um einander besser kennenzulernen. Gibt es da eine bessere Methode als unser altes Spiel?«

»Ich bin dabei. Aber ich habe keine Aufkleber hier, für den unwahrscheinlichen Fall, dass du mit einer deiner Vermutungen doch mal richtigliegen solltest.«

»Das ist in Ordnung. Dieses Mal spielen wir nicht um Aufkleber.«

»Tun wir nicht? Worum genau spielen wir denn dann, Mr Quinn?«

»Um Küsse. Der Gewinner darf sich aussuchen, wohin er den anderen küssen will.«

15. KAPITEL

Luca

So wie ich das sah, spielte es keine Rolle, wer dieses kleine Spiel gewann. Wenn es mit einem Kuss von Griffin endete, würde ich zum Schluss auf jeden Fall als Gewinnerin dastehen.

Wir machten es uns beide auf der Couch gemütlich.

»Ich fange an«, sagte er. »Zwei Wahrheiten und eine Lüge.« Er rieb sich die Hände. »Okay. Ich habe mal eine alte Unterhose von Elton John auf eBay ersteigert. Außerdem hatte ich während eines früheren Konzerts einen Blackout und vergaß vor Tausenden von Leuten den Text von einem Song. Und zu guter Letzt habe ich noch das hier für dich: Ich habe seit zwei Jahren nicht mehr mit meinem Vater gesprochen.«

Ich ließ mir die Auswahlmöglichkeiten durch den Kopf gehen und massierte dabei meine Schläfen. »Ich habe das Gefühl, dass das eine Art Trick ist. Die Sache mit der Unterhose klingt so bizarr, dass sie beinahe *zwangsläufig* wie eine Lüge erscheinen muss, aber tatsächlich die Wahrheit ist. Und auch wenn ich nicht glauben will, dass du so lange nicht mehr mit deinem Vater gesprochen hast, fürchte ich, dass das angesichts deiner früheren Beziehung mit ihm möglicherweise ebenfalls wahr sein könnte. Also entscheide ich mich dafür, dass der vergessene Liedtext die Lüge ist.«

Griffin starrte mich ein paar Sekunden lang an und ahmte dann das Geräusch eines Buzzers nach.

»Ich liege falsch?«

»Ja.« Er lachte.

»Verdammt. Ich bin wohl aus der Übung.«

»Was sollte ich denn bitte schön mit einer alten Unterhose von Elton John? Das war die Lüge.«

»Keine Ahnung! Offenbar hast du ja gerne bei eBay gestöbert, bevor dein Konto gesperrt wurde. Und ich weiß noch, dass du ihn ziemlich gerne mochtest, als wir jünger waren. Also … war das nicht völlig abwegig, oder?«

»Ich mochte ihn. Aber nicht *so* gerne!«

Ich wischte mir die Lachtränen aus den Augen und wurde dann wieder ernst. »Okay, also … Ach, du meine Güte. Du hast seit zwei Jahren nicht mehr mit deinem Dad gesprochen, Griffin?«

Er runzelte die Stirn. »Ja.«

»Warum nicht?«

Er atmete geräuschvoll aus. »Tja … Du erinnerst dich sicher daran, dass er meine musikalischen Ambitionen nie unterstützt hat, als ich jünger war. Das hat sich nie wirklich geändert. Erst als ich hier in den USA groß rauskam, räumte er ein, dass ich vielleicht die richtige Entscheidung getroffen hatte. Auf jeden Fall ist unser Verhältnis immer schon angespannt gewesen, weil er meine Mum vor ihrem Tod so mies behandelt hatte. Aber ich habe trotzdem immer versucht, den Frieden zu wahren. Das endete, als er einer britischen Klatschzeitung im Austausch für eine große Summe Geld ein Interview gab. Die Überschrift des Artikels lautete ›Cole Archers Vater verrät all seine Geheimnisse‹ oder irgend so ein Schwachsinn. Auf jeden Fall habe ich danach aufgehört, mit ihm zu reden.«

Das tat mir im Herzen weh. Griffins Dad war das einzige direkte Familienmitglied, das ihm nach dem Tod seiner Mutter noch geblieben war. Ich wusste nur zu gut, wie schrecklich es sich anfühlte, ein Einzelkind zu sein und so gut wie niemanden zu haben. Wenn dich dann ein Elternteil hinterging, musste das noch mal eine ganz andere Art von Schmerz sein.

»Das tut mir wirklich leid, Griff.«

Er zuckte mit den Schultern. Seine angespannten Kiefermuskeln verrieten mir, dass ihm dieses Thema ziemlich nahe-ging.

»Es ist sein Pech. Vielleicht werde ich eines Tages darüber hinwegkommen und ihn anrufen, aber dieser Tag ist noch nicht gekommen.«

Ich griff nach seiner Hand und drückte sie. Selbst diese unschuldige Berührung fühlte sich absolut elektrisierend an.

»Wie dem auch sei …«, sagte er. »Der Abend, an dem ich den Liedtext vergaß, wurde aufgezeichnet und steht jetzt auf YouTube. Dort kannst du dir das Video anschauen, wenn du einen Beweis haben willst. In der Anfangszeit stieg mir der Ruhm ziemlich zu Kopf, und ich trank viel und feierte heftig. Dieses Konzert war der Tropfen, der das Fass zum Überlaufen brachte. Die Plattenfirma drohte damit, mich fallen zu lassen. Nach diesem peinlichen Erlebnis bekam ich mein Leben ziemlich schnell wieder in den Griff. Seitdem habe ich vor einem Auftritt nie wieder Alkohol getrunken.«

»Wow. Wenn man vor Tausenden von Zuschauern einen Songtext vergessen und sich davon erholen kann, kann man alles überstehen. Allein auf so einer großen Bühne aufzutreten, wäre mein größter Albtraum, ganz zu schweigen davon, singen und sich an einen Text erinnern zu müssen.« Die Vorstellung ließ mich erschaudern.

»Du bist dran, meine Liebe. Zwei Wahrheiten und eine Lüge.«

Ich holte tief Luft und dachte kurz darüber nach, was ich erzählten sollte.

»Okay. Zwei Wahrheiten und eine Lüge.« Ich hielt inne. »Ich habe eine extreme Angst vor Spinnen … Ich hatte noch nie Sex, während das Licht an war, oder … meine Leser halten mich für einen Mann.«

Er riss die Augen auf. Dann huschte ein belustigter Ausdruck über Griffins Gesicht. »Warum halten dich deine Leser für einen Mann?«

»Woher weißt du überhaupt, dass das die Wahrheit ist?«

»Es ist total offensichtlich, dass die Sache mit den Spinnen gelogen ist. Jeder, der mit einem Schwein zusammenwohnt, kommt vermutlich mit allen möglichen Arten von Tieren gut zurecht. Außerdem kannst du unmöglich Arachnophobie *und* Agoraphobie haben.«

Ich kicherte. »Okay. Du bist gut.«

»Ja. Das bin ich … in *vielerlei* Hinsicht.« Er zwinkerte mir zu.

Mich überlief eine Hitzewelle, und ich sagte: »Also, meine Leser halten mich für einen Mann, weil ich unter dem Namen …« Ich wappnete mich innerlich. »Ryan Griffin schreibe.«

Er brauchte einen Augenblick, um das zu verdauen. »Griffin? Ryan … Griffin.«

Ich nickte. »Ich habe mein Pseudonym nie erwähnt, und du hast nie danach gefragt, aber es ist eine Kombination aus unseren beiden Namen. Nun ja, aus meinem falschen Nachnamen und deinem echten Vornamen. Mein echter Nachname lautet Vinetti.«

»Vinetti. Italienisch wie dein Vater. Ich liebe ihn.«

»Danke.«

»Also bist du Ryan Griffin. Das ist abgefahren – und wunderbar, dass du auf diese Weise an mir festgehalten hast. Ich fühle mich geehrt. Nun, da du meine falsche Identität kennst, kann ich es kaum erwarten, deine kennenzulernen. Darf ich deine Bücher lesen?«

»Na ja, du kennst mein Pseudonym, also kann ich dich ja nicht mehr davon abhalten.«

»Damit liegst du falsch. Wenn du nicht wollen würdest, dass ich sie lese, würde ich dein Vertrauen auf keinen Fall verletzen.«

Ich seufzte. »Du darfst sie lesen. Danach hältst du mich vielleicht für noch verkorkster als ohnehin schon ... aber du darfst sie lesen.«

»Nein. Das ist unmöglich«, neckte er. »Aber im Ernst, ich will sie alle lesen und herausfinden, was sich meine Luca mit ihrem komplizierten Verstand alles ausdenken kann. Ich kann es wirklich nicht abwarten.«

Ich verdrehte die Augen und lachte. »Na toll.« Es machte mich zwar nervös, dass er meine Romane lesen wollte, aber ich war auch irgendwie neugierig zu erfahren, was er von ihnen halten würde. Ich wollte, dass er ebenso stolz auf mich war wie ich auf ihn.

»Also hattest du noch nie Sex, während das Licht an war. Das lässt sich leicht ändern. Aber gibt es dafür irgendeinen besonderen Grund?«

»Tja, mein erstes Mal hatte ich in einem dunklen Auto, und bei den anderen Malen bat ich die Männer darum, das Licht auszuschalten. Ich hatte irgendwie nie so richtig Lust darauf, mich diesen Kerlen zu zeigen. Ich bin mir nicht mal sicher, warum mir eben ausgerechnet das in den Sinn gekommen ist.«

»Du hast daran gedacht, weil meine Gegenwart bei dir Gedanken an Sex auslöst.« Er wackelte mit den Augenbrauen. »Du hast dir vorgestellt, dass wir es beide splitterfasernackt und am helllichten Tag an dieser Wand da drüben treiben. Habe ich recht?«

Ich schluckte.

Tja, bis gerade eben noch nicht. Aber jetzt stelle ich es mir definitiv vor!

»Herrgott, Luca. Du wirst ja rot. Macht dich das an, Babe?«

»Ein wenig.«

»Nur ein wenig?«

»Vielleicht mehr als ein wenig.«

»Du bist so verdammt bezaubernd.« Er lehnte sich vor, um mir etwas ins Ohr zu flüstern. Die Hitze seines Atems löste bei mir eine Gänsehaut aus, als er sagte: »Das erinnert mich an etwas. Ich muss meinen Gewinn einfordern, nicht wahr?«

Ich schauderte. »Wo wirst du mich küssen?«

»Tja, da gibt es wirklich keine falsche Wahl. Ich würde liebend gern jeden Teil von dir küssen, wenn du mich lässt. Aber da du deutlich gemacht hast, dass wir heute Abend nicht zu weit gehen werden, sollte ich dich vorher vermutlich fragen, welche Möglichkeiten ich habe.«

Ich wollte, dass er mich überall küsste, aber ich wusste, dass zu weit gefasste »Möglichkeiten« zu Dingen führen könnten, für die ich noch nicht bereit war.

»Darf ich darüber nachdenken?«

»Natürlich. Und wenn du nicht willst, dass ich dich heute Abend noch mal küsse, dann kannst du es mir einfach sagen. Ich kann meinen Preis auch später einfordern – denn ich hoffe wirklich, dass ich dich wiedersehen werde. Ich wünschte sehr, dass du länger als nur einen Tag bleiben könntest.«

Ich dachte darüber nach. Selbst wenn ich länger hätte bleiben *können* … wäre ich überhaupt in der Lage, mich in sein Leben hier einzufügen? Ich war mir ziemlich sicher, dass die Antwort Nein lautete.

Er bemerkte den besorgten Ausdruck auf meinem Gesicht. »Was ist los, Luca? Rede mit mir. Trotz dieses ganzen prahlerischen Zeugs um uns herum, bin ich immer noch der Kerl, dem du alles erzählen kannst. Ignorier das alles, und erzähl mir, was du auf dem Herzen hast.«

Nach einer Sekunde der Stille schaute ich ihm in die Augen. »Wie könnte das hier jemals funktionieren, Griffin?«

Er nahm meine Hand in seine. »Es hat schon verrücktere Dinge gegeben. Zum einen habe ich in den vergangenen Wochen eine Beziehung mit verdammtem Papier und Wörtern geführt. Sie waren mein einziges Fenster in deine Seele. Und weißt du, was? So glücklich wie in diesen Wochen bin ich schon seit sehr langer Zeit nicht mehr gewesen, selbst wenn ich nur die Briefe und sonst nichts von dir hatte.«

»Aber jetzt können wir nicht mehr dorthin zurück. Wir können nie wieder das haben, was wir einmal hatten. Du verdienst mehr als irgendeine Frau, die kaum das Haus verlassen kann und ihre Lebensmitteleinkäufe mitten in der Nacht erledigen muss. Es ist nur eine Frage der Zeit, bis dir klar werden wird, dass das auf keinen Fall ernsthaft funktionieren kann. Du hast noch nicht begriffen, wie eingeschränkt ich bin.«

Er starrte gedankenverloren vor sich hin. Als er mich wieder ansah, fragte er: »Würdest du mir einen Gefallen tun?«

»Ja.«

»Kannst du all die Gründe, aus denen wir nicht zueinander passen, für heute Abend beiseiteschieben und einfach hier bei mir sein? Denn während du dir Sorgen um die Zukunft machst, kann ich nicht aufhören, daran zu denken, wie viel Glück ich habe, dass meine Traumfrau einmal quer durchs ganze Land gefahren ist, um mich zu sehen – mein wahres Ich. Ich erlebe gerade einen Rausch, den du dir nicht vorstellen kannst, Luca. Und während du hier sitzt und versuchst, mich davon zu überzeugen, dass das mit uns niemals funktionieren wird, kann ich nur daran denken, ob du so verdammt gut schmeckst, wie ich mich deinetwegen fühle.« Er drückte meine Hand. »Kannst du das tun? Kannst du einfach bei mir sein und den Rest für eine kleine Weile vergessen?«

Wie könnte ich dazu Nein sagen?

Meine Augen füllten sich mit Tränen. »Ja. Das kann ich.«

»Gut.« Er stand auf. »Wie wäre es, wenn ich dich ein bisschen herumführe?«

»Das wäre toll.«

Griffin zeigte mir sein gewaltiges Haus. Eine der Attraktionen war das Heimkino im Keller, das über mehrere Reihen mit plüschigen Sitzen und eine Popcornmaschine verfügte.

Wir ließen uns auf zwei der Sitze sinken.

Er strich mit einer Hand über die gepolsterte Armlehne. »Ich habe dieses tolle Kino und benutze es nicht mal. Wenn ich Filme ansehe, dann tue ich das normalerweise allein nachts in meinem Zimmer nach einem langen Tag im Studio. Ich kann mich nicht mal mehr erinnern, wann ich das letzte Mal hier unten etwas geschaut habe.«

»Das kommt mir wie eine unglaubliche Verschwendung vor.«

»Ja … Tja, dieses Zimmer wurde für mehr als eine Person eingerichtet, und wenn man die Menschen, denen man vertraut, nicht mal an einer Hand abzählen kann, ist es ziemlich schwierig, einen Kinosaal zu füllen.« Er schüttelte den Kopf und schien sich selbst zu ermahnen, nicht in ernste Themengebiete abzudriften. »Aber eins sage ich dir, *Ryan* … Wenn eins deiner Bücher verfilmt wird, kannst du dich verdammt noch mal darauf verlassen, dass ich den Film hier unten zeigen werde.«

Das entlockte mir ein Lächeln.

Danach führte er mich nach oben und zeigte mir die Schlafzimmer. Insgesamt gab es fünf. Das Größte ganz am Ende des Flurs war seins.

Als ich Griffins Schlafzimmer betrat, fühlte ich mich aus irgendeinem Grund wie ein Eindringling. Ich schaute mich eine Weile um. Es gab einen elektrischen Kamin, und sein Bett verfügte über ein gewaltiges Kopfteil aus Stoff. Die schweren Vorhänge bestanden aus grauem Satin.

»Das ist umwerfend.« Ich drehte eine Runde und wandte mich dann wieder ihm zu. »Ich kann mir vorstellen, dass in diesem Zimmer mehr los gewesen ist als in deinem Kino.«

Auch wenn ich ihn mit dieser Aussage nur necken wollte, bemühte sich in Wahrheit ein Teil von mir, mehr darüber herauszufinden, wie viele Partnerinnen er tatsächlich im Bett gehabt hatte.

Er wirkte kein bisschen amüsiert. »Du wärst überrascht. Ich habe nicht viele Frauen mit in mein Schlafzimmer genommen. Das ist für mich etwas sehr Intimes. Wie ich schon sagte, hatte ich seit dem Beginn meiner Karriere nur eine ernsthafte Beziehung.«

Ich schaute mich weiter um, sprachlos und verblüfft, so als hätte ich gerade eine Folterkammer betreten. Dabei war es nur ein gewöhnliches Schlafzimmer. Aber irgendwie rastete ich innerlich aus, weil ich hier war. Da legte Griffin die Hände auf meine Schultern.

»Reden wir doch mal über das, was dich gerade wirklich beschäftigt. Eigentlich wollte ich nicht über ernsthafte Dinge sprechen, weil wir nur so wenig Zeit miteinander haben, aber ich habe das Gefühl, dass ich das ansprechen muss.« Er atmete geräuschvoll aus. »Ich weiß, was du gedacht hast, als du dieses Schlafzimmer betreten hast. Es hat dir ein wenig Angst eingejagt. *Ich* jage dir ein wenig Angst ein – vielleicht sogar mehr als nur ein wenig. Du hast diese Vorstellung, dass ich eine männliche Schlampe bin. Wie ich dir bereits erzählt habe, war das für eine Weile auch so. Es waren nicht Hunderte von Frauen –

aber am Anfang vielleicht Dutzende. Aber das verliert verdammt schnell an Reiz, Luca. Weißt du, was passiert, wenn man buchstäblich alles haben kann? Ironischerweise will man dann nichts mehr davon. Ich vermisse die Jagd. Ich vermisse es, ein normaler Mensch zu sein. Anstatt dieses Zimmer mit dem Wunsch zu betreten, dass ich mit dir schlafe und dich festhalte, warst du wegen all der vermeintlichen Frauen besorgt, die vor dir hier gewesen sein könnten. Das macht mich wirklich ein wenig traurig. Vor allem weil ich mich in diesem Moment kaum an etwas von dem erinnern kann, was passierte, bevor Luca Vinetti in mein Haus gekommen ist.«

Mein Herz flatterte.

»Tut mir leid, dass ich dir das Gefühl gegeben habe, dass du dich rechtfertigen musst.«

»Entschuldige dich nicht. Ich verstehe das. Einer der Menschen, denen du am meisten vertraut hast, ist nicht der, für den du ihn gehalten hast. Aber ich versuche, dir klarzumachen, dass ich es *bin*, Luca. Ich *bin* immer noch er. Du musst nur durch den ganzen Schwachsinn hindurchschauen und *mich* sehen. Ich bin hier.«

Ich schaute ihm tief in die Augen und zog ihn dann in eine Umarmung. Wir hielten einander sehr lange fest. Mit jeder Sekunde, die verging, verflog meine Angst nach und nach. Oder zumindest verzog sie sich in den Hintergrund – für den Moment.

»Wo schlafe ich heute Nacht?«, fragte ich schließlich.

»Wo immer du willst. Du kannst dir eins von den Gästezimmern aussuchen. Ich bitte dich lediglich darum, dass du nicht darauf *bestehst*, im Wohnmobil zu schlafen. Ich will dich heute Nacht unter meinem Dach haben. Denn in etwas mehr als einem Tag werde ich dich wieder verlieren.«

Ich verspürte das Bedürfnis, mein Verhalten von heute

Abend besser zu erklären. »Die Realität der Situation überkommt mich in Wellen, Griffin. Aber ich werde versuchen, mich für den Rest der Zeit aufs Hier und Jetzt zu konzentrieren und nicht auf irgendetwas, was danach kommen wird.«

»Deine Bedenken sind normal. Versprich mir einfach, dass du immer ehrlich zu mir sein wirst. Ich verspreche dir, das von jetzt an ebenfalls zu sein. Du musst mir sagen, wovor du Angst hast, vor allem wenn ich der Grund für deine Angst bin. Zwischen uns sollte nichts unausgesprochen sein …« Er lächelte. »Aber bitte, ich flehe dich an. Hab keine Angst vor mir. Vertrau auf das, was du in deinem Herzen spürst, vertrau auf das, was dafür gesorgt hat, dass du überhaupt in dieses Wohnmobil gestiegen und hergekommen bist. Wenn du das tun kannst, werde ich alles in meiner Macht Stehende tun, um dich nicht zu enttäuschen, das verspreche ich dir.«

»Blindes Vertrauen«, flüsterte ich.

»Ja. Nur dass das mit dem ›blind‹ nicht mehr so wörtlich zu verstehen ist – nun da wir einander anschauen oder vielleicht sogar ein paar andere Dinge tun können, wenn der richtige Zeitpunkt gekommen ist.« Er ließ ein schiefes Lächeln aufblitzen.

Griffin und ich machten es uns vor dem elektrischen Kaminfeuer gemütlich und redeten bis nach Mitternacht. Er erzählte mir mehr über seinen Weg zum Star. Wie sich herausstellte, war er von einem amerikanischen Talentsucher entdeckt worden, als er in einer Bar in London gesungen hatte. Der Talentsucher hatte Griffin dann einen Flug in die Vereinigten Staaten bezahlt, aber die ganze Sache führte letztendlich zu nichts. Während er hier war, lernte Griffin dann allerdings seine aktuellen Bandkollegen kennen, als sie alle zum gleichen Zeitpunkt für einen Musikwettbewerb im Fernsehen vorsangen. Die kleine Gruppe aus abgelehnten Teilnehmern verbündete sich und wurde irgendwann zu Archer.

Später zeigte ich ihm online alle meine Bücher und kaute auf meinen Nägeln herum, während er sie kaufte und jedes Einzelne auf seinen E-Reader herunterlud.

Als es fast zwei Uhr war, konnte ich die Augen kaum noch offen halten. Ich war einfach erschöpft von der Reise. Griffin bereitete eins seiner Gästezimmer für mich vor. Ich entschied mich für das, das seinem Schafzimmer am nächsten lag.

Obwohl mein Körper unglaublich müde war, konnte ich nicht einschlafen. Ich war total aufgedreht. Ganz zu schweigen davon, dass ich auf die Toilette musste. Dieses Gästezimmer hatte kein eigenes Bad, also musste ich das am Ende des Flurs benutzen.

Nachdem ich mich dort erleichtert hatte und es wieder verließ, prallte ich direkt gegen Griffins harte Brust.

»Wow. Mist. Alles in Ordnung? Ich habe dich im Dunkeln nicht gesehen«, sagte er.

»Ja, alles in Ordnung.«

Er rieb meine Stirn. »Bist du sicher?«

»Ja.«

»Ich wollte gerade in die Küche gehen, um mir ein Glas Wasser zu holen«, sagte er. »Soll ich dir irgendwas mitbringen?«

»Nein. Danke.«

Einer von uns hätte sich bewegen sollen, aber stattdessen blieben wir dicht beieinander stehen. Ich konnte die Hitze seines Atems spüren. Seine Lippen schwebten über meinen, aber er küsste mich nicht direkt. Unsere Münder waren nur Zentimeter voneinander entfernt, als er seine Hand auf meinen Rücken legte. Ich schloss die Augen, und einen Moment später spürte ich, wie er meine Lippen verschlang.

Für die nächsten paar Minuten standen wir einfach dort im dunklen Flur und knutschten wie Teenager. Ich wusste, dass er meine Wünsche respektieren und nicht versuchen würde, heute Nacht Sex mit mir zu haben. Allerdings war ich mir nicht sicher, ob mich das jetzt noch kümmerte.

Durch den Stoff seiner Hose spürte ich die Hitze seiner Erektion, die sich gegen meinen Bauch drückte. Er war so hart. Ich wurde feucht zwischen den Beinen.

Er flüsterte an meinen Lippen: »Ich weiß, dass du nicht zu weit gehen willst. Das respektiere ich. Aber erlaube mir, dass ich dich mit meiner Hand zum Höhepunkt bringe.«

Ich sehnte mich so sehr danach, dass ich nickte, weil ich nicht in der Lage war, Worte zu bilden.

Griffin leckte über seine Finger und schob seine Hand dann in meinen Slip. Mein Rücken war gegen die Wand gepresst, während er mich heftig küsste und mit seinen Fingern liebkoste. Er benutzte seinen Daumen, um meinen Kitzler zu massieren.

Staunend stellte ich fest, dass sich seine intimen Berührungen trotz der Jahre, die wir keinen Kontakt hatten, und trotz meiner anfänglichen Nervosität vollkommen natürlich anfühlten.

Er küsste mich fester und bewegte seine Hand schneller. Mit jedem Stoß seiner Hand drangen seine Finger tiefer in mich ein. Irgendwann hielt er inne, und das war beinahe schmerzhaft. Er hob die Hand an seinen Mund und saugte an den Fingern, die in mir gewesen waren. Er hatte die Augen geschlossen, während er den Geschmack genoss. Der Anblick war so sinnlich und erotisch. So etwas hatte ich noch nie mit einem Mann erlebt. Mein Kitzler pochte.

Er schob seine Finger wieder in mich hinein, aber dieses Mal waren es drei. Ich war so erregt, dass ich jeden Moment kommen würde, und bewegte die Hüften. Er musste gespürt haben, wie sich meine Muskeln zusammenzogen, denn er sagte: »Komm, Babe. Komm auf meine Hand. Tu so, als wäre ich in dir. Ich bin so unfassbar hart.«

Ich lehnte den Kopf nach hinten gegen die Wand und ließ mich einfach gehen. Meine Muskeln pochten, als ich an seiner Hand kam.

»Ich liebe die Geräusche, die du von dir gibst, wenn du kommst, Luca. Das ist wahnsinnig schön. Ich habe so lange davon geträumt, aber das war nichts im Vergleich zu dem echten Erlebnis. Nichts.«

Was sollte ich sagen? Was er gerade getan hatte, war wirklich selbstlos gewesen.

»Ich danke dir dafür«, presste ich keuchend hervor.

»Das Vergnügen war ganz meinerseits. Glaub mir.« Er küsste meine Stirn. »Geh und ruh dich ein wenig aus. Wir haben morgen einen großen Tag vor uns, und ich muss jetzt sofort unter die Dusche.«

Ich musste nicht überlegen, warum er jetzt duschen wollte.

»Okay«, sagte ich. »Aber was passiert morgen?«

»Keine Sorge. Wir werden nirgendwohin gehen. Es wird einfach nur ein großer Tag sein, weil wir zusammen sind.«

16. KAPITEL

Griffin

Obwohl wir nur ein paar Stunden Schlaf gehabt hatten, waren Luca und ich vor neun Uhr wach. Als sie mir gegenüberstand und ihren Kaffee trank, dachte ich darüber nach, wie surreal es war, sie hier bei mir in meiner Küche zu haben. Die Sonne schien durchs Fenster und brachte die subtilen roten Strähnen in ihrem dunklen Haar zum Vorschein. Das war ein Anblick, den ich niemals vergessen würde. Ich war mir immer noch nicht ganz sicher, wie ich sie morgen gehen lassen sollte.

Als sie mich dabei erwischte, wie ich sie anstarrte, fragte ich: »Hast du schon was von deinem Freund gehört?«

»Tatsächlich nicht.«

»Meinst du, dass er wach ist?«

»Oh, der Doc steht immer im Morgengrauen auf. Vermutlich denkt er, dass wir noch schlafen. Ich bin sicher, dass er schon seit einer Weile wach ist und nach den Vögeln Ausschau hält, die du ihm versprochen hast.« Sie zog eine Augenbraue hoch. »Was genau hast du deswegen unternommen?«

Ich neigte den Kopf. »Lass uns mal nachsehen.«

Ich ergriff ihre Hand und führte sie zu der Schiebetür, durch die man den Teil meines Grundstücks sehen konnte, auf dem das Gästehaus stand.

In der Ferne konnten wir den guten Doktor entdecken, der auf einem Liegestuhl lag. Auf den zahlreichen Futterhäuschen um ihn herum hockten viele verschiedene Vögel. Ich war froh zu sehen, dass Aiden alles zu meiner Zufriedenheit erledigt hatte.

Lucas Mund klappte auf. »Das ist ein Problem.«

»Warum?«

»Möglicherweise will er jetzt nie wieder zurückfahren, und dann werde ich eine andere Lösung finden müssen, wie ich nach Hause komme.«

»Tja, wir können ihn hier in Kalifornien lassen, und ich bringe dich zurück.« Ich zwinkerte ihr zu.

Vermutlich nahm sie mir nicht ab, dass ich es auch nur halbwegs ernst meinte, aber ich hätte liebend gern eine Reise mit ihr unternommen, um diesem Wahnsinn für eine Weile zu entkommen und einfach nur die endlosen Straßen mit Luca zu genießen. Im Grunde genommen könnte ich Cole in L.A. lassen und für eine Weile als Griffin leben.

»Bist du bis auf Weiteres hier in Kalifornien im Studio, oder stehen für dich demnächst irgendwelche Reisen an?«, wollte sie wissen.

Ich verzog das Gesicht. »Tatsächlich muss ich in weniger als zwei Wochen nach Vancouver fliegen. Wir sind dort Teil des Programms bei einem Musikfestival. Bis dahin werde ich die meiste Zeit über im Studio sein und Aufnahmen machen.«

Luca rang sich ein Lächeln ab, aber ich sah, dass es nicht echt war. »Das ist toll. Ich bin sicher, dass du dort viel Spaß haben wirst.«

Ich entschied mich, ihren Kommentar so stehen zu lassen. Die Zeit rannte uns davon, und ich wollte keine weitere Minute damit verschwenden, darüber zu reden, wie unterschiedlich unsere Leben waren. Stattdessen musste ich ihr zeigen, dass ich immer noch Griffin war – selbst wenn ich Cole spielte.

»Wie wäre es, wenn ich uns Frühstück mache? Und danach

unternehmen wir dann einen kleinen Ausflug mit dem Wohnmobil.«

Sofort wirkte Luca panisch. »Ich komme nicht besonders gut zurecht, wenn viel Verkehr herrscht, Griffin.«

Ich hatte mir schon gedacht, dass sie das sagen würde, also hatte ich bereits eine Route geplant, die es uns ermöglichen würde, die besonders überfüllten Straßen zu meiden. Die eigentlich zwanzigminütige Fahrt würde auf diese Weise womöglich eine Stunde dauern, aber das war mir egal, weil ich diese Stunde mit ihr an meiner Seite verbringen würde.

»Ich weiß. Wir werden die 405 meiden und gegen elf losfahren, dann ist der Berufsverkehr vorbei.«

»Wo möchtest du hinfahren?«

Ich strich ihr eine Haarsträhne aus dem Gesicht und schaute ihr in die Augen. »Kannst du mir einfach vertrauen, dass ich nichts tun werde, das dir schadet?«

Ihre Angst war spürbar, doch sie atmete tief durch und nickte.

Das ist mein Mädchen.

Jetzt darf ich es nur nicht verbocken …

Es war ein Wunder, dass wir auf dem Weg zum Studio nicht im Verkehr stecken blieben. Ernsthaft, ein verdammtes Wunder. Die Götter wachten heute definitiv über mich, denn in den Jahren, die ich nun schon in L.A. lebte, hatte ich noch nie weniger Autos auf den Straßen gesehen als an diesem Morgen. Ich hatte Luca überredet, mich das Wohnmobil fahren zu lassen – na ja, eigentlich hatte sie sich ursprünglich geweigert, aber nachdem ich sie gegen die Tür der Fahrerseite gepresst und um den Verstand geküsst hatte, hatte sie widerwillig zugestimmt. Während der ersten Hälfte der Strecke hatte sie verkrampft auf dem Beifahrersitz gesessen und sich festgeklammert, als wäre ihr Leben in Gefahr. Doch nach einer Weile hatte sie sich entspannt, und nun war ich sogar nervöser als sie. Nicht wegen der Fahrt an sich, sondern wegen des Schrotthaufens, den ich gerade steuerte. Ich konnte nicht fassen, dass sie diesen Klumpen Altmetall quer durchs Land gefahren hatte. Das Steuer scherte ständig nach rechts aus, und schon beim kleinsten Windstoß geriet alles ins Wanken.

»Wie alt ist dieses Ding?«

»Ich bin mir nicht sicher. Es gehört der Schwester des Docs. Er hat gesagt, dass sie es schon sehr lange hat. Ich weiß, dass es älter aussieht, aber es hat kaum Kilometer auf dem Tacho.«

Ich hielt an einem Stoppschild an, und der Motor bebte und jaulte eine Minute lang, als würde er in einem Gang festhängen. Dann beruhigte er sich stotternd wieder.

»Wann wurden die Reifen das letzte Mal überprüft? Ich denke, die müssten mal neu justiert werden.«

Luca zuckte mit den Schultern. »Das Steuer zieht ein bisschen nach rechts. Aber das merkt man kaum, wenn man mit siebzig Meilen pro Stunde über die Interstate fährt.«

Großartig. Jetzt fühle ich mich schon viel besser.

Wir legten schweigend ein paar Blocks zurück, hauptsächlich weil ich im Geiste eine Liste von Dingen erstellte, die ich erledigen musste, sobald wir unser Ziel erreichten.

Ich muss einen Wohnmobilmechaniker finden, der dieses Stück Schrott heute Abend auf Herz und Nieren überprüft.

Und dann muss ich noch ein tragbares Navigationsgerät besorgen, das man am Armaturenbrett befestigen kann.

Die Menge der Faltkarten und ausgedruckten Wegbeschreibungen auf dem Boden war wirklich erschreckend. Ich wollte mir nicht vorstellen, wie Luca dieses riesige Ding über die bergigen Straßen von Colorado steuerte, während es im Wind schwankte, und sie dabei auch noch auf die Karten schauen musste. Das jagte mir wirklich eine Heidenangst ein. Ich würde sie ständig anrufen, bis sie wieder zurück in Vermont war. Was mich an einen weiteren Punkt erinnerte …

Ich muss Aiden losschicken, damit er eine Handyhalterung, ein Befestigungssystem und ein Headset kauft.

Wenn ich sie anrufen würde, um zu hören, wie es ihr ging, wäre es gut, wenn sie mir antworten könnte, ohne die Augen von der Straße nehmen zu müssen.

Wir bogen in die Straße ein, in der unser Ziel lag, und ich lächelte. Aiden stand auf dem Bordstein und wartete auf uns. Er hatte genau das gemacht, worum ich ihn gebeten hatte. Als er unser Wohnmobil kommen sah, winkte er und lief auf die Straße, um ein paar orangefarbene Verkehrshütchen einzusammeln, die er aufgestellt hatte, um uns einen Parkplatz zu reservieren. Außerdem hatte er dafür gesorgt, dass vor und hinter dem Wohnmobil zwei Autolängen Abstand sein würden.

Luca schaute den Mann auf der Straße und dann mich an. »Sind wir da? Wer ist der Mann?«

»Wir sind da, und das ist mein Assistent Aiden. Ich habe ihn gebeten, heute Morgen schon früh herzukommen, um uns einen Bereich zu sichern, in dem wir parken können, damit niemand anders zu nah an uns parkt.«

Sie schaute sich draußen um. »Aber wo sind wir hier?«

Die Gegend um das Aufnahmestudio war extrem industriell geprägt. Hauptsächlich gab es hier alte Fabrikgebäude, die zu Künstlerlofts, Lagerhallen und diversen Filmsets und Musikstudios umfunktioniert worden waren.

»Hier nehme ich heute meine Musik auf. Aber entspann dich, ich erwarte nicht, dass du mit reinkommst. Gib mir eine Minute, um dieses Ding zu parken, dann werde ich es dir erklären.«

Natürlich hatte der Schrotthaufen keine Heckkamera, daher war ich froh, dass Aiden großzügig Platz abgesperrt hatte. So konnte ich einfach in den vorgesehenen Bereich hineinfahren, sobald er die Verkehrshütchen entfernt hatte.

Ich stellte den Motor ab und streckte einen Arm aus, um nach Lucas Hand zu greifen.

»Du machst das toll. Vertrau mir einfach auch weiterhin, Babe.«

Sie nickte, wirkte aber wieder nervös. Ich stieg aus und sprach einen Moment unter vier Augen mit Aiden. Dann öffnete ich die hintere Tür, um in den Wohnbereich des Fahrzeugs zu gelangen.

»Macht es dir etwas aus, wenn ich Aiden für einen Moment reinlasse? Er wird nur ein wenig Ausrüstung aufbauen, und dann ist er auch schon wieder weg.«

»Klar, natürlich.«

Ich winkte Aiden ins Wohnmobil und stellte die beiden einander vor. »Aiden, das ist meine Freundin Luca. Luca, das ist der Mann, der mir täglich den Hals rettet – Aiden.«

Aiden lehnte sich vor und schüttelte Lucas Hand. »Freut mich, Sie kennenzulernen, Luca.«

Er brauchte keine fünf Minuten, um ein tragbares Wi-Fi-System, einen Monitor, einen Empfänger und Lautsprecher aufzubauen. Dann reichte er mir einen kabellosen Kopfhörer.

»Alles erledigt. Bitte sehr, Boss.«

Ich nickte. »Danke. Kannst du drinnen Bescheid geben, dass ich in fünf Minuten da bin, und wir dann gleich anfangen können?«

»Geht klar.«

Aiden verabschiedete sich von Luca und stieg aus dem Wohnmobil. Sie saß immer noch vorne auf dem Beifahrersitz, also streckte ich ihr eine Hand entgegen, damit sie zu mir nach hinten kam.

»Was in aller Welt hast du vor?«, fragte sie.

Sobald sie im Wohnbereich war, zog ich den Vorhang zur Fahrerkabine zu. »Nimm Platz, dann zeig ich es dir.«

Sie machte es sich auf der Couch bequem, und ich positionierte den Monitor auf dem Tisch, der ihr direkt gegenüberstand. Dann reichte ich ihr den Kopfhörer.

»Ich werde heute ein paar Stunden lang Aufnahmen machen müssen. Ich möchte, dass du zuschaust, aber ich weiß ja, dass du keine Menschenmengen und öffentlichen Gebäude magst. Mit den Tontechnikern, dem Aufnahmeteam und den Leuten von der Plattenfirma befinden sich mindestens zehn Menschen im Studio, während ich arbeite. Also habe ich dafür gesorgt, dass sie in der Tonkabine eine Videokamera aufgebaut haben, damit du zusehen kannst, während ich meine Aufnahmen mache. Und über diesen Kopfhörer kannst du zuhören. Das wird so sein, als wärst du direkt dabei, um mir zuzusehen, aber ohne die ganzen Leute.«

Als ich sah, wie sie die Mundwinkel sinken ließ, befürchtete ich, dass sie enttäuscht war. Da ging mir auf, wie egoistisch es im Grunde von mir war zu denken, dass sie alleine in einem Wohnmobil sitzen und mir bei den Aufnahmen zusehen wollte.

»Tut mir leid. Du musst nicht zuschauen, wenn du nicht möchtest. Ich kann Bescheid sagen, dass ich noch eine Stunde brauche, dann bringe ich dich zuerst zurück nach Hause.«

»Nein, um Gottes willen, nein. Ich kann es kaum erwarten, dir zuzusehen. Ich fühle mich nur schlecht, weil du meinetwegen so einen Aufwand betreiben musstest.«

Ich kniete mich vor sie. »Das war absolut kein Aufwand. Und selbst wenn es so wäre, wärst du es wert.«

Ihre Miene wurde weich. »Danke, Griffin.«

Ich küsste sie. »Du kannst mir später danken. Aiden wird dafür sorgen, dass dich während der Aufnahmezeit niemand stört.«

Ich wollte aufstehen, doch Luca zog meine Hand zurück nach unten. »Du hast mich als deine Freundin bezeichnet.«

Ich runzelte die Stirn. »Habe ich das?«

Sie nickte. »Als du mich deinem Assistenten vorgestellt hast, hast du gesagt: ›Das ist *meine Freundin* Luca.‹«

Das war mir gar nicht aufgefallen. Aber die Wahrheit war einfach, dass sie meine Freundin *war*.

Ich zuckte mit den Schultern. »Du *bist* meine Freundin, Luca. Und das wird dir auch schon sehr bald klar werden.«

17. KAPITEL

Luca

»Test. Eins, zwei, drei. Eins, zwei, drei.«

Griffin trug einen Kopfhörer und lehnte sich zum Mikrofon vor. Im Hintergrund hörte ich ein paar andere Leute reden, aber die Kamera war im Inneren der kleinen Tonkabine aufgebaut worden, also sah ich auf dem Monitor ausschließlich Griffins Gesicht. Das war für mich vollkommen in Ordnung. Wenn ich ehrlich war, wollte ich schon längst ein wenig Zeit damit verbringen, ihn einfach nur anzustarren – seit er an die Tür des Wohnmobils geklopft hatte. Das hier war die perfekte Gelegenheit, ohne dass er mich dabei erwischte.

Die nächsten fünfzehn Minuten verbrachte Griffin mit der Überprüfung des Soundsystems. Er stand in der Kabine, wiederholte Worte und sprach mit Leuten. Meine Augen klebten förmlich am Monitor. Ich betrachtete jeden Zentimeter seines hübschen Gesichts. Er war wirklich noch umwerfender, als ich ihn mir je hätte vorstellen können. Er hatte große, schöne braune Augen mit dichten dunklen Wimpern, die seine Lider so umrahmten, dass es fast wie Eyeliner wirkte. Seine Haut war leicht gebräunt und schimmerte goldbraun, und seinen männlichen Kiefer zierten die Stoppeln eines Dreitagebarts. Die Bartstoppeln gefielen mir wirklich *sehr*, *sehr* gut.

Während ich ihn so anstarrte, schaute Griffin mit einem Mal direkt in die Kamera und senkte die Stimme.

»Jungs, diese Botschaft ist für meine Freundin, also haltet euch die Ohren zu.« Er schenkte mir dieses sexy schiefe Grinsen und flüsterte dann ins Mikrofon. »Babe, ich habe vergessen, dir zu sagen, dass ich in dem Fach in der Mittelkonsole ein kleines Geschenk für dich versteckt habe, falls du heute beim Zuschauen Lust darauf bekommst.«

Plötzlich hatte ich Schmetterlinge im Bauch. Dieser Mann war ebenso süß, wie er sexy war. Auch wenn das eine gefährliche Kombination war, die offensichtlich dafür sorgte, dass sich mein Gehirn in Brei verwandelte. Ich musste mich regelrecht von dem Monitor losreißen, um zur Mittelkonsole zu gehen. Als ich das Fach öffnete, brach ich in Gelächter aus.

Okay, also war er süß und sexy *und ein Perversling*. Dieser Irre hatte mir einen vibrierenden Furby-Schlüsselanhänger hinterlassen. Nur der Himmel wusste, wie viele von den Dingern er tatsächlich gekauft hatte.

Ich grinste wie ein Honigkuchenpferd und kletterte mit dem behelfsmäßigen Vibrator in der Hand zurück in den Wohnbereich. Doch als ich hörte, wie Griffin zu singen begann, erstarrte ich.

Oh mein Gott. Seine Stimme ist unglaublich.

Ich kniete mich direkt vor dem Monitor auf den Boden. Seine raue, gefühlvolle Stimme zog mich sofort vollkommen in ihren Bann. Griffin sang eine Ballade, und ich spürte jedes Wort des Textes auf absolut überwältigende Weise in meiner Brust. Als das Lied endete, öffnete er die Augen, und mir wurde klar, dass ich die ganze Zeit über den Atem angehalten hatte.

Ich holte ein paarmal tief Luft und atmete kontrolliert aus, um mein rasendes Herz zu beruhigen.

Gott, ich saß wirklich in der Patsche.

Wenn es um diesen Mann ging, saß ich wirklich *bis zum Hals* in der Patsche.

Ich schüttelte den Kopf und schaute auf das pelzige kleine Stofftier hinunter, das ich immer noch umklammert hielt.

»Was machen wir denn jetzt, Mee-Mee? Dieser Mann wird uns das Herz brechen.«

Mee-Mee hatte keine Antworten, also legte ich die Finger um den Schlüsselanhänger und schloss die Augen.

»Ich werde dich später *definitiv* noch brauchen.«

»Also … wie hat es dir gefallen?« Griffin öffnete die Tür und kletterte in den Wohnbereich des Fahrzeugs, wo ich auf der Couch saß. Er hatte etwa drei Stunden lang gesungen, und ich hatte die komplette Zeit über am Monitor geklebt. Es war eine unglaubliche und überraschend intime Erfahrung gewesen. Zwischen den einzelnen Aufnahmen hatte er mit mir geredet, und am Ende jedes Lieds hatte er jungenhaft in die Kamera gelächelt oder mir zugezwinkert.

»Ich glaube, dass ich jetzt ein Groupie bin.«

Er kam zu mir und setzte sich neben mich auf die Couch. »Ach ja? Willst du Groupie und Rockstar spielen?« Er zog mich von meinem Platz hoch und auf seinen Schoß, sodass ich rittlings auf ihm saß.

Ich nickte und legte die Arme um seinen Hals. »Darf ich mein Höschen ausziehen und es dir zu Füßen werfen?«

Griffins Blick verdunkelte sich. »Du ziehst dein Höschen aus, und ich werde deine Füße küssen.«

Ich lächelte und legte meine Stirn an seine. »Ernsthaft, Griff. Das war absolut unglaublich. Deine Stimme ist einfach wunderschön. Ich weiß nicht mal, was ich sagen soll. Es ist, als würdest du aus deinem Herzen singen. Ich konnte in deinen Worten so viele Emotionen spüren. Ich habe jede Minute des heutigen Tages geliebt, aber bei deinem letzten Lied ganz am Ende – darüber, dass der Himmel sie mehr braucht als du –, bei diesem Lied bin ich dahingeschmolzen. Ich habe beim Zuhören geweint.«

»Den Song habe ich für meine Mutter geschrieben.«

Ich nickte. »Das dachte ich mir. Auch wenn ich sie nicht persönlich kannte, bin ich mir sicher, dass sie zugehört hat und ebenso stolz auf dich ist, wie ich es bin.«

Griffin lehnte sich vor und küsste mich zärtlich. »Das bedeutet mir eine Menge. Danke.«

Hinter mir ertönte ein Klopfen. Jemand war an der Tür des Wohnmobils. Ich wollte von Griffins Schoß steigen, aber er hielt mich fest. »Bleib. Das ist vermutlich Aiden.«

»Boss?«, rief eine Stimme durch die geschlossene Tür.

Griffin rief an mir vorbei. »Sind wir startklar?«

»Der Wagen wird um achtzehn Uhr hier sein.«

»Toll. Danke, dass du dich um alles gekümmert hast.«

»Schreib mir eine Nachricht, wenn du sonst noch irgendetwas brauchst.«

»Okay, wir sehen uns morgen, Aiden.«

Ich schaute Griffin an. »Das war unhöflich. Du hast gerade eine komplette Unterhaltung durch eine geschlossene Tür geführt.«

Griffin schmunzelte. »Babe. Rutsch mit deinem Hintern noch ein Stück näher zu mir.«

Ich runzelte nur die Stirn, also zog mich Griffin tiefer auf seinen Schoß, bis ich die Wärme – *und seine Härte* – zwischen meinen Beinen spürte. Er beobachtete, wie sich mein Stirnrunzeln in Verständnis verwandelte.

»Es erschien mir höflicher, durch eine geschlossene Tür zu reden, als meinem Assistenten meinen Ständer zu präsentieren, den ich kaum in meiner Hose halten kann. Stimmst du mir da zu, Süße?«

Süße.

Dieser Kosename gefiel mir ebenfalls sehr.

Außerdem gefiel mir, wie gut unsere Körper zueinanderpassten. Also lehnte ich mich vor und küsste ihn. Ich presste mich gegen seine Erektion, während ich mit den Händen durch sein Haar fuhr. Gott, ich wollte ihn so dringend in mir spüren, dass es wehtat. Griff packte meine Pobacken und wiegte mich auf sich vor und zurück. Wir trugen beide Jeans, aber die Reibung zwischen uns sorgte dafür, dass die Hitze Funken schlug. Ich hatte ernsthaft den Eindruck, dass mir schon diese Trockenübungen einen Orgasmus verschaffen könnten.

Aber … ich war nicht an der Reihe. Auch wenn ich furchtbare Angst davor hatte, mich emotional auf Griffin einzulassen und verletzt zu werden, wollte ich doch nicht egoistisch sein.

Ich unterbrach unseren Kuss und knabberte an seinem Ohr. »Hast du die Tür hinter dir abgeschlossen?«

Er keuchte frustriert. »Habe ich nicht.«

Ich spielte mit dem Gedanken, aufzustehen und die Tür zu verriegeln, aber ich wollte den Moment nicht zerstören. Also schlug ich jede Vorsicht in den Wind und erwiderte flüsternd: »Tja, falls gleich irgendjemand reinkommt, wird er dann wohl eine gute Vorstellung geboten bekommen.«

Ich küsste mich an seinem Hals entlang nach unten. Als ich meine Hände zwischen uns gleiten ließ, um Griffins Gürtel zu öffnen, stöhnte er.

»*Verdammt.*«

Er warf den Kopf zurück, und das Verlangen in seiner Stimme feuerte mich an. Ich wollte ihn in den Wahnsinn treiben, so wie er es mit mir gemacht hatte.

Ich hob den Saum seines T-Shirts, senkte den Kopf und bahnte mir leckend einen Weg von seiner Brust bis zu seinen straffen Bauchmuskeln. Ich hätte den ganzen Tag damit verbringen können, die wohlgeformten Umrisse seiner Muskeln nachzuzeichnen, aber ich hatte Wichtigeres vor. Ich setzte mich wieder auf, lehnte mich zurück und knöpfte seine Jeans auf. Der Klang jedes einzelnen Reißverschlusszahns, der sich löste, während ich den Verschluss nach unten zog, erfüllte die aufgeheizte Luft um uns herum.

Griffin sah zu, wie ich von seinem Schoß aufstand und mich vor ihm auf den Boden kniete. Ich zerrte am Bund seiner Hose und zog sie zu seinen Oberschenkeln hinunter. Die dicke Beule, die mich durch seine enge Boxershorts begrüßte, steigerte mein Verlangen, und ich leckte mir unbewusst über die Lippen.

»Verdammt, Luca«, stöhnte er. »Dein Mund. Dein verfluchter Mund.«

Man hätte wirklich nicht sagen können, wer von uns beiden das hier mehr wollte. Ich konnte es gar nicht erwarten, ihn zu verwöhnen. Wir griffen beide gleichzeitig nach seinen Boxershorts und schoben sie eilig nach unten. Griffins Erektion sprang heraus, und mir lief das Wasser im Mund zusammen. *Ach, du meine Güte.*

Natürlich musste er so groß sein. Als wären sein umwerfendes Gesicht, sein makelloser Körper und seine sexy Stimme nicht schon genug gewesen. Gott hatte wirklich alle Register gezogen, als Er diesen Mann erschaffen hatte.

Ich legte die Hände um seine massive Länge und hob den Blick, bevor ich den Kopf senkte.

Griffins Stimme klang angestrengt, als er sprach. »Du bist gerade so wunderschön.«

Ich lächelte, legte ohne ein weiteres Wort eine Hand um die Wurzel und nahm ihn in den Mund. Die ganze Zeit über hielten wir Blickkontakt.

»Oh mein Gott.«

Ich bewegte mich ein paarmal auf und ab, fand meinen Rhythmus und ließ meine Zunge über die Unterseite seiner

Eichel flattern. Griffin stöhnte und packte mein Haar mit beiden Händen. Ich liebte die Tatsache, dass ihn seine Lust gröber werden ließ. Mit den Händen führte er meinen Kopf weiter nach unten und zog dann an mir, damit ich mich wieder nach oben bewegte. Ich hatte das hier angefangen, aber er übernahm nun definitiv die Führung.

»Verdammt. Genau so. Das fühlt sich wahnsinnig gut an.«

Griffin hob die Hüften an und stieß in meinen Mund hinein. Ich war so erregt, dass ich mir sicher war, dass ich innerhalb von zwei Sekunden kommen würde, wenn ich nach unten greifen und mich berühren würde.

»Luca …« Griff zog leicht an meinem Haar – eine Warnung. Aber ich ignorierte sie und machte weiter.

Er sprach lauter. Vermutlich dachte er, dass ich ihn beim ersten Mal nicht gehört hatte.

»Babe. Ich werde gleich kommen.«

Ich hob den Blick, um ihm in die Augen zu schauen und ihn wissen zu lassen, dass ich ihn definitiv gehört hatte. Dann nahm ich ihn so tief in meinen Mund auf, wie ich konnte.

»Verdammt …«

Griffin packte mein Haar sogar noch fester und stieß noch zweimal zu. Dann hielt er meinen Kopf ruhig. Sein ganzer Körper bebte, als die Hitze seines Orgasmus in meine Kehle schoss.

Als alles vorbei war, hob und senkte sich seine Brust vor Anstrengung. Ich war diejenige gewesen, die Halsaerobic mit vollem Mund vollführt hatte, und doch war er derjenige, der keuchte, als wäre er gerade einen Marathon gelaufen. Griffin ließ mein Haar los und rang nach Atem.

»Herrgott, Luca. Das kannst du *wirklich* verdammt gut.«

Sein Lob freute mich. »Ich habe dir doch gesagt, dass sich dieses Pornolehrvideo gelohnt hat.«

Er lachte. »Was haben die noch im Angebot? Ich bestelle jedes Video, das sie je produziert haben, sobald ich wieder die Kraft habe, meinen Arm zu heben und mein Handy rauszuholen.«

Ich stand vom Boden auf und kuschelte mich an Griffin. »Ich bin mir ziemlich sicher, dass es auch *Analsex für Dummies*, *Neunundsechzig für Dummies* und *Dreier für Dummies* gab. Aber ich habe mir nur das eine angeschaut.«

»Die ersten zwei werde ich kaufen, aber das mit dem Dreier nicht. Ich teile dich mit niemandem, Babe.«

Mir wurde ganz warm ums Herz, aber dann kam mir ein Gedanke, der sofort jegliches Glücksgefühl vertrieb. *Groupie und Rockstar.* Das war das Leben, das Griffin führte. Ich war mir sicher, dass es eine ganze Reihe Frauen gab, die für ihn nach jedem Auftritt das tun würden, was ich gerade getan hatte. Vermutlich glaubten sie ebenfalls, dass er für sie sang.

Ich war still geworden, und Griffin bemerkte es sofort. Er strich über mein Haar. »Was geht in deinem Kopf vor, Süße?«

»Nichts.«

Er zog seine Boxershorts und seine Jeans hoch und drehte sich herum, um mich anzusehen. »Rede mit mir, Luca. Was ist gerade passiert? Zwischen uns war doch alles gut, und jetzt ist es das plötzlich nicht mehr.«

Ich schüttelte den Kopf und schaute nach unten. »Tut mir leid. Es ist dumm.«

Griffin hob mein Kinn an, damit er mir in die Augen schauen konnte. »Raus damit, Vinetti.«

Ich seufzte. »Ich schätze … Na ja … Du hast gesagt, dass du mich mit niemandem teilen willst. Und ich dachte gerade, dass es Dutzende Frauen geben muss, die bereit sind, nach einem Konzert vor dir auf die Knie zu gehen – oder sogar schon auf ein Fingerschnippen von dir hin.«

Griffin wich meinem Blick nicht aus. »Ich wünschte, ich könnte dir ein besseres Gefühl geben, indem ich sage, dass es nicht so ist. Aber ich werde dich nicht anlügen. Es gibt definitiv diese Gelegenheiten. Doch das bedeutet nicht, dass ich sie ergreifen will. Ich weiß, dass du hier gerade erst angekommen bist und unsere Situation irgendwie außergewöhnlich ist. Aber als ich gesagt habe, dass du meine Freundin bist, war das mein Ernst. Du *bist* meine Freundin, Luca. Und weißt du was? Das ist in Anbetracht unserer Umstände vermutlich nicht das Praktischste für uns beide. Aber das ändert nichts an meinen Gefühlen. Ich bin seit fast zwei Monaten nicht mehr mit einer anderen Frau zusammen gewesen, seit du meinen ersten Brief beantwortet hast. Nur weil es Frauen gibt, die bereit sind, sich mir an den Hals zu werfen, bedeutet das nicht, dass ich sie haben will. Du bist meine Freundin, Luca. Wir werden schon einen Weg für uns finden.«

Tränen traten mir in die Augen. Ich wollte seinen Optimismus und seinen Mut teilen, aber ich hatte furchtbare Angst. Griffin war ehrlich zu mir gewesen, also war ich es auch.

»Ich habe Angst davor, deine Freundin zu sein.«

Er lächelte traurig und umfasste meine Wange. »Das ist in Ordnung. Ich kenne dich, Luca. Die Angst dauert nur eine kurze Weile an, dann machst du etwas Mutiges. Es besteht kein Grund zur Eile. Wir haben schon so viele Jahre lang gewartet. Was sind da ein paar Augenblicke mehr?«

Ich drehte meinen Kopf zur Seite und küsste seine Handfläche. »Danke, Griffin.«

Er küsste meine Stirn und ließ seine Lippen dort. Ich spürte, wie er an meiner Haut lächelte.

»Ich bin mir ziemlich sicher, dass ich dir danken sollte nach dem, was gerade passiert ist.«

18. KAPITEL

Griffin

Ich wollte wirklich, dass Luca ihre letzten Stunden in Kalifornien genoss. Das bedeutete, dass ich alles in meiner Macht Stehende tun musste, um auch weiterhin Menschenmengen zu meiden. Auch wenn ich hoffte, dass es ihr eines Tages gelingen würde, ihre Phobie zu überwinden, war mir klar, dass das nicht über Nacht passieren würde – und ganz sicher nicht während dieses Ausflugs. Ich musste mich einfach darauf einlassen und versuchen, sie in keiner Weise zu irgendetwas zu drängen.

Aiden hatte dafür gesorgt, dass uns ein Wagen bei mir zu Hause abholte. Der Fahrer war angewiesen worden, weniger befahrene Seitenstraßen zu nehmen. Ich hatte einen abgetrennten privaten Bereich in meinem Lieblingsrestaurant reserviert, das über einen Hintereingang verfügte, den die Betreiber oft Prominenten anboten. Auf diese Weise erhielt man direkten Zugang zu einem Esszimmer, das von dem Bereich, in dem die anderen Gäste aßen, abgetrennt war. Ich kannte den Geschäftsführer ziemlich gut und vertraute auf seine Diskretion. Marcus sorgte außerdem zuverlässig dafür, dass seine Angestellten in Bezug auf meine Anwesenheit den Mund hielten. Also war ich recht zuversichtlich, dass ich Luca gefahrlos dorthin mitnehmen konnte.

Sie und ich saßen einander an einem Tisch bei Kerzenlicht gegenüber und genossen unser intimes Abendessen. Während wir auf den Hauptgang warteten, aßen wir jeder einen Salat.

Luca stocherte in den grünen Blättern herum. »Ist es seltsam, dass ich die Briefe tatsächlich vermissen werde?«

»Kein bisschen. Aber wer sagt denn, dass wir uns keine mehr schreiben können?«

»Darüber haben wir irgendwie noch nicht gesprochen. Aber ich kann mir nicht vorstellen, dass wir nun, da wir uns persönlich begegnet sind, weiterhin handschriftliche Briefe austauschen werden, oder?«

Ich legte meine Gabel ab und streckte einen Arm über den Tisch aus, um nach ihrer Hand zu greifen.

»Ich will mit dir in Kontakt sein, Luca«, sagte ich. »Ich will jeden Tag von dir hören, ob nun per E-Mail, per Telefon oder durch ein verdammtes gesungenes Telegramm von jemandem, der als Penis verkleidet ist. Ich will einfach von dir hören.«

Ich konnte jedoch gut nachvollziehen, dass sie Angst davor hatte, irgendwann auf die Briefe verzichten zu müssen. Unsere unsichtbare Verbindung war ein wichtiger Teil von uns. Diese Intimität würden wir nie wieder auf die gleiche Weise erleben. Ich hoffte, dass es nun sogar noch besser zwischen uns werden würde, aber Lucas Bedenken in Bezug auf mein Leben waren nicht gerade unbegründet. Ich hatte einfach keine Ahnung, ob ich in der Lage sein würde, ihr zu beweisen, dass das mit uns sehr wohl funktionieren konnte, obwohl sie vom Gegenteil überzeugt war. Ich hatte den Willen … aber kannte ich auch wirklich den Weg? Meine Situation war kompliziert. Im Grunde war es eher ein komplettes Irrenhaus, in dem ich lebte.

Schließlich kam unser Essen. Ich hatte das Filet Mignon bestellt, und Luca bekam Forelle in einer Knoblauch-Zitronen-Soße.

Als ich mein Steak anschnitt, fragte ich: »Hast du etwas vom Doc gehört?«

»Er rief mich an, bevor der Wagen kam, um uns abzuholen. Die Verbindung war schlecht, also konnte ich nicht alles verstehen, was er sagte, aber er klang so glücklich. Wo hat ihn dein Fahrer hingebracht?«

»Ich habe im Zoo angerufen und gefragt, ob ich nach Feierabend das Vogelhaus mieten könnte. Dort befindet er sich jetzt, und er hat es ganz für sich allein.«

Luca lächelte breit. »Wow. Er muss überglücklich sein. Danke, dass du das arrangiert hast. Für jemanden, der zu Hause einen minimalistischen Lebensstil pflegt, gewöhnt sich der Doc offenbar ziemlich schnell an dein Gästehaus inklusive Haushälterin und Sonderbehandlung.«

»Tja, er ist hier jederzeit willkommen. Deine Freunde sind auch meine Freunde. Ich hoffe, dass du das weißt.«

»Danke. Wirklich. Danke für deine Gastfreundschaft.«

»Es ist mir ein Vergnügen. Ich schulde dem Doc eine Menge. Immerhin hat er dir dabei geholfen herzukommen. Das war ein Geschenk. Der Himmel weiß, wie lange ich sonst gebraucht hätte, um dir zu erklären, dass ich Cole bin. Ich werde ihm ewig dankbar sein … und meiner kleinen Stalkerin.«

Sie wischte sich den Mund ab. »Das Stalken beruhte auf Gegenseitigkeit, wenn ich mich richtig erinnere.«

»So ist es.«

Unsere Blicke trafen sich. Ich musste wieder an diesen unglaublichen Blowjob denken, mit dem sie mich vorhin überrascht hatte. Mein Schwanz wurde hart. Ich wollte den Gefallen heute Abend unbedingt noch erwidern.

»Also wann brichst du noch mal nach Vancouver auf?«, fragte sie und unterbrach damit meine Fantasie.

Der Gedanke an die bevorstehende Reise erfüllte mich mit Grauen.

»In etwa einer Woche.«

»Du hast gesagt, dass dort ein Musikfestival stattfindet, richtig?«

»Ja. Es nennt sich Beaverstock.«

»Beaver? So wie Biber?«

»So wie Biber als Umschreibung für das weibliche Geschlechtsteil. Es ist ein Vaginafestival.«

Sie riss die Augen auf. »Was?«

»Das war nur ein Witz. Der Name geht offenbar auf die dort ansässigen Biber zurück, die in der Stadt leben.«

»Wow. Okay.«

»Dieses Jahr sind wir schon das zweite Mal dabei.«

»Wann steht eure nächste Tournee an?«

»Die US-Tournee beginnt in etwa einem Monat. Ein Dutzend Städte. Ein paar Monate später ist eine kleine Tournee durch Europa geplant.«

»Zwölf Städte hintereinander?«

»Ja.«

»Das wird sicher hektisch. Findet die Tournee ohne Unterbrechungen statt?«

»So ziemlich. Manchmal hat man zwischen den Auftritten einen oder zwei Tage frei, aber ich ziehe die andere Variante vor. Ich bringe die Tournee lieber schnell hinter mich, um dann wieder Zeit für mich zu haben.«

Ich konnte förmlich sehen, wie die Ängste in ihrem Kopf umherwirbelten: Frauen in Tourbussen, herumfliegende BHs, Alkohol in Massen, plärrende Musik, Drogen. Ihre Angst war nicht zu übersehen.

»Auch wenn mein Leben manchmal verrückt sein kann«, sagte ich, »es gibt auch ruhige Zeiten … viele Wochen am

Stück, in denen ich mich zurückziehe und tue, was mir gefällt. Momentan gibt es viel zu tun aufgrund der Aufnahmen für das neue Album, aber sobald das erledigt und die Tournee vorbei ist, wird sich alles ein wenig beruhigen.«

Diese Aussage war ein Versuch, sie davon zu überzeugen, dass es in meinem Leben auch Phasen der »Normalität« gab.

»Was wirst du tun, wenn du wieder zu Hause bist, Luca?«

Sie seufzte, als wäre die Antwort beängstigend. »Ich möchte mit dem Buch anfangen, dessen Handlung ich mir auf der Fahrt hierher überlegt habe.«

»Musst du es zu einem bestimmten Zeitpunkt abgeben?«

»Nicht wirklich. Bis zu meinem endgültigen Abgabetermin ist noch massenhaft Zeit. Ich halte mich an einen Zeitplan, aber wenn er sich ein wenig verschiebt, ist das kein Weltuntergang.«

»Das ist toll. Erzähl mir von deiner neuesten Figur. Was hat es mit ihm oder ihr auf sich?«

»Tja ... er ist Brite.«

»Ach ja?« Ich zwinkerte ihr zu. »Hat dich eine bestimmte Person dazu inspiriert, ihn dir auszudenken?«

»Nun ja, ich würde lügen, wenn ich sagen würde, dass der Kontakt mit dir diese Entscheidung nicht beeinflusst hätte. Aber du bist kein Serienmörder. Und er schon. Das ist der Hauptunterschied.«

Ich zuckte mit den Schultern. »Kleinigkeiten ...«

Darüber lachten wir herzhaft, und gleich darauf musste ich sie wieder anstarren, wie ich es so oft tat.

Prompt fragte sie: »Was ist?«

»Nichts. Manchmal kann ich nur immer noch nicht glauben, dass ich dir in die Augen schauen darf. Dann wird mir klar, wie glücklich ich mich schätzen kann, dass ich die Möglichkeit dazu habe.«

Luca errötete, und der Anblick war wirklich wunderschön. Ich hoffte, dass ich ihn eines Tages erleben konnte, während unsere Körper ebenso intensiv miteinander verbunden waren wie unsere Seelen offenbar schon immer.

Bislang war der Abend absolut problemlos verlaufen. Und ich hätte wissen müssen, dass das zu gut war, um wahr zu sein. Denn als wir nach dem Abendessen den *vermeintlich* privaten Ausgang benutzten, um zu unserem wartenden Wagen zu gehen, begrüßte uns ein Blitzlichtgewitter. Ein paar Paparazzi hatten draußen Stellung bezogen und darauf gewartet, dass wir das Restaurant verließen. Offenbar befand sich unter den Leuten, die uns an diesem Abend so freundlich lächelnd bedient hatten, ein Maulwurf.

Lucas große, schöne Augen schauten verwirrt.

Während meiner gesamten Karriere hatte ich noch nie die Geduld mit den Paparazzi verloren – bis jetzt.

»Verschwindet von hier!«, rief ich. »Wenn ich allein bin, geht das in Ordnung, aber das hier ist nicht cool.«

Ihre Fragen schienen alle miteinander zu verschmelzen.

»Ist sie Ihre Freundin, Cole?«

Blitz.

Blitz.

»Wie heißt sie?«

Blitz.

Blitz.

Blitz.

»Wie geht es mit dem neuen Album voran?«

Blitz.

Blitz.

Ich legte beide Arme schützend um Luca. Zum Glück stand der Wagen direkt vor dem Restaurant, und wir mussten nicht darauf warten.

Nachdem wir eingestiegen waren und die Tür geschlossen hatten, machte sich eine unheimliche Stille breit.

Ich projizierte meine Wut auf den Fahrer. »Warum haben Sie mich nicht gewarnt, dass die hier draußen sind?«

»Ich habe versucht, Sie auf Ihrem Handy anzurufen, Sir. Sie sind nicht drangegangen.«

Ich schaute auf mein Handy. Es zeigte keine verpassten Anrufe an.

Was zum Teufel ging hier vor?

Ich hatte keine Ahnung, was passiert war. Womöglich hatte er die falsche Nummer gewählt oder so was. Es spielte keine Rolle.

»Bitte bringen Sie uns nach Hause«, wies ich ihn an.

Ich hatte eine Aufgabe. *Eine* Aufgabe. Sie bestand darin, Luca einen normalen Abend ohne Störungen in der Stadt zu bieten. Ich hätte es besser wissen müssen.

Ich zog sie dicht an mich. »Geht es dir gut?«

»Das ging alles so schnell, ja. Ich hatte kaum Gelegenheit zu reagieren.«

»Ja. So ist das manchmal.«

»Woher wussten die, dass wir dort waren?«

»Vermutlich hat uns jemand aus dem Restaurant verraten. Die Angestellten bekommen die Anweisung, nichts zu sagen, aber es braucht nur eine einzige Person – eine Kellnerin, die ihrer Freundin eine Nachricht schickt, oder was auch immer. Dann verbreitet sich das wie ein Lauffeuer. Normalerweise spielt das keine Rolle. Ich komme damit klar. Aber ich wollte diesen ganzen Quatsch unbedingt für einen einzigen ruhigen Abend mit dir vermeiden.« Meine Stimme klang angestrengt. »Es tut mir leid, Luca.«

Sie streichelte über die Stoppeln an meinem Kinn. »Ich weiß, dass es nicht deine Schuld ist.«

»Doch, das ist es. Ich hätte wissen müssen, dass ich dich nicht an einen öffentlichen Ort bringen kann, der zu hundert Prozent frei von Paparazzi ist.«

Wir schwiegen, bis uns der Fahrer vor meinem Haus absetzte. Die Stille dauerte an und folgte uns ins Haus und die gewundene Treppe hinauf.

Luca wirkte müde.

Ich brachte sie in ihr Zimmer. »Warte hier auf mich, okay, Babe? Leg dich hin und entspann dich. Ich bin in fünf Minuten wieder da.«

Ich ging durch den Flur in mein Badezimmer und ließ Wasser in die große Wanne ein. Ich testete es mit der Hand, um sicherzugehen, dass es genau die richtige Temperatur hatte. Ich war immer noch stinkwütend. Ich wollte Luca gerne helfen, sich zu entspannen, damit sie heute Abend gut schlafen konnte. Sie musste ausgeruht sein, bevor sie morgen die Rückreise antrat.

Sobald die Wanne voll war, kehrte ich in ihr Zimmer zurück und hielt ihr eine Hand hin.

»Komm mit.«

Sie ergriff meine Hand und folgte mir durch den Flur.

Als sie die gefüllte Wanne mit dem Schaum erblickte, fragte sie: »Soll *ich* da reinsteigen?«

»Wir werden da *zusammen* reinsteigen.«

Sie schluckte. Mir war klar, dass sie nun vermuten könnte, dass ich *andere* Gedanken hegte. Das war nur verständlich.

»Ich werde meine Unterwäsche anbehalten. Ich will dich einfach nur festhalten.«

Ich drehte mich um, damit sie sich ausziehen und ins Wasser steigen konnte. »Sag einfach Bescheid, wenn du so weit bist.«

Nach ein paar Augenblicken sagte sie: »Bescheid.«

Nur ihr Kopf war noch zu sehen. Sie beobachtete mich, während ich mein T-Shirt und meine Hose auszog und lediglich meine Boxershorts anbehielt. Sie schien zum ersten Mal das Tattoo auf meiner Brust zu bemerken und kniff die Augen zusammen. Es war der Name meiner Mutter, um den sich Rosen und Stacheldraht rankten.

»Libby. Deine Mutter.« Sie lächelte.

»Ja. Ich ließ es mir etwa ein Jahr nach ihrem Tod stechen.«

»Es ist wunderschön.«

»Danke«, sagte ich, während ich mich hinter ihr ins Wasser gleiten ließ. Ich legte die Arme um ihre Taille, zog sie an mich und legte mein Kinn auf ihren Kopf, bevor ich ihren Scheitel küsste. War ich verrückt, weil ich immer noch dachte, dass das irgendwie funktionieren könnte? Ich wusste, wie sehr ich es wollte, aber genügte das?

»Ein Teil von mir wünscht sich, dass ich einfach für immer hier mit dir im Wasser bleiben könnte und mir um nichts anderes Gedanken machen müsste«, sagte ich.

»Wenn ich die Art von Person wäre, die zu deinem Lebensstil passt, würdest du das nicht so empfinden. Dann wäre alles ganz leicht.«

»Nur weil etwas leicht ist, ist es nicht automatisch besser. Wir haben unsere Probleme, aber mit dir zusammen zu sein, fühlt sich trotzdem besser an als alles andere auf der Welt. Manchmal sind die besten Dinge die, die uns vor die größten Herausforderungen stellen. Und das ist eben einfach so.«

Als ich meine Hand bewegte und die Unterseite ihrer Brust streifte, erkannte ich, dass sie ihren BH ausgezogen hatte. Da ich nicht gesehen hatte, wie sie sich ausgezogen hatte, war ich mir nicht sicher, ob sie mit dem Gedanken gespielt hatte, ihn anzubehalten. Bei dem Gedanken daran wurde mein Schwanz hart, und ich veränderte meine Position, damit sie ihn nicht spürte. So intim dieses Bad auch war, es erschien mir unangebracht, einen Ständer zu bekommen.

»Das fühlt sich so gut an«, sagte sie. »Wenn ich bei dir bin, fühle ich mich absolut sicher, Griffin. Ich möchte, dass du das weißt. Aber alle anderen machen mir Angst.«

»Das weiß ich, Babe. Jetzt gerade gibt es nur uns. Lass uns das genießen.«

Luca erwiderte sehr lange nichts. Dann hörte ich, wie sich ihre Atmung veränderte. Als ich den Kopf nach vorn lehnte, um ihr Gesicht zu betrachten, erkannte ich, dass sie auf mir eingeschlafen war. Dieser Ausflug hatte sie erschöpft.

Später wachte Luca gerade lange genug auf, um sich abzutrocknen und in eins meiner langen T-Shirts zu schlüpfen. Ich trug sie in ihr Zimmer und presste einen keuschen Kuss auf ihre Lippen. Dann sah ich zu, wie sie wieder einschlummerte. Ich ging nicht in mein Zimmer. Stattdessen legte ich mich neben sie, blieb die ganze Nacht wach und beobachtete sie beim Schlafen. Ich wusste, dass ich das am Morgen bereuen würde, aber ich musste diesen Augenblick einfach bewusst erleben – etwas anderes konnte ich mir nicht vorstellen.

Die Morgensonne strömte durchs Fenster. Luca schlug blinzelnd die Augen auf und merkte, dass ich neben ihr lag.

»Ich wusste nicht, dass du hier bist.«

»Ich konnte mich nicht dazu durchringen, in mein Zimmer zu gehen.«

»Du warst hier … neben mir … die ganze Nacht?«

»Ja. Findest du das gruselig?«

»Ich schreibe Romane über Serienmörder, habe ein Schwein als Kindersatz und bin einmal quer durchs Land gefahren, um dich zu stalken … Ich denke, man kann mit gutem Gewissen sagen, dass ich *nichts* gruselig finden sollte.«

Sie lächelte, doch dann runzelte sie die Stirn und wirkte nachdenklich.

»Was ist los?«, fragte ich.

»Ich habe nur gerade über etwas nachgedacht, das mir einer der Fotografen gestern Abend zurief, bevor wir ins Auto stiegen …«

Mein Magen rutschte in meine Kniekehlen. Ich war so sehr damit beschäftigt gewesen, sie zu beschimpfen, dass ich nichts von dem gehört hatte, was sie uns zugerufen hatten.

»Was hat er gesagt?«

»Er sagte: ›Eve … sind Sie das? Sie sehen toll aus. Machen Sie weiter so.‹«

Ich ließ den Kopf sinken. Das musste ich ihr erklären.

»Eve … ist Eve Varikova.«

»Wer ist das?«

»Sie ist dieses … Model, mit dem ich vor mehreren Monaten mal kurz zusammen war. Es war nichts Ernstes. Aber sie ist sehr bekannt, also freute sich die Presse, wann immer sie uns zusammen irgendwo aufspürte.«

»Sehe ich ihr irgendwie ähnlich?«

»Du hast dunkles Haar. Das ist so ziemlich alles. Ich vermute, dass dieser Fotograf high war, denn sie ist etwa dreißig Zentimeter größer als du.«

»Warum sagte er: ›Machen Sie weiter so.‹?«

»Weil Eve ein Drogenproblem hatte, von dem ich nichts wusste, als ich mit ihr zusammen war. Kurz darauf machte sie einen Entzug. Seitdem habe ich nicht mehr mit ihr gesprochen, aber ich habe gehört, dass es ihr wieder besser geht.«

Ich atmete tief ein, weil mir der Ausdruck auf Lucas Gesicht verriet, dass sie schon wieder viel zu viel über die ganze Sache nachdachte. Vermutlich würde sie Eve googeln, sobald sie wieder im Wohnmobil saß, und das würde sie zu noch mehr Internetseiten mit falschen Informationen über mich führen. Das machte mich wirklich fertig.

»Versprichst du mir etwas?«, fragte ich.

Sie nickte. »Okay …«

»Würdest du versuchen, mich nicht zu googeln? Das Meiste, was du im Internet finden wirst, ist Schwachsinn. Oder noch besser … googele mich, aber mach es mit mir *zusammen*, während ich mit dir telefoniere oder neben dir sitze. Lass mich einfach dabei sein, damit ich dir erklären kann, was stimmt und was nicht. Ich würde dich niemals anlügen. Ich kann nur die Vorstellung nicht ertragen, dass du diesen ganzen Mist liest und nicht weißt, was du glauben sollst.«

Sie schaute mich an, als hätte sie Schwierigkeiten mit meinem Wunsch. Ich wusste, dass es ihr extrem schwerfallen würde, sich wirklich an dieses Versprechen zu halten. Wenn ich an ihrer Stelle wäre, wäre ich mir auch nicht ganz sicher, ob ich es könnte.

Sie musste eine Weile ernsthaft über meine Bitte nachdenken.

»Okay«, sagte sie schließlich. »Ich musste kurz überlegen, ob ich dir ein solches Versprechen geben und mich auch daran halten kann. Ich verspreche dir, dich nicht zu googeln … zumindest nicht ohne dein Wissen.«

Ich atmete erleichtert aus. »Danke. Ich weiß, dass es nicht leicht sein wird, aber ich verspreche dir, dass dir nichts Wertvolles entgeht. Ich kann dir alles Wichtige erzählen, was du wissen musst. Und falls du je irgendwelche Fragen hast, musst du sie mir einfach nur stellen.«

Sie streckte eine Hand aus und zog mein Gesicht an ihres heran. Die Lust, die in mir brodelte, verwandelte sich schnell in drängendes Verlangen, während ich sie leidenschaftlich küsste.

»Bist du sicher, dass ich dich nicht doch noch irgendwie überzeugen kann, länger zu bleiben?«, flüsterte ich an ihren Lippen.

Sie musste nichts erwidern. Ich kannte die Antwort bereits.

Der Preis des Ruhms mochte hoch sein, aber ich hatte mir noch nie zuvor gewünscht, dass das alles einfach verschwinden würde. Doch das war vor Luca gewesen. Wenn ich in diesem Moment eine Wahl gehabt hätte, hätte ich die Tournee durch zwölf Städte, die mir schon sehr bald bevorstand, einfach abgeblasen, um mit ihr in einem klapprigen Wohnmobil quer durchs Land zu fahren.

19. KAPITEL

Luca

Ich hatte Hortencia in meinem ganzen Leben noch nie so viel grunzen gehört. Nachdem ich sie von dem Bauernhof abgeholt hatte, auf dem sie während meiner Abwesenheit untergebracht gewesen war, schloss ich meine Haustür auf und stellte fest, dass sich der Ort, den ich immer als meinen sicheren Hafen wahrgenommen hatte, irgendwie sehr leer anfühlte.

Es war noch früh, zu früh, um Griffin anzurufen, der sich in einer anderen Zeitzone befand. Also schickte ich ihm eine Nachricht und hoffte, dass er sie erhalten würde, wenn er aufwachte.

Luca: Bin gut zu Hause angekommen.

Zu meiner Überraschung schrieb er sofort zurück.

Griffin: Gott sei Dank. Ich war echt besorgt, weil du in diesem verdammten Schrotthaufen unterwegs warst.
Luca: Warum bist du wach?
Griffin: Ich konnte nicht wirklich schlafen.
Luca: Okay, mir geht es jedenfalls gut.
Griffin: Ich vermisse dich wie verrückt. Ich habe eine Million Dinge zu tun, aber keine Energie. Ich bin verdammt noch mal deprimiert.

Luca: So ging es mir auch, als ich hier durch die Tür gekommen bin. Normalerweise fühle ich mich in meinem Zuhause immer sehr wohl. Jetzt fühlt es sich irgendwie anders an.
Griffin: Du hast den Furby hiergelassen. Die Haushälterin hat ihn mir mit einem sehr verwirrten Gesichtsausdruck gebracht.
Luca: Wenn sie nur die Hälfte von dem wüsste, was dahintersteckt!
Griffin: Seufz. Luca, Luca, Luca. Ich muss dich wiedersehen.

Ich wollte ihn fragen, wann und ob er das für möglich hielt, aber gleichzeitig bezweifelte ich, dass er eine Antwort darauf hatte. Er beendete gerade die Aufnahmen für ein Album und musste schon bald nach Kanada aufbrechen.

Luca: Hast du schon für Vancouver gepackt?
Griffin: Nein. Wie ich schon sagte, ich habe keine Motivation.

Ich hatte während der Fahrt eine Menge Zeit zum Nachdenken gehabt. Eine Sache, die mich einfach nicht losließ, war eins von Griffins Liedern – das Lied, dessen Titel mich vermuten ließ, dass es von mir handelte. Ich wollte es mir unbedingt anhören, aber technisch gesehen würde das bedeuten, dass ich ihn googeln musste, und ich hatte ihm versprochen, das nicht zu tun.

Luca: Ich muss dir etwas beichten.
Griffin: Okay …
Luca: Ich musste mich auf der Heimfahrt mehrere Male davon abhalten, dich zu googeln. Du sollst wissen, dass ich dem Drang kein einziges Mal nachgegeben habe. Aber es gibt eine Sache, über die ich wirklich gerne mehr erfahren würde.
Griffin: In Ordnung. Worum geht es?

Ich konnte seine Unruhe spüren.

Luca: Um eins deiner Lieder … das mit dem Titel »Luca«.

Da klingelte mein Handy. Es war Griffin.

Ich ging dran. »Hey …«

»Davon wollte ich dir schon längst erzählen. Ich war mir nicht sicher, ob du es kennst. Du hast es nie erwähnt, also dachte ich, dass du vielleicht noch nicht darauf gestoßen bist.«

»Na ja, ich habe es online gesehen, hatte aber nie die Gelegenheit, es mir tatsächlich anzuhören.«

»Luca … hör zu. Als ich dieses Lied schrieb … hatte ich keine Ahnung.«

»Das weiß ich. Das ist in Ordnung. Ich werde es nicht persönlich nehmen.«

»Im Grunde genommen ist es eine musikalische Version des Briefs, den ich dir geschickt habe, als ich betrunken war. Eine übertriebene wütende Schimpftirade … die sich zufällig mehrere Millionen Mal verkauft hat.«

»Darf ich das Lied hören?«

Er atmete geräuschvoll ins Telefon. »Natürlich.«

»Ist es in Ordnung, wenn ich es jetzt bei YouTube aufrufe?«

Er klang schicksalsergeben. »Ja. Klar. Ich bleibe einfach dran.«

Griffin blieb in der Leitung, während ich meinen Laptop aufklappte, mich einloggte und »Luca Cole Archer« ins Suchfeld eintippte.

Es tauchte eine Version des Videos auf, bei dem der Text als Untertitel angezeigt wurde.

Ich drückte auf »Play«.

(Intro)

Ich sah Griffins umwerfendes Gesicht, während er die ersten Zeilen sang.

The letters were the window to your soul
Before you left me with a giant hole.
When you disappeared into thin air
And proved you didn't really care.

Now I see your soul was black
Because you're never coming back.
You're nothing but inks and lies.
A devil in disguise.

Luca, Luca, Luca
Were you just a dream?
Luca, Luca, Luca
You make me want to scream.

Luca, Luca, Luca
Are you happy now?
Luca, Luca, Luca
If so, baby, take a bow.

(Musik)

Looks like the joke was on me.
So blinded by love, I couldn't see.
In the end,
You were never my friend.

The really messed-up part …
You're still living in my heart.
And if I had to do it all again,
I'd still have lifted that damn pen.

Luca, Luca, Luca
Were you just a dream?
Luca, Luca, Luca
You make me want to scream.

Luca, Luca, Luca
Are you happy now?
Luca, Luca, Luca
If so, baby, take a bow.

(Musik)

Take a bow.
Take a bow.
Take a bow.

Luca, Luca, Luca.
Yeah, yeah, yeah.

(Musik verklingt)

In den nächsten vierundzwanzig Stunden hörte ich mir das Lied mindestens hundertmal an. Es war schön, strahlte aber auch sehr viel Schwere und Traurigkeit aus, was perfekt zu meiner melancholischen Stimmung passte. Eine spezielle Zeile hörte ich immer und immer wieder in meinem Kopf.

Luca, Luca, Luca
Were you just a dream?

Denn die letzte Woche fühlte sich immer mehr exakt danach an – so als wäre sie nur eine große Fantasie gewesen, die ich mir erträumt hatte. Eine Fantasie, die unglaublich war, aber für immer außerhalb meiner Reichweite bleiben würde. Ich schleppte mich durch die Tage, als wäre jemand gestorben. Es gelang mir zwar zu schreiben, aber ich war mir ziemlich sicher, dass ich meine Figuren mit meiner Melancholie ansteckte, sodass sich mein Thriller in einen schnulzigen Frauenroman verwandelte.

Da ich meinen Kühlschrank vor meiner Reise nach Kalifornien geleert hatte, war ein nächtlicher Abstecher in den Supermarkt unvermeidlich. Der Parkplatz war fast vollkommen leer, und ich eilte durch die Gänge, ohne auch nur einer einzigen Person zu begegnen, bis ich die Kasse erreichte.

Doris scannte gerade die Lebensmittel eines jungen Mannes ein und lächelte mich an. Meine Reise nach Kalifornien hatte ich ihr gegenüber nicht erwähnt, und auch von Griffin wusste sie nichts, worüber ich jetzt froh war, weil ich wirklich keine Lust hatte, darüber zu reden. Ich war viel zu emotional und würde vermutlich in Tränen ausbrechen, wenn ich ihr erzählte, wie toll es gewesen war, endlich dem Mann zu begegnen, für den ich über zehn Jahre lang geschwärmt hatte.

Der Kerl vor mir hatte eine Menge Tattoos. Als ich für einen Moment aufhörte, mich in meinem Selbstmitleid zu suhlen, um ihn mir genauer anzuschauen, bemerkte ich, dass er außerdem Sicherheitsnadeln im Gesicht hatte, rund um seinen Kiefer – echte Sicherheitsnadeln, die er sich einfach durch die Haut gestochen und dann zugedrückt hatte. Die Leute, die um zwei Uhr morgens einkauften, waren immer interessant.

Er erwischte mich dabei, wie ich ihn anstarrte, und ich

wandte den Blick ab. Es gelang mir aber vermutlich nicht, so zu tun, als hätte ich ihn nicht angegafft und mich dabei gefragt, was zum Teufel ihn dazu bewegt haben mochte, sich Sicherheitsnadeln ins Gesicht zu stechen.

Schließlich fiel mein Blick auf das Süßigkeitenregal neben mir. Ich gab mir Mühe, überzeugend zu wirken, als ich nach einem Schokoriegel griff und ihn in meinen Einkaufswagen warf. Das Regal rechts neben den Süßigkeiten enthielt Klatschzeitungen, also nahm ich eine heraus und blätterte sie gedankenlos durch. Bis ich auf *Seite drei* landete.

Mir fielen fast die Augen aus dem Kopf.

Ein Bild von Griffin und mir, auf dem wir das Restaurant verlassen.

Ich konnte es nicht fassen.

Griffin hatte eine Hand ausgestreckt, um die Fotografen auf Abstand zu halten. Die andere hatte er um meine Schultern gelegt. Ich hatte das Gesicht an seine Brust geschmiegt und mich von den Fotografen abgewandt, daher würde es den meisten Leuten schwerfallen, mich anhand meines Teilprofils überhaupt zu erkennen. Aber ich wusste es natürlich.

Ich bin im Enquirer.

Oh mein Gott.

Ich las die Bildunterschrift.

Cole Archer und eine geheimnisvolle Frau turteln im Mariano's in Downtown L.A. Vermisst der Sänger seine alte Flamme Eve Varikova und ersetzt sie jetzt durch eine Doppelgängerin?

Mir wurde ganz mulmig zumute.

Ich war mir nicht sicher, was ich schlimmer fand – die Tatsache, dass ich mich selbst in einer Klatschzeitung sah, oder die Erwähnung, dass Griffin eine Geliebte ersetzen wollte. Ich wusste, dass Letzteres lächerlich war, weil Griffin mir von ihr erzählt hatte – und doch beunruhigte es mich aus irgendeinem Grund.

»Erde an Luca.« Aus dem Augenwinkel bemerkte ich, dass Doris in meine Richtung winkte.

Ich schaute auf, blinzelte ein paarmal und erkannte, dass der Kerl mit den Sicherheitsnadeln im Gesicht verschwunden war. Doris hatte auf mich gewartet, während ich wegen einer dämlichen Zeitung innerlich ausgerastet war.

»Hi. Tut mir leid. Ich … Ich …« Ich hielt den *National Enquirer* in meiner Hand hoch. »Ich habe mich in einem Artikel festgelesen.«

Doris lehnte sich vor, um zu sehen, was meine Aufmerksamkeit so gefesselt hatte.

»Cole Archer. Normalerweise interessiere ich mich nicht für Männer unter vierzig, aber den würde ich nicht von der Bettkante stoßen.« Sie wackelte mit den Augenbrauen.

Ich riss die Augen auf, bis sie groß wie Untertassen waren, was Doris ausgesprochen lustig fand. Natürlich dachte sie, dass sie mich mit ihren unanständigen Äußerungen über einen jungen Mann schockiert hatte, da sie keine Ahnung hatte, dass ich letzte Woche tatsächlich in Griffins Bett *gewesen war*. Ich lief rot an.

Dann legte ich die Klatschzeitung auf das Kassenband. »Ich lese gerne die Artikel.«

Doris kicherte und hielt mich vermutlich für schüchtern. »Das gilt für uns beide, Liebes.«

Für die nächsten zehn Minuten befand ich mich in einer Art Nebel. Wie auf Autopilot leerte ich meinen Einkaufswagen und plauderte mit Doris. Ich kam einfach nicht über die Tatsache hinweg, dass mein Gesicht in einer Klatschzeitung abgedruckt war. Das löste ein seltsames Gefühl in meiner Magengrube aus, aber ich war mir nicht sicher, warum. Im Supermarkt zu sein machte mich immer nervös, aber dieser Zwischenfall verstärkte das Gefühl noch. Es fühlte sich an, als wäre mir jemand körperlich zu nahe getreten, obwohl es nur ein Foto war und mich darauf niemand erkennen würde. In letzter Sekunde, gerade als ich bereits meine Kreditkarte über das Lesegerät ziehen wollte, drehte ich mich noch mal um und schnappte mir alle Ausgaben des *National Enquirer* vom Regal.

Doris runzelte die Stirn. »Sie wollen die *alle* kaufen?«

»Ja.«

»Da steht überall das Gleiche drin, wissen Sie?«

»Ich … Ich habe einen neuen Vogel und brauche etwas, um den Käfig auszulegen.«

»Oh. Wenn Sie wollen, könnte ich vermutlich den Geschäftsführer überreden, ein paar der alten Zeitungen für Sie beiseitezulegen, die sich nicht verkauft haben. Wir reißen einfach das Titelblatt ab und geben es dem Lieferanten, damit wir eine Rückerstattung erhalten. Der Rest landet ohnehin in der Altpapiertonne.«

»Ähm. Ja. Sicher. Das wäre toll, Doris. Danke.«

»Kein Problem.« Doris warf einen Blick auf die Klatschzeitungen, und ich zog meine Karte über das Lesegerät, um zu bezahlen. »Wie heißt er?«

»Was?«

Sie zog die Augenbrauen zusammen. »Ihr Vogel. Wie heißt er?«

Gott, ich ritt mich immer tiefer rein. Ich nannte ihr den ersten Namen, der mir in den Sinn kam. »Chester. Mein Vogel heißt Chester.«

»Das ist ein guter, starker Name.«

»Ja. Chester der Vogel. Er ist etwas ganz Besonderes.«

Ich warf meine letzte Einkaufstüte in den Wagen und hatte es eilig, von hier zu verschwinden. Tatsächlich hatte ich es sogar so eilig, dass ich beinahe vergaß, Doris die Sachen dazulassen, die ich für sie gekauft hatte. Nachdem ich mich verabschiedet hatte, machte ich ein paar Schritte zurück und stellte die Tasche mit den Leckereien auf die Kassentheke.

»Ich wünsche Ihnen eine gute Nacht, Doris.«

»Ich Ihnen auch, Schätzchen. Bis bald.«

Sobald ich sicher in meinem Auto saß, holte ich die Klatschzeitungen wieder hervor und starrte sie an. Während ich mit dem Motor im Leerlauf dort saß, schoss mir ein Gedanke durch den Kopf: Vor dem Restaurant waren mehrere Fotografen gewesen. Könnte ich also auch noch in anderen Zeitungen sein? Gab es womöglich Fotos, die aus einem anderen Winkel aufgenommen worden waren, sodass man mein Gesicht erkennen konnte? Obwohl ich nach meinem Einkaufsausflug im Inneren meines Autos normalerweise Erleichterung verspürte, überkam mich plötzlich die gleiche Art von Panik, die ich direkt vor dem Betreten des Supermarkts empfunden hatte.

Hier in Vermont war es halb drei in der Frühe, aber in Kalifornien war es erst dreiundzwanzig Uhr dreißig. Griffin war eine Nachteule, also holte ich mein Handy hervor und rief ihn an. Er ging sofort dran.

»Hey, Süße. Du bist aber noch spät wach.«

Als ich seine Stimme hörte, entspannten sich meine Schultern bereits ein wenig. Ich seufzte. »Hey.«

»Alles in Ordnung?«

»Ich war gerade im Supermarkt.«

»Oh. Wie ist das gelaufen? Was für verrückte Sachen hast du heute Nacht gesehen?«

Ich hatte vergessen, dass ich ihm ein paar der bizarren Dinge erzählt hatte, die ich während meiner nächtlichen Einkaufsausflüge gesehen hatte. Aber das, was ich heute Nacht gesehen hatte, stellte alles andere in den Schatten.

»Ich habe ein Foto von mir gesehen – ein Foto von uns. Es war im *National Enquirer*.«

Griffin zischte. »Mist. Zum Teufel mit diesem Marty Foster.«

»Wer?«

»Er ist einer der Fotografen, die vor dem Restaurant waren. Ich habe meinen Assistenten damit beauftragt, sie alle zu kontaktieren und ihnen die Fotos, die sie gemacht haben, abzukaufen. Aber Marty hat nicht auf unsere Anrufe reagiert. Ich hatte gehofft, dass das daran läge, dass er kein gutes Bild hinbekommen und deswegen nichts zu verkaufen hatte. Damit lag ich wohl falsch.« Griffins Tonfall sorgte dafür, dass ich ihn vor mir sah, wie er sich mit den Händen durchs Haar fuhr. »Es tut mir leid, Luca. Ich habe es versucht.«

»Oh mein Gott. Sei nicht albern. Das ist nicht deine Schuld. Ich kann nicht fassen, dass du die anderen Fotos gekauft hast. Mir war nicht mal klar, dass man das tun kann.«

»Mit Geld kann man in dieser Stadt so ziemlich alles kaufen. Den Paparazzi ist es egal, wer ihre Arbeit kauft, solange sie bezahlt werden. Außerdem habe ich ihnen mehr geboten, als sie von den Klatschzeitungen bekommen würden, also waren die anderen drei nur zu gern bereit, sie mir zu verkaufen.«

»Dass du das getan hast, ist echt lieb von dir. Aber es ist wirklich nicht nötig. Ich will nicht, dass du dein Geld für so was verschwendest.«

»Wenn ich Geld ausgebe, damit du möglicherweise glücklicher oder weniger gestresst bist, dann ist das eine gute Investition, Luca.«

Das nervöse Gefühl in meiner Brust beruhigte sich noch ein wenig mehr. »Danke, Griffin.«

»Du musst mir nicht danken. Ich versuche nur, auf meine Freundin achtzugeben.«

Ich atmete tief ein, genoss seine Fürsorglichkeit und bemühte mich, das Foto im *National Enquirer* zu vergessen.

»Also, habe ich dich geweckt? Was hast du gerade gemacht?«

»Du hast mich nicht geweckt. Ich habe heute Abend Gesellschaft. Die Jungs aus meiner Band sind vorbeigekommen. Wir feiern die Tatsache, dass wir heute Nachmittag die Aufnahmen für das Album beendet haben. Eigentlich hatten wir für morgen den letzten Tag geplant, aber wir sind früher fertig geworden.«

»Oh, wow. Ich gratuliere. Das ist toll. Du bist sicher glücklich.«

»Ja. Ich bin wirklich ziemlich begeistert über das Endergebnis.«

»Das ist großartig. Aber dann lasse ich dich jetzt besser in Ruhe. Mir war nicht klar, dass du Besuch hast. Im Hintergrund ist es so still.«

»Als ich deine Nummer auf dem Handy sah, bin ich raus in den Garten gegangen. Ich bin mir sicher, dass sie mich ordentlich aufziehen werden, wenn ich wieder reingehe.«

»Weswegen sollten sie dich denn aufziehen?«

»Sie nennen mich Pantoffelheld.«

»Pantoffelheld?«

»Damit meinen sie, dass ich unter deinem Pantoffel stehe. Offenbar sagt man das so, wenn jemand von seiner Frau an der kurzen Leine gehalten wird.«

Ich lachte. »Ich weiß, was das bedeutet. Ich wollte nur erfahren, warum sie dich so nennen.«

»Oh. Normalerweise feiern wir nach dem Ende einer Tournee oder der Aufnahme eines Albums immer eine wilde Party. Aber ich hatte heute Abend keine Lust auf etwas Wildes. Also habe ich den Jungs gesagt, dass sie herkommen könnten, aber keine Frauen mitbringen dürften. Und jetzt telefoniere ich mit dir.«

»Du wolltest nicht, dass ihre Freundinnen mitkommen?«

»Sie haben keine Freundinnen, Luca. Ihre Vorstellung von einer Party beinhaltet Alkohol, einen Haufen Groupies und ein paar Stripperinnen.«

»Oh.«

»Wie dem auch sei, heute Abend sind hier nur wir Jungs.«

»Dann sollte ich dich nicht zu lange aufhalten.«

»Ach, was ... Ich rede lieber mit dir, als mir ihre Geschichten anzuhören. Mittlerweile habe ich jede einzelne davon bereits zehnmal gehört. Wenn man monatelang mit denselben Leuten in einem Bus reist, lässt sich das nicht vermeiden.«

Ich lächelte. »Darauf würde ich wetten.«

»Also erzähl mal ... Wie bist du damit zurechtgekommen, dein Gesicht zum ersten Mal in einer Klatschzeitung zu sehen?«

Zum ersten Mal. »Vielleicht habe ich ein wenig hyperventiliert.«

»Mit der Zeit wird es leichter.«

Ich war so sehr mit dem Gefühl beschäftigt gewesen, das der Anblick des Fotos in der Zeitung in *mir* ausgelöst hatte, dass ich noch gar nicht darüber nachgedacht hatte, wie es für Griffin sein musste. Die Paparazzi hatten mich nur deswegen fotografiert, weil ich mit ihm zusammen unterwegs gewesen war. Das war nur eine kleine Kostprobe dessen, was er zweifellos jeden Tag durchmachen musste.

»Wie gehst du damit um?«

»Man lernt, es zu ignorieren. Die Fotos sind noch nicht mal das Schlimmste. Viel übler ist der ganze Mist, den sie sich ausdenken, um eine Geschichte zu verkaufen. Einmal habe ich während einer Autogrammstunde den Bauch eines schwangeren Fans berührt. Die Frau erzählte mir, dass ihr Baby ein Riesenfan und während des Konzerts herumgesprungen sei. Sie schwor, dass der kleine Scheißer in ihrem Bauch lostanze, wann immer sie eins meiner Lieder abspiele. Ihr Ehemann stand direkt neben ihr und sagte, dass er das bestätigen könne. Also lehnte ich mich vor und redete spaßeshalber mit ihrem Bauch – um zu sehen, ob sich das Baby daraufhin bewegen würde. Und als es das tatsächlich tat, sagten sie, dass ich den Bauch anfassen solle, um es zu spüren. Das war ziemlich cool. Aber am nächsten Tag waren die Titelseiten sämtlicher Klatschzeitungen mit Fotos davon zugekleistert. Die dazugehörige Story lautete, dass die Frau mit meinem unehelichen Kind schwanger sei und ihr Ehemann mich nach dem Konzert angefleht habe, ihm zu erlauben, meinen zukünftigen Sohn zu adoptieren.«

»Das ist verrückt. Um so etwas abzudrucken, brauchen sie eine überprüfbare Quelle.«

»Manche Promis verklagen die Zeitungen in solchen Fällen aus Prinzip und gewinnen auch vor Gericht. Aber die Strafen, die die Verlage wegen gelegentlicher Gerichtsverfahren bezahlen müssen, sind deutlich geringer als die Menge an Geld, die sie mit dem Verkauf der Zeitungen verdienen, also hindert sie das nicht daran weiterzumachen. Die einzigen Leute, die dabei gewinnen, sind die Anwälte.«

Ich seufzte. »Ich schätze, da hast du wohl recht.«

»Wie dem auch sei … Ich habe heute Abend ein wenig nachgedacht. Übermorgen findet das Festival in Kanada statt, und danach stehen ein paar Auftritte an, um das Album zu bewerben. Aber wenn es für dich in Ordnung ist, würde ich gerne schauen, ob ich ein paar Termine verschieben und für einige Tage nach Vermont kommen kann.«

Mein Herz raste. »Das wäre wundervoll. Wann?«

»Ich bin mir noch nicht sicher. Mein Terminplan ist ziemlich voll, aber ich dachte mir, dass ich es zusammen mit meiner Pressesprecherin und meinem Assistenten irgendwie hinbekommen sollte, ein paar Termine zu verschieben und ein wenig Zeit freizuschaufeln. Vielleicht nächste Woche oder die Woche darauf?«

»Das wäre toll.«

»Gibt es irgendwelche Tage, die dir besser passen?«

»Nein. Bei mir geht es immer. Einer der wenigen Vorteile des Lebens als agoraphobe Schriftstellerin, die von zu Hause aus arbeitet, besteht darin, dass mein privater Terminkalender ziemlich leer ist.«

Griffin lachte. »Du denkst vielleicht, dass dein Leben schrecklich klingt, wenn du es so beschreibst, aber wann immer du darüber redest, werde ich ein wenig eifersüchtig, weil du so viele Freiheiten hast.«

»Das ist witzig. Ich habe das Gefühl, dass ich so gut wie gar keine Freiheiten habe. An den meisten Tagen komme ich mir aufgrund meiner Ängste wie ein Vogel vor, der in einem Käfig eingesperrt ist.«

Im Hintergrund ertönten laute Stimmen.

»Da bist du ja. Mit wem telefonierst du so lange, Mr Pantoffelheld?«

Griffin lachte. »Ich sollte besser auflegen. Die Jungs werden langsam unruhig da drinnen, weil ich nicht da bin.«

»Okay.«

»Geht es dir jetzt besser?«

Ich dachte darüber nach. Das Gespräch mit Griffin hatte mich wirklich enorm beruhigt. »Ja. Ich denke schon. Du hast das wilde Untier gezähmt.«

»Siehst du. Zusammen bekommen wir das hin, Babe. Du

wirst schon sehen. Wir schaffen das. Aber pass auf der Heimfahrt gut auf dich auf.«

»Das mache ich. Viel Spaß mit den Jungs.«

Ich beendete das Telefonat und saß noch ein paar Minuten länger in meinem Auto. Bei Gott, ich hoffte, dass Griffin recht behalten würde – dass wir das schaffen konnten. Denn mittlerweile würde es höllisch wehtun, wenn wir es nicht hinbekämen.

20. KAPITEL

Griffin

»Du musst gesehen werden. Hör auf, dich zu verstecken.« Meine Pressesprecherin Renee marschierte in mein Haus, ohne auf eine Einladung zu warten.

»Nur hereinspaziert«, brummte ich und schloss die Tür hinter ihr. Ich hatte sie heute anrufen wollen. Aber offenbar hatte sie keine Lust mehr gehabt, auf meinen Rückruf zu warten, und hielt einen unangekündigten Besuch um sieben Uhr morgens für eine gute Idee. Die Jungs waren erst gegen fünf gegangen, also war ich nicht gerade begeistert.

»Es ist noch früh, Renee.«

Ich folgte ihr in die Küche. Sie ging schnurstracks auf die Kaffeemaschine zu und öffnete die Schränke darüber, weil sie offenbar eine Kanne Kaffee kochen wollte. Ich lehnte mich gegen den Türrahmen und beobachtete ihren Aktionismus.

»Könnten wir das vielleicht auf später verschieben? Ich bin erst vor zwei Stunden ins Bett gegangen.«

»Wir hätten das am Telefon erledigen können, wenn du letzte Woche auch nur einen meiner Anrufe entgegengenommen hättest.«

Ich war ihren Anrufen ausgewichen. Aber wann immer ich mit ihr redete, fügte sie meinem Terminplan zehn Dinge hinzu. Und das Einzige, das ich momentan in meinem Kalender sehen wollte, war ein wenig Zeit zu zweit mit Luca in Vermont.

Seit ihrer Abreise war mehr als eine Woche vergangen, und mir war klar geworden, dass mehr als eine Woche zu lang war, um von ihr getrennt zu sein.

Aber ich brauchte Renees Hilfe, um ein paar Termine zu verschieben und für eine Weile aus dieser Stadt verschwinden zu können. Also ging ich zu dem Schrank, in dem ich den Kaffee aufbewahrte, zog einen Behälter heraus und reichte ihn ihr. Sie nahm ihn entgegen und musterte mich von oben bis unten.

»Wenn man bedenkt, dass du eine Albumabschlussparty hinter dir hast, siehst du gar nicht so schlimm aus.«

»Dieses Mal war es nicht das übliche Chaos.«

Sie zog eine Augenbraue hoch. »Ach ja? Wie kam das?«

Ich würde ihr ohnehin von Luca erzählen müssen, da ich ihre Hilfe brauchte. »Ich habe jetzt eine feste Freundin. Mir war nicht danach, dass die Jungs zwei Dutzend Stripperinnen und Groupies mit herbringen.«

Renee drückte auf ein paar Knöpfe und reichte mir den Kaffeebehälter, damit ich ihn zurück in den Schrank stellen konnte.

»Eine feste Freundin, ja? Ist das die Frau, die gestern mit dir im *National Enquirer* zu sehen war? Und damit vermutlich auch der Grund, warum du jedem Paparazzo in der Stadt viel zu viel Geld bezahlt hast, um ihm die Rechte an den Fotos von euch beiden abzukaufen?«

Nun zog ich eine Augenbraue hoch. »Woher weißt du, dass ich die Fotos gekauft habe?«

Sie schüttelte den Kopf. »Es ist mein Job zu wissen, was du so treibst – und auch *mit wem* du es treibst, wenn wir schon dabei sind.«

Ich *wünschte*, dass ich es mit Luca treiben würde. Ich nahm am Küchentisch Platz und erklärte Renee, was ich wollte, bevor sie die Gelegenheit bekam, meine neuen Termine herunterzurattern.

»Ich brauche ein wenig Freizeit, um nach Vermont zu reisen und meine Freundin zu besuchen. Kannst du ein paar meiner geplanten Auftritte für einige Tage am Stück absagen?«

Renee verschränkte die Arme vor der Brust. »Ich muss deinem Kalender eigentlich noch mehr Termine *hinzufügen*. Du hast in letzter Zeit jegliche PR-Aktionen vermieden. Wir müssen dir Publicity verschaffen. Du bringst bald ein Album heraus, und danach folgt die Tournee. Erzähl mir von dieser Freundin. Ist sie berühmt? Kann ich eure Geschichte in ein Medienspektakel verwandeln?«

»Definitiv nicht. Sie ist ein sehr privater Mensch, und ich hätte gerne, dass das so bleibt. Sie hält nicht viel von Menschenmassen oder Aufmerksamkeit.«

Renee schüttelte den Kopf. »Also ist es völlig logisch, dass sie sich auf eine Beziehung mit einem Musiker einlässt, der in ausverkauften Stadien spielt und schon Menschenmassen auf sich zieht, wenn er nur einen Fuß vor die Tür setzt.«

Ich seufzte. »Kannst du mir ein paar Tage freischaufeln? Ich muss hier wirklich für eine Weile raus, damit ich Zeit mit ihr verbringen kann.«

Renee betrachtete mein Gesicht. »Du magst diese Frau wirklich, oder?«

Ich nickte. »Sie ist etwas Besonderes.«

Die Kaffeemaschine piepte, und Renee drehte sich herum und griff in den Schrank, in dem ich die Tassen aufbewahrte. Sie schenkte uns ein, setzte sich mir gegenüber an den Tisch und schob mir eine dampfende Tasse hin.

»Lass uns verhandeln. Wann willst du aufbrechen? Können wir vorher noch einige öffentliche Auftritte in den Terminplan quetschen und ein paar Late-Night-Shows klarmachen, die du dann besuchst, wenn du wieder zurück bist?«

»Morgen bin ich wegen des Musikfestivals in Vancouver.

Aber am Tag darauf kann ich tun, was immer du willst. Können wir dein PR-Zeug an einem Tag abhandeln?«

Sie runzelte die Stirn. »Du bist eine Nervensäge, weißt du das?«

Ich grinste breit, da ich wusste, dass das ihre Art war, Ja zu sagen. »Du bist die Beste, Renee.«

Sie hob drohend einen Finger. »Ich bekomme von dir einen kompletten Tag. Ich will ein oder zwei wohltätige Aktionen, die ich an die Presse durchsickern lassen kann. Dann wirst du irgendwo draußen zu Mittag essen und Zeug für Fans signieren. Du küsst ein paar Babys und lässt zu, dass die Teenager Selfies mit dir machen und dir in ein paar Geschäfte folgen.«

»Das bekomme ich hin.«

»Und wenn du zurückkommst, wirst du doppelt so viel arbeiten müssen – ohne dich darüber zu beschweren.«

»Ja, Ma'am. Keine Beschwerden. Verstanden.« Plötzlich kam mir ein Gedanke. Ich kratzte mein stoppeliges Kinn. »Kann ich mir aussuchen, welche wohltätigen Aktionen ich mache und in welchen Geschäften ich einkaufen gehe?«

»Was schwebt dir vor?«

Ich grinste. »Ich will dafür sorgen, dass Luca die Klatschzeitungen beim nächsten Mal mehr genießen kann.«

»Du hättest dir einen Ort aussuchen können, der besser riecht.«

Renee hielt sich die Nase zu, während sie zur Seite trat, um einem riesigen Scheißehaufen auszuweichen.

»Ich habe dir doch gesagt, dass es sich um einen Bauernhof handelt. Warum zum Teufel hast du hochhackige Schuhe angezogen?«

»Du hast gesagt, dass es eine Art Tierheim ist. Ich dachte, dass wir ein paar Fotos mit niedlichen Tieren machen, die auf malerischen grünen Hügeln grasen. Von harter Arbeit und

Ausmisten auf einem heruntergekommenen Schweinehof war nie die Rede.«

Ich war irgendwann mal an Charlottes & Wilburs Farm vorbeigefahren und hatte mich nun daran erinnert, dass ein Schild in der Einfahrt aufgestellt war: »Freiwillige gesucht«. Als ich dort angerufen und erklärt hatte, wer ich war und dass ich gern ein wenig meiner Zeit zur Verfügung stellen wolle, waren die Betreiber des Hofs begeistert gewesen. Umso mehr freuten sie sich, als sie erfuhren, dass ich ein paar Fotografen mitbringen würde, um die wohltätige Arbeit, die sie leisteten, mehr ins Bewusstsein der Öffentlichkeit zu rücken. Die Erwähnung der großzügigen Spende, die sie von mir erhalten würden, tat ihr Übriges. Auf einem Schweinehof zu arbeiten war nicht gerade angesagt bei Prominenten.

Ich wischte mir den Schweiß von der Stirn und schaute mich um. Dieser Hof war wirklich heruntergekommen. Der klapprige alte Zaun, der das Grundstück umgab, musste erneuert werden, und die Scheune sah aus, als könnte ein kräftiger Windstoß das eingefallene Dach problemlos abreißen. Aber der Hof beherbergte achtzig Mini- und Hängebauchschweine, die aus schlechter Haltung gerettet worden waren. Die kleinen Dickerchen waren wirklich ziemlich niedlich – und tatsächlich klug. Charlotte, die ältere Dame, die den Hof leitete, sagte, dass Schweine in den späten Achtzigern beliebte Haustiere gewesen seien und es Zeiten gegeben habe, in denen sie über zweihundert abgegebene Tiere beherbergt hätten. Offenbar schafften die Leute sie sich an, ohne zu wissen, wie groß Schweine werden konnten und wie aufwendig ihre Haltung war. Und es gab keinen sicheren Ort, an den sie sie bringen konnten, wenn sie sie nicht mehr haben wollten. Dieser Hof war die einzige Einrichtung in der Gegend, die die Tiere nicht einschläferte, um sie loszuwerden.

Ich war früh am Morgen hier eingetroffen und hatte den ganzen Tag lang mitgeholfen, bevor die Paparazzi eingetrudelt waren. Dann posierte ich für einen Haufen Fotos mit diversen Schweinen. Mit dem roten Kopftuch und der schmutzigen, zerrissenen Jeans sah ich eher wie einer der Hilfsarbeiter und weniger wie ein spendenfreudiger Gast aus. Aber Renee hatte darauf bestanden, dass ich eins der kleinen Minischweine im Arm hielt und mit der anderen Hand mein Hemd anhob, um mir den Schweiß von der Stirn zu wischen, wodurch ich der Welt natürlich meine Bauchmuskeln präsentierte. Die Paparazzi waren begeistert.

»Bist du bereit zum Aufbruch?«, fragte Renee. »Ich hoffe, dass du noch vorhast zu duschen, bevor du dich auf deine kleine Einkaufstour begibst.«

Ich breitete die Arme aus, grinste und marschierte auf sie zu. »Habe ich dir schon dafür gedankt, dass du meinen Terminplan für mich umgestellt hast? Komm her, drück mich mal ganz fest.«

Sie hob abwehrend eine Hand. »Wenn du mich in diesem stinkenden Zustand anfasst, werde ich dich bis heute Abend für zwei Dutzend Auftritte vor Teenagermädchen verplant haben. Du wirst monatelang keine Zeit haben, um deine kleine Freundin zu besuchen.«

Ich lachte. »Danke noch mal, Renee. Du kannst an die Paparazzi durchsickern lassen, dass ich um neunzehn Uhr an meiner nächsten Station sein werde. Und ich werde mindestens eine Stunde lang dortbleiben, um Autogramme zu geben, weil du die Beste bist.«

Sie schüttelte den Kopf. »Das wirst du nicht mehr sagen, wenn du zurückkommst und doppelt so viel ranmusst. Aber ich wünsche dir und deiner Freundin viel Spaß bei eurer kleinen Auszeit.«

»Den werden wir haben. Danke.«

Ich habe vor, jede Menge Spaß zu haben – und Luca wird ebenfalls Spaß haben, sobald sie die Tür öffnet und feststellt, dass ich früher bei ihr sein werde, als sie es erwartet hat.

21. KAPITEL

Luca

»Oh mein Gott!«, kreischte ich und schlug mir die Hand vor den Mund. »Er hat vollkommen den Verstand verloren.«

Ich hatte den zweiten Tag in Folge eine Lieferung erhalten mit drei Dutzend mehrfarbigen Rosen und einem Paket Klatschzeitungen, die mit einer großen roten Schleife umwickelt waren. In den Zeitschriften, die ich gestern erhalten hatte, waren unzählige Fotos von Griffin, wie er auf einem Gnadenhof für Schweine arbeitete. Der Anblick des berühmten Rockstars in Jeans, die vor Dreck starrten, und mit Schweinen auf dem Arm, hatte mein Herz zum Schmelzen gebracht. Es war das Bizarrste und doch Süßeste, was er hätte tun können, nachdem ich vergangene Woche ausgerastet war, weil ich mein Foto in der Zeitung gesehen hatte.

Doch die heutigen Zeitungen sorgten dafür, dass mir fast die Augen aus dem Kopf fielen. Ich sah mir ein Foto nach dem anderen an, und sie alle zeigten Griffin in einem Buchladen. Auf manchen gab er Autogramme, auf anderen betrachtete er die Regale, aber auf jedem einzelnen Foto hatte er eine gebundene Ausgabe meines aktuellen Buchs in der Hand!

Ich konnte nicht fassen, was er getan hatte. Meine Befürchtungen, dass er mit all den schönen, schicken Frauen in L.A. unterwegs sein und mich bereits vergessen haben könnte, hatte er auf die Art definitiv vom Tisch gefegt. Ich versuchte, ihn anzurufen, landete aber direkt auf der Mailbox. Er hatte gesagt, dass er an diesem Nachmittag ein wichtiges Treffen habe und mich danach anrufen würde, aber ich konnte nicht warten.

In letzter Zeit hatten wir uns abends immer per Videochat unterhalten, daher dachte ich, dass es Spaß machen könnte, mich für seine Aufmerksamkeit zu revanchieren und mich ordentlich aufzubrezeln. Ich wollte mir etwas Heißes anziehen, damit ich mich ihm später bei unserem Gespräch so präsentieren konnte.

Also durchwühlte ich meine Unterwäscheschublade nach etwas Passendem und ließ mir danach ein Bad ein. Meine Haut war seit ein paar Wochen ziemlich trocken, deshalb steckte ich mein zerzaustes Haar hoch und schmierte mir eine Feuchtigkeitsmaske aus Schlamm ins Gesicht, die ich einwirken lassen wollte, während ich in der Wanne lag.

Gerade als ich in die Wanne steigen wollte, klingelte mein Handy. Griffs Name erschien auf dem Display. Ich lachte in mich hinein und war froh, dass er anrief und mich nicht per FaceTime kontaktierte, denn ich wollte auf keinen Fall, dass er mich in dem schlammverschmierten Zustand sah, in dem ich mich gerade befand. Ich stellte das Handy auf Lautsprecher und nahm den Anruf im Bad entgegen.

»Hey.«

»Hey, Babe. Tut mir leid, dass ich deinen Anruf verpasst habe. Ich war unterwegs zu meinem Treffen.«

»Oh. Ist schon in Ordnung. Ich wollte dir nur mitteilen, dass ich deine Lieferung erhalten habe. Ich kann nicht fassen, was du da getan hast. Das war wirklich süß.« Ich zog meinen Bademantel aus und ließ ihn auf den Boden fallen. »Ich habe vor, mich mit einer Gegenleistung zu bedanken, aber es ist noch nicht ganz fertig.«

»Ach ja? Wann wird es denn fertig sein?«

Ich steckte einen Zeh ins Badewasser, um die Temperatur zu überprüfen. Es war angenehm warm. »In etwa einer Stunde oder so.«

»Ich kann es nicht erwarten. Ich muss zu meinem Treffen. Aber zuerst wollte ich dich etwas fragen.«

»Was denn?«

»Als du sagtest, dass ich dich jederzeit in Vermont besuchen könne, meintest du das wirklich so?«

»Natürlich. Ich kann es kaum erwarten, dass du mich besuchst. Ich hoffe, dass es eher nächste als übernächste Woche klappt.« Ich stieg in die Wanne und wollte mich gerade hinsetzen, als es an der Tür klingelte. »Mist. Da ist jemand an meiner Tür, und ich bin gerade in die Wanne gestiegen und habe eine Schlammmaske im Gesicht. Vermutlich ist das eine Lieferung, die ich erwarte. Ich hoffe, dass der Fahrer das Paket einfach vor der Tür abstellt, denn so, wie ich gerade aussehe, kann ich nicht an die Tür gehen.«

»Tja, ich habe dir auch noch etwas geschickt. Bei meinem Paket musst du unterschreiben, um es anzunehmen, also solltest du vielleicht doch lieber an die Tür gehen.«

»Oh, verdammt. Okay. Warte eine Sekunde. Lass mich kurz an die Tür gehen, und dann bin ich sofort wieder da.«

Ich stieg aus der Wanne und wickelte mich in meinen dicken, flauschigen Bademantel. Als ich einen Blick auf mein Spiegelbild im Badezimmerspiegel erhaschte, schüttelte ich den Kopf.

Der Kurierfahrer wird einen ziemlichen Schreck bekommen. Aber was soll's? Er wird's überleben.

Ich eilte zur Haustür. Mein Aussehen war mir bei Weitem nicht so wichtig wie das, was mir Griffin geschickt haben mochte.

Ich öffnete die Tür und wurde von einem riesigen Blumenstrauß begrüßt. Das Ding war so groß, dass es das komplette Gesicht des Lieferanten verbarg.

Ich lächelte. »Oh, wow. Moment. Ich muss schnell etwas Trinkgeld holen. Geben Sie mir eine Sekunde.«

Ich machte kehrt, um meine Geldbörse zu holen, erstarrte aber, als ich eine vertraute Stimme hörte.

»Darf ich mir das Trinkgeld auch auf andere Art auszahlen lassen?«

Ich riss die Augen auf und drehte ruckartig den Kopf herum. »Griffin?«

Er nahm den Blumenstrauß zur Seite, um sein schönes, lächelndes Gesicht zu enthüllen.

»Du hast gesagt, dass ich jederzeit vorbeikommen kann. Ich hoffe, dass es jetzt okay ist.«

Mein Herz fühlte sich an, als würde es jeden Moment aus meiner Brust springen. »Ich kann es nicht glauben.«

»Glaub es ruhig. Ich bin hier und gehöre für die nächsten paar Tage ganz dir.«

Ich wollte vor Freude weinen. Griffin sah so sexy aus. Er trug eine Lederjacke und eine zerrissene Jeans. Sein Haar war von der Reise ganz zerzaust, aber ehrlich gesagt, sah er dadurch sogar noch heißer aus. Ich hingegen war momentan eine einzige *Katastrophe.*

Er reichte mir die Blumen.

Ich deutete auf mein Gesicht und sagte. »Schau mich an. Ich bin eine Katastrophe.«

»Hast du dich schon wieder mit Hortencia im Schlamm gewälzt?«

»Das ist eine Schönheitsmaske, was ziemlich ironisch ist, weil sie alles andere als attraktiv ist.«

»Selbst mit Schlamm im Gesicht bist du immer noch die

schönste Frau auf der ganzen Welt.« Er breitete die Arme aus. »Komm her.«

»Ich bin total schmierig. Ich …«

Er hörte nicht auf mich, sondern zog mich einfach an sich und presste mir einen fetten Schmatzer auf die Lippen, obwohl mein Gesicht voller Schlamm war. Nun hatte er das Zeug auch im Gesicht.

Nachdem ich ein paar Sekunden lang seinen Duft eingeatmet und seine Zunge geschmeckt hatte, war mir jedoch egal, wie ich aussah. Jetzt war nur noch wichtig, dass mein Griffin von so weit hergekommen war, um mich zu sehen, und ich ihn für eine kleine Weile ganz für mich allein haben würde.

Hortencia kam ins Zimmer gelaufen und grunzte los. Erst da gab Griffin mich frei.

Er rieb sich über die Lippen und sagte: »Ah. Die berühmte Hortencia.« Er beugte sich nach unten und sprach mit ihr. »Es ist mir eine Freude, dich kennenzulernen, du hübsche Lady. Ich habe kürzlich ein paar deiner Freunde getroffen. Sie lassen schön grüßen.«

Grunz.

Ich lachte und sagte: »Ich wasche mir schnell die Maske aus dem Gesicht und bringe dir ein Handtuch mit.

Ich legte die Blumen auf dem Tisch ab, und Griffin folgte mir ins Bad.

Als er die volle Wanne bemerkte, sagte er: »Tut mir leid, dass ich dein Bad unterbrochen habe.« Er lächelte. »Eigentlich … tut es mir nicht leid.«

»Ich hatte alles geplant. Ich habe Unterwäsche herausgelegt und wollte sie für unser Gespräch anziehen. Aber zuerst wollte ich baden. Doch dann kamst du an meine Tür und hast mir einen Strich durch die Rechnung gemacht.«

»Tja, lass dich von mir auf keinen Fall aufhalten.«

Ich streichelte seine Wange. »Du musst erschöpft sein nach dem Flug.«

Er nahm meine Hände in seine. »Das ist egal. Das war es wert. Ich konnte es kaum erwarten, endlich bei dir zu sein.«

»Wenn ich an all die Fotos denke, die ich von dir gesehen habe, warst du unglaublich beschäftigt. In der letzten Zeit hast du kaum mal einen Moment zum Durchatmen gehabt. Es bedeutet mir wahnsinnig viel, dass du hergekommen bist.«

»Das habe ich alles nur getan, damit ich herkommen konnte. Glaub mir. Ich will aus diesen drei Tagen das Beste rausholen.«

Es wurde wirklich Zeit, dass ich mir diesen Schlamm vom Gesicht wusch.

»Ich nehme ein ganz schnelles Bad und ziehe mich an. Entspann dich doch ein bisschen. Fühl dich wie zu Hause. Im Kühlschrank ist Eistee, und auf der Theke steht auch noch ein Rotwein, den du aufmachen könntest, wenn du willst.«

Er seufzte. »In Ordnung. Lass dir nicht zu viel Zeit.«

Da ich keine einzige Minute mit ihm verschwenden wollte, wusch ich mir den verbliebenen Schlamm vom Gesicht und schrubbte mich in der Wanne schnell ab. Ich zog die Unterwäsche an, die ich herausgelegt hatte, und ging ins Wohnzimmer. Griffin lag mit geschlossenen Augen auf der Couch. Der arme Kerl musste hundemüde sein.

»Ich bin wieder da.«

Er öffnete blinzelnd die Augen und setzte sich auf. Sprachlos betrachtete er meinen leicht bekleideten Körper, der in einem lilafarbenen Spitzenbody steckte. Mein Haar trug ich offen, sodass es meine Brüste bedeckte, die sonst durch den Spitzenstoff gut zu sehen gewesen wären.

Während ich fast nackt vor ihm stand, fühlte ich mich ein wenig verletzlich, aber es war das Mindeste, was ich tun konnte, nachdem ich bei seiner Ankunft wie Frankensteins Braut ausgesehen hatte.

»Luca … du … Gott.« Er rieb sich die Augen. »Träume ich?«

»Es macht dir doch nichts aus, wenn ich das heute Abend anhabe, oder?«

»Solange es dir nichts ausmacht, wenn ich die ganze Zeit über einen Ständer habe oder hin und wieder ins Bad verschwinden muss, um mir einen runterzuholen … nein.«

Ich lachte. »Damit kann ich leben.«

»In Ordnung. Wir haben eine Abmachung.«

Er stand auf und kam auf mich zu. Gott, er roch so verdammt gut. Meine Brustwarzen wurden augenblicklich steif.

Ich nahm seine Hand. Sein Daumen streifte meinen.

»Soll ich dir den Rest des Hauses zeigen?«

Seine Augen waren auf meine Brüste gerichtet. »Wie bitte?«

Ich spürte, wie meine Wangen heiß wurden, und lachte. »Hättest du gerne eine Führung?«

»Eine Führung?«

»Durch das Haus …«

»Oh … ja. Ja. Führ mich herum.« Während wir durch die Räume gingen, legte er eine Hand auf meinen Rücken, und ich bekam eine Gänsehaut am ganzen Körper. »Tut mir leid …«, sagte er. »Du lenkst mich irgendwie ein bisschen ab.«

Griffin blieb dicht bei mir, während er mir durchs Wohnzimmer zur anderen Seite des Hauses folgte. Ich zeigte ihm Hortencias Spielbereich und schließlich das Zimmer, in dem ich den Großteil meiner Arbeit erledigte.

»Das ist mein Arbeitszimmer. Hier schreibe ich meine Romane größtenteils.« Ich deutete auf die Wand. »Diese Bücherregale waren schon da, als ich das Haus gekauft habe. Dahinter befindet sich versteckter Stauraum, also sind sie sehr praktisch.«

»Brillant«, sagte er, schaute dabei aber gar nicht auf die Regale. Er schaute mich an … Eigentlich schaute er *durch mich hindurch*, und in seinen Augen lag dunkles Verlangen.

Griffin *verhungerte.* Er versuchte, geduldig und respektvoll zu sein, aber ich konnte sehen, dass ihn seine Zurückhaltung gerade fast umbrachte. Verdammt, ich verhungerte ebenfalls.

Herrgott, Luca. Was machst du nur?

Der Mann war extra hergekommen. Er lebte seit Wochen enthaltsam.

Wie kannst du nur denken, dass er sich auch nur im Entferntesten für deine praktischen Bücherregale interessiert?

Griffin schaute mich an, als würde er mich am liebsten auffressen, und wenn ich ehrlich war, gab es nichts, das ich lieber wollte, als mich von ihm verschlingen zu lassen.

Die Hausführung konnte warten. *Alles* konnte warten.

Im selben Augenblick warf ich mich in seine Arme und schlang meine Arme um seinen Hals.

Sein heißer Atem traf auf meine Haut. »Verdammt, Luca. Ich habe dich schrecklich vermisst.« Er legte seinen Mund auf meinen und küsste mich so leidenschaftlich, dass ich förmlich mit ihm verschmolz.

Ich ließ meine Hand nach unten gleiten, um über seine Erektion zu streichen, die von innen gegen seine Jeans drängte. Sein Schwanz war heiß und pochte, und nun galt das Gleiche für mich.

Er zischte, als er seine Hand auf meine legte und meine Handfläche fester gegen sich drückte.

»Ich kann unmöglich verbergen, was ich gerade empfinde«, knurrte er. »Ich will dich.«

Griffin küsste mich heftiger, während ich mit den Fingern durch sein Haar fuhr. Er neigte den Kopf zu meinen Brüsten hinunter und saugte durch den Stoff an ihnen. Meine Brustwarzen standen in Flammen. Mein ganzer *Körper* stand in Flammen.

Er lehnte sich zurück, um mich anzuschauen. »Hast du irgendeine Ahnung, wie schön du heute Abend aussiehst?« Er hob mich hoch und trug mich zu dem großen Holzschreibtisch hinüber, um mich darauf abzusetzen. »Ist das der Schreibtisch, an dem du zauberst?«

»Ja.«

Er spreizte meine Beine und fragte: »Darf ich auch zaubern ... gleich hier?«

Ich schluckte schwer und nickte, da ich nicht in der Lage war zu sprechen.

»Sag es, Luca. Ich muss die Worte von dir hören, damit ich sichergehen kann, dass ich weiß, was du gerade willst. Ich muss ganz genau *wissen*, was ich tun darf ...«

Keuchend brachte ich hervor: »Ich will, dass du mich nimmst ... gleich hier auf diesem Schreibtisch.«

»Gott sei Dank«, murmelte er. »Denn ich brauche dich heute Abend.«

»Ich weiß«, sagte ich leise.

Er nahm meine Hand und legte sie auf seine Brust, damit ich spüren konnte, wie schnell sein Herz schlug.

»Zweifle nie daran, was das hier für mich bedeutet.«

Das hatte *ich* gebraucht. Ich musste sein Herz spüren und wissen, dass das hier für ihn so viel mehr war als eine weitere Kerbe in seinem Bettpfosten.

Er griff in die Tasche seiner Lederjacke, nahm ein Kondom heraus und warf es neben uns.

Dann schob er die Finger unter die Träger meiner Reizwäsche.

»Ich will deine Haut spüren.«

Er zog mir schnell das knappe Outfit aus, warf es beiseite und nahm sich einen Augenblick Zeit, um meinen nackten Körper zu betrachten. Ich hatte mir eine schmale Landebahn rasiert und dankte meinem Glücksstern dafür, dass ich regelmäßige Schönheitspflege betrieb, denn so war ich zumindest in dieser Hinsicht auf seinen Überraschungsbesuch vorbereitet.

Er zog seine Jacke aus und warf sie zu Boden. Dann zog er sein T-Shirt über den Kopf und präsentierte mir seine Brust, die so perfekt gebaut und sonnengeküsst war.

Als er auf mich hinunterstarrte, weiteten sich seine Pupillen. Diese Seite von Griffin hatte ich definitiv noch nicht erlebt – das sexuelle Biest, das von der Leine gelassen werden wollte.

Unsere Zungen tanzten hungrig und wild miteinander. Es war wie ein Wettbewerb, bei dem es darum ging, wer den anderen am schnellsten schmecken konnte. Das kalte Metall seiner Silberringe berührte meine Brust, als er sie massierte.

Seine warme Haut an meiner nackten Brust fühlte sich unglaublich an. Mit gierigen Fingern kratzte ich über seinen muskulösen Rücken.

Ich ließ die Hände zu seinem Gürtel sinken und öffnete ihn, so schnell ich konnte. Nachdem ich die Boxershorts nach unten geschoben hatte, sprang sein gewaltiger Schwanz nach vorn. Er war sogar noch dicker als in meiner Erinnerung. Dann begann er, mit der Eichel über meinen Kitzler zu reiben. Gekonnt neckte er mich mit seinem Lusttropfen und ließ die heiße Spitze über meine empfindlichste Stelle kreisen.

Als ich das Gefühl hatte, es nicht länger aushalten zu können, schnappte sich Griffin das Kondom. Er riss die Verpackung mit den Zähnen auf und rollte es sich über. Dann drückte er die Spitze und schaute mir noch einmal tief in die Augen. Eine Sekunde später drang er mit einem harten Stoß in mich ein und erschütterte meinen ganzen Körper – und meine Welt.

Ich schlang die Beine um ihn, während er mich so heftig nahm, dass mir förmlich schwindelig wurde. Zuerst tat es ein bisschen weh, aber das war mir egal. Schon bald verging der Schmerz und wurde durch schiere Ekstase ersetzt. Seine Hoden klatschten gegen meinen Hintern. Ich war noch nie im Leben so heftig, so tief und eindringlich genommen worden. Ich bohrte die Fingernägel in seinen Rücken und konnte einfach nicht genug bekommen.

»Härter. Nimm mich härter, Griffin.«

Ich wollte, dass er jede Faser meines Selbst nahm, wild und unkontrolliert. Seit er in mich eingedrungen war, stand ich kurz vor dem Orgasmus. Mein ganzer Körper war von einer kribbelnden Glückseligkeit erfüllt, die jeden Moment explodieren konnte. Schließlich erreichte das Gefühl seinen Höhepunkt, als er meine Taille umfasste und sogar noch tiefer in mich eindrang. Meine Haut stand unter Hochspannung, und eine Hitzewelle rauschte durch mich hindurch, während der Orgasmus meinen ganzen Körper erbeben ließ.

Als Griffin mir in die Augen schaute und in mir kam, war das das intensivste Gefühl, das ich je erlebt hatte, und definitiv vollkommen anders als alles, was ich je zuvor empfunden hatte. Wir schrien beide im Einklang, und unsere gestöhnten Lustlaute hallten durchs Zimmer.

Atemlos lag ich unter ihm auf dem Schreibtisch. Ich war nur noch ein zufriedener Haufen Brei, während er mein Gesicht mit Küssen bedeckte.

»Hey«, brachte er zwischen schweren Atemzügen hervor.

»Ja?«

»Das Licht ist an.«

Ich schaute mich um. »Ja, das stimmt, oder?«

»Dann bin ich der Erste.« Er lächelte.

»Das bist du.«

Die Tatsache, dass das Licht an war und er jeden Zentimeter meines nackten Körpers klar und deutlich sehen konnte, hatte mich nicht im Geringsten gestört. Ich wusste, dass das daran lag, dass ich Griffin vollkommen vertraute. Ganz zu schweigen davon, dass ich viel zu sehr damit beschäftigt gewesen war, mich in ihm zu verlieren. Er hatte mich mit dem letzten Rest Energie genommen, der noch in ihm gewesen war, und meinen Körper wie ein Instrument gespielt. So gekonnt wie der Rockstar, der er war.

22. KAPITEL

Griffin

So langsam bekam ich das Gefühl, dass ich dieses zurückgezogene Leben wirklich für immer führen könnte.

Zuerst einmal: Wer sonst konnte von sich behaupten, dass er morgens von einem Schwein wachgeküsst wurde? Ich bin mir nicht sicher, ob Hortencia das im Sinn gehabt hatte, aber als ich ihre Schnauze an meinem Mund spürte, ging ich einfach davon aus, dass es sich um etwas in der Richtung handelte.

Unser erster gemeinsamer Tag bestand aus morgendlichem Sex, gefolgt von einem Spaziergang mit Hortencia, gefolgt von noch mehr Sex und dann einem zweistündigen Mittagessen mit Tapas, die aus allem bestanden, was Lucas Kühlschrank hergab. Den Nachmittag verbrachten wir dann damit, dass mir Luca etwas aus ihrem aktuellsten Buch vorlas, während ich ihr die Füße massierte und sie dann zu noch mehr Sex überredete, bevor wir ein Nickerchen machten. Danach aßen wir zu Abend, blieben lange auf und redeten, bis es an der Zeit war, die Lebensmitteleinkäufe zu erledigen.

Ironischerweise funktionierte es für einen Prominenten, der neugierige Blicken vermeiden wollte, ziemlich gut, mitten in der Nacht in den Supermarkt zu gehen. Es war wirklich fast so, als wären ein paar von Lucas seltsamen Gewohnheiten wie für mich gemacht.

In Los Angeles musste ich Tag und Nacht eine Kappe und

eine Sonnenbrille tragen, wo immer ich hinging, wenn ich nicht erkannt werden wollte. Hier trug ich nichts dergleichen und beschloss, das Risiko einfach einzugehen, als wir uns zu Lucas üblicher Zeit in den Supermarkt vorwagten.

Der Laden war fast leer. Und es war himmlisch.

Während Luca mit dem Zeigefinger auf eine Wassermelone klopfte, fand ich sie wahnsinnig niedlich. Sie hielt die Melone dicht an ihren Kopf, und ihre Miene war so konzentriert, als würde sie darin das Meer rauschen hören. Ihr Leben mochte abgeschottet sein, aber sie wusste eindeutig die kleinen Dinge des Lebens zu schätzen. Ich erkannte langsam, dass die kleinen Dinge – die Augenblicke mit ihr – die *großen* Dinge waren. Ich wünschte, dass ich mehr Zeit in Vermont verbringen könnte, um sie mit ihr zu erleben.

»Was machst du da?«, fragte ich schließlich und bezog mich damit auf ihre Untersuchung der Frucht.

»Ich versuche herauszufinden, ob sie reif ist. Beim Auswählen von Wassermelonen muss man systematisch vorgehen.«

»Und ich dachte, ich wäre Experte, wenn es um die Handhabung von Melonen geht …«

»Oh, glaub mir, das bist du definitiv.« Sie zwinkerte mir zu.

Ich lachte. »Also, was ist der Trick? Woher weiß man, welche Melone man nehmen soll?«

»Das ist ganz einfach. Wenn sie innen hohl klingt, ist sie vermutlich gut.«

»Menschen funktionieren genau anders herum, oder? Ich fühlte mich hohl, bevor ich dich fand. Ich war eine tolle Melone, aber ein schlechter Mensch.«

Sie legte die Wassermelone weg und legte eine Hand an meine Wange. »Das macht mich traurig.«

Ich ergriff ihre Handgelenke. »Jetzt fühle ich mich nicht mehr so. Nicht hier mit dir. Zum ersten Mal seit Jahren fühle ich mich wie ein Mensch. Das hier – einfach nur mit dir im Supermarkt zu sein – fühlt sich so befreiend an. Man sollte meinen, dass man sich frei fühlt, wenn man alles Geld der Welt hat. Aber wenn man berühmt ist, ist das etwas anderes. Dann sperrt die Person, die man darstellt, das wahre Ich gewissermaßen ein. Man kann nie wieder in das Leben zurück, das man vorher hatte – die Anonymität ist für immer verloren. Also genießt man jeden Moment, in dem man sich wieder halbwegs normal fühlen kann. Das ist wie ein Geschenk.«

»Bereust du es?«

Ich dachte über ihre Frage nach, denn ich hegte diesbezüglich tatsächlich gemischte Gefühle. »Ich bin stolz auf das, was ich erreicht habe. Die Musik ist schon immer ein wichtiger Teil meines Lebens gewesen, und ich sollte es nicht als selbstverständlich ansehen, dass ich in der Lage bin, damit meinen Lebensunterhalt zu verdienen. Aber es besteht kein Zweifel, dass ich nicht so recht wusste, worauf ich mich da einließ. Selbst wenn ich es jetzt bereue, kann ich es nicht mehr ändern. Also versuche ich, nur nach vorn und niemals zurückzuschauen. Ich müsste dringend einen Mittelweg finden, mit dem ich glücklich werden kann.« Er schaute sich um. »Und diese Unterhaltung ist viel zu tiefsinnig für die Obst- und Gemüseabteilung.«

Luca umarmte mich. »Tja, ich bin wirklich stolz auf dich, auf alles, was du erreicht hast, falls ich dir das noch nicht gesagt habe.«

»Ich bin auch stolz auf dich. Du bist auf deine besondere Weise erfolgreich. Ich erschaffe Musik und trete auf, aber du erschaffst mit deiner Fantasie ganze Welten. Das ist unglaublich, Babe.«

Während wir den Wagen weiter durch die verlassenen Gänge schoben, erwischte ich mich dabei, wie ich alles, was ich haben wollte, einfach aus den Regalen nahm. Dabei handelte es sich hauptsächlich um fertig abgepackte Lebensmittel, mit denen ich mich in L.A. niemals erwischen lassen würde.

»Findet bei uns heute Abend eine Superbowlparty statt, von der ich nichts weiß?«, scherzte sie.

»Nein. Aber ich bin glücklich, also ist mir nach Feiern zumute. Ich will unartig sein und Dinge essen, die ich normalerweise nicht esse.«

Darunter auch dich.

Mir war nicht klar gewesen, wie sehr ich mich nach Normalität gesehnt hatte, bis ich während dieser Reise eine Kostprobe davon bekam. Zugegeben, nächtliche Lebensmitteleinkäufe waren nicht unbedingt »normal«, aber ich könnte mich daran gewöhnen, mich mit Luca zu verstecken, den ganzen Tag über Sex zu haben und mich nur in der Nacht nach draußen zu wagen, um Nahrung zu besorgen.

Als wir uns der Kasse näherten, sagte Luca: »Ich muss dich warnen. Doris ist ein Fan und wird dich vermutlich erkennen. Ich habe nichts erwähnt, also bin ich mir nicht sicher, wie sie reagieren wird. Sie könnte deine Tarnung auffliegen lassen.«

Luca hatte mir schon mal von der Kassiererin erzählt. Sie war eine warmherzige und freundliche Frau, die immer die Nachtschicht übernahm.

»Ich denke, ich werde es überleben, falls sie mich enttarnt. Schließlich sind hier außer uns nur zwei andere Leute. Da besteht wohl kaum die Gefahr, dass eine Massenhysterie ausbricht.«

Wir schoben unseren Wagen zur Kasse.

»Hey, Doris.«

»Hey, Luca.«

Doris begann, die Artikel zu scannen, bevor sie mich bemerkte. Sie riss die Augen auf, während sie mechanisch immer wieder denselben Artikel einscannte. Sie stand unter Schock.

Luca räusperte sich. »Doris … das ist …« Sie verstummte und schien nicht zu wissen, wie sie fortfahren sollte.

»Sie sind …« Sie deutete auf mich. »Sie sind … Cole Archer.«

»Ja, der bin ich.«

»Sie sind … in meinem Supermarkt.«

Ich schaute mich um und nickte. »So scheint es, ja.«

Sie schaute zu Luca und dann wieder zu mir. »Sie sind … mit Luca hier?«

Luca schien Schwierigkeiten zu haben, die richtigen Worte zu finden. »Doris … Cole ist mein …« Sie zögerte.

In diesem Augenblick wurde mir klar, dass Luca nicht wusste, wie sie mich nennen sollte. Das war nur verständlich, denn wir hatten nie über eine offizielle Bezeichnung geredet. Ich hatte sie *meine* Freundin genannt, mich aber nie als *ihren* Freund bezeichnet.

Ich beendete Lucas Satz. »Freund.«

Luca drehte sich zu mir herum. »Freund?« Ich konnte nicht beurteilen, ob sie überrumpelt war.

Mir wurde ganz mulmig zumute, und ich fragte mich, ob ich es womöglich verbockt und mich zu weit aus dem Fenster gelehnt hatte. »Ist das nicht in Ordnung?«

Als sie den Mund zu einem Lächeln verzog, beruhigte sich mein Puls ein wenig.

»Es ist perfekt«, sagte sie.

»Gut«, flüsterte ich. »Sehr gut.«

Wir schauten uns tief in die Augen, bis uns Doris' Stimme unterbrach.

»Wie ist das passiert?«

»Wie viel Zeit haben Sie, Doris?«, fragte ich.

Mit leuchtenden Augen seufzte sie. »Die ganze Nacht … Für Sie habe ich die ganze Nacht.«

»Also gut.«

Sie starrte mich an und war offenbar ganz wild auf meine Geschichte.

»Nun, zuerst einmal lautet mein echter Name Griffin. Und unsere Geschichte begann, lange bevor ich überhaupt berühmt wurde. Als wir Kinder waren, war Luca meine Brieffreundin. Wir schrieben uns gegenseitig Briefe und wussten nicht mal, wie der andere aussah. Ich verliebte mich dank ihrer Worte in sie, habe es ihr aber nie erzählt. Aufgrund eines furchtbaren Missverständnisses entfremdeten wir uns und hatten für sehr lange Zeit keinen Kontakt mehr. Ich war am Boden zerstört. Dann betrank ich mich eines Abends im vergangenen Jahr und schrieb ihr wieder. Ich hätte niemals mit einer Antwort gerechnet.« Ich schaute zu Luca und hielt ihren Blick fest. »Wir erkannten unseren Fehler und machten da weiter, wo wir aufgehört hatten. Nur dass wir dieses Mal unsere große Chance nutzten. Wir trafen einander zum ersten Mal, und mir wurde klar, dass ich sie sogar noch mehr liebe, als ich dachte.« Ich betrachtete Lucas schockierte Miene einen Moment lang und wandte mich dann an die Kassiererin. »Ich stecke in Schwierigkeiten, Doris. Ich mache mir Sorgen, weil die Leute überall, wo ich hingehe, wissen, wer ich bin – oder sie glauben zumindest, es zu wissen. Das ist kein normales Leben. Und meine Freundin … hat Angst vor Menschenmengen. Das ist die denkbar schlechteste Kombination. Manchmal fühlt es sich an, als hätte sich alles gegen uns verschworen. Aber meine größte Hoffnung besteht darin, dass sie weiterhin an mich glauben wird, dass sie daran glauben wird, dass das, was wir haben, stärker ist als alles, was gegen uns spricht. Ich bin so froh, hier zu sein, Doris – bei ihr und bei Ihnen.«

Ein Eierkarton, den Doris festgehalten hatte, rutschte ihr aus der Hand und fiel zu Boden.

Die zerbrochenen Eier schienen sie nicht aus der Ruhe zu bringen. Sie behielt den Blick fest auf uns gerichtet.

»Das war das Schönste, was ich je gehört habe. Ich ... ich besorge Ihnen neue Eier. Tut mir leid.«

Sie rannte davon, bevor ich noch etwas sagen konnte.

Ich nutzte die Gelegenheit, um mich an Luca zu wenden und zu sagen: »Ich hoffe, es war okay für dich, dass ich zugegeben habe, dass ich ... dass ich mich in dich verliebt habe, Luca. Ich liebe dich. Ich bin verrückt nach dir.«

Luca liefen die Tränen über die Wangen. »Ich liebe dich auch, Griffin. Wirklich. Ich habe dich immer geliebt.«

Wir umarmten uns, und ich flüsterte ihr ins Ohr: »Ich hatte nicht unbedingt erwartet, dass es auf die Art ans Licht kommen würde, aber nun, da es ausgesprochen ist ... Du sollst wissen, dass ich jedes Wort ernst gemeint habe.«

Doris kehrte keuchend zurück. »Hier ist ein neuer Karton Eier für Sie.«

Eifrig machte sie sich daran, den Rest unseres Einkaufs zu scannen. Sie wirkte nervös und schien sich zu beeilen, um die vorangegangene Verzögerung wiedergutzumachen.

Nachdem ich für alles bezahlt hatte, wollte ich Doris eine kleine Aufmerksamkeit zukommen lassen. Ich gab ihr einen Hundertdollarschein.

»Danke, dass Sie sich um meine Luca kümmern, wenn ich es nicht tun kann.«

»Es ist mir ein Vergnügen.« Sie grinste. »Tausend Dank, Mr Archer.«

»Wir sehen uns bald wieder, Doris«, sagte Luca.

»Das will ich doch hoffen«, erwiderte sie, als wir davongingen.

Luca und ich brachten die Lebensmittel nach draußen zu ihrem Auto. Nachdem wir alles in den Kofferraum geladen hatten, hielt ich inne, um zum Himmel hinaufzuschauen. Es war eine wunderschöne sternenklare Nacht, die sogar noch schöner war, weil absolut kein Mensch zu sehen war.

Freiheit.

Aus einem Impuls heraus packte ich Luca und tanzte mit ihr mitten auf dem Parkplatz in einem langsamen Rhythmus. Ihre Hand lag in meiner, und wir bewegten uns schweigend vor und zurück. Wann sonst konnte ich so etwas tun, ohne dass jemand ein Foto von mir schoss? Ich wollte mit meiner Freundin unter den Sternen tanzen, nur wir beide, völlig unbeobachtet.

Ich hatte keine Ahnung, warum, aber das erste Lied, das mir in den Sinn kam, war »Maybe I'm Amazed« von Paul McCartney. Es erschien mir einfach passend. Luca legte den Kopf an meine Schulter, während ich leise zu singen anfing.

Es waren ein paar wundervolle Minuten, in denen ich friedlich mit der Frau tanzte, die ich vergötterte. Es fühlte sich wirklich wie ein Traum an. Wenn doch nur mein echtes Leben nicht in ein paar Tagen zurückkommen würde, um mich aufzuwecken.

Wir beendeten unseren Tanz und stiegen ins Auto. »Würdest du je einen Dreier in Betracht ziehen?«, fragte ich.

Der schockierte Ausdruck auf ihrem Gesicht war bezaubernd.

»Nein. Niemals.«

»Ich meinte nicht *diese* Art von Dreier. Aber ich dachte … dass du mich heute Nacht vielleicht bei deinen Furby-Spielchen mitmachen lässt.«

Ich wollte nicht gehen. Und damit meinte ich nicht nur übermorgen, sondern überhaupt. Lucas Kopf ruhte auf meiner Brust, und ein niedliches kleines Schnarchen sorgte dafür, dass ihre Lippen bei jedem Atemzug, den sie ausstieß, bebten. Herrgott, ich liebte sogar ihr Schnarchen.

Ich war erledigt.

Total erledigt.

Wie in aller Welt sollte ich wochenlang, manchmal sogar monatelang, auf Tournee gehen, ohne sie zu sehen? Ich wollte keinen einzigen Tag mehr ohne sie verbringen. Außerdem gefiel mir ihr Lebensstil wirklich sehr. Sogar die Fahrten zum Supermarkt um zwei Uhr morgens fühlten sich für mich so normal an wie nichts anderes in den letzten Jahren. Ich konnte mir vorstellen, wie ich im Herbst die Blätter vor dem Haus zusammenfegte, im Winter Schnee schippte und im Frühling lange Spaziergänge mit Luca unternahm. Obwohl ich all das Geld besaß, das ich mir je erträumt hatte, hatte ich stets das Gefühl gehabt, dass etwas fehlte. Ich hatte nur einfach nicht gewusst, was es war. Bis jetzt.

Ich liebe diese Frau, verdammt noch mal.

Und nun, da ich wusste, was mich glücklich machte, wollte ich nie wieder darauf verzichten. Also stieg ich vorsichtig aus dem Bett, um Luca nicht zu wecken, und ging in ihr Arbeitszimmer. Mir war eingefallen, dass sie dort einen großen Kalender hatte, eins dieser altmodischen Modelle, die gleichzeitig als Schreibtischunterlage dienten. Und diesen Kalender brauchte ich, um einen Plan zu entwickeln.

»Was riecht hier so gut?« Luca tauchte hinter mir am Herd auf und schlang die Arme um meine nackte Brust. Ich legte den Pfannenwender weg und drehte mich herum, um mein Gesicht an ihrem Hals zu vergraben.

»Du. *Du* riechst gut. Wurde auch Zeit, dass du deinen faulen Hintern aus dem Bett schwingst. Ich verhungere.«

»Du hättest ohne mich frühstücken können.«

Ich schob die Hände unter den Saum ihres T-Shirts, *meines* T-Shirts – ich liebte es, sie darin zu sehen –, und drückte ihren Hintern. »Gefrühstückt habe ich schon vor drei Stunden. Ich meinte das Mittagessen. Ich esse dich, Süße.« Ich deutete mit einem Nicken in Richtung der Küchentheke neben uns. »Gleich hier. Ich werde deine Beine spreizen und dich lecken, bis du Ja sagst.«

Sie zog den Kopf zurück. »Wozu soll ich denn Ja oder Nein sagen?«

Ich schüttelte den Kopf. »Alles zu seiner Zeit. Alles zu seiner Zeit. Dazu kommen wir noch. Erst mal ist das hier dran: Ich habe all deine Lieblingsgerichte für dich zubereitet.« Ich hob ein Stück Küchenpapier hoch. »Speck – *Putenspeck*. Damit du den Geschmack genießen und deiner kleinen Freundin danach immer noch in die Augen schauen kannst.« Ich hob den Deckel von einem Topf auf dem Herd. »Kartoffelbrei. Echter Kartoffelbrei, nicht dieses Pulverzeug aus der Tüte, das man kauft, wenn man nur für sich alleine kocht. Ich habe vier Pflaster an den Fingern, um zu beweisen, dass ich die Kartoffeln eigenhändig geschält habe.« Ich öffnete den Ofen, in dem ich das Hauptgericht warm hielt. »Und knusprig gebratenes Hühnchen in einer Panade aus Cornflakes.«

Luca leckte sich die Lippen. »Oh mein Gott. Ich kann nicht glauben, dass du das alles gekocht hast. Für die meisten dieser Gerichte hatte ich ja nicht mal die Zutaten im Haus. Dann warst du ja auch noch einkaufen.«

Das erinnerte mich an etwas. Bei meiner Tour heute Morgen hatte ich auch noch einen Zwischenstopp bei der Bäckerei eingelegt. Ich hatte den ganzen Morgen über weder Kappe noch Sonnenbrille getragen, und trotzdem hatte mich niemand versucht zu fotografieren oder auch nur erkannt. Tatsächlich hatte mich der alte Mann in der Bäckerei sogar angemeckert.

Gott, ich liebe Vermont.

Ich ging zum Kühlschrank und nahm die weiße Kuchenschachtel heraus. »Käsekuchen mit Erdbeeren obendrauf. Obwohl ich zugeben muss, dass der eher für mich als für dich gedacht ist. Ich kann es gar nicht erwarten, ihn auf deinen umwerfenden Brüsten zu verteilen und dann abzulecken.«

Lucas Blick wurde weich. »Ich kann nicht glauben, dass du dich an all meine Lieblingsgerichte erinnerst und sie dann auch noch zubereitest. So etwas hat noch nie jemand für mich gemacht.«

Ich küsste ihre Lippen. »Setz dich. Du solltest etwas essen, denn mit vollem Bauch wirst du zufriedener sein. Danach können wir reden.«

Luca summte leise, wenn sie etwas aß, das sie wirklich mochte. Ich fragte mich, ob ich sie dazu bringen konnte, diese Laute auch dann von sich zu geben, während sie vor mir kniete.

»Was ist?« Sie legte ihren Hähnchenschenkel weg, wischte sich mit einer Serviette den Mund ab und schaute mich mit leicht zusammengekniffenen Augen an. »Du siehst aus, als würdest du über etwas Versautes nachdenken.«

Ich lächelte. »Wie könnte ich das nicht tun? Du sitzt ohne Unterhose und BH am Tisch. Und *verdammt*, wenn ich zusehe, wie du diesen Hähnchenschenkel isst, bekomme ich einen Ständer. *Sitophilie* – ich habe es nachgeschlagen, während du dich über meinen Kartoffelbrei hergemacht hast. Ich wusste bislang gar nicht, dass ich einen Essensfetisch habe.«

Luca biss sich auf die Unterlippe. »Da wir gerade von Fetischen reden, ich wette, dass du … eine Menge Dinge ausprobiert hast … du weißt schon, mit Frauen. Ich bin mir sicher, dass es zahlreiche Gelegenheiten gab.«

Diese Unterhaltung wollte ich jetzt definitiv nicht führen.

Also lenkte ich sie wieder zurück in die ursprüngliche Richtung. »Ich will eine Menge Dinge mit *dir* machen.«

Luca legte den Kopf schief. »Was denn zum Beispiel?«

»Spontan fällt mir ein, dass ich dir gerne dieses T-Shirt ausziehen und deine Brüste vögeln würde. Ich will meinen Schwanz zwischen diesen großen, schönen Kugeln auf und ab gleiten lassen und auf deinem schlanken Hals kommen.«

Sie lief rot an und hob eine Hand an ihren Hals. »Was noch?«

»Tja, da du fragst … Ich würde dich gerne übers Knie legen und dir den ein oder anderen Klaps auf diesen sexy Hintern geben – so fest, dass du es spürst und ich einen Handabdruck auf deiner hellen Haut hinterlasse. Dann will ich dich auf den Schreibtisch drücken, sodass du mit der Wange auf der Tischplatte liegst, und dich von hinten nehmen, während ich mein Werk betrachte.«

Sie schluckte. »Oh. Wow. Okay. Was noch?«

Ich wollte eine Million Dinge mit ihr anstellen. Ich wollte sie auf so viele Arten nehmen – jede Öffnung, in jeder Stellung. Aber es gab eine spezielle Sache, die ich schon mit ihr machen wollte, seit ich sie vor meinem Haus in Kalifornien zum ersten Mal zu Gesicht bekommen hatte. Es war kein bisschen erotisch und doch wollte ich es unbedingt.

»Weißt du, was ich wirklich am liebsten machen würde? Vielleicht können wir es heute Abend mal ausprobieren?«

»Was denn?«

»Eine Flasche Wein trinken, vögeln, dann Pizza bestellen und sie nackt im Bett essen.«

Wir brachen beide in Gelächter aus. Luca stand auf und kam zu mir, um sich auf meinen Schoß zu setzen.

»Ich könnte mir für unseren letzten gemeinsamen Abend wirklich nichts Besseres vorstellen, Griff. Das klingt perfekt.«

Sie hatte recht, es war perfekt. Ich musste nur ein winziges Detail korrigieren. Sie hatte mir die perfekte Vorlage geliefert, um nahtlos zu der Unterhaltung überzugehen, die ich schon seit den frühen Morgenstunden unbedingt mit ihr führen wollte.

»Es ist die perfekte Art, den heutigen Abend zu verbringen. Aber es gibt eine Kleinigkeit, die wir an diesem Plan ändern müssen.«

Sie lächelte. »Okay. Und was wäre das?«

»Lass uns dafür sorgen, dass es nicht unser letzter gemeinsamer Abend wird. Ich muss mehr Zeit mit dir verbringen, denn ich werde schon bald wieder auf Tournee sein und ein verrücktes Leben führen. Ich möchte, dass du jetzt mit mir kommst, Luca, weil wir die Gelegenheit dazu haben.

Ihr Schreck war größer, als ich gedacht hätte.

Ich hatte meinen Terminplan für den kommenden Monat auf Lucas Kalender geschrieben und legte ihn ihr jetzt vor, um ihr meine Pläne zu erläutern. Ich deutete auf Freitag.

»Übermorgen muss ich in New York sein, um eine Late-Night-Talkshow aufzuzeichnen. Am Samstag fliege ich nach Connecticut, um irgendeinem Collegeradiosender ein Interview zu geben. Dann geht es wieder zurück nach New York, damit ich am Montag in drei unterschiedlichen morgendlichen Radiosendungen zu Gast sein kann. Am Dienstag steht kein Termin an, aber am Mittwochabend muss ich für eine private Präsentation, die meine Plattenfirma für ein paar Leute aus der Branche organisiert hat, in Detroit sein. Wir werden ein paar Lieder von dem neuen Album spielen, damit die Rezensenten in Zeitschriften und Musikblogs darüber schreiben können. Am Donnerstag geht es weiter nach Chicago, um drei Tage lang das Video für die erste Single zu drehen. Dann habe ich eine Woche frei, bevor die Tournee losgeht. Und ich habe mir

Folgendes überlegt.« Ich nahm ihre Hand in meine und hob sie an meine Lippen, um sie zu küssen. »Hör mir zu. Lass dich nicht jetzt schon abschrecken.«

Luca schloss für eine Weile die Augen, weil sie offenbar versuchen wollte, ruhig zu bleiben. Als sie sie wieder öffnete, lächelte ich.

»Das ist mein Mädchen. Okay … los geht's. Zuerst fahren wir nach New York. Das machen wir ganz spät morgen Abend, damit die Straßen leer sind. Ich habe ein Airbnb in der Lower East Side gebucht – es ist ein zweistöckiges Stadthaus, und ich habe beide Etagen gemietet, damit sich außer uns niemand im Haus befindet. Die Wohnung verfügt über einen schönen großen Schreibtisch mit Blick aus dem Fenster, an dem du arbeiten kannst. Wir werden von Donnerstag bis Dienstag dort bleiben. Am Samstag reise ich für einen Tag nach Connecticut und komme abends wieder zurück. Während ich weg bin, kannst du schreiben. Den Sonntag können wir im Bett verbringen und dort vielleicht ein paar der Dinge ausprobieren, die ich kaum erwarten kann. Und wir könnten alte Filme schauen. Am Montag arbeitest du wieder, während ich die letzten Radiosendungen hinter mich bringe. Dann fahren wir spät abends nach Detroit und am nächsten Tag weiter nach Chicago. Danach kehren wir nach Vermont zurück und bleiben eine Woche lang hier. Mein Assistent wird meine Gitarren einpacken und sie herschicken. Er hat ein Studio ausfindig gemacht, in dem ich tagsüber proben kann, damit ich dich nicht beim Schreiben störe. Danach kommt die Tournee, aber wir können die nächsten zwei Wochen so entspannt wie möglich Zeit miteinander verbringen, und machen uns erst mal keine Gedanken um die Termine, die dann folgen.«

Luca stiegen Tränen in die Augen. Ich schob ihr eine Haarsträhne hinters Ohr.

»Rede mit mir«, bat ich. »Sag mir, was du denkst.«

Eine große, dicke Träne kullerte über ihre Wange. Meine Brust schmerzte, während ich sie von ihrem schönen Gesicht wischte.

»Ich will das alles. Ich will es *wirklich sehr*. Aber ich habe Angst, Griff. Was ist, wenn ich mitten auf der Reise einen Zusammenbruch erleide?«

»Was ist, wenn du keinen Zusammenbruch erleidest und richtig viel Spaß hast?«

Sie runzelte die Stirn und schloss die Augen. »Du bist wirklich süß. Aber ich meine es ernst. Ich denke, dass du nicht wirklich nachvollziehen kannst, wie einschränkend ein echter Panikanfall sein kann. Allein die Planung löst bei mir schon eine irrationale Menge an Stress aus. Ich habe nicht nur in den paar Minuten Angst, bevor ich ein Gebäude betrete, Griffin. Ich bin regelrecht besessen von der Vorstellung, dass ich einen Panikanfall haben *könnte*. Das ist alles, woran ich denken kann, wenn ich etwas tun muss, das mir unangenehm ist. Meine Angst wächst mit jedem Tag weiter an, bis ich sie schließlich nicht mehr kontrollieren kann und darunter zusammenbreche.«

»Wie wäre es dann, wenn wir es Schritt für Schritt machen? Wir fahren erst mal nur für eine Nacht weg. Wir reden nicht davon, dass daraus auch zwei werden könnten. Und nachdem die erste dann vorbei ist, kannst du entscheiden, wie du dich in Bezug auf den nächsten Tag fühlst. Ich kann dich jederzeit zurück nach Hause fahren.«

»Ich weiß nicht, Griff. Du hast Termine. Du hast keine Zeit, deine agoraphobe Freundin nach Hause zu fahren, falls sie die Nerven verliert.«

Ich hatte so langsam das Gefühl, dass ich den Kampf verlieren würde. »Mach dir keine Gedanken um meine Termine. In einer Beziehung geht es ums Geben und Nehmen. Du würdest dich für mich aus deiner Komfortzone herauswagen, weil ich dich gerne bei mir hätte. Und wenn ich mir einen Tag freinehmen muss, um dich nach Hause zu fahren, dann werden wir genau das tun. Meine Mum hatte ein Sprichwort über Beziehungen. Um ehrlich zu sein, habe ich es nie so ganz verstanden, aber ich glaube, das liegt daran, dass ich noch nie zuvor eine richtige Beziehung hatte.«

»Wie lautet das Sprichwort?«

»Sie sagte immer: Das, was man leicht bekommt, wird nicht von Dauer sein, und das, was von Dauer ist, wird man nicht leicht bekommen.«

Luca lächelte traurig. »Deine Mom war eine kluge Frau.«

»Das war sie.« Ich legte beide Hände an ihre Wangen. »Also, was sagst du? Bist du bereit, es zu versuchen? Wir fangen mit einem Tag an und sehen mal, wie das läuft.«

Sie schaute mir direkt in die Augen, und ich konnte das reine Entsetzen in ihrem Gesicht sehen. Aber ich war überzeugt, dass wir es zusammen schaffen konnten. Sie legte ihre Hand um mein Handgelenk, während ich ihr Gesicht hielt.

»Darf ich darüber nachdenken?«

In diesem Augenblick klingelte es an der Tür. Das Timing hätte nicht perfekter sein können.

»Oh Gott. Ich bin nicht angezogen und habe nicht mit Besuch gerechnet.«

»*Ich* erwarte Besuch.« Ich nahm Luca in die Arme, stand auf und hob sie hoch. »Geh und zieh dir etwas an. Ich habe mir dein Handy ausgeliehen, um den Doc anzurufen und ihn hierher einzuladen.«

Sie runzelte die Stirn. »Den Doc? Warum?«

Ich küsste ihre Nase und setzte sie dann auf dem Boden ab. »Weil ich wusste, dass du jemanden zum Reden brauchen würdest, um mein Angebot zu überdenken.«

Dieses Mal schenkte mir Luca ein richtiges Lächeln. Sie stellte sich auf die Zehenspitzen.

»Ich liebe dich wirklich, Griffin.«

»Ich liebe dich auch. Und jetzt zieh dich an, damit du dich mit dem Vogelmann unterhalten kannst und wir uns wieder mit unseren Plänen für heute Abend beschäftigen können.«

»Welche Pläne?«

»Hast du das etwa schon vergessen? Trinken, vögeln und dann nackt im Bett Pizza essen.«

23. KAPITEL

Luca

»Ich finde, dass das eine sehr gute Gelegenheit für dich ist, deine Desensibilisierungstherapie fortzusetzen, Luca.«

Der Doc und ich spazierten Seite an Seite durch den Wald. Heute war es ein wenig frisch, also trug ich eine dünne Jacke. Mein treuer Therapeut war hingegen mit einem Weihnachtspullover mit Rundhalsausschnitt bekleidet, auf dem ein Cartoon-Jesus abgebildet war, der mit zwei Fingern das Peace-Zeichen machte. Darunter stand LASST UNS FEIERN, DENN DIESER TOLLE KERL HAT GEBURTSTAG. Der Doc bewahrte einen Teil seiner Kleidung im Kofferraum seines Autos auf, da sein winziges Haus nicht genug Stauraum bot. Offenbar war dieser Pullover das Erste, was er in die Finger bekommen hatte, als er sich für unseren Spaziergang angezogen hatte.

»Ich weiß, aber ich denke, dass unsere Beziehung noch nicht bereit dafür ist. Das ist alles so neu … Unsere erste persönliche Begegnung ist noch nicht mal einen Monat her. Was ist, wenn ich es nicht hinbekomme und einen schlimmen Panikanfall habe und ihn … und ihn verschrecke?«

Der Doc blieb stehen und schaute mich an. »Ich möchte dich etwas fragen. Sorgt die Tatsache, dass ihr euch erst seit so kurzer Zeit persönlich kennt, in irgendeiner Weise dafür, dass deine Gefühle für Griffin weniger real sind?«

»Äh, nein …«

»Okay. Also ist es vollkommen irrelevant, wie ihr an den Punkt in eurer Beziehung gekommen seid, an dem ihr euch gerade befindet. Ich gebe zu, dass eure Umstände vermutlich einzigartig sind – aber du kennst diesen Mann seit über zehn Jahren. Es ist ja nicht so, als würdest du dich mit einem Fremden in dieses Abenteuer stürzen. Ich gehe davon aus, dass du ihn liebst?«

Ich seufzte. »Das tue ich. Sehr sogar.«

»Tja, dann müsst ihr herausfinden, ob dieses gemeinsame Leben für euch funktionieren kann. Für mich klingt das so, als würde er alles in seiner Macht Stehende versuchen, um eine Lösung zu finden. Wäre es nicht schlimmer, wenn ihr euch sogar noch näher kämt, als ihr euch ohnehin schon seid, und dann herausfinden müsstet, dass ihr eure Leben einfach nicht unter einen Hut bringen könnt?«

»Ich schätze schon …«

»Ich werde dir jetzt mal von den Agaporniden erzählen.«

»Den was?«

»Das sind afrikanische Papageien – wir nennen sie Unzertrennliche.«

»Oh. Okay. Was ist mit ihnen?«

Der Doc gab mir mit einer Geste zu verstehen, dass ich weiter über den Waldpfad gehen sollte. Er erzählte seine Geschichten gern, während wir nebeneinander her spazierten.

»Für die meisten Leute sind Unzertrennliche die Vögel, die man seinem Liebsten als romantische Geste zum Valentinstag schenkt – weil sie sich fürs ganze Leben an einen einzigen Partner binden. Aber tatsächlich *müssen* sie sich keinen Partner suchen, um zu überleben. Ein Unzertrennlicher braucht Gesellschaft, aber diese Bindung könnte er auch mit einem Menschen eingehen, falls kein anderer Vogel zur Verfügung steht. Wir sind diesen Unzertrennlichen ziemlich ähnlich. Du brauchst keinen Partner, um zu leben. Tatsächlich bin ich mir sicher, dass du ganz wunderbar überleben könntest, indem du den Rest deiner Tage nur mit Hortencia an deiner Seite verbringst. Aber wenn sich Unzertrennliche auf eine monogame Beziehung einlassen, werden sie ruhiger und ausgeglichener.«

»Willst du damit sagen, dass *ich* in einer Beziehung ruhiger wäre?«

»So ist es, Luca. Für Leute mit Angststörungen ist es nicht ungewöhnlich, sich so zurückzuziehen, wie du es getan hast. Sie versuchen, ihre Krankheit zu verstecken, um die Scham oder die Angst zu vermeiden, die damit einhergehen würde, wenn sie vor anderen einen Panikanfall bekämen. Deswegen ist ein unterstützendes Netzwerk so wichtig. Sobald man erkennt, dass die Leute, die man liebt und denen man vertraut, einen so akzeptieren, wie man ist, und nicht über einen urteilen, wird man mit größerer Wahrscheinlichkeit ein paar Risiken eingehen, die dazu führen könnten, dass andere Menschen außerhalb des Netzwerks Zeugen eines Panikanfalls werden. Einen geliebten Menschen an dich heranzulassen ist der nächste logische Schritt für dich. Im Verlauf der letzten paar Jahre hast du wundervolle Fortschritte mit mir gemacht, aber wir können zusammen nur begrenzt etwas erreichen. Nun musst *du* dich dafür entscheiden, etwas zu wagen.«

Griffin fragte nicht, worüber der Doc und ich gesprochen hatten. Er drängte mich auch nicht dazu, weiter mit ihm über seinen Vorschlag von heute Mittag zu reden. Stattdessen ließ er mir meinen Freiraum, und wir hatten einen tollen Abend mit Sex und Pizza im Bett. Danach schliefen wir beide ein, zumindest dachte ich das.

Gegen zwei Uhr früh wachte ich auf. Ich schlug langsam die

Augen auf und stellte fest, dass Griffin mich mit seinen großen braunen Augen beobachtete. Er lächelte.

»Ist es gruselig, dass ich dir gern beim Schlafen zusehe?«

Meine Stimme war heiser. »Irgendwie schon.«

»Habe ich dich aufgeweckt, indem ich dich gegruselt habe?«, fragte er grinsend.

Ich strich mir die Haare aus dem Gesicht. »Ich glaube nicht. Ich bin vermutlich aufgewacht, weil mir eine Menge durch den Kopf geht. Wenn mich etwas beschäftigt, habe ich oft unruhige Nächte.«

Griffin nickte. Er musste nicht fragen, was mich bedrückte. Stattdessen lehnte er sich einfach nur vor und streifte meine Lippen mit seinen.

»Kann ich dir irgendwie beim Einschlafen helfen? Dir eine warme Milch machen oder dir den Rücken massieren?«

»Nein, alles gut. Danke.«

Er wackelte mit den Augenbrauen. »Ich habe gehört, dass anstrengende körperliche Betätigung eine gute Methode ist, um Schlaf herbeizuführen.«

Ich lächelte. »Falls das so ist, müsste ich nach den letzten paar Tagen eine Woche lang schlafen.«

Griffin fuhr mit dem Daumen über meine Unterlippe. Seine Berührung war so sanft, dass ich innerlich dahinschmolz.

»Tja, da du ja jetzt ohnehin wach bist«, flüsterte er, »kann ich dir etwas erzählen, das mir durch den Kopf geht?«

»Klar. Natürlich.«

Griffin schaute mir tief in die Augen. »Ich habe Angst, Luca.«

Ich stützte mich auf einen Ellbogen hoch. »Wovor hast du Angst?«

»Ich habe Angst davor, dass du nichts von mir willst. Dass du nichts von mir *brauchst*.«

Mir wurde schwer ums Herz. »Oh Gott, Griff. Damit könntest du nicht falscher liegen. Ich *will* etwas von dir.« Ich streckte eine Hand aus und legte sie auf seine Brust. »Ich will das hier. Ich will dein Herz.«

»Aber du *möchtest* es nicht wollen.«

Gott, ich hatte es total vermasselt. Ich war so sehr damit beschäftigt gewesen, mir Sorgen um meine eigene Angst davor zu machen, etwas zu wagen, dass ich kein einziges Mal innegehalten hatte, um darüber nachzudenken, dass Griffin vielleicht auch nervös war, weil er sich verliebt hatte und nicht wusste, was das für ihn bedeutete. Er war von Frauen und Freunden hintergangen worden und hatte seine eigenen Zweifel. Und doch hatte dieser schöne Mann blindes Vertrauen bewiesen und sich auf mich eingelassen. Er hatte mir gesagt, dass er mich liebte, und sein Leben umgestellt, damit es zu meinem passte. Ich hatte tonnenweise Ängste und Zweifel, aber an seinen Absichten oder daran, dass er mit mir zusammen sein wollte, zweifelte ich nicht. Und das lag daran, dass mir Griffin nicht nur *sagte*, dass er mich liebte – er hatte es mir auch auf so viele Arten gezeigt.

Ich musste das Gleiche tun. Ich musste ihm *zeigen*, dass ich ihn liebte. Ich holte tief Luft und beschloss, dass ich ein Unzertrennlicher sein wollte.

»Wir machen es! Ich werde mit dir auf die Reise gehen.«

Griffins Gesicht hellte sich auf. »Ist das dein Ernst?«

Ich nickte. »Ich habe schreckliche Angst vor dem, was passieren könnte – vor dem Panikanfall, den ich erleiden könnte. Aber ich habe noch mehr Angst davor, dich morgen durch diese Tür gehen zu lassen, ohne zumindest den Versuch gewagt zu haben, es hinzubekommen. Mein Herz gehört bereits dir, Griff. Wenn du ohne mich gehst, wirst du es einfach mitnehmen, und ich werde innerlich leer sein.«

Griffin packte mich und zog mich in eine heftige Umarmung. Als er sprach, war seine Stimme gedämpft, weil er das Gesicht an meinem Hals vergraben hatte.

»Ich liebe dich, Babe. Danke. Ich verspreche dir, dass ich alles in meiner Macht Stehende tun werde, um dafür zu sorgen, dass du diese Entscheidung nicht bereust.«

Ich wusste, dass er die Worte ernst meinte. Ich wusste nur nicht, ob seine Bereitschaft, alles für uns zu tun, ausreichen würde, um das mit uns hinzubekommen.

Wir lieferten Hortencia auf dem Bauernhof ab, auf den ich sie immer brachte, wenn ich unterwegs war.

Griffin belud den SUV, den er gemietet hatte, während ich in mein Zimmer ging und schnell den Doc anrief. Mir blieben nur noch ein paar Minuten, dann würden wir uns auf den Weg machen. Es war zwar spät, da wir geplant hatten, mitten in der Nacht aufzubrechen, aber ich hatte dem Doc gesagt, dass er mit meinem Anruf rechnen solle.

Er ging sofort dran. »Seid ihr schon unterwegs?«

»Wir sind so gut wie startklar. Ich wollte mich noch mal melden, bevor ich ins Auto steige.«

»Natürlich. Wie geht es dir?«

Ich atmete ins Telefon. »Ich bin nervös.«

»Das war zu erwarten …«

»Nach unserer gestrigen Unterhaltung hatte ich das Gefühl, dass ich es mir schuldig bin, diese Reise zu wagen, aber ich frage mich immer noch, ob ich einen gewaltigen Fehler mache. Ich werde sehr lange nicht zu Hause sein und mich an unterschiedlichen Orten aufhalten … Das schafft eine Menge Gelegenheiten für Katastrophen … Ich …«

»Luca …«, fiel er mir ins Wort. »Wie lautet die oberste Regel, über die wir immer reden?«

Ich musste einen Moment lang darüber nachdenken. Dann antwortete ich: »Ich muss in der Gegenwart bleiben.«

»Ja. Wenn du im gegenwärtigen Moment bleibst und nicht dorthin gehst, wo dein Kopf dich hinführen will, wirst du immer in Sicherheit sein. Jetzt gerade bist du in deinem Schlafzimmer und redest mit mir. Und das ist alles, was momentan passiert. Deine Sorgen basieren auf vergangenen Erfahrungen und Angst vor der Zukunft. Weder die Vergangenheit noch die Zukunft sind real. Nur die Gegenwart existiert. Wenn du dich an dieses Mantra hältst, wirst du mit allem zurechtkommen. Wenn es nur eine Sache gibt, die du dir auf deiner Reise merken kannst, dann denke daran, in der Gegenwart zu bleiben. Höre auf die Geräusche des fahrenden Autos, konzentriere dich auf die Regentropfen, schmecke das köstliche Essen, das dir Griffin zweifellos vorsetzen wird. Nutze diese Hilfsmittel der Achtsamkeit.«

»Okay. Ich werde es versuchen. Aber halt dich bitte für Anrufe bereit, falls ich dich brauche.«

»Immer, meine Liebe. Und nur fürs Protokoll: Ich bin unglaublich stolz auf dich, weil du diesen Schritt wagst.«

Griffin kam ins Zimmer. »Bist du bereit?«

Ich nickte. »Okay, Doc. Ich muss los.«

»Viel Glück, Luca. Falls du in Michigan Kanadakraniche siehst, mach bitte ein paar Fotos für mich.«

Typisch.

Ich lachte. »Okay. Geht klar.«

Nachdem ich aufgelegt hatte, schaute ich zu Griffin, der mich musterte.

Er legte den Kopf schief. »Alles in Ordnung, Babe?«

Mein Herz raste, und mir war sehr kalt, was oft vorkam, wenn ich wirklich nervös war. »Ja. In mir versucht sich nur ein wenig Panik in letzter Minute breitzumachen.«

Er legte die Hände um meine Taille und sprach dicht an meinem Mund. »Ah. Tja, zufällig habe ich ein Heilmittel gegen Panik in letzter Minute.«

»Ach ja? Was denn für eins?«

»Ich habe gehört, dass es hilft, wenn man sich auf das Gesicht seines Liebhabers setzt.«

Mein Mund klappte auf. »Ach, wirklich ...?«

»Ja. Es nennt sich KVGS.«

»KVGS?«

»Kognitive Verhaltensaktivierung durch Gesichtssitzen.«

Ich brach in Gelächter aus. »Und wie genau funktioniert das?«

»Nun ja ... wir greifen deine Gedankengänge an, indem wir die Fragen in deinem Verstand aktivieren, die dir Angst einjagen. Gleichzeitig sitzt du auf meinem Gesicht, und ich bringe dich zum Höhepunkt. Irgendwann wirst du dann erkennen, dass alles andere keine Rolle spielt – wichtig ist nur, dass du auf meinem Mund kommst.«

Ich lachte. »Aha. Das scheint mir eine sehr spezielle Therapie zu sein. Braucht man einen Abschluss, um sie anwenden zu dürfen?«

»Ich habe sie mir selbst beigebracht. Tatsächlich wäre es angebracht, dass ich mal wieder ein wenig übe. Und du siehst aus, als könnte dir ein wenig KVGS gerade helfen. Also ... hätten wir beide was davon.«

Ich zog eine Augenbraue hoch. »Du willst, dass ich mich ... auf dein Gesicht setze?«

»Das Auto ist bereits gepackt. Wir liegen vor unserem Zeitplan. Ich denke, dass wir die gewonnene Zeit auf diese Weise gut nutzen könnten, ja.«

Dem konnte ich nicht widersprechen. Vielleicht würde ein Orgasmus tatsächlich helfen, meine Nerven zu beruhigen.

Aber auf seinem Gesicht sitzen? Ich war mir nicht sicher, ob mir diese Vorstellung behagte.

Griffin spürte meine Anspannung. »Es wird dich beruhigen. Das verspreche ich.«

Er legte sich aufs Bett und zog sich das T-Shirt über den Kopf. Seine straffen Brustmuskeln erstaunten mich immer wieder aufs Neue. Das Tattoo auf seiner gebräunten Haut betonte den Effekt zusätzlich. In Griffins Anwesenheit brauchte ich nie lange, um in Stimmung zu kommen. Tatsächlich musste ich ihn nur ansehen.

Seine Stimme war rau. »Bleib genau da, wo du bist. Zieh dich langsam aus, während ich zuschaue. Fang mit deinem BH an. Ich will sehen, wie deine Brüste nacheinander zum Vorschein kommen.«

Ich tat, was er verlangte, und zog mich Stück für Stück aus. Meine Brustwarzen wurden steif, als Griffin seinen Gürtel öffnete und seinen bereits harten Schwanz herausholte. Die Spitze war feucht, und mein Drang, daran zu lecken, war so stark, dass ich mir mit der Zunge über die Lippen fuhr. Er fing an, ihn mit den Händen zu bearbeiten, während er zuschaute, wie ich mich auszog, bis ich vollkommen nackt war. Ich liebte die Tatsache, dass er so erregt war. Es machte mich ganz verrückt.

»Spiel mit deinem Kitzler, während du zusiehst, wie ich mir einen runterhole.«

Ich presste zwei Finger gegen meinen Kitzler und rieb ihn mit kreisenden Bewegungen. Er leckte sich mit der Zunge über die Lippen, und ich musste immer wieder daran denken, wie es sich anfühlen würde, wenn er mich damit berührte. Mit jeder Sekunde wurde ich feuchter, bis ich mich tatsächlich davon abhalten musste zu kommen. Zuzusehen, wie er masturbierte, wie er mit seiner großen Hand an seinem Schaft entlangfuhr, erregte mich maßlos. Das war eine Premiere für uns und machte meinem ansonsten stressreichen Abend einen unerwarteten, aber willkommenen Strich durch die Rechnung.

Er lockte mich mit dem Zeigefinger zu sich. »Komm her.«

Ich ging zu ihm, stieg auf das Bett und krabbelte auf ihn zu. Er massierte sich weiter, während er mich über seinem Gesicht positionierte. Die Hitze seines Munds zwischen meinen Beinen fühlte sich in dieser Stellung ungewohnt, aber wundervoll an. Seine Bartstoppeln kitzelten meine empfindliche Haut. Ich hatte noch nie auf dem Gesicht eines Mannes gesessen. Jegliche potenziellen Bedenken wurden schnell zerschlagen, sobald ich mich in dem unglaublichen Gefühl dieser neuen Erfahrung verlor. Dem Ganzen haftete etwas sehr Dominantes an, und das sorgte dafür, dass sich die Empfindungen, die durch meinen Körper rauschten, umso intensiver anfühlten.

Er sprach unter mir. »Erzähl mir, was dir gerade Sorgen bereitet, Luca …«

Ich war nicht in der Lage, Worte zu formen, und stöhnte einfach nur.

Seine Mission war erfolgreich gewesen, denn mein eben noch überaktives Gehirn hatte sich in Brei verwandelt. Ich konnte mich nicht mehr erinnern, was mir vorhin noch Sorgen bereitet hatte. Tatsächlich konnte ich mich kaum noch an meinen eigenen Namen erinnern.

Mein empfindlicher Kitzler pochte, während er weiter leckte und saugte. Ich packte seinen Kopf und presste ihn fester zwischen meine Beine.

»Reite mich, Baby. Ich liebe es, dich auf diese Weise zu verschlingen. Ich kann alles spüren, alles schmecken. Ich werde wahnsinnig heftig kommen.«

Seine Zunge berührte all meine erogenen Zonen. Ich hielt es nicht mehr aus. Der stärkste Orgasmus, den ich je erlebt hatte, tobte durch meinen Körper. Griffin hatte eine Hand an seinem Schwanz und umfasste mit der anderen meinen Hintern. Seine Atmung unter mir wurde unregelmäßig. Ich wusste, dass er ebenfalls kam. Die gedämpften Laute seiner Lust vibrierten an meiner empfindlichen Haut.

Er leckte mich mit sanften kreisenden Bewegungen, während wir uns beide erholten.

»Das war … unglaublich. Das habe ich noch nie zuvor gemacht«, keuchte ich atemlos.

Er drehte mich herum und legte sich auf mich. Meine Feuchtigkeit schimmerte an seinem Mund.

»Ein weiteres erstes Mal, das ich für mich beanspruchen darf. Genauso gefällt mir das.«

24. KAPITEL

Griffin

Die erste Etappe unserer Reise hatten wir ohne Komplikationen hinter uns gebracht. Das Airbnb, das ich in der Lower East Side von Manhattan für uns gemietet hatte, war so privat, wie ich es erhofft hatte. Also hatte ich keinerlei Bedenken, Luca dort allein zu lassen, während ich am Samstag nach Connecticut reiste. Ich hatte ein paarmal nachgehört, wie es ihr ging, und sie hatte berichtet, dass sie gut mit dem Schreiben vorankam.

Als ich an diesem Abend zurückfuhr, konnte ich es kaum erwarten, sie zu sehen. Ich hatte den kompletten Abend geplant. Wir würden die beste Pizza in New York bestellen – natürlich mit Ananas belegt –, eine Flasche Wein öffnen und dann einfach die ganze Nacht lang Sex haben. Morgen hatte ich keinerlei Verpflichtungen. Wir würden den ganzen Tag für uns haben und konnten einfach nichts tun. Das war meine Vorstellung vom Paradies – ein fauler Sonntag.

»Babe, ich bin zu Hause«, verkündete ich, als ich das Haus betrat. Im Inneren war es vollkommen still. *Hmm.* Vielleicht schlief Luca?

»Luca? Ich bin wieder da!«, rief ich laut.

Immer noch nichts.

Ich durchsuchte die erste Etage gründlich, konnte sie aber nirgends finden.

»Luca?«

Ich ging nach oben und sah, dass sie nicht im Bett lag. Mein Herz schlug ein wenig schneller. Sie wäre doch sicher nicht allein nach draußen gegangen, oder?

»Luca?«, rief ich erneut.

In diesem Augenblick hörte ich ein Geräusch, das aus dem Bad neben unserem Schlafzimmer kam.

Ihre Stimme hinter der Tür klang schwach. »Griffin? Griffin … hilf mir.«

Ich rannte zur Tür, um sie zu öffnen, musste jedoch feststellen, dass sie verschlossen war.

Sie ist im Bad eingeschlossen.

»Mach die Tür auf, Luca.«

Sie schluchzte. »Ich kann nicht. Sie geht nicht auf.«

Verdammt!

»Was meinst du damit? Hast du sie nicht selbst abgeschlossen?«

»Nein. Die Tür ist kaputt. Ich habe sie nur hinter mir zugezogen. Ich kann nicht raus. Ich habe alles versucht. Sie geht nicht auf.«

»Was zum Teufel ist hier los? Wie konnte das passieren?«

Ich rüttelte mit aller Macht an der Türklinke. Sie gab nicht nach. Ich musste die Tür aufbrechen, aber das Bad war klein, und ich wollte ihr nicht wehtun.

Denk nach. Denk nach. Denk nach.

Ich holte tief Luft und sagte: »Okay. Wir werden folgendermaßen vorgehen. Du musst dich in die hinterste Ecke neben die Badewanne stellen. Ich werde die Tür eintreten.«

Sie reagierte nicht, aber ich konnte sie wimmern hören.

Ich lehnte meinen Kopf gegen die Tür und fragte: »Kannst du mich hören, Baby?«

»Ja … Ja«, sagte sie weinend.

»Okay … sag mir, wenn du so weit bist.«

Nach ein paar Sekunden sagte sie: »Okay. Ich stehe ganz hinten neben der Wanne.«

»Ich zähle bis drei, dann werde ich so heftig gegen die Tür treten, wie ich kann. Bleib zurück und bedeck deinen Kopf, falls sie in deine Richtung fliegt.«

Sie erwiderte nichts.

»Luca … sag etwas.«

»Ich habe dich gehört«, sagte sie schließlich mit zitternder Stimme.

»In Ordnung. Es geht los. Auf drei. Eins … zwei … drei.«

Rums! Ich trat die Tür mit aller Kraft ein. Sie flog auf und wurde durch die Wucht aus den Angeln gerissen. Nun lehnte sie an der Badewanne. Luca kam dahinter hervor und war glücklicherweise unversehrt.

Wir hatten Glück gehabt. Das Bad war so klein, dass ich sie mit dieser Aktion ernsthaft hätte verletzen können. Das Licht des Schlafzimmers fiel in den dunklen Raum. Nun wusste ich, warum sie so panisch war. Im Bad war kein Licht. Während sie darin eingesperrt gewesen war, war es um sie herum stockdunkel gewesen.

Luca zitterte, als sie mir in die Arme fiel. Dann brach sie in Tränen aus.

Wie zum Teufel ist das passiert?

»Wie lange warst du da drin, Baby?«

Sie schüttelte immer wieder den Kopf, bis sie endlich sprechen konnte.

»Keine Ahnung. Vielleicht eine halbe Stunde. Ich habe jegliches Zeitgefühl verloren. Ich wollte nur auf die Toilette gehen. Ich schloss die Tür hinter mir, weil ich dachte, dass der Lichtschalter im Inneren des Bads wäre. Erst dann fiel mir wieder ein, dass er draußen neben der Tür ist. Ich hatte kein

Licht. Ich habe versucht, die Tür einzutreten, war aber nicht stark genug. Und mein Handy hatte ich auch nicht bei mir. Zum Glück bist du kurz darauf nach Hause gekommen.«

Ich legte die Arme um sie. »Ist schon gut. Alles in Ordnung. Du bist in Sicherheit.« Ich führte sie zum Bett und hielt sie fest an mich gedrückt, während wir uns gegen das Kopfteil lehnten. »Gott, ich dachte nicht, dass hier etwas in irgendeiner Weise schiefgehen könnte. Ich war überzeugt, dich hier ohne Probleme allein lassen zu können. Niemals hätte ich gedacht, dass so etwas passieren könnte, sonst wäre ich niemals weggefahren.«

»Es ist nicht deine Schuld. Jeder andere wäre vermutlich damit zurechtgekommen. Aber ich komme mit *gar nichts* zurecht, Griffin, vor allem nicht damit, auf diese Weise gefangen zu sein.«

»Mach dir keinen Vorwurf. Jeder würde ausrasten, wenn er in einem winzigen dunklen Bad ohne Fenster feststecken würde. Das ist selbst ohne Angststörung schlimm. Du hattest keine Ahnung, wann ich zurückkommen würde. Deine Reaktion ist vollkommen verständlich.«

Sie wischte sich eine Träne vom Gesicht. »Ich habe einfach nur die ganze Zeit gebetet, dass du nach Hause kommst. Und irgendwann kamst du dann.«

Als Luca sich ein wenig beruhigt hatte, rief ich den Besitzer des Hauses an, um ihm ordentlich die Meinung zu geigen, weil er eine defekte Tür hatte, mit der man sich versehentlich einsperren konnte. Das war eine große Gefahr. Sobald ich meine Wut an ihm ausgelassen hatte, ließ ich Luca und mir in dem zweiten Badezimmer ein Bad ein und bestellte etwas zu essen.

Während wir an diesem Abend einen Film schauten, hielt ich sie in den Armen und schwor mir selbst, den Rest der Reise für sie zu einer positiven Erfahrung zu machen. Ich würde einfach alles tun, was dafür nötig war. Viel schlimmer als an diesem Abend konnte es schließlich nicht mehr werden, oder?

Nach einem Zwischenhalt in Detroit verlief der Rest der Reise ereignislos, bis wir unser letztes Ziel erreichten – Chicago. Der ursprüngliche Plan sah vor, in einer Pension außerhalb der Stadt zu übernachten. Dann rief der Besitzer an, um uns darüber zu informieren, dass es einen Rohrbruch gegeben habe und wir nicht dort unterkommen könnten. Als wir diese Nachricht erhielten, war es schon spät, und niemand reagierte auf meine Anfragen bei den eigentlich verfügbaren Airbnb-Unterkünften.

Irgendwie gelang es mir, Luca davon zu überzeugen, mit mir in der Penthousesuite eines Hochhaushotels zu übernachten. Ich war in der Vergangenheit schon mehrere Male dort gewesen und wusste, dass es einen privaten Aufzug für die Penthousegäste gab. Ich kam zu dem Schluss, dass das die beste Option für unsere Zeit in der Stadt war, denn dort standen die Chancen gut, dass wir unbemerkt bleiben würden.

Dieses Penthouse war eins der schönsten, in denen ich je übernachtet hatte. Die knapp vierhundert Quadratmeter große Unterkunft bot einen Panoramablick auf die Innenstadt von Chicago sowie eine außergewöhnliche Einrichtung. Das Penthouse war so luxuriös, dass ich mir ein wenig Sorgen machte, weil ich befürchtete, sie könnte denken, dass ich vor ihr angeben wollte.

Doch zum Glück schien Luca sich ein bisschen zu entspannen und ihren Aufenthalt hier wirklich zu genießen.

Tagsüber musste ich das Musikvideo drehen, und Luca blieb in der Suite und schrieb an einem Platz am Fenster. Sie fand, dass ihr der Ausblick auf die Stadt eine Menge Inspiration für ihre Geschichte geben würde, da sie in Chicago spielte.

Ich war begeistert, dass wir diese Reise mit einem positiven Erlebnis beenden würden.

Leider änderte sich alles in unserer dritten Nacht. Luca und ich schliefen tief und fest, als uns ein lautes Geräusch im Bett hochschrecken ließ. Ich brauchte ein paar Sekunden, um zu erkennen, dass es sich um den Feueralarm handelte.

Feuer?

Nein.

Bitte nicht.

Alles, nur das nicht.

Das war übel. Wirklich übel. Es war das denkbar Schlimmste, was uns passieren konnte.

Sie hatte die Augen noch halb geschlossen. »Was ist los?«

»Das ist der Feueralarm. Wir müssen los. Zieh dich an.«

Luca erstarrte. Ich war ein Idiot, wenn ich dachte, dass sie in der Lage sein würde, sich unter solchen Umständen ruhig anzuziehen. Mir war klar, dass ich ihr dabei helfen musste, ihre Kleidung zusammenzusuchen und anzuziehen. Nachdem ich mir ihr langes T-Shirt vom Boden geschnappt hatte, streifte ich es ihr über den Kopf. Ich zog hastig meine Jeans und ein T-Shirt an und machte mich auf die Suche nach unseren Schuhen.

Sobald wir beide angezogen waren, nahm ich ihre Hand und führte sie zur Tür. Falls es tatsächlich ein Feuer gab, war es nicht sicher, den Aufzug zu nehmen, also würden wir unser Glück auf der Treppe versuchen müssen. Leider war das Treppenhaus nicht privat.

Ihre Hand zitterte in meiner, als wir den ersten Treppenabsatz hinuntergingen. Ihr Körper war ganz schlaff, und sie ließ sich von mir führen.

»Ich pass auf dich auf, Babe. Ich pass auf dich auf.«

Als immer mehr Leute auf die Treppe strömten und sie blockierten, wusste ich, dass wir schon bald in einer sehr schlimmen Situation stecken würden. Luca sagte nichts. Das war auch nicht nötig. Mir war klar, dass das hier ihr schlimmster Albtraum war – und er wurde soeben wahr.

Und verdammte Scheiße, ich hatte sie in diese Lage gebracht. Ich hatte sie schon wieder enttäuscht.

»Bleib bei mir, Baby. Es wird alles wieder gut. Wir müssen nur nach unten gehen, und dann werde ich dich von all diesen Leuten wegbringen.«

»Glaubst du, dass es hier wirklich irgendwo brennt?«, fragte sie schließlich. Sie schien ganz benommen zu sein.

»Keine Ahnung. Wahrscheinlich nicht. Ich wette, dass das nur ein paar Kinder waren, die den Feueralarm ausgelöst haben.«

Sie wurde blass, und ihre Zähne klapperten. »Und wenn es doch ein Feuer ist?«

»Dann wird uns trotzdem nichts passieren. Halt dich einfach weiter an mir fest.«

Während wir die zahlreichen Treppenstufen hinunterliefen, die mir endlos erschienen, betete ich einfach, dass wir es unversehrt nach draußen schaffen würden. Merkwürdigerweise machte ich mir nicht mal wirklich Gedanken wegen des Feuers. Viel besorgniserregender fand ich die Vorstellung, bedrängt zu werden, weil kein Sicherheitspersonal anwesend war. Bislang hatte mich auf der Treppe niemand erkannt, aber das war vermutlich nur eine Frage der Zeit.

Wir hatten etwa den fünfundzwanzigsten Stock erreicht, als jemand rief: »Hey, ich glaube, das ist Cole Archer!«

Ich drückte Lucas Hand fester. Zum Glück zog der kurze Ausruf keine Konsequenzen nach sich.

Wir brauchten sehr lange, um endlich das Erdgeschoss zu erreichen. Als wir dort ankamen, trafen wir auf eine Menschenmenge. Es gab keinerlei Anzeichen für ein Feuer. Aber nun stand uns der wahre Horror bevor. Wir mussten durch die überfüllte Lobby zur Tür gelangen.

Wir konnten uns kaum einen Weg durch die Menge bahnen, und dabei hatte mich hier unten bislang noch niemand erkannt. Dann geschah das Unvermeidliche. Eine Gruppe Mädchen entdeckte mich in der Menge.

»Cole!«

»Das ist Cole Archer!«

»Oh mein Gott. Oh mein Gott. Oh mein Gott.«

Die Neuigkeit verbreitete sich wie ein Lauffeuer.

Plötzlich spürte ich, wie mich Menschen berührten – wie sie *uns* berührten. Hände, Enge, Chaos. Alle drängten in unsere Richtung und umzingelten Luca und mich. Ich ließ mich nicht beirren – weder von den Leuten, die an meiner Kleidung zerrten oder meinen Namen riefen, noch von den Kamerablitzen, die mich blendeten. Für mich zählte nur noch, dass ich Luca verdammt noch mal hier herausschaffen musste. Ich richtete den Blick fest auf die Drehtür in der Ferne.

Ich packte ihre Hand fester. Als ich zu ihr schaute, hatte sie Tränen in den Augen. Außerdem erkannte ich das nackte Grauen in ihnen. Mir kam der Gedanke, dass irgendwie durchgesickert sein könnte, dass ich mich in diesem Hotel aufhielt, und jemand den Feueralarm ausgelöst hatte, um mich hervorzulocken. Es waren schon verrücktere Dinge passiert. Der Grund spielte jetzt jedoch keine Rolle. Mir war nur wichtig, dass wir auf den Bürgersteig gelangten.

Als wir es endlich durch die Menge hindurchgeschafft hatten und in die kalte Nachtluft hinaustraten, zog ich Luca näher an mich. Wir hielten uns immer noch an den Händen und rannten so schnell wir konnten von dem Hotel weg. Ich musste einfach von dort verschwinden, damit ich wieder klar denken konnte.

Als wir etwa drei Blocks entfernt waren, hatten wir endlich eine Stelle erreicht, an der niemand mehr zu sehen war. Luca zitterte immer noch. Ich zog sie in eine Gasse und lehnte sie gegen die Ziegelwand eines Gebäudes. Ich umfasste ihr Gesicht mit beiden Händen und führte ihre Stirn an meine Lippen.

»Alles in Ordnung, Baby«, flüsterte ich. »Wir sind in Sicherheit. Alles ist in Ordnung. Dir wird nichts passieren. Mein tapferes Mädchen. Ich liebe dich so sehr.«

Aber tatsächlich war gar nichts »in Ordnung«. Sie sagte nichts, und ich wusste, dass sie unter Schock stand. Sie weinte einfach zitternd vor sich hin.

Ich konnte nur daran denken, dass sie mir vertraut und ich es massiv verbockt hatte. Ich hatte sie gebeten, ihre Wohlfühlzone zu verlassen. Ich hätte wissen müssen, dass es keine gute Idee war, sie mit in ein normales Hotel zu nehmen. Ich hatte gedacht, dass wir das Risiko aufgrund der Sicherheit des Penthouses und des privaten Aufzugs eingehen könnten, aber ich hatte die Möglichkeit einer Notfallsituation außer Acht gelassen. In einem Notfall konnte alles passieren. Ich hatte sie in eine Situation gebracht, die für sie vermutlich zu den bedrohlichsten Szenarien überhaupt gehörte, weil sie sie an das Ereignis erinnerte, das sie damals traumatisiert hatte. Ich hoffte nur, dass ich ihrem Genesungsprozess keinen unwiderruflichen Schaden zugefügt hatte.

»Es tut mir leid, Luca. So verdammt leid.«

In meinem Herzen wusste ich, dass diese Situation eine Katastrophe war. Bei dieser Reise war es darum gegangen, ihr zu beweisen, dass wir das mit uns hinbekommen konnten. Nun hatte ich ihr genau das Gegenteil bewiesen. Ich konnte sie so gut wie nirgendwohin mitnehmen, ohne dass etwas Furchtbares passierte.

Ich wollte die Frau, die ich liebte, nicht verlieren, aber um welchen Preis? Ich würde ihr Leben in ihre ganz persönliche Hölle auf Erden verwandeln, nur damit ich sie selbstsüchtig an meiner Seite haben konnte. Cole Archer würde sich niemals auslöschen lassen. Er könnte niemals ein normales Leben führen. Er würde niemals in der Lage sein, sich wirklich zu verstecken oder Luca hundertprozentige Sicherheit zu garantieren. Meine Gefühle für diese Frau hatten mich so blind gemacht, dass ich mir eingeredet hatte, es würde leichter werden, als es tatsächlich war. Ich hatte das unbedingt glauben wollen, aber es war ganz und gar nicht leicht. Es war verdammt schwer. Während sie in meinen Armen weiterhin zitterte, traf mich die harte Realität unserer Situation, die Wahrheit, die ich nicht akzeptieren wollte: Wir würden das mit uns vielleicht nicht hinbekommen.

25. KAPITEL

Griffin

»Was kann ich tun? Ich muss *irgendetwas* tun.«

Ich zerrte an meinem Haar, während ich hin und her tigerte und mit dem Doc telefonierte.

Luca lag ausgeknockt im Schlafzimmer, was sie einer ordentlichen Dosis eines Beruhigungsmittels verdankte, das er ihr verordnet hatte, als ich ihn vor ein paar Stunden das erste Mal angerufen hatte. Sie hatte nicht mal eine einzige Tablette nehmen wollen, und ich würde sie sicher nicht dazu bringen können, eine weitere zu nehmen – was bedeutete, dass ich herausfinden musste, wie ich das, was ich verbockt hatte, wieder in Ordnung bringen konnte. Und zwar *schnell.*

»Ich fürchte, dass Sie bereits alles tun, was Sie können, Griffin. Sie bieten ihr emotionale Unterstützung und eine sichere Umgebung. Sie wird sich beruhigen. Es wird nur eine Weile dauern.«

»Wie lange?«

Der Doc seufzte. »Das kann ich Ihnen auch nicht sagen, Griffin. Lucas Angst davor, gefangen zu sein, basiert auf einer Situation, die sie nicht kontrollieren konnte. Im Verlauf der letzten paar Jahre haben wir daran gearbeitet, den Glauben wieder aufzubauen, dass sie immer die Kontrolle hat – ob es nun darum geht, ein Gebäude zu verlassen oder einfach nur aus einem Auto zu steigen. Aber momentan hat sie das Gefühl, dass sie keinerlei Kontrolle über die Situation hatte, die sich ereignete, und es wird eine Weile dauern, bis sie begreifen kann, dass sie diese Kontrolle sehr wohl hatte. Sie hat Ihnen gestattet, die Führung zu übernehmen, und das Gebäude verlassen – das bedeutet, dass sie einer anderen Person die Erlaubnis erteilt hat, ihr zu helfen, als sie dringend Hilfe brauchte. So wie ich unsere Luca kenne, bin ich mir jedoch sicher, dass sie das nicht so sieht – zumindest nicht momentan. Sie hat das Gefühl, hilflos gewesen zu sein. Und mit der Zeit werden wir ihr klarmachen können, dass man sich manchmal von anderen Menschen helfen lassen darf, weil das die beste Entscheidung ist, die man treffen kann, und dass das nicht bedeutet, dass man versagt hat. Ganz im Gegenteil. Wenn man jemandem die Kontrolle über sich zugesteht, übt man gewissermaßen selbst Kontrolle aus.«

Ich öffnete die Tür des Schlafzimmers einen Spaltbreit, um nach Luca zu sehen, während ich mit dem Doc redete. Sie schlief immer noch.

Ich hatte sie in das Haus eines Freundes gebracht – ein Kumpel, der in den Außenbezirken von Chicago lebte und bei derselben Plattenfirma unter Vertrag war wie ich. Luca und ich hatten erst eine Stunde geschlafen, als der Feueralarm losgegangen war, also mussten wir uns beide ein wenig ausruhen. Ich wusste, dass ich sie auf gar keinen Fall in ein anderes Hotel bringen konnte. Zum Glück war Travis ans Telefon gegangen, als ich ihn um drei Uhr früh angerufen hatte, und ließ uns in seinem Zuhause wohnen. Er war wegen eines Auftritts unterwegs, daher hatten wir das Haus in dieser Nacht ganz für uns, nachdem wir einen kurzen Zwischenstopp bei seiner Haushälterin eingelegt hatten, um uns ihre Schlüssel auszuleihen.

»Ich bin mir nicht sicher, was ich machen soll, Doc. Sie will nach Hause. Es würde mir schwerfallen, sie heimzubringen, aber bevor wir die Reise begonnen haben, gab ich ihr mein

Wort, dass wir es einen Tag nach dem anderen angehen würden und dass ich sie zurück nach Hause bringe, sobald sie nicht mehr glücklich ist.«

»Ich denke, dass das wahrscheinlich klug wäre. Luca wird sich in ihrer vertrauten Umgebung besser fühlen. Nach einem Ereignis wie dem, das sie gerade durchgemacht hat, ist es äußerst wichtig, ihr das Gefühl zu vermitteln, dass sie die Kontrolle über ihre Umgebung hat. Und in ihrem Zuhause fühlt sie sich am sichersten. Ich werde sie besuchen, sobald sie ein wenig zur Ruhe gekommen ist, und dann werden wir gleich wieder in den Sattel steigen. Das ist ein Rückschlag, aber nicht das Ende für Lucas Genesungsprozess, Griffin.«

Ich weiß nicht, welchen Rat ich vom Doc erwartet hatte – sie nach Hause zu bringen war offensichtlich die richtige Entscheidung. Aber die Bestätigung von ihm zu hören, dass ich gar nicht erst versuchen sollte, sie zum Bleiben zu überreden, sorgte dafür, dass mir schwer ums Herz wurde.

»Okay. Ja. Danke, Doc.«

Er musste in meiner Stimme gehört haben, wie entmutigt ich mich fühlte. »Sie ist stark, Junge. Luca wird das überstehen. Sie müssen an sie glauben.«

Am wichtigsten war, dass es Luca bald wieder besser ging. Was auch immer aus unserer Beziehung werden würde, war zweitrangig. Ihre geistige und körperliche Gesundheit ging selbstverständlich vor, aber ein egoistischer Teil von mir machte sich dennoch Sorgen. Luca mochte das überstehen, aber galt das auch für uns?

Wir waren bereits seit dreizehn Stunden unterwegs und hatten noch etwa zwei Stunden vor uns, bis wir Vermont erreichen würden. Luca war die ganze Fahrt über still gewesen. Obwohl sie es normalerweise bevorzugte, ausschließlich nachts zu fahren, um dichten Verkehr zu meiden, reisten wir nun teilweise auch tagsüber, um schneller nach Hause zu gelangen. Sie war jetzt ruhiger, beinahe zu ruhig. Sie antwortete mir zwar, wenn ich ihr eine direkte Frage stellte, aber sie hatte eindeutig keine Lust auf eine Unterhaltung. Die meiste Zeit über starrte sie einfach gedankenverloren aus dem Fenster.

Bisher hatte ich noch nicht angesprochen, was passieren würde, sobald wir in Vermont ankamen, hauptsächlich weil ich Angst vor dem hatte, was sie sagen mochte. Aber da uns nur noch zwei Stunden blieben, wollte ich sie wenigstens über die Pläne informieren, die ich hatte machen können.

Ich streckte einen Arm aus, nahm ihre Hand in meine und hob sie an meine Lippen, um ihre Knöchel zu küssen.

»Die Produktionsfirma hat mir bis Montag Zeit gegeben. Dann muss ich zurück und den Videodreh beenden. Also habe ich mir für morgen Abend einen Flug gebucht.«

»Oh. Okay.« Sie runzelte die Stirn. »Tut mir leid, dass du alles verschieben musstest. Ich bin mir sicher, dass die Band nicht allzu begeistert war.«

»Das ist halb so wild. Mach dir deswegen keine Gedanken. Einmal mussten wir ein Fotoshooting für ein Albumcover verschieben, weil Styx, unser Schlagzeuger, mit seiner Zunge zwischen den Beinen einer Stripperin hängen geblieben war.«

Sie sah mich mit zusammengekniffenen Augen an und schüttelte den Kopf. Offenbar löste sie sich nun endlich aus ihrer Benommenheit.

»Hast du gerade gesagt, dass er mit der Zunge zwischen …?«

Ich nickte. »Er ist zwischen den Beinen einer Stripperin hängen geblieben. Ganz richtig.«

Luca wirkte berechtigterweise verwirrt.

»Der Idiot hatte ein Zungenpiercing. Er wollte eine Stripperin lecken, die ein Klitorispiercing hatte, und irgendwie verkeilten sich die beiden Schmuckstücke, und sie bekamen sie nicht mehr auseinander. Er tauchte nicht zum Shooting auf und ging auch nicht an sein Handy. Also fuhr ich zu ihm nach Hause und hämmerte an die Tür. Ich ging davon aus, dass er sich am Abend zuvor die Kante gegeben hatte und nun seinen Rausch ausschlief. Als er immer noch nicht reagierte, holte ich den Hausmeister und bat ihn, mich reinzulassen. Ich fand Styx mit dem Kopf zwischen den Beinen der Stripperin vor. Zu dem Zeitpunkt hingen sie bereits seit vier Stunden in dieser Position fest. Wann immer sie versucht hatten, sich zu bewegen, tat es einem von ihnen weh, also blieben sie einfach so im Bett liegen und warteten darauf, dass sein Mitbewohner nach Hause kam.«

»Hast du sie … losgehakt?«

»Teufel, nein. Ich tat das, was jeder gute Kumpel getan hätte. Zuerst habe ich die anderen Jungs per FaceTime angerufen, um ihnen zu zeigen, was ich gerade vorgefunden hatte. Dann wählte ich den Notruf und schoss ein paar Fotos, während die zwei armen Sanitäter sich bemühten, das Zungenpiercing dieses Idioten zu entfernen, ohne die Frau zu verstümmeln. Auf jeden Fall verpassten wir das Fotoshooting, und abgesehen davon auch jede Menge andere Dinge, weil meine Kumpel ständig so einen albernen Mist veranstalten. Niemanden wird es kümmern, dass ich ein paar Tage für mich brauche.«

Luca seufzte. Wenigstens schien meine dumme Geschichte ihre Aufmerksamkeit vom Fenster wegzulenken.

»Danke, dass du nicht versucht hast, mich zum Bleiben zu drängen.«

Ich nickte. »Ich habe dir versprochen, dass wir es Tag für Tag angehen und ich dich jederzeit nach Hause fahre, falls du dich irgendwann unbehaglich fühlst. Wenn ich dir etwas verspreche, kannst du dich darauf verlassen. Aber ich hoffe, du weißt, dass ich alles getan hätte, damit du bleibst.«

»Ich weiß, Griffin. Und das weiß ich zu schätzen. Wirklich.« Sie wandte sich ab und schaute wieder aus dem Fenster. »Ich habe nachgedacht. Als ich damals anfing, mit dem Doc zu arbeiten, hatte ich in jedem Zimmer meines Hauses Fotos von mir und Isabella. Das Foto, das in meinem Schlafzimmer stand, war das Erste, was ich jeden Morgen sah, sobald ich die Augen aufschlug. Der Doc überzeugte mich, sie alle für ein paar Tage wegzuräumen. Er war der Meinung, dass es mir bei der Verarbeitung helfen könnte, wenn ich mich nicht mehr dazu zwang, das anzuschauen, was ich verloren hatte. Ich wollte es nicht tun, weil ich Isabella so sehr liebte – nein, ich sollte keine Vergangenheitsform benutzen: Ich *liebe* Isabella so sehr –, aber irgendwann brachte er mich doch dazu.«

Ich war mir nicht sicher, worauf sie damit hinauswollte, aber ich war froh, dass sie überhaupt redete. »Okay.«

»Weißt du, was passierte, als ich die Fotos wegräumte?«

»Du dachtest nicht mehr so sehr über das nach, was du verloren hattest?«

Sie nickte und wandte sich mir zu, um mich anzusehen. Ihre Augen waren glasig, und sie war den Tränen nah. »So ist es. Und ich fühle mich unglaublich schuldig dafür, dass ich sie nie wieder hervorgeholt habe. Aber der Doc hatte recht. Ich musste es tun, um das alles verarbeiten zu können. Das bedeutet nicht, dass ich sie nicht mehr liebe. Es gibt nur einfach Zeiten im Leben, in denen Liebe nicht ausreicht und Stärke bedeutet, dass man in der Lage ist, das zu erkennen und eine Entscheidung zu treffen, die schmerzt.«

Mir gefiel ganz und gar nicht, in welche Richtung sich diese Geschichte jetzt entwickelte. »Luca …«

Sie hob eine Hand, um mich zum Schweigen zu bringen.

»Du bist ein wundervoller Mensch, Griffin, und ich werde die Erinnerung an die Zeit, die wir miteinander verbracht haben, hüten wie einen Schatz.«

Mein Herz raste. Das durfte jetzt nicht passieren. Und ich wollte diese Unterhaltung nicht führen, während ich über den Highway bretterte. Ich musste anhalten. Obwohl ich die Ausfahrt beinahe schon verpasst hatte, überquerte ich ohne Vorwarnung drei Spuren, um sie in letzter Sekunde zu erwischen. Luca klammerte sich an ihrem Türgriff fest.

»Warte einen Moment, Babe. Wir werden keinen Unfall bauen. Alles ist in Ordnung. Ich musste nur vom Highway runter, damit wir reden können.«

Zum Glück zweigte gleich hinter der Ausfahrt ein Zuweg zu einem Lagerkomplex ab, der zu irgendeiner Stadt zu gehören schien. Ich fuhr auf einen Platz, auf dem ein Dutzend gelbe Einsatzfahrzeuge parkten, die mit Schneepflügen ausgestattet waren. Dahinter befand sich ein riesiges Streusalzlager. Ansonsten war weit und breit niemand zu sehen, also suchte ich mir den erstbesten Parkplatz, stellte den Motor ab und wollte aussteigen.

»Was machst du da?«, fragte Luca.

»Ich lege eine Pause ein, damit wir uns in die Augen sehen können, während wir uns unterhalten.«

Bevor sie Einwände erheben konnte, ging ich um das Auto herum zur Beifahrerseite und öffnete ihre Tür. Ich streckte eine Hand aus, half ihr beim Aussteigen und sagte ihr, dass sie sich für einen Moment die Beine vertreten solle. Als sie damit fertig war, gingen wir um das Fahrzeug herum zum Kofferraum, und ich hob sie darauf, damit wir auf Augenhöhe waren.

»Okay. Jetzt lass uns reden.«

Luca schaute auf ihre Hände. »Ich … Du hast ein so tolles Leben und bist gerade so erfolgreich und …«

Ich fiel ihr ins Wort. »Schau mich an, Luca. Wenn du sagen willst, was ich denke, will ich, dass du mir dabei wenigstens in die Augen schaust.«

Sie schluckte, holte tief Luft und hob mit einem Nicken den Blick, um mich anzusehen. »Wir sind einfach so verschieden, Griff. Du bist ein rundes Loch, und ich bin ein quadratischer Klotz. Wir passen nicht zusammen.«

Ich wurde langsam wütend. Sie fühlte sich verletzlich und ängstlich. Das war mir klar. Aber es war mir auch egal. Sie musste härter für uns kämpfen.

»Sag es einfach, Luca.«

Sie senkte den Blick wieder. Dieses Mal dauerte es eine ganze Minute, bis sie mir wieder in die Augen blicken konnte. Eine dicke Träne rollte über ihre Wange.

»Manchmal, wenn Liebe nicht ausreicht, um alles wieder in Ordnung zu bringen, müssen wir sie loslassen.«

Ich sah ihr direkt in die Augen. »Bist du fertig?«

Sie wirkte verwirrt, nickte aber.

»Schön. Dann bin ich jetzt mit Reden an der Reihe.«

»Okay …«

»Ich habe nur eins zu sagen, aber ich will sichergehen, dass du es laut und deutlich hörst, Luca.«

Sie schaute mich an und wartete.

Ich lehnte mich noch näher an sie heran, sodass sich unsere Nasen berührten. Aus meinem Mund kann nur ein einziges hartes Wort: *»Nein.«*

Offenbar dachte sie, dass ich noch mehr zu sagen hatte. Aber so war es nicht. Nachdem dreißig Sekunden lang Stille geherrscht hatte, rümpfte sie die Nase. »Nein?«

»So ist es. *Nein.*«

»Aber ich verstehe nicht …«

»Welchen Teil von ›Nein‹ verstehst du nicht?«

»Ich verstehe nicht, wozu du Nein sagst.«

»Zu allem. Dazu, dass du mich abservierst. Dazu, dass du denkst, dass ich ohne dich besser dran bin. Dazu, dass du denkst, du könntest dem, was wir haben, einfach so den Rücken zukehren und ich würde das zulassen. Die Antwort lautet einfach nur: Nein. *Ein großes, fettes, verdammtes Nein*.«

Sie wirkte immer noch verwirrt, obwohl ich dachte, dass ich mich glasklar ausgedrückt hätte. »Aber …«

»Kein Aber, Luca.«

»Griffin …«

Ich wich ein paar Schritte zurück, lief umher, um mich zu beruhigen, und ließ sie einige Minuten lang auf dem Auto sitzen. Als ich zurückkam, hielt ich ihr meine Hand entgegen.

»Bist du jetzt bereit weiterzufahren?«

Wieder rümpfte sie verwirrt die Nase. Ich holte tief Luft, hob sie vom Auto und stellte sie auf den Boden. Dann lehnte ich mich vor und küsste ihre Lippen.

»Wenn du bereit bist, darüber zu sprechen, wie wir das alles mit uns hinbekommen werden, werde ich bereit sein, diese Unterhaltung zu führen. Aber mit dieser Unterhaltung hier bin ich fertig, und ich will nach Hause. Ich bin müde.«

Ich machte mich auf den Weg zur Fahrerseite des Autos. Dann wurde mir klar, dass sie meinen letzten Satz falsch verstehen könnte. Also ging ich dorthin zurück, wo sie immer noch stand, und verdeutlichte, was ich meinte.

»Nur damit es keine Missverständnisse gibt: Wenn ich ›nach Hause‹ sage, dann meine ich damit nicht mein Haus in Kalifornien. Denn das ist nicht länger mein Zuhause, Luca. Mein Zuhause ist dort, wo immer du bist.«

Das Haus war so still. Ich konnte Lucas Atemzüge hören, aber ich war mir nicht sicher, ob sie schlief oder nicht.

Nachdem wir in Vermont angekommen waren, hatte sie sich mit banalen Tätigkeiten beschäftigt. Sie hatte die Post durchgesehen, Hortencia abgeholt und die abgelaufenen Lebensmittel aus dem Kühlschrank entfernt – alles, um einer bedeutsamen Unterhaltung aus dem Weg zu gehen.

Die Fahrt hatte uns beide vollkommen erschöpft, also bestellten wir uns etwas zum Abendessen und gingen früh ins Bett. Lucas Körpersprache machte deutlich, dass Sex heute Abend nicht zur Debatte stand. Auch wenn ich ihn körperlich an diesem Tag nicht brauchte, hatte ich gedacht, dass es uns vielleicht helfen würde, uns an die starke Verbindung zu erinnern, die wir teilten, indem wir uns ineinander verloren. Doch sie war in einem übergroßen T-Shirt und einer Jogginghose ins Bett gekommen und hatte mir den Rücken zugedreht.

Seit einer Stunde starrte ich nun im Dunkeln an die Decke und versuchte herauszufinden, was zum Teufel ich tun sollte. Ich wusste, dass ich niemals einschlafen würde, solange mir noch so viel durch den Kopf ging. Also beschloss ich, mir das, was ich loswerden musste, von der Seele zu reden – ob sie mir nun zuhörte oder nicht.

»Ich weiß nicht, ob du wach bist, aber ich muss ein paar Dinge sagen.«

Luca regte sich nicht, und ich hörte keine Veränderung in ihrer Atmung, also ging ich davon aus, dass sie tatsächlich eingeschlafen war. Davon ließ ich mich jedoch nicht abhalten.

»In uns allen wohnen Licht und Dunkelheit, Luca. Wir versuchen, die Dunkelheit vor anderen zu verstecken, weil wir Angst haben, dass sie die Menschen, die einem etwas bedeuten, vertreiben könnte. Aber deine Dunkelheit jagt mir keine Angst ein. Sie sorgt lediglich dafür, dass ich deine Hand halten und dein Licht sein will, bis du dein eigenes wiederfindest. Das machen Menschen, wenn sie verliebt sind. Ich werde nicht immer in der Lage sein, dir dein Licht zurückzugeben, weil du es manchmal selbst in dir finden musst. Aber ich werde an deiner Seite sein und deine Hand in der Dunkelheit halten, damit das alles nicht so beängstigend ist.«

Luca atmete angestrengt ein, aber ich war mir immer noch nicht sicher, ob sie wach war. Bis ich ihr raues, qualvolles, schmerzerfülltes Weinen hörte, das klang, als würde es jemand mit Gewalt aus ihrem Körper herausreißen. Dieser Laut war entsetzlich. Sie schluchzte – lange, heisere, traurige Schluchzer, die dafür sorgten, dass mir ebenfalls Tränen über die Wangen liefen. Sie strahlte so viel Kummer aus, dass ich tief in meinem Herzen wusste, dass es dabei nicht nur um das ging, was gestern passiert war. Es schien vielmehr, als hätten Jahre voller unterdrückter Trauer, Einsamkeit und Gram einen Weg aus einem langen Tunnel herausgefunden, nachdem sie jahrelang in der Dunkelheit festgesteckt hatten.

Ich schlang meine Arme um sie und hielt sie fest. Wir weinten beide sehr lange. Irgendwann, nachdem sich jeder schmerzerfüllte Schluchzer einen Weg durch ihren Körper nach draußen gebahnt hatte, beruhigte sie sich langsam.

»Das Konzert war meine Idee gewesen«, brachte sie erstickt hervor.

Oh Gott. Das Innere meiner Brust fühlte sich an, als hätte jemand hineingegriffen, mein noch schlagendes Herz herausgerissen und es in einer wütenden Faust zerquetscht.

»Es mag deine Idee gewesen sein, aber das, was dort passierte, war nicht deine Schuld. Millionen von Teenagern gehen jedes Wochenende auf Konzerte, Luca.«

»Sie hatte immer ein Lächeln auf dem Gesicht.«

Ich umfasste sie fester. »Ich bin mir sicher, dass sie unglaublich war.«

»Ich … Ich vermisse sie so sehr.«

»Ich weiß, Süße.«

»Ich habe sie geliebt.«

»Deine Liebe ist stark. Das weiß ich.«

»Ich konnte sie nicht finden.« Ihre Stimme zitterte und brach. »Die Menge. Sie drängte mich einfach in Richtung Tür, und ich habe mich ständig umgeschaut, aber ich konnte überall nur Menschen sehen.«

Ich war auf genug Konzerten gewesen, um mir vorstellen zu können, wie sich eine Horde panischer Teenager während einer Notfallevakuierung verhalten würde: überall Chaos, Gedränge und Gezerre. Wenn mir die Ursache für Lucas Ängste bislang noch nicht klar gewesen wäre, so spürte ich ihren Kontrollverlust in diesem Moment nur allzu eindrücklich, wenn ich mir vorstellte, wie ihr kleiner Körper durch eine Menschenmenge geschoben wurde, während sie verzweifelt versuchte, ihre Freundin zu finden.

Ich schloss die Augen. Im Grunde genommen hatte ich ihr genau das Gleiche angetan: Ich hatte sie aus dem Hotel, die Treppe hinunter und durch die Menge geschoben.

»Schhh … Du bist jetzt in Sicherheit. Wir sind beide in Sicherheit, Luca.«

Irgendwann war sie vom Weinen so erschöpft, dass sie einschlief. In einem Moment wimmerte sie noch schmerzerfüllt beim Einatmen, im nächsten atmete sie schnarchend aus.

Ich blieb wach, bis die Sonne aufging, hielt sie fest und lauschte auf Veränderungen in ihrer Atmung. Visionen des Abends, den sie beschrieben hatte, spielten sich immer und immer wieder in meinem Kopf ab, und ich war so wütend auf mich selbst, weil ich nicht bei ihr gewesen war – auch wenn mir logisch betrachtet klar war, dass das keinen Sinn ergab. Wir waren damals noch Teenager gewesen, und zwischen uns hatte ein Ozean gelegen. Trotzdem fühlte es sich deswegen nicht weniger real an.

Irgendwann schlief ich schließlich doch ein, und als ich am frühen Nachmittag aufwachte, tastete ich als Erstes nach ihr. Panik durchströmte mich, als ich nur die kalte Betthälfte vorfand, auf der sie geschlafen hatte. Und eine Nachricht.

Bin später wieder da. Ich habe deinen Koffer ausgeräumt und deine Wäsche gewaschen, damit du für deinen Flug packen kannst.
- Luca

Wenigstens hatte sie das weggelassen, was sie wirklich gedacht hatte: *Reisende soll man nicht aufhalten.*

26. KAPITEL

Luca

»Ich denke einfach nicht, dass das funktionieren könnte. Eine Fernbeziehung ist schon schwer genug, aber eine Fernbeziehung, die im Grunde genommen darin besteht, dass mich Griffin in meiner kleinen abgeschotteten Blase besucht, wann immer er ein paar Tage freinehmen kann von seinem Rockstarleben, erscheint mir nicht realistisch.«

»Was hat Griffin denn zu alldem zu sagen?«

Der Doc und ich waren schon seit mindestens zwei Stunden unterwegs. Als er an diesem Morgen ohne sein Fernglas aufgetaucht war, hatte ich gewusst, dass mir eine lange und anstrengende Sitzung bevorstand. Wir hatten über anderthalb Stunden lang über das geredet, was in dem Hotel passiert war und wie ich darauf reagiert und mich dabei gefühlt hatte. Diese Unterhaltung hatte zu dem geführt, was sich gerade zwischen mir und Griffin abspielte, und nun waren wir zu dem Thema übergegangen, das mir körperliche Schmerzen bereitete: *mein Abschied von Griffin später.*

»Er versteht nicht, wie sehr ihn eine Beziehung mit jemandem wie mir belasten wird. Er hat so hart gearbeitet, um sein Ziel zu erreichen, und ich kann ihm keine Schlinge um den Hals legen. Er hat das Herz am rechten Fleck, er meint es definitiv gut, aber er verdient so viel mehr. Er sollte eine Frau haben, die am Bühnenaufgang steht, während er in ausverkauften

Stadien spielt. Eine Frau, die ihn auf Wohltätigkeitsgalas begleiten kann.«

»Griffin kommt mir nicht wie der Typ Mann vor, der sich gern auf Wohltätigkeitsgalas herumtreibt. Er wirkt eher so, als würde er einen Scheck ausstellen und anonym für etwas spenden, das ihm wichtig ist, um dann nach Hause zu gehen und sich zu entspannen.«

Das entlockte mir ein Lächeln. »Du weißt, was ich meine. Die Veranstaltung selbst ist nicht wichtig. Es geht darum, dass er in der Lage sein soll, all seine Erfolge mit einer Partnerin zu teilen. Was wäre, wenn er einen Grammy gewinnen würde? Ich könnte niemals an einer solchen Veranstaltung teilnehmen.«

»Und du glaubst, dass du diese Erfolge nur teilen kannst, indem du körperlich neben ihm stehst? Kann man einer Person nicht auch im übertragenen Sinn zur Seite stehen? Was ist mit einer Frau, die sich dafür entscheidet, zu Hause zu bleiben und die Kinder großzuziehen, während der Mann jeden Tag zur Arbeit geht? Steht sie ihrem Mann nicht zur Seite?«

»Das ist nicht das Gleiche.«

Der Doc schüttelte den Kopf. »Erklär mir, wo der Unterschied liegt.«

»Tja, das sind Entscheidungen, die ein Paar gemeinsam trifft. Sie haben eine Menge Verantwortung und teilen sie untereinander auf. Ein Partner übernimmt die Kindererziehung und der andere unterstützt die Familie finanziell. Aber in meinem Fall hat niemand eine Wahl, weil ich so verkorkst bin.«

Der Doc blieb stehen und wartete, bis ich mich herumdrehte und ihm meine volle Aufmerksamkeit schenkte.

»Du liegst falsch, Luca. Es gibt jemanden, der in Bezug auf diese Beziehung und ihr Fortbestehen eine Entscheidung trifft – und das bist *du*. Du lässt Griffin absolut keine Wahl.«

Der Doc entließ mich mit einer Menge Stoff zum Nachdenken. Mir war schon klar, was er mir vermitteln wollte, aber ich war einfach nicht davon überzeugt, dass Griffin wusste, was das Richtige für ihn war. Ich bezweifelte, dass er für immer mit meinen Problemen zurechtkommen würde. *Momentan*, da zwischen uns noch alles frisch und aufregend war, mochte er bereit sein, meine Einschränkungen zu akzeptieren. Aber es würde sehr schnell anstrengend werden, mit jemandem zusammen zu sein, der einen nicht wirklich unterstützen konnte. Ich *wollte*, dass das mit ihm und mir funktionierte – mehr als ich atmen wollte. Ich glaubte nur nicht daran, dass unsere Lebensumstände das zulassen würden. Ihn später zu verlieren, könnte schwerer sein, als ihn jetzt loszulassen. Aber der Gedanke daran, ihn wirklich jetzt gehen zu lassen, war unglaublich schmerzhaft. Ich war immer noch so verwirrt – das war alles, dessen ich mir sicher war.

Als ich nach Hause kam, saß Griffin am Fußende meines Betts und hatte die Hände an die Schläfen gelegt. Sein Haar war vollkommen zerzaust. Es sah aus, als wäre er vor lauter Frust immer wieder mit den Fingern hindurchgegangen. Er bemerkte mich nicht in der Tür. Ihn so zu sehen – so frustriert –, zeigte mir erneut, wie ernst diese Situation war und was ich ihm angetan hatte. Er versuchte alles, was in seiner Macht stand, um mir entgegenzukommen. Aber es sollte nicht so schwer sein. Er sollte nicht ständig wie auf Eiern laufen müssen, nur damit ich mich sicher und zufrieden fühlte. Er war mir so wichtig, und ich fragte mich ernsthaft, ob das bedeutete, dass ich ihn loslassen musste.

Der Koffer stand aufrecht da. Er hatte alles gepackt. Mein dringendes Bedürfnis, mit dem Doc zu reden, hatte mich wertvolle Stunden mit Griffin gekostet. Nun musste er schon bald los, um seinen Flug nach Chicago zu erwischen. Dort würde er den Videodreh beenden, den er meinetwegen so abrupt abbrechen musste. Dann würde er zurück nach L.A. fliegen und schließlich zusammen mit seinen Bandkollegen auf Tournee gehen. Bis zu einem nächsten Treffen mit Griffin würde sehr viel Zeit vergehen – falls ich ihn überhaupt je wiedersehen würde. Mein Magen verkrampfte sich.

Er hatte den Mietwagen bereits zurückgebracht und darauf bestanden, ein Taxi zu bestellen, statt sich von mir zum Flughafen fahren zu lassen. Ich hasste die Tatsache, dass ich deswegen Erleichterung empfand, da mich das Gekurve rund um den Flughafen schon immer gestresst hatte. Dort herrschte so viel Verkehr. Eine »normale Person« hätte darauf bestanden, ihn zu fahren.

Als mich Griffin schließlich bemerkte, blieb er still. Der melancholische Ausdruck auf seinem Gesicht war nicht zu übersehen. Ich konnte nur nicht beurteilen, ob er wegen unserer abgebrochenen Reise enttäuscht war oder ob seine Abreise der Grund dafür war.

Auch wenn ich alles ruiniert hatte, wollte ich einfach nur, dass er blieb – für immer. Ich wollte heute Abend mit ihm auf der Couch kuscheln, Ananaspizza bestellen und in seinen Armen einschlafen. Ich war noch nicht bereit, ihn wieder mit der Welt zu teilen.

»Tut mir leid, dass du gehen musst, während das mit uns so ungewiss ist«, sagte ich schließlich.

Er stand vom Bett auf und kam auf mich zu.

Seine Augen wirkten müde, als er sagte: »Von meiner Seite aus ist nichts ungewiss. Ich bin immer noch bereit, für uns zu kämpfen, Luca. Ich bin für etwas Langfristiges bereit, wenn du das willst. Aber auch wenn ich gesagt habe, dass ich nicht zulassen werde, dass du mich verlässt, kann ich dich letztendlich zu nichts zwingen. Das ist das Einzige, was ich nicht tun kann.« Er wischte eine Träne von meiner Wange. »Es wird niemals perfekt sein. Es wird niemals *nicht* beängstigend sein. Wenn du also darauf wartest, dass sich das alles nicht mehr Furcht einflößend anfühlt, kann ich dir garantieren, dass das nie passieren wird. Es wird schwere Zeiten geben, aber es wird auch großartige Zeiten geben. Du musst entscheiden, ob wir die Mühe wert sind. Letztendlich wird es auf eine Frage hinauslaufen: Reicht die Liebe aus?«

»Ich liebe dich so sehr«, platzte es unter Tränen aus mir heraus.

»Das weiß ich.« Griffin küsste mich auf den Kopf und wiederholte: »Das weiß ich.«

Das Geräusch einer schlagenden Autotür drang von draußen ins Zimmer.

Er schloss die Augen. »Mist. Das ist mein Taxi.«

Ich klammerte mich an sein T-Shirt. »Verdammt. Noch nicht.«

»Ausgerechnet jetzt ist ein verdammter Taxifahrer mal pünktlich.«

Griffin zog mich an sich und drückte mich fest. Ich spürte das Gewicht von tausend Worten in dieser Umarmung.

»Bitte ruf mich an, wenn du gelandet bist«, sagte ich.

»Das mache ich.«

Schließlich presste er einen langen Kuss auf meine Lippen und riss sich dann los. »Lange Abschiede liegen mir nicht. Sie sind scheiße. Also werde ich jetzt einfach verschwinden.«

»Geht mir genauso. Ich hasse lange Abschiede.«

Er nahm seinen Rollkoffer und ging auf die Tür zu. Doch dann blieb er noch einmal stehen und drehte sich zu mir um.

»Nur falls es nicht deutlich genug war: Für mich *reicht* die Liebe, Luca. Aber du musst *zulassen*, dass ich dich liebe.«

Die Tage nach Griffins Abreise fühlten sich seltsam an. Mein Leben erschien mir leerer als je zuvor. Nachdem ich nun für eine Weile mit ihm zusammengelebt hatte, erkannte ich, wie einsam ich für lange Zeit tatsächlich gewesen war. Es hatte sich wahnsinnig gut angefühlt, ihn in meiner Nähe zu haben, so beschützt.

Irgendwann gelang es mir endlich, mich aufzuraffen und zum Supermarkt zu fahren. Bei meinem letzten Ausflug dorthin hatte mich Griffin begleitet, und nun erinnerte mich dieser Ort an ihn. Während ich durch die Gänge wanderte, kamen mir Themen in den Sinn, über die wir gesprochen hatten, als wir zusammen hier gewesen waren. Außerdem erinnerte ich mich an Artikel, die er in den Einkaufswagen geworfen hatte, als ich sie nun in den Regalen sah.

Melonen: Griffin.

Bunte Frühstücksflocken mit Fruchtgeschmack: Griffin.

Tortilla-Chips: Griffin.

Ich versank in meinen Tagträumen und lehnte mich gegen den Einkaufswagen, während ich ihn langsam durch die Gänge schob. Beinahe übersah ich dabei ein zerbrochenes Glas Tomatensoße, das in Gang elf auf dem Boden lag.

Ich brauchte länger als normalerweise, um den kompletten Einkauf zu erledigen, aber irgendwann erreichte ich endlich die Kasse.

Doris strahlte, als sie mich entdeckte. »Sieh mal einer an. Ich habe schon auf Sie gewartet. Sie haben mir eine Menge zu erklären!«

Ich verzog das Gesicht. Ich wollte gerade wirklich nicht über Griffin reden.

»Hey, Doris«, sagte ich und fing an, meine Einkäufe aufs Band zu legen.

»Lange nicht gesehen.« Sie scannte meine Artikel, während

sie den Kopf schüttelte. »Sie und Cole Archer. Ich kann es immer noch nicht fassen.«

»Glauben Sie mir, sogar *ich* kann es immer noch nicht ganz fassen.«

»Wohnt er immer noch bei Ihnen? Wo ist er?«, fragte sie mit großen Augen.

»Eigentlich ist er gerade auf Tournee. Er besucht ein Dutzend Städte überall in den Vereinigten Staaten.«

»Wann werden Sie sich wiedersehen?«

»Ich weiß es noch nicht«, antwortete ich ehrlich.

»Sie sollen wissen, dass ich keiner Menschenseele erzählt habe, dass er in Vermont war. Ich wollte Ihnen keinen Ärger machen.«

»Danke. Das weiß ich zu schätzen.«

»Meine Nichte wäre ausgerastet, wenn sie das gewusst hätte. Ich habe es aber nicht riskiert, weil sie eine große Klappe hat. Irgendwann werde ich es ihr erzählen.« Sie kicherte. »Sie wird mich umbringen.«

Ich nickte stumm.

Sie bemerkte, dass mich etwas beschäftigte. »Ist zwischen Ihnen beiden alles in Ordnung?«

Sollte ich ehrlich zu ihr sein? Verdammt, es gab ohnehin nur so wenige Menschen, mit denen ich regelmäßig redete. Der Doc und Doris waren so ziemlich die Einzigen. Ich beschloss, mich ein wenig zu öffnen.

»Ich bin mir nicht sicher, ob es funktionieren wird. Sie wissen ja, dass ich … Probleme habe … Tja, während ich mit ihm unterwegs war, passierten ein paar Dinge, und sagen wir einfach … dass ich dadurch begriffen habe, wie schwierig es sein würde, eine Beziehung mit ihm zu führen.«

Sie hielt beim Scannen inne. »Moment mal … Sie denken doch nicht etwa darüber nach, sich von ihm zu trennen, oder?« Als ich nichts erwiderte, zog sie ihre eigenen Schlüsse. »Luca … dieser Junge liebt Sie. Er *liebt* Sie. Das können Sie mir nicht antun.«

Ihr? Hatte ich das richtig verstanden?

»*Ihnen*?«

»Ja. Mir gehen einfach seine Worte nicht mehr aus dem Kopf, die er gesagt hat, als er mit Ihnen hier war. Sie gaben mir Hoffnung, dass Träume wirklich wahr werden können – selbst unsere wildesten Träume. Ich meine, wie kommt die behütete kleine Luca, die irgendwo in der Provinz von Vermont lebt, mit einem Superstar zusammen? Und dann stellt sich heraus, dass er ihr Brieffreund aus Kindertagen ist? Das ist der Stoff, aus dem Märchen sind, Luca. Aber das ist Ihr Leben. Ihr verflixtes Leben! Bitte werfen Sie das nicht weg, weil Sie Angst haben. Sie werden es niemals zurückbekommen. Und es ist … Magie. Reine Magie.«

Magie. Genau das brauchte ich jetzt. Ich wünschte, ich hätte einen Zauberstab, um all meine Ängste auszulöschen.

Doris' Augen leuchteten. Ich wollte ihre Seifenblase nicht zerplatzen lassen. Gleichzeitig konnte ich ihren Rat nicht ernst nehmen. Die ganze Situation faszinierte und blendete sie viel zu sehr.

»Ich weiß Ihren Rat zu schätzen, Doris. Ich verspreche Ihnen, dass ich ihn berücksichtigen werde.«

»Ich drücke Ihnen die Daumen. Lassen Sie nicht zu, dass dieser Junge aus Ihrem Leben verschwindet und mit einer anderen Frau hübsche Babys macht.«

Dieser Kommentar traf mich wirklich tief und war schmerzhaft. Er wühlte mich aus mehreren Gründen auf. Die Vorstellung von Griffin mit einer anderen Frau – ganz zu schweigen davon, dass er mit dieser Frau »Babys machen« könnte – war für mich nur schwer zu ertragen. Aber das würde passieren, wenn ich mich dafür entschied, ihn gehen zu lassen. Ich würde es aus den Medien erfahren, und es würde mich umbringen. Und dann war da noch diese andere Sache … Was für eine Mutter würde ich sein, wenn ich nicht in der Lage wäre, mein Kind an all die Orte mitzunehmen, die es besuchen wollte? Womöglich wollte mein Kind Disneyland sehen oder an einer Veranstaltung teilnehmen, die in einer großen Arena stattfand. Ich würde nicht in der Lage sein, mit ihm oder ihr dorthin zu gehen. Ich schüttelte den Kopf, um diese Gedanken zu verscheuchen.

Während ich Doris half, meine Einkäufe einzutüten, besserte sich meine Stimmung, und ich dachte einen Moment lang über Griffins Liebeserklärung nach, die er mir genau hier an dieser Kasse gemacht hatte. Das musste mit Abstand das Romantischste sein, was je mitten in der Nacht in einem Supermarkt passiert war.

27. KAPITEL

Luca

Am nächsten Tag fuhr ich zur Post, um einen Blick in mein Postfach zu werfen, und fand dort etwas vor, das ich niemals erwartet hätte: einen Brief von Griffin.

Er hat mir einen Brief geschrieben?

Es wäre weit untertrieben zu sagen, dass ich verblüfft war. Ich dachte, dass die Zeiten, in denen ich Briefe von ihm erhielt, vorbei wären. Er hatte mich von unterwegs jeden Tag angerufen, sofern es ihm möglich gewesen war, also war das hier definitiv eine Überraschung.

Während ich den Umschlag in den Händen hielt, durchströmte mich ein nur allzu vertrautes Gefühl der Aufregung. Mir war gar nicht klar gewesen, wie sehr mir diese Vorfreude gefehlt hatte, und ich war richtig überrumpelt, dass sie nicht an Intensität verloren hatte. Immerhin war diese ganze Sache mit Griffin eine ziemliche Achterbahnfahrt gewesen. Seit unserer ersten Begegnung in Kalifornien war alles so schnell gegangen. Es kam mir immer noch wie gestern vor, dass wir lediglich die Briefe hatten.

Ich rannte zurück zu meinem Auto und öffnete den Brief.

Liebe Luca,

Grüße aus einem dunklen Tourbus irgendwo im Nirgendwo von Virginia. Die Jungs sind unterwegs, um sich zu amüsie-

ren, und ich habe mich in meiner Koje eingeschlossen, um ein wenig meine Ruhe zu haben. Man sollte meinen, dass man sich in dieser winzigen Kammer nur elend fühlen kann, aber sie ist größer, als man denkt. Man nennt es eine »Wohnkoje«, und hier drinnen ist es angenehm ruhig. Es ist der perfekte Ort, um an neuen Liedtexten zu arbeiten. Die Bewegung des Busses wiegt mich in den meisten Nächten in den Schlaf.

Ich habe hier drinnen ein Bett und einen Fernseher und mehr brauche ich seltsamerweise gar nicht. Warte. Nein. Das stimmt natürlich nicht. Ich brauche dich, denn du fehlst mir. Ich weiß, dass wir fast jeden Tag telefoniert haben, aber diese Gespräche sind immer viel zu hektisch. Und das ist meine Schuld. Wenn sich hier endlich alles beruhigt hat, ist es normalerweise schon zu spät, um noch anzurufen. Aber so ist das Leben auf Tour.

Der heutige Auftritt in D. C. war anstrengend. Es ist schon erstaunlich, dass ich auf ein Publikum hinausblicke, aus dem mich Tausende von Menschen voller Bewunderung anstarren und meinen Namen schreien, und dabei nicht das Geringste empfinde. In dieser Hinsicht bin ich vollkommen abgestumpft, und das ist schon ein wenig enttäuschend. Ganz zu schweigen davon, dass es mir mittlerweile verdammt schwerfällt, »Luca« zu singen. Und ausgerechnet das Lied wollen immer alle hören. Ich will ständig den Text ändern, weil hinter dieser Geschichte jetzt so viel mehr steckt, nicht wahr? Wenn sie nur wüssten. Wie dem auch sei, ich muss aufhören, mich über meinen Job zu beschweren, denn ich kann mich wirklich verdammt glücklich schätzen, dass ich ihn habe, und das weiß ich. Ich will nicht undankbar klingen.

Ich wünschte nur, du wärst hier. Das ist alles. Ich habe mir vorgenommen, diesen Brief locker und lustig klingen zu lassen – genau wie früher. Ich schätze, dass ich das bereits verbockt habe, was? Ich vermisse unsere Pizzaabende. Ich vermisse es, mit dir

Lebensmittel einzukaufen. Verdammt, ich vermisse sogar Hortencia. (Gestern habe ich beim Frühstück keinen Speck gegessen. Das ist wahre Liebe.)
Auf jeden Fall … Ich vermisse dich.
Heute habe ich ein Lied von ABBA gehört und an dich gedacht. Es war verflucht deprimierend. Es hieß »One of Us«. Achte mal auf den Text. Du wirst verstehen, was ich meine.
Und dann ist da noch »Knowing Me, Knowing You«. So wie ich dich und mich kenne, wird dieser Brief hoffentlich zu weiterer Korrespondenz führen. Ich kann nur hoffen, dass meine »Dancing Queen« den Hinweis versteht und mir zurückschreibt. Die einzige Frage ist … wie zum Teufel kannst du mir einen Brief zuschicken? »Mamma Mia«, was für ein kniffliges Rätsel. Sieh es als Herausforderung an. Wie stellt man jemandem, der sich auf Tournee befindet, Briefe zu? Mir ist egal, wie du es bewerkstelligst, aber »Gimme! Gimme! Gimme!« – nur immer her damit. Finde heraus, wie du mir deinen Brief zukommen lassen kannst. Du kennst meinen Terminplan. Ich fordere dich heraus. »I Have a Dream«, ja, ich träume davon, dass du eine Möglichkeit finden wirst.
Diese Idee, ABBA-Lieder zu benutzen, um mit dir zu kommunizieren, nervt ziemlich, oder? Tja, so bin ich eben.
Gott, ich bin müde. Und aufgedreht. Und habe ich schon erwähnt, dass ich dich vermisse?

Bis dann
Griff
Eigentlich …

In LIEBE
Griffin

PS: »I Do, I Do, I Do, I Do, I Do«. Ja, das tue ich. So lautet die Antwort. Die Frage ist: Liebt Griffin Luca sehr?
PPS: Ich fordere dich heraus, in deinem nächsten Brief ABBA-Lieder einzubauen, die ich noch nicht verwendet habe. Lass uns herausfinden, wer es besser kann. »The Winner Takes It All.« (Ein weiteres Lied, das du jetzt nicht mehr benutzen kannst.)
PPPS: Hier ist noch ein wenig ABBA-Wissen für dich. Worum geht es in dem Lied »Super Trouper«? Ich habe recherchiert, und es ist schon unheimlich, wie sehr dieses Lied mein aktuelles Leben widerspiegelt.

Tja, er hatte es geschafft. Er hatte mich zum Lächeln gebracht. Auf Griffin konnte man sich eben immer verlassen.

Ich presste den Brief an meine Brust und las ihn dann noch ein paarmal.

Griffin hatte mir seinen kompletten Tourneeplan sowie eine besondere Telefonnummer des Tourmanagers gegeben, falls ich ihn im Notfall erreichen musste. Wenn ich es klug anstellte, konnte ich meinen Brief an einen der Veranstaltungsorte schicken. Das würde ich hinkriegen. Ich musste den Manager anrufen und herausfinden, wie ich Griffin den Brief zukommen lassen konnte. Das bedeutete allerdings, dass ich auch seine ABBA-Herausforderung annehmen musste.

Als ich es mir später an diesem Abend auf der Couch gemütlich machte, um seinen Brief zu beantworten, fühlte es sich genau wie früher an – wie ein Déjà-vu.

Lieber Griffin,
wow. Dank dir lerne ich jeden Tag etwas Neues. Ich habe nie wirklich auf den Text von »Super Trouper« geachtet. Es heißt, dass es in dem Lied um die Herausforderungen geht, denen man

sich stellen muss, wenn man ein Star ist. Richtig nah ging mir der Teil, in dem sie darüber singen, wie einsam sie sich fühlen, obwohl sie so viele Fans haben, und dass der Ruhm ihnen nicht die Sehnsucht nach dieser einen besonderen Person nimmt. Mist. Das Lied spiegelt tatsächlich genau das wider, was du mir in deinem Brief geschrieben hast.

Ich träume davon, mich nachts in deiner kleinen Koje an dich zu kuscheln. In meinen Träumen gibt es kein Licht, aber wir brauchen auch keins. Es gibt nur dich und mich und die Geräusche der Straße. Darüber denke ich sehr viel nach. Mein Herz ist bei dir in diesem Bus. Bitte sei dir dessen gewiss.

Wie dem auch sei, »Honey, Honey«, ich versuche, mich unter Kontrolle zu bekommen, bevor dieser Brief zu emotional oder traurig wird. Denn in unseren Briefen ging es immer darum, den anderen aufzumuntern (selbst wenn wir uns gegenseitig enttäuscht haben). Einander aufzumuntern sollte die Devise sein, »The Name of the Game« sozusagen. Aber ich fürchte, ich kann nicht anders. Heute Abend gewinnt meine emotionale Seite die Oberhand.

»The Day Before You Came«, also an dem Tag, bevor du zu mir kamst, um bei mir zu bleiben, hätte ich mir nicht vorstellen können, wie sehr deine Anwesenheit hier meine Sicht auf die Welt ohne dich verändern würde. Nun, da du hier gewesen und wieder verschwunden bist, wird mir klar, wie viel strahlender alles ist, wenn ich dich an meiner Seite habe. »When All Is Said and Done«, ja, letzten Endes fällt es mir wirklich schwer, ohne dich zu leben. Aber ich habe immer noch keine Lösung gefunden, wie das mit uns langfristig funktionieren könnte. Ich weiß nicht, ob es zu viel verlangt ist, dich zu bitten, auf mich zu setzen und zu sagen: »Take a Chance on Me«, wenn die Möglichkeit besteht, dass ich dich enttäuschen könnte. Ich habe einfach nicht die richtige Antwort. Ich will eigentlich nur, dass du mir

weiterhin all deine Liebe schenkst – »Lay All Your Love on Me«. Aber ich habe Angst und schicke ein »SOS« ans Universum, damit es mir dabei hilft, den richtigen Weg einzuschlagen. Gott, ich habe es wirklich total vermasselt, diesen Brief witzig klingen zu lassen. Jetzt ist daraus eine deprimierende Tirade über meine Unsicherheiten geworden, unter die ich einen Haufen ABBA-Lieder gemischt habe. Aber bekomme ich wenigstens Punkte dafür, dass ich sie so eingebaut habe, wie du es verlangt hast?

Auf jeden Fall vermisse ich dich auch. So sehr. In welcher Stadt findet noch mal die Liveübertragung des Konzerts statt, die ich mir dann anschauen kann? Ich glaube, du hast erwähnt, dass es gegen Ende der Tournee sein wird, richtig? Ich kann es gar nicht erwarten, dich live zu sehen, Griffin. Auch wenn ich eigentlich persönlich dort sein sollte, will ich, dass du weißt, wie stolz ich auf dich bin, weil du jeden Abend die Bühne betrittst, obwohl du manchmal niedergeschlagen bist. Dafür braucht man eine Menge Willenskraft. Ich weiß, dass ich der Grund für ein paar der Gedanken bin, die dich in letzter Zeit runterziehen. Dagegen will ich ganz dringend etwas unternehmen. Aber dafür muss ich mich ändern, und das ist leider nicht so leicht.

Ich liebe dich.
Luca
PS: »Hasta Mañana.« (Ich wusste doch, dass ich hier irgendwo noch ein weiteres Lied unterbringen kann.)

Ein paar Tage später klingelte mitten am Nachmittag das Telefon. Mein Herz raste, als ich auf dem Display sah, dass es Griffin war.

Ich nahm den Anruf entgegen. »Hey!«

»Du hast es geschafft, Süße. Der Brief wurde in meine Garderobe im Palladium geliefert. Ich wusste, dass du es hinkriegen würdest.«

Mein Herz flatterte. »Ich bin so froh, dass dich der Brief erreicht hat. Ich war wirklich besorgt, dass er unterwegs verloren gehen oder dich ganz knapp verpassen würde. Und dann hätte ich einen Weg finden müssen, wie ich ihn an den nächsten Ort weiterleiten kann.«

»Nein, es war perfekt.« Er zögerte. »Hör zu, ich habe nicht viel Zeit, weil sie mich zum Soundcheck gerufen haben, aber ich wollte dir unbedingt von dieser Sache erzählen, von der du nichts wissen kannst, wenn du dich immer noch an dein Versprechen hältst und mich nicht googelst.«

Mir wurde ganz mulmig zumute.

Wovon weiß ich nichts?

»Okay …«

»Jemand hat auf einer Promiwebseite ein paar Fotos davon gepostet, wie wir während des Feueralarms das Hotel in Chicago verlassen.«

Ich atmete erleichtert aus. »Ich verstehe.«

»Ich weiß, dass du manchmal die Klatschzeitschriften im Supermarkt liest, und ich habe noch keine Ahnung, ob irgendwelche von diesen Fotos auch in einem Magazin gelandet sind, aber ich wollte dich vorwarnen, falls dir zufällig welche begegnen.«

»Das ist in Ordnung … ob du es nun glaubst oder nicht, es macht mir wirklich nichts aus, fotografiert zu werden. Ich meine, es ist aufdringlich und nicht toll, aber es löst bei mir keine Panik aus oder so etwas.«

»Tja, dann bin ich erleichtert, denn diese Reise war auch so schon schlimm genug. Daran müssen wir nicht auch noch ständig erinnert werden.«

»Es ist okay. Mach dir wegen der Fotos keine Sorgen.«

Er seufzte ins Telefon, und ich konnte seine Erleichterung spüren. Ich musste sorgfältig auswählen, welche Schlachten ich schlug. Im Hinblick auf unsere Beziehung sprach schon genug gegen mich. Die Fotos unter den Tisch fallen zu lassen, war das Mindeste, was ich tun konnte.

»Ich bin immer noch erstaunt, dass sie deine Identität nicht aufgedeckt haben. Wenn sie herausfinden, dass dein Name Luca ist, wird das totale Chaos ausbrechen. Ich sehe die Schlagzeilen schon vor mir.« Er schwieg einen Moment lang und wechselte dann das Thema. »Da wir gerade von Klatschzeitungen reden, ich habe heute meinen Vater angerufen.«

Das überraschte mich. »Wirklich …?«

»Ja. Ich weiß nicht, was mich geritten hat. Ich schätze, ich hatte einfach das Gefühl, dass es an der Zeit war. Er will, dass ich nach London komme, um ihn zu besuchen. Sein Verhalten schien ihm leidzutun, und er will es wiedergutmachen.«

»Das ist toll, Griff.«

»Ja. Aber ich muss vorsichtig sein. Ich will nicht schon wieder verletzt werden.«

»Das verstehe ich.«

Seine Worte brachen mir ein klein wenig das Herz. Ich wollte nicht diejenige *sein*, die ihn verletzte.

Ich hörte, wie jemand seinen Namen rief. Daraufhin sagte er: »Mist. Ich muss los.«

»Geh nur. Bereite dich auf deinen Auftritt vor. Danke, dass du angerufen hast.«

»Ich liebe dich, Luca.«

»Ich liebe dich auch.«

28. KAPITEL

Griffin

Ein kleines Mädchen zog meine Aufmerksamkeit auf sich, als ich zum Eingang des Stadions ging. Ich blieb stehen und signalisierte der Security, dass ich eine Minute bräuchte. Sie hassten es, wenn ich mich in die Menge vorwagte, aber ich konnte nicht widerstehen. Ich musste einfach hingehen und Hallo sagen. Ein paar Dutzend Fans standen hinter den hölzernen Absperrungen, die den Fußweg zwischen unseren Bussen und dem Eingang des heutigen Veranstaltungsorts säumten, und riefen uns zu. Ein kleines Engelsgesicht sah Luca verdammt ähnlich.

Ich beugte mich vor, um mit ihr auf Augenhöhe zu sein. »Hallo. Wie heißt du?«

Sie war vielleicht sechs oder sieben Jahre alt und hätte mit ihrem langen dunklen Haar, den riesigen grünen Augen und den dichten schwarzen Wimpern wirklich Lucas Tochter sein können.

»Frankie.«

»Frankie, ja? Das ist ein cooler Name. Ist das eine Abkürzung für irgendwas?«

Sie nickte. »Francine.«

Ihre Mutter mischte sich ein. »Sie kennt jedes Wort Ihrer Lieder. Wir haben schon ernsthaft darüber nachgedacht, Ihnen zu schreiben, um Sie zu bitten, das kleine Einmaleins für sie zu singen.«

Ich lächelte. »Ist das so, Frankie? Du magst Musik?«

Sie nickte heftig mit ihrem bezaubernden kleinen Kopf.

»Meinst du, dass du mir etwas vorsingen könntest? Welches ist dein Lieblingslied?«

»›I Stand Still‹.«

Wow. Das war ein ziemlich tiefsinniges Lied für ein kleines Mädchen. Die meisten Leute gingen davon aus, dass es einer Frau gewidmet war, die mich sitzen gelassen hatte, aber in Wahrheit hatte ich es für meine Mum geschrieben. Es war eine langsame Soloballade, und der Text handelte davon, dass ich nicht erkannt hatte, wie wichtig sie in meinem Leben war, bis sie nicht mehr da gewesen war.

»Magst du es mir vorsingen?«

Die Kleine schaute ihre Mutter an, die ihr ermutigend zunickte. »Nur zu, Liebling. Das ist okay.«

Frankie wirkte nervös, also beschloss ich, ihr ein wenig zu helfen. »Ich sag dir was ... Wie wäre es, wenn ich anfange und du dann einfach einstimmst, wenn du so weit bist, ja?«

Sie nickte.

Leise sang ich die erste Zeile. Als ich den ersten Satz beendet hatte, wippte die kleine Frankie bereits vor und zurück und hatte ein breites Grinsen auf dem Gesicht. Sie war wirklich verflucht niedlich. Ich konnte mir problemlos vorstellen, dass Luca und ich eines Tages auch ein kleines Mädchen haben würden, das genauso aussehen würde. Also sang ich weiter. Als ich das Ende der ersten Strophe erreichte, hielt ich inne.

»Bist du bereit mitzusingen?«

Frankie nickte wieder. Dieses Mal sang sie sofort mit, als ich anstimmte.

Ich zog überrascht die Augenbrauen hoch, denn ihre Stimme war wirklich wundervoll. Ich wusste nicht, warum, aber ich hatte irgendwie nicht damit gerechnet, dass sie tatsächlich singen konnte. Ihre Stimme war zart, aber sie sang in einer perfekten Tonlage und hatte den süßesten Klang, den ich seit Langem gehört hatte. Ich senkte meine Stimme, um sie besser hören zu können, und sie machte weiter. Irgendwann hörte ich ganz auf zu singen und sah einfach zu, wie sie übernahm.

Die Ähnlichkeit zu Luca war wirklich unheimlich, und mir kam der Gedanke, dass es meiner Freundin ebenfalls gefallen würde, Frankie singen zu sehen. Also holte ich mein Handy hervor und signalisierte ihrer Mutter, dass ich sie gerne aufnehmen würde. Sie gab mir die Erlaubnis.

Ich hätte wirklich keinen besseren Teil irgendeines Liedes finden können, um ihn als Video an Luca zu schicken, als die Zeilen, die die kleine Frankie sang, als ich auf »Aufnahme« drückte.

Since the day that you left
I felt a hole in my heart.
Going through the motions
Through the window I thrive
But behind the curtain I only survive

Ich drückte auf die Taste, um die Kamera zu drehen, damit sie mein Gesicht aufnahm, und lehnte mich an Frankie heran, um sie beim Refrain zu begleiten, während ich meinen Arm ausgestreckt hielt und weiter alles aufzeichnete.

The world keeps spinning without you.
The world keeps spinning round and round.
The world keeps spinning, but I stand still
I stand still
I stand still

Als ich fertig war, applaudierte die Menge um uns herum. Ich streckte meine Hand aus, um Frankies zu schütteln, und gab ihr dann einen Handkuss, bevor ich ihre Mutter auf die Wange küsste.

»Bleibt einfach hier stehen«, sagte ich. »Ich werde in ein paar Minuten meinen Manager rausschicken, damit er euch Backstagepässe besorgt. Dann könnt ihr auch meine Freunde kennenlernen und euch das Konzert aus der ersten Reihe ansehen.«

»Oh mein Gott!« Frankies Mutter hielt sich die Hand vor den Mund. »Vielen Dank.«

»Nein, ich danke Ihnen dafür, dass Sie heute Ihre Tochter mit mir geteilt haben.«

Auf dem Weg zum Eingang gab ich ein paar Autogramme und suchte dann meinen Manager, damit er dafür sorgen konnte, dass Frankie eine VIP-Behandlung bekam. Da für den Soundcheck, für den ich extra ein wenig früher hergekommen war, noch nicht alles vorbereitet war, setzte ich mich in meine Garderobe und sah mir das Video an, das ich aufgenommen hatte.

Als ich es mir anschaute, wurde mir klar, wie sehr sich durch meine Beziehung mit Luca alles für mich verändert hatte. Früher hatte ich immer ein wahnsinniges Hochgefühl durchlebt, wenn ich eine Konzerthalle voller kreischender Fans betreten hatte. Doch jetzt erlebte ich exakt dieses Gefühl, wenn ich mir vorstellte, dass ich eines Tages ein kleines Mädchen mit Luca haben könnte. Mit Geld und Ruhm konnte man sich kein Glück kaufen. Und so langsam kam ich zu dem Schluss, dass ich tausend Frauen, die mein Gesicht auf ihrem T-Shirt hatten und es somit auf ihrer Brust trugen, gegen eine Frau eintauschen würde, die *ihr Gesicht* nachts auf meine Brust legte. Das war ziemlich verkorkst.

Aber meine Luca hatte ein paar harte Tage hinter sich. Sie und der Doc hatten sich vor die Tür gewagt, um Futter für Hortencia zu kaufen, und sie war im Laden zusammengebrochen. Offenbar waren ihr diese kleinen Ausflüge vor unserem Zwischenfall in Chicago leichter gefallen, also hatte sie in letzter Zeit einige Tiefschläge wegstecken müssen. Das Video war die perfekte Botschaft, um sie aufzuheitern.

Zumindest dachte ich das.

Ich tippte eine Nachricht und hängte dann das Video an.

Griffin: Diese kleine Schönheit heißt Frankie. Sie sieht genauso aus, wie ich mir unsere kleine Tochter vorstellen würde. Frankie hat das Lied ausgewählt, aber die Worte könnten nicht passender sein, um zu beschreiben, wie ich mich ohne dich an meiner Seite fühle, Babe. Ich stehe still. Die Welt dreht sich weiter, aber ohne dich stehe ich still. XO Ich rufe dich heute Abend nach dem Konzert an.

Ich drückte in dem Moment auf »Senden«, in dem der Tontechniker an meine Tür klopfte.

»Bereit, wenn du es bis, Cole.«

»Klingt gut. Ich bin in einer Minute da. Ich warte nur noch auf eine Antwort von meiner Freundin.«

Ich sah zu, wie sich der Status der Nachricht von »Gesendet« zu »Empfangen« zu »Gelesen« änderte.

Das Video war schätzungsweise ein oder zwei Minuten lang, also erwartete ich nicht sofort eine Antwort. Als nach zehn Minuten jedoch immer noch keine gekommen war, wollte ich das Team nicht länger warten lassen. Also ging ich auf die Bühne hinaus. Bevor wir anfingen, schaute ich noch ein letztes Mal auf mein Handy.

Immer noch nichts.

Luca war vermutlich mit Schreiben beschäftigt. Ich wusste, wie ich mich fühlte, wenn ich mitten in der Komposition eines Lieds steckte. Manchmal zog ich mich dann in meine eigene kleine Blase zurück, die jeglicher Kontakt mit der Außenwelt zum Platzen gebracht hätte. Ich dachte mir, dass ich sicher von ihr hören würde, wenn der Soundcheck vorbei war.

Aber damit lag ich falsch.

»Was zum Teufel ist los, Luca?«

Ich tigerte in meinem Hotelzimmer auf und ab und drückte nun schon zum zehnten Mal auf die Wahlwiederholungstaste. Luca hatte nach dem Soundcheck immer noch nicht auf meine Nachricht reagiert. Auch zu dem Zeitpunkt, als das Konzert angefangen hatte, hatte ich noch nichts von ihr gehört. Als nach dem Ende des Konzerts nach wie vor Funkstille geherrscht hatte, hatte ich angefangen, mir Sorgen zu machen. Also hatte ich ihr eine Textnachricht geschickt, um nachzuhören, was los war. Genau wie bei dem Video, das ich ihr geschickt hatte, hatte sie sie zwar gelesen, aber nicht darauf reagiert. Ich hinterließ ihr außerdem ein paar Sprachnachrichten.

Hatte sie das Video womöglich irgendwie aufgewühlt? Enthielt es etwas, das sie wütend oder traurig gemacht haben könnte? Ich war nicht der Ansicht, aber nur um sicherzugehen, spielte ich es noch zweimal ab und las mir die Nachricht, die ich dazu verfasst hatte, erneut durch. Soweit ich es beurteilen konnte, waren die Nachrichten nur eine süße Erinnerung für Luca, dass ich an sie dachte.

Da ich keinen Grund sah, warum sie aufgebracht sein könnte, stellte sich mein Verstand nun deutlich schlimmere Szenarien vor. Ich wurde nervös, weil ich befürchtete, dass ihr etwas zugestoßen sein könnte. Natürlich kamen mir sofort die entsetzlichsten Bilder in den Sinn.

Jemand ist bei ihr eingebrochen, und sie liegt bewusstlos auf dem Boden.

Aber jemand las ja meine Textnachrichten. Schon möglich, dass der Einbrecher sie las, aber das kam mir selbst mit meiner lebhaften Fantasie lächerlich vor.

Sie ist gefallen und hat sich am Kopf verletzt.

Wieder stellte sich die Frage: Wie konnte sie meine Nachrichten lesen, wenn sie blutüberströmt dalag?

Leider gab es nur eine Möglichkeit, die Sinn ergab.

Die letzten paar Tage, die wirklich schwer für sie gewesen waren, machten ihr zu schaffen, und sie wollte einfach nicht mit mir reden.

Ich verspürte einen Anflug von Déjà-vu. Ich kannte dieses Gefühl. Vor acht Jahren war ich jeden Tag zum Briefkasten gegangen und hatte ein überwältigendes Grauen empfunden, weil ich keinen Brief mehr von Luca erhalten hatte. Wir mochten unsere Kommunikationsmethode geändert haben, aber mein Bauchgefühl sagte mir, dass gerade der gleiche Mist passierte wie damals – sie zog sich langsam, aber sicher von mir zurück.

Am nächsten Morgen mussten wir um acht aufbrechen, um unser nächstes Ziel zu erreichen. Ich war unfassbar erschöpft, denn nachdem ich gestern Nacht endlich eingeschlafen war, war ich jede halbe Stunde wieder aufgewacht, um mein Handy auf eine Textnachricht von Luca zu überprüfen. Ich hatte keine erhalten.

Ich klammerte mich an die letzte verzweifelte Hoffnung, dass sie gestern vielleicht früh eingeschlafen und dann heute lange im Bett geblieben war. Ich wartete, bis wir unseren ersten Tankstellenhalt einlegten und die Jungs aus dem Bus gesprungen waren, um etwas zu frühstücken. Dann fuhr ich die schweren Geschütze auf.

»Hallo.«

»Hey. Hier ist Griffin. Tut mir leid, dass ich Sie stören muss, Doc. Aber ich mache mir Sorgen um Luca. Sie geht nicht an ihr Handy – sie reagiert weder auf Textnachrichten noch auf Anrufe.«

Der Doc seufzte ins Telefon. »Das ist eine schwierige Situation für mich, mein Junge. In Bezug auf Luca unterliege ich der ärztlichen Schweigepflicht. Und doch bedeutet sie mir viel.«

Verdammt, ich hatte schon befürchtet, dass er das sagen würde.

»Können Sie mir einfach mitteilen, ob es ihr gut geht? Wann haben Sie sie das letzte Mal gesehen?«

»Ich war heute Morgen eine Stunde lang bei ihr.«

Ich war erleichtert zu hören, dass es ihr gut ging, aber meine Brust schmerzte regelrecht, als ich damit auch die Bestätigung erhielt, dass sie einfach nicht mit mir reden wollte.

»Es geht ihr gut? Sie hat keine körperlichen Verletzungen oder so etwas?«

»Körperlich ist sie in Ordnung. Deswegen sollten Sie sich keine Sorgen machen.«

Ich fühlte mich so verdammt hilflos, weil ich so weit von ihr entfernt war.

»Mir ist klar, dass Sie nicht über ihre Probleme reden dürfen. Aber ich weiß nicht, was ich machen soll. Ich bin unterwegs und kann gerade nicht zu ihr. Können Sie mir sagen, wie ich mit jemandem umgehen soll, der unter extremen Angstzuständen leidet? Was würden Sie einem Ehemann oder einer Ehefrau raten, die zu Ihnen kommen, um zu erfahren, wie sie jemanden behandeln sollen, der sich aufgrund seiner Ängste zurückzieht?«

»Ich würde ihnen sagen, dass es nicht möglich ist, jemanden mit extremen Ängsten zu beeinflussen. Man kann eine solche

Person unterstützen und lieben, aber man wird eine Menge Geduld brauchen, wenn man eine langfristige Beziehung mit ihr führen will. Wenn sich jemand ein Bein aufschneidet, näht der Arzt es zu – aber es dauert sehr lange, bis es wieder vollständig verheilt ist. Selbst nach Monaten ist immer noch eine Narbe zu sehen. Und lange nachdem die Narbe verblasst ist, wird die Stelle der Haut, wo sich die Wunde befand, leichter aufreißen als andere Bereiche des Körpers. Mit der Angst ist das nicht anders.«

Ich atmete aus. »Ja. In Ordnung.«

»Haben Sie Geduld, Griffin. Ich weiß, dass das leichter gesagt als getan ist, aber ich denke nicht, dass ich meine ärztliche Schweigepflicht verletze, wenn ich Ihnen sage, dass Luca Sie liebt. Es heißt, dass die Zeit alle Wunden heilt, aber ich denke, dass Liebe ebenso wichtig ist, wenn die Wunde von einem gebrochenen Herzen herrührt.«

Ich nickte und schluckte. »Danke, Doc.«

Nachdem ich aufgelegt hatte, saß ich eine Weile einfach nur da und dachte nach. Luca war körperlich in Ordnung und hatte den Doc. Ich wusste, dass sie Probleme hatte und wünschte, dass ich irgendetwas tun könnte, um ihr zu helfen. Aber wenn sie Zeit brauchte, dann hatte ich keine andere Wahl, als ihr ein wenig Abstand zu gewähren und sie wissen zu lassen, dass ich nirgendwohin gehen würde.

Sie hatte alle meine Textnachrichten gelesen, also verfasste ich eine weitere.

Griffin: Hey, meine Schöne. Ich wollte dich nur wissen lassen, dass ich heute an dich denke. Ich werde dir ein wenig Raum zum Atmen geben, anstatt dich ständig anzurufen und dir eine Million Nachrichten zu schicken, damit ich dich bei dem, was du gerade durchmachst, nicht noch mehr stresse. Ich bin hier, wenn du mich brauchst, und ich glaube fest an das, was wir haben. Pass auf dich auf, Baby.

Ich warf das Handy auf meine Schlafkoje, lehnte mich zurück und bedeckte meine Augen mit einem Arm. Ich erschrak, als eine Minute später mein Handy summte.

Luca: Danke. Pass du auch auf dich auf, Griffin.

29. KAPITEL

Luca

Ich griff nach dem gerahmten Foto auf dem Nachttisch, das ich vor ein paar Tagen aus meiner Schublade genommen hatte, und fuhr mit einem Finger über Isabellas Gesicht.

»Hey, Izzy. Tut mir leid, dass ich dich so lange in der Schublade verstaut hatte. Es ist nicht so, dass ich dich nicht sehen wollte. Glaub mir. Ich liebe dein lächelndes Gesicht. Es ist nur … Es ist schwer, weißt du? Erinnerst du dich noch, wie du in unserem zweiten Jahr auf der Highschool mit Tommy Nystrom zusammen warst? Ihr wart ein so süßes Paar. Dann bekam sein Dad eine neue Stelle, und er zog nach Arizona um. Du hattest überall in deinem Zimmer Fotos von euch beiden. Und du warst monatelang so traurig, nachdem er weggezogen war. Ich überredete dich dazu, die Fotos abzuhängen, und innerhalb der nächsten zwei Wochen lerntest du Andrew Harding kennen. Es war nicht so, dass du Tommy nicht mehr mochtest – er war nur einfach nicht mehr da, und die ständige Erinnerung an ihn machte dich traurig. Tja, aus einem ganz ähnlichen Grund musste ich deine Bilder wegräumen. Ich habe sie nicht weggetan, damit ich eine neue beste Freundin kennenlernen kann, genau wie du die Fotos von Tommy damals nicht abgehängt hast, um dir einen neuen Freund zu suchen. Aber manchmal müssen wir aufhören, in der Vergangenheit zu leben, und es uns erlauben, glücklich zu sein.«

Ich hatte gar nicht bemerkt, dass mir Tränen übers Gesicht liefen, bis eine auf das Glas in dem Rahmen in meiner Hand tropfte. Ich wischte sie weg und stellte das Foto zurück auf meinen Nachttisch.

Die vergangene Woche war brutal gewesen. Nach unserer Rückkehr aus Chicago war zuerst alles in Ordnung gewesen. Ich war traurig gewesen, weil ich das Gefühl hatte, dass Griffin und ich niemals eine Beziehung führen könnten. Aber das Erlebnis mit dem Feueralarm hatte mir gar nicht so viel ausgemacht. Bis es mich plötzlich einholte.

Ein paar Tage später wachte ich mitten in der Nacht auf und hyperventilierte. Ich hatte das Plärren des Feueralarms so deutlich gehört, dass ich um zwei Uhr nachts panisch aus dem Haus gelaufen war. Ich hatte volle zwanzig Minuten gebraucht, bis ich wieder ins Haus gehen konnte, obwohl mir längst klar gewesen war, dass gar kein Alarm losgegangen war. Danach geriet alles außer Kontrolle. Ich erlitt einen Zusammenbruch in der Zoohandlung, schwitzte heftig, während ich versuchte zu schreiben, und hatte die ganze Zeit über das Gefühl, dass bald etwas Schlimmes passieren würde. Dazu kam, dass mich die Angst vor einem weiteren heftigen Albtraum vom Schlafen abhielt.

Der Doc sagte, dass meine verzögerte psychologische Reaktion eine Art posttraumatische Belastungsstörung sei. Wir verbrachten ein paar Tage damit, über den Abend des Konzerts zu reden, was wir seit Jahren nicht mehr getan hatten. Gestern hatte er mich gebeten, die Ereignisse jenes Abends im Detail aufzuschreiben. Dieser Vorgang sollte mir helfen zu erkennen, wie ich über das Trauma dachte, damit wir eine neue Möglichkeit finden konnten, damit zu leben. Im Grunde genommen machten wir in meiner Therapie einen Schritt zurück – und es fühlte sich an, als würde ich *drei Jahre* in der Zeit zurückgeworfen werden.

Das einzig Gute war, dass das Schreiben über die Ereignisse rund um das Feuer dafür sorgte, dass ich mich auch an die guten Zeiten mit Izzy erinnern wollte. Also hatte ich heute meine Aufbewahrungskiste vom Speicher geholt und ging ein paar der Erinnerungsstücke durch. Ich hatte Geburtstagskarten, Fotos und Videos von uns aufgehoben, in denen wir uns albern aufführten, und sogar eine Entwurfszeichnung eines Tattoos, von dem Isabella gewollt hatte, dass wir es uns beide stechen ließen. Das Bild bestand aus Sonne, Mond und Sternen.

Ich holte mein Jahrbuch aus der Kiste und blätterte durch die Seiten, bis ich ihr Foto entdeckte. Sie war so hübsch und lächelte so strahlend. Als das Foto aufgenommen worden war, hatte sie nicht den Hauch einer Ahnung gehabt, was ihr in Kürze bevorstehen würde. Ich wollte das Jahrbuch gerade zurück in die Kiste legen, als es mir aus den Händen glitt und so landete, dass die Innenseite des Umschlags offen liegen blieb. Das Papier war komplett in Isabellas Handschrift beschrieben. Ich hatte diesen langen Brief, den sie in meinem Jahrbuch hinterlassen hatte, völlig vergessen.

Liebe Luca,
man sagt, dass man seine beiden besten Freunde vorne und hinten in die Innenseite des Jahrbuchumschlags schreiben lassen soll. Du sollst wissen, dass die hintere Umschlagseite meines Jahrbuchs leer bleiben wird. Weil ich auf der ganzen Welt nur eine einzige beste Freundin habe, und das bist du, Luca Vinetti.
Es fühlt sich an, als wäre es gestern gewesen, dass wir uns an unserem ersten Tag in der Vorschule zum ersten Mal begegnet sind. Ich stand an der Bushaltestelle und wartete auf den Schulbus. Mann, ich war vielleicht nervös. Ich meine, was sollte ich tun, wenn mich alle hassen würden? Oder wenn ich keine

Freunde finden würde? Womöglich würden mich alle für eine Spinnerin halten?
Zugegeben, in diesem Sommer war ich ziemlich frustriert gewesen, weil vorne rechts an meinem Kopf immer eine große Locke abgestanden hatte, und ich hatte die tolle Idee gehabt, dass es niemandem auffallen würde, wenn ich sie einfach ganz unten an der Haarwurzel abschnitt. Also fehlte mir auf einer Seite meines Kopfes ein großes Stück Haare. Im Grunde genommen war ich eine Spinnerin, also hätten meine Klassenkameraden einen verdammt guten Grund gehabt, sich von mir fernzuhalten.
Wie dem auch sei, ich stieg mit einem großen Cowboyhut auf dem Kopf in den Bus und dachte, dass niemand meinen missglückten Haarschnitt bemerken würde, wenn ich mit meinem coolen, neuen Stil alle vom Hocker riss. Das Problem war nur, dass Cowboyhüte total uncool waren, und alle Kinder fingen an, sich über mich lustig zu machen. Die Tatsache, dass ich ihnen erzählte, dass mein Vater Landwirt sei – in Manhattan –, machte es auch nicht wirklich besser. Aber du bist von deinem Platz aufgestanden und hast dich neben mich gesetzt. Du meintest, dass ich sie ignorieren solle, aber das konnte ich nicht. Dieser Tag war absolut furchtbar, und mir graute davor, am Dienstag erneut in die Vorschule gehen zu müssen. Bis ich in den Bus stieg und dich dort mit einem breiten Grinsen sitzen sah – und mit einem ollen Cowboyhut auf dem Kopf. In diesem Augenblick wurde mir klar, dass ich zwar eine Spinnerin war, aber dass mich meine neue beste Freundin trotzdem liebte.
Jahrbücher sollen die Leute an all die guten Zeiten erinnern, die man mit seinen Schulkameraden erlebt hat. Da dieses Buch nicht mal ansatzweise genug Seiten hat, um all unsere gemeinsamen Erinnerungen aufzuschreiben, werde ich dir stattdessen einfach die Gründe nennen, warum ich dich liebe.

Du lachst immer über meine schlechten Witze.
Du bist die netteste Person, die ich kenne.
Du hast mir beigebracht, meine Träume zu verfolgen, indem ich dir dabei zuschauen durfte, wie du deine eigenen verfolgt hast.
Du kannst es nicht erwarten, am nächsten Morgen aufzuwachen, um das Leben zu genießen.
Du hast immer ein Lächeln auf dem Gesicht.
Du bist furchtlos.
Die letzten zwölf Jahre waren der Hammer, aber das ist erst der Anfang für uns. Du wirst die Welt erobern, Luca Vinetti. Mag sein, dass wir auf unterschiedliche Colleges gehen werden, zwischen denen Tausende von Kilometern liegen, aber egal, wie groß die Entfernung, die das Leben zwischen uns schafft, auch ist, ich werde immer für dich da sein.
Deine beste Freundin für alle Zeiten,

Izzy

Griffin: Guten Morgen, meine Schöne. Warum hat das Sperma die Straße überquert?

Ein paar Sekunden später kam eine zweite Nachricht an.

Griffin: Weil ich heute Morgen die falsche Socke angezogen habe.

Ich weiß nicht, warum, aber der Witz löste bei mir einen Lachanfall aus. Vielleicht stand ich kurz davor durchzudrehen, ich war mir nicht sicher, aber irgendwie brauchte ich genau das in diesem Moment.

Griffin hatte mir im Verlauf der letzten Woche zweimal täglich eine Textnachricht geschrieben, seit ich mich von ihm zurückgezogen hatte. Jeden Morgen schickte er mir einen Witz, und jeden Abend erzählte er mir von den unterschiedlichen Arten, auf die er tagsüber an mich gedacht hatte. Manchmal schrieb ich zurück, aber es war immer nur ein belangloses Dankeschön oder ein langweiliger Smiley. Es war nicht so, dass ich keinen Kontakt mit ihm haben wollte, aber ich wusste einfach nicht, was ich sagen sollte. Ich schämte mich dafür, wie ich in die Dunkelheit abgerutscht war, und wusste auch nicht, wie ich mit ihm über uns reden sollte – über unsere Beziehung. Also verhielt ich mich absolut unreif und zog mich ohne Erklärung komplett zurück.

Ich las seine Nachricht erneut und musste auch beim zweiten Mal über den Witz lachen. Ich stellte mir vor, wie er *tatsächlich* eine verkrustete Socke anzog. Dann kam mir Izzys Brief aus dem Jahrbuch wieder in den Sinn, den ich gestern gelesen hatte.

Du lachst immer über meine schlechten Witze.

Ich hatte wirklich eine Vorliebe für richtig schlechte Witze. Da hatte sie recht. Aber was den Rest betraf, war ich mir nicht so sicher.

Du bist furchtlos.

Gott, war ich wirklich mal furchtlos gewesen? Denn ich konnte mich nicht an eine Zeit erinnern, in der ich ohne Angst gelebt hatte.

Du kannst es nicht erwarten, am nächsten Morgen aufzuwachen, um das Leben zu genießen.

Das *Leben* genießen. Ich hatte mir eine Welt erschaffen, die so wenig wie möglich mit dem echten *Leben* zu tun hatte. Ich wohnte mitten im Nirgendwo, schrieb über Figuren, die Ausgeburten meiner Fantasie waren, und oft war Hortencia das einzige Lebewesen, mit dem ich tagsüber sprach.

Mag sein, dass wir auf unterschiedliche Colleges gehen werden, zwischen denen Tausende von Kilometern liegen, aber egal, wie groß die Entfernung, die das Leben zwischen uns schafft, auch ist, ich werde immer für dich da sein.

Sie hätte niemals wissen können, wie groß die Entfernung zwischen uns wirklich sein würde, aber aus irgendeinem Grund hatte ich heute das Gefühl, dass sie *tatsächlich* für mich da war. Ich spürte ihre Anwesenheit mehr denn je, und das machte mir ein wenig Mut. Also beschloss ich, Griff zurückzuschreiben.

Luca: Was haben Tofu und ein Dildo gemeinsam?

Zwei Sekunden später schrieb er zurück.

Griffin: Was denn?
Luca: Sie sind beide ein Fleischersatz.
Griffin: LOL. Wie nennt man einen fünfundzwanzig Jahre alten Rockstar, der nicht masturbiert, obwohl er seine Freundin seit ganzen zwei Wochen nicht mehr gesehen hat?
Luca: Wie?
Griffin: Einen Lügner.

Wieder lachte ich laut auf.

Luca: Wie nennt man ein sexsüchtiges Fleischklößchen?
Griffin: Wie?
Luca: Fickadelle.
Griffin: Okay, jetzt ist mir vor lauter Lachen gerade das Wasser, das ich getrunken habe, aus der Nase gekommen.

Zum ersten Mal seit zwei Wochen lächelte ich. Ich schaute zu dem Foto, das immer noch auf meinem Nachttisch stand.

»Danke, Izzy.«

Dann holte ich tief Luft, bewegte meinen Finger zu Griffins Namen und drückte auf »Anrufen«, anstatt ihm zu schreiben.

Er ging sofort dran.

»Hey.«

»Hey. Bist du beschäftigt? Ich musste deine Stimme hören.«

»Für dich bin ich nie zu beschäftigt, Babe.«

30. KAPITEL

Griffin

Der lockere Ton unserer Unterhaltung veränderte sich schnell.

»Tut mir leid, dass ich in letzter Zeit so distanziert gewesen bin«, sagte sie. »Ich habe das Gefühl, dass ich seit deiner Abreise einige Rückschritte gemacht habe.«

Ich hasste die Tatsache, dass sie sich schuldig fühlte.

»Du musst dich niemals für deine Gefühle entschuldigen. Du weißt, dass ich dich so akzeptiere, wie du bist. Niemand verlangt von dir, dass du dich auf eine bestimmte Weise verhältst oder bestimmte Gefühle empfindest. Aber irgendwann *musst* du auf meine Nachrichten reagieren, damit ich weiß, dass es dir gut geht.«

»Tut mir leid, wenn ich dir Sorgen bereitet habe.«

Ein unerklärliches Grauen erfüllte mich.

»Luca …«, sagte ich, »erzähl mir, was dich beschäftigt. Bitte.«

Nachdem sie sehr lange geschwiegen hatte, sagte sie schließlich: »Ich will dir nicht mehr im Weg stehen, Griffin.«

»Du bist mir nicht im Weg … Ich …«

»Das sagst du, weil du mich liebst, aber die Wahrheit ist … dass ich dir im Weg stehe, und ich kann … einfach nicht …«

Sie kann nicht.

Mein Herz raste. »Was kannst du nicht? Sag es, Luca. Ich muss es hören.« Mein Tonfall klang nun fast wütend. »Du musst dich in diesem Fall sehr deutlich ausdrücken. *Sehr* deutlich.«

»Ich kann nicht die Person sein, die du brauchst«, sagte sie schließlich. »Zumindest nicht im Moment. Ich empfinde diesen Druck, dass ich meine Ängste in einem Tempo überwinden muss, das einfach nicht realistisch ist. Ich habe immer wieder das Gefühl, dass ich dein Leben störe … und dieser Druck ist kaum zu ertragen. Er belastet mich, und ich … kann nicht mehr atmen.«

Verdammt. Dann wurde es jetzt also wirklich ernst.

Ich würde sie tatsächlich verlieren.

Ich fühlte mich hilflos.

Wie sollte ich um sie kämpfen, wenn sie mir mitteilte, dass der Kampf sie erstickte? Ich hatte mir immer eingeredet, dass ich es merken würde, wenn ich sie gehen lassen musste – falls je der Punkt kommen sollte, an dem es sich anfühlte, dass unsere Beziehung für sie eher schädlich als gut war. Obwohl es sich nicht natürlich anfühlte, es zu beenden, hatte ich den Eindruck, dass ich keine andere Wahl hatte, als auf sie zu hören.

»Du willst dich trennen? Willst du mir das damit sagen, Luca? Du musst mir das wirklich ganz deutlich machen.«

Ihre Stimme zitterte. »Ich denke, dass es für den Moment das Beste wäre. Ich denke wirklich, dass wir uns trennen sollten.« Sie stieß einen Atemzug aus, und es klang, als hätte sie ihn die ganze Zeit über eingehalten.

Tja, deutlicher konnte sie wohl kaum werden. Ich hatte die Worte gehört, aber ich konnte sie trotzdem nicht glauben.

»Okay.« Ich schluckte. »Wie machen wir das? Bedeutet das, dass wir nicht mehr miteinander reden werden?«

Ich konnte sie am anderen Ende der Verbindung weinen hören und vermutete, dass ihr gerade erst so richtig bewusst wurde, was sie da tat. Ich hingegen war einfach nur wie betäubt … Ich wollte immer noch nicht glauben, dass sie das ernst meinte.

»Keine Ahnung«, erwiderte sie. »Ich weiß es nicht. Denn von dir zu hören, wäre schmerzhaft, und nicht von dir zu hören, wäre sogar noch schmerzhafter.«

Meine Wut wuchs schleichend. Ich war so enttäuscht vom Leben – von ihr. Von allem.

»Ich denke, dass wir von Tag zu Tag schauen sollten. Ich habe noch nicht mal angefangen, das zu verarbeiten. Aber ich habe dich laut und deutlich gehört, Luca. Okay? Ich habe dich laut und deutlich gehört.«

Erneut wurde es am anderen Ende der Verbindung still. Dann murmelte sie: »Es tut mir so leid, Griffin.«

»Mir tut es auch leid, Luca. Wirklich. Mehr, als du je ahnen könntest.«

In meiner gesamten Karriere hatte ich noch keinen Auftritt abgesagt. Aber an diesem Abend konnte ich in Minneapolis einfach nicht auf die Bühne gehen. Ich täuschte eine Grippe vor und löste dadurch für meinen Tourmanager und meine Pressesprecherin einen logistischen Albtraum aus. Aber das war mir egal. Mir war einfach alles egal. Ich wusste, dass ich mich morgen irgendwie aufraffen würde, um in der nächsten Stadt aufzutreten, aber den heutigen Abend brauchte ich, um zu trauern. Ich hatte noch nie zuvor die Krankenkarte ausgespielt. Diesen Ausfall hatte ich mir verdient.

Ich musste meine ganze Willenskraft aufbringen, um Luca nicht anzurufen und nachzuhören, wie es ihr ging. Jede Stunde schwebten meine Finger über ihrem Namen auf meinem Handydisplay. Irgendwann entschied ich mich dafür, stattdessen den Doc anzurufen. Auf diesem Weg konnte ich mich wenigstens davon überzeugen, dass es ihr gut ging, ohne sie zu stören. Ich war mir nicht mal sicher, ob sie ihm erzählt hatte, dass sie sich von mir getrennt hatte.

Er meldete sich. »Hallo?«

»Doc. Hier ist Griffin.«

»Oh … Griffin. Ist alles in Ordnung?«

Ich konnte die Worte einfach nicht über die Lippen bringen. Ich konnte mich nicht erinnern, wann ich das letzte Mal geweint hatte, vielleicht als meine Mutter gestorben war, aber nun spürte ich, wie sich meine Augen mit Tränen füllten. Obwohl ich nichts sagte, konnte er eindeutig vermuten, dass etwas nicht stimmte.

»Erzählen Sie mir, was passiert ist, meine Junge. Geht es um Luca?«

»Sie hat heute Morgen unsere Beziehung beendet.«

Ihm stockte der Atem.

Ich wischte mir über die Augen, kämpfte gegen die verdammten Tränen an und fuhr fort: »Ich wollte Ihnen Bescheid sagen, nur für den Fall, dass sie es Ihnen noch nicht erzählt hat, damit Sie sich um sie kümmern und dafür sorgen können, dass sie zurechtkommt. Es war nicht leicht für sie.«

»Es tut mir leid, das zu hören. Wirklich. Ich weiß, wie sehr Sie versucht haben, sie glücklich zu machen und das alles hinzubekommen.«

»Offensichtlich hat es nicht ausgereicht.«

»Ich habe noch nie jemanden gesehen, der härter daran gearbeitet hat, eine Beziehung zu retten, Griffin. Sie haben alles getan, was Sie konnten. Luca ist einfach noch nicht bereit, so sehr sie sich auch wünscht, dass sie es wäre – so sehr sie Sie auch liebt, und ich weiß, dass sie das wahrhaftig tut.«

»Ich weiß, dass sie mich liebt … so sehr, wie sie überhaupt jemanden lieben könnte. Deswegen tut es ja auch so weh, dass ich ihre Entscheidung akzeptieren muss. Ich leide nicht nur meinetwegen, sondern irgendwie auch weil mir klar ist, dass es ihr sogar noch mehr wehtut. Ich weiß, dass es nicht leicht für sie war … mich gehen zu lassen.«

»Nein, das kann ich mir vorstellen«, bestätigte er. »Ich bin froh, dass Sie es mir erzählt haben, denn ich habe den ganzen Tag noch nichts von ihr gehört und jetzt kenne ich den Grund dafür.«

»Ich habe meinen Auftritt heute Abend abgesagt, Doc. Tausende Menschen haben dafür bezahlt, mich zu sehen, und ich enttäusche sie, weil ich es nicht ertragen kann zu singen, wenn ich mich innerlich so zerstört fühle.« Ich atmete tief durch. »Wissen Sie, dass ich ein Lied über sie geschrieben habe, als ich damals so wütend auf sie war, bevor wir uns wiederbegegnet sind? Hat sie Ihnen das je erzählt?«

»Oh ja. Ich habe es mir mehrfach angehört.«

Das entlockte mir tatsächlich ein kleines Lachen. Aus irgendeinem Grund konnte ich mir einfach nicht vorstellen, dass sich der Doc meine Musik anhörte.

»Ja. Es fällt mir immer schwer, dieses Lied zu singen, aber ich denke, dass ich heute Abend nicht mal in der Lage wäre, die Worte herauszubringen. In der nächsten Stadt sollte das besser wieder möglich sein, denn ich kann es mir nicht leisten, einen weiteren Auftritt abzusagen.«

»Es ist vollkommen akzeptabel, von Zeit zu Zeit ein wenig Selbstfürsorge zu betreiben. Machen Sie sich keine Gedanken um die Fans, die Sie enttäuschen. Gönnen Sie sich diese Zeit, um sich zu erholen.«

»Herrgott. Jetzt frage ich mich, ob ich Sie wegen Luca angerufen habe … oder meinetwegen.«

»Für mich ist beides in Ordnung. Sie sind ein guter Mann, Griffin. Es gibt niemanden, den ich lieber an Lucas Seite sehen würde. Ich werde Ihnen ein Geheimnis verraten. Ich mag ihr Arzt sein … aber wenn ich ehrlich bin … ist sie in Wahrheit eher wie eine Tochter für mich. Unser Verhältnis geht weit über das zwischen einem Arzt und seiner Patientin hinaus. Ich habe mir sehr gewünscht, dass die Beziehung zwischen Ihnen beiden funktionieren würde, und zu wissen, dass Sie nun beide leiden, macht mich wirklich traurig.«

»Sie sind ebenfalls ein guter Mann, Doc. Bitte kümmern Sie sich um sie.« Ich fuhr mir mit den Fingern durchs Haar.

»Darauf können Sie sich verlassen.« Er hielt inne. »Griffin?«

»Ja …«

»Vielleicht können Sie die Gefühle, die Sie gerade durchleben, für sich nutzen. Möglicherweise ist das der richtige Zeitpunkt für ein neues Lied. Ich kann mir vorstellen, dass es für Sie einen therapeutischen Nutzen haben könnte, sich durch Ihre Musik auszudrücken. Aber das ist nur so ein Gedanke.«

Ich tat seinen Vorschlag ab, indem ich sagte: »Ich kann mir nicht vorstellen, jetzt gerade ein Lied zu schreiben. Mein Herz ist gebrochen.«

»Mein Bauchgefühl sagt mir, dass Sie Luca noch nicht abschreiben sollten. Ich vertraue darauf, dass sie ihren Fehler eines Tages erkennen wird, aber das könnte noch sehr lange dauern. Es wäre nicht gerecht, Sie darum zu bitten zu warten.«

»Ich würde für immer auf sie warten, wenn ich wirklich das Gefühl hätte, dass sie es sich noch mal anders überlegen könnte. Aber jetzt gerade bin ich zu niedergeschlagen, um das zu glauben. Weil ich nie gedacht hätte, dass sie mich tatsächlich gehen lassen würde, Doc. Wenn ich ehrlich bin … hat mir das den Boden unter den Füßen weggezogen.«

»Vertrauen Sie auf das Schicksal, Griffin. Sehen Sie doch nur, wie weit es Sie beide gebracht hat. Leben Sie Ihr Leben weiter, aber vertrauen Sie auf folgende Tatsache: Wenn Sie und Luca füreinander bestimmt sind … dann wird das Universum Sie eines Tages erneut auf magische Weise zusammenbringen.«

»Sie sind ein guter Freund, Doc. Nicht nur für Luca, sondern auch für mich. Falls ich je etwas für Sie tun kann, lassen Sie es mich bitte wissen.«

Meine ursprüngliche Vermutung, dass ich nicht in der Lage sein würde, Musik zu komponieren, erwies sich als falsch. Während wir in den folgenden zwei Tagen zu unserem nächsten Ziel – Des Moines – reisten, schrieb ich wie ein Wahnsinniger Texte und die dazugehörige Musik. Wie sich herausstellte, wirkte das Ganze tatsächlich therapeutisch für mich, und obwohl ein Großteil davon unbrauchbar war, machte ich mit einem Lied Fortschritte, das ich auf unserem letzten Konzert spielen wollte, sofern meine Bandkollegen es schnell genug in ihr Repertoire aufnehmen konnten.

Es fiel mir wirklich schwer, Luca nicht anzurufen und ihr keine Nachrichten zu schreiben. Aber es würde nicht leichter werden, wenn ich die Kommunikation jetzt wieder aufnahm. Wenn ich ehrlich war, war ein Teil von mir immer noch so verdammt wütend, dass sie uns aufgegeben hatte. Ich wollte diese Wut nicht an ihr auslassen. Irgendwann würde ich sie anrufen, um zu hören, wie es ihr ging, aber ich brauchte mehr Zeit, um mit der Situation zurechtzukommen. Ich hatte nicht nur meine Geliebte verloren, sondern auch meine beste Freundin. Schon wieder.

Nach einer Abendessenpause stieg ich wieder in den Tourbus, da wir unsere Reise bald fortsetzen wollten. Zu meinem Entsetzen befand sich eine Frau in meiner Koje. Sie trug lediglich Spitzenunterwäsche.

»Äh … Was machen Sie hier?«, fragte ich.

»Buddy hat gesagt, dass du heute Abend vielleicht gern ein wenig Gesellschaft hättest.«

Verdammt.

Wo kam sie überhaupt her? War sie schon seit unserem Halt in Minneapolis im Bus? Buddy war mein Gitarrist und das einzige Bandmitglied, dem ich mich normalerweise anvertraute. Nachdem ich das Konzert abgesagt hatte, hatte er mich zur Rede gestellt, und irgendwann hatte ich zugegeben, was passiert war. Er dachte wohl, dass mir eine schnelle Nummer mit einer anderen Frau heute Abend dabei helfen würde, über Luca hinwegzukommen. Aber das konnte er vergessen. Der Schmerz war viel zu frisch. Vielleicht würde irgendwann eine Zeit kommen, da es sich für mich nicht mehr wie Fremdgehen anfühlen würde. Aber momentan gehörte mein Körper immer noch Luca – und das war verkorkst.

»Tja, da irrt Buddy sich. Tatsächlich wäre ich wirklich lieber allein, aber danke für das Angebot.«

Sie wirkte enttäuscht. »Bist du sicher?«

»Ja.«

Sie rollte sich vom Bett und verschwand in einem anderen Bereich des Busses. Nachdem sie gegangen war, fuhren wir los. Ich schaltete die Innenbeleuchtung aus und schlief einfach.

31. KAPITEL

Luca

Seit der Trennung von Griffin hatte ich keine Nacht mehr ordentlich durchgeschlafen. Mich quälten die Gedanken, dass er seine Trauer mit Frauen oder Alkohol betäubte. Und wer hätte ihm nach dem, was ich ihm angetan hatte, deswegen einen Vorwurf machen können? Seit der Trennung war ich ständig in einer seltsamen Stimmung. Im Grunde genommen war ich die ganze Zeit über vollkommen teilnahmslos. Da ich mich nun nicht mehr auf Griffins Anrufe, Briefe, Stimme oder Berührung freuen konnte, war es so, als würde mir nichts mehr etwas bedeuten. Es würde mich nicht kümmern, wenn die Welt um mich herum in sich zusammenfiele.

Inmitten dieser emotionalen Taubheit hatte ich jedoch etwas getan, das ich jahrelang vor mir her geschoben hatte. Ich war ins nächstbeste Tattoostudio gefahren und hatte mir die Sonne, den Mond und die Sterne, die Isabella und ich als Tattoo entworfen hatten, auf die Innenseite meines Unterarms stechen lassen. In letzter Zeit »redete« ich immer häufiger mit Izzy und hatte das Gefühl bekommen, dass es an der Zeit war, die Tinte auf dem Papier in ein echtes Tattoo zu verwandeln.

Der Doc war gerade bei mir zu Hause eingetroffen und würde es nun zum ersten Mal sehen.

»Ich muss dir etwas zeigen«, sagte ich, als wir am Küchentisch Platz nahmen.

»Bist du endlich dazu gekommen, den Papageientaucher zu malen?«

»Nein. Der liegt immer noch auf Eis, so wie all meine Gemälde zurzeit.« Ich krempelte meinen Ärmel hoch und präsentierte ihm mein Hautkunstwerk. »Ich habe mir ein Tattoo stechen lassen.«

Er riss die Augen auf. »Wow.«

»Isabella und ich haben es zusammen entworfen. Wir wollten uns beide das gleiche Motiv stechen lassen. Bis vor Kurzem war ich nicht mal in der Lage gewesen, mir den Entwurf anzuschauen, ganz zu schweigen davon, mir das Motiv stechen zu lassen. Aber vor ein paar Tagen fuhr ich dann in ein Studio und ließ es machen.«

Der Doc legte den Kopf schief, um es genauer zu betrachten. »Es ist sehr schön. Was meinst du, warum warst du plötzlich in der Lage, es zu tun?«

»Seit ich mich von Griffin getrennt habe, fühlt sich alles anders an. Vielleicht sind das die Nebenwirkungen eines gebrochenen Herzens. Es fühlt sich fast an … als hätte ich nichts mehr zu verlieren.«

»Tja, deine Haut mit einer dauerhaften Erinnerung an Isabella zu versehen ist zweifellos ein gewaltiger Schritt in Richtung Heilung und Akzeptanz. Ich bin sehr stolz auf dich.«

»Ja. Da stimme ich dir zu. Ich bin auch stolz auf mich.« Ich lächelte.

»Was deine neue Weltsicht nach der Trennung von Griffin angeht, bin ich der Meinung, dass wir nie wissen können, wie traumatisch ein Ereignis sich auf uns auswirken wird, bis es passiert.«

»Es fühlt sich wirklich so an, als wäre mir nichts mehr wichtig, als wäre es mir egal, ob ich lebe oder sterbe.«

Sein Gesicht nahm einen bedrückten Ausdruck an. »Du

hegst doch keine Selbstmordgedanken, oder? Denn falls das je so sein sollte, musst du es mir erzählen, Luca.«

»Nein. Ich hege keine Selbstmordgedanken. Ich könnte mir niemals das Leben nehmen. Davor hätte ich viel zu viel Angst. Es ist lediglich ein Gefühl von vollkommener Taubheit.«

»Hast du mit ihm gesprochen?«

»Nein. Ich habe ihn nicht kontaktiert und er mich auch nicht. Ich bin mir ziemlich sicher, dass er mich gerade hasst.«

Der Doc wandte den Blick ab. Er wirkte ein wenig schuldbewusst, so als würde er mir etwas verschweigen.

»Warum schaust du so?«

»Er hasst dich nicht.«

»Und woher weißt du das?«

»Er hat mich ein paarmal angerufen, um nachzuhören, wie es dir geht. Er macht sich Sorgen um dich.«

»Du hast mit Griffin gesprochen?«

»Er hat mir nie ausdrücklich gesagt, dass ich es dir nicht erzählen darf. Allerdings war ich immer unsicher, ob ich es tun sollte. Aber jetzt erzähle ich es dir. Da ich nun weiß, dass du bezüglich seiner aktuellen Einstellung dir gegenüber die falschen Schlüsse gezogen hast, habe ich das Gefühl, dass es notwendig ist.«

»Hat er sonst noch etwas gesagt?«

»Hauptsächlich will er wissen, ob es dir gut geht. Ich sage ihm, was ich kann, ohne die ärztliche Schweigepflicht zu verletzen.«

Ich wusste nicht, ob ich mich angesichts der Tatsache, dass Griffin den Doc kontaktiert hatte, schlechter fühlen sollte oder nicht. Ich vermisste ihn so unglaublich, aber gleichzeitig hoffte ein Teil von mir, dass er mir nicht nachtrauerte, damit er sein Leben so weiterleben konnte, wie er es verdiente. Doch ein größerer Teil von mir war erleichtert zu erfahren, dass er mich nicht hasste und dass ich ihm immer noch so wichtig war, dass er sich nach mir erkundigte. Auch wenn wir nicht mehr zusammen waren, *kannte* Griffin mich besser als jeder andere. Er wusste, dass es mich emotional aus der Bahn werfen würde, wenn er mich kontaktieren würde.

»Danke, dass du ihn auf dem Laufenden hältst. Es tut mir leid, dass du zwischen uns stehst.«

»Das ist kein Problem, Luca. Ich betrachte Griffin als Freund. Natürlich werde ich immer dir gegenüber loyal sein. Wenn du also willst, dass ich nicht mehr mit ihm spreche, dann werde ich mich daran halten.«

»Nein. Das würde ich niemals verlangen.«

Ein Teil von mir wollte ihn bitten: »Sag ihm, dass ich ihn liebe.« Aber ich konnte es nicht.

Ich weiß nicht, was in mich gefahren war, aber an diesem Abend rief ich die Webseite der Band Archer auf. Ich wusste, dass die Tournee auf ihr Ende zuging. Auf der Seite waren alle bisherigen Veranstaltungsorte aufgelistet, und mir fiel sofort auf, dass neben Minneapolis das Wort »Abgesagt« stand. Ich warf einen Blick auf das Datum und erkannte, dass das der Tag war, an dem ich mich von ihm getrennt hatte. Mein Herz verkrampfte sich. Ich konnte es nicht mit Sicherheit wissen, aber mein Bauchgefühl sagte mir, dass Griffin zu aufgewühlt gewesen war, um aufzutreten. Wenn man bedachte, dass er der Inbegriff der Professionalität war, sprach das wirklich Bände darüber, was ich ihm angetan hatte.

Dann sah ich, dass morgen Abend das Konzert in Los Angeles stattfinden sollte. Ich erinnerte mich daran, dass Griffin gesagt hatte, dass es bei diesem Konzert eine Liveübertragung geben würde, die man sich auf der Webseite der Band anschauen konnte. Es war ein Geschenk an die Fans auf der ganzen Welt, die nicht zu einem der Konzerte kommen konnten. Mir war klar, dass es unglaublich schmerzhaft sein würde, mir das anzuschauen, aber ein Teil von mir musste wissen, dass es ihm gut ging. Ich musste seine Stimme hören und sein Gesicht sehen, selbst wenn es mich umbrachte.

Ich schaute auf das Tattoo auf meinem Unterarm hinunter und hörte Izzys Worte aus ihrem Brief in meinem Jahrbuch. *Du bist furchtlos.* Diesen Eindruck hatte sie von mir gehabt, und er hatte nichts mehr mit der aktuellen Realität zu tun … Aber ich konnte wenigstens hin und wieder *versuchen*, ihm gerecht zu werden. Morgen Griffins Konzert anzuschauen würde meine innere Stärke wahrhaftig auf die Probe stellen.

Mein Herz hatte noch nie so schnell geschlagen wie am folgenden Abend. Ich war nicht bereit dafür, aber ich würde niemals bereit sein. Eine Nachricht auf der Seite wies mich an, auf ein Kästchen zu klicken, um mir das Konzert in Los Angeles live anzuschauen. Ich war früh dran. Dort stand, dass das Konzert um zwanzig Uhr pazifischer Standardzeit beginnen sollte, also hatte ich noch etwa zehn Minuten, bis es losging. Meine Hände waren feucht, und meine Knie wippten auf und ab.

Die Wartezeit kam mir ewig vor, bis sich der Bildschirm plötzlich veränderte. Mein Herz schlug noch schneller. Das Konzert würde jeden Moment anfangen. Ich hörte Tausende Menschen schreien, während sich das Licht veränderte. Dann fuhr die Kamera langsam an die Bühne heran. Dort saß Griffin auf einem hohen Hocker. Ein einzelner Scheinwerfer war auf ihn gerichtet. Er sang a capella, und ich bekam sofort eine Gänsehaut. Seine sanfte Stimme erweckte mein Herz zum Leben. Irgendwann stimmten dann die Instrumente mit ein. Ich erkannte das Lied als eine ihrer beliebtesten Nummern.

Ein gewaltiges Gefühl des Stolzes schwoll in meiner Brust

an. *Gott, du bist unglaublich, Griffin.* Seine raue Stimme klang nicht viel anders als in den aufgenommenen Versionen der Songs, aber er war live einfach so gut. Ich klebte förmlich am Bildschirm. Er hatte mich voll und ganz in seinen Bann gezogen, so als wäre ich lediglich ein Teil des Publikums. Wie sehr ich mich danach sehnte, dort zu sein. Wie sehr ich mich danach sehnte, die Energie in diesem Raum zu spüren, die Hitze, die Vibrationen der Musik. Wie sehr ich mich danach sehnte, das alles aus dem Backstagebereich beobachten zu können, um mich in seine Arme zu werfen und ihm zu sagen, wie stolz ich auf ihn war, sobald das Konzert vorbei war.

Meine Augen füllten sich mit Tränen. Je länger ich zusah, desto stärker wurde das unerklärliche Gefühl, das sich in letzter Zeit in mir festgesetzt hatte. Ich hatte es dem Doc als Teilnahmslosigkeit beschrieben und ihm erklärt, dass mir egal sei, ob ich lebte oder tot war, aber nun erkannte ich endlich, was es tatsächlich war. *Ohne ihn spielt nichts eine Rolle.*

Wenn mich jemand vor einem Jahr gefragt hätte, was das Schlimmste wäre, das mir passieren könnte … hätte ich geantwortet: einen Panikanfall erleiden und sterben. Würde mich heute jemand fragen, würde meine Antwort anders ausfallen. Das Schlimmste, was mir passieren könnte, *war bereits passiert.* Ich musste jeden Tag mit dem Wissen leben, dass Griffin dort draußen war und ich nicht in der Lage war, mein Leben mit ihm zu teilen. Er hatte mich gefragt, ob ich glaubte, dass die Liebe ausreiche, ob ich bereit sei, all die negativen Dinge zu erleben, um ihn in meinem Leben zu haben. Damals hatte ich darauf wirklich keine Antwort gehabt. Nun … erschien sie mir glasklar. Liebe *war* alles. Sie war wichtiger als Angst, wichtiger als der Tod. Sie überdauerte die Zeit. Ich würde buchstäblich alles tun, um ihn wieder in meinem Leben zu haben, selbst wenn es mich umbringen würde.

Selbst wenn es mich umbringt.

Diese Erkenntnis war gewaltig.

Um wahrhaftig jede Angst zu überwinden, musste man zumindest in gewisser Hinsicht bereit sein, für das, was auf der anderen Seite lag, zu sterben. Ich war definitiv bereit, für Griffin zu sterben. Ich wusste nicht, was ich mit dieser Erkenntnis anfangen sollte.

Die ersten Takte von »Luca« erklangen, und ich erinnerte mich daran, wie Griffin mir erzählt hatte, wie seltsam es für ihn war, dieses Lied nun, nach unserer Wiedervereinigung, zu singen, da er es in einem Anfall von Wut geschrieben hatte. Ich war mir sicher, dass er nun noch schmerzhaftere Gefühle damit verband.

Die Kamera richtete sich auf sein Gesicht, und ich bemerkte, dass er die Augen fest schloss, bevor er zu singen anfing. Ganz offensichtlich musste er sich innerlich wappnen, um diese ersten Worte über die Lippen zu bringen und anzufangen. Ich konnte mir nur ansatzweise vorstellen, wie es sich für ihn anfühlen musste, immer und immer wieder über mich zu singen, nachdem ich ihn so sehr verletzt hatte.

Er brachte das Lied hinter sich, und die Menge rastete aus. Der nicht enden wollende Applaus machte deutlich, dass »Luca« das Lieblingslied der Fans war. Er hatte das immer gesagt, aber nun begriff ich es richtig. Normalerweise beendeten sie die Konzerte mit diesem Lied, aber es schien nicht der letzte Song für heute Abend zu sein.

Griffin kehrte unter dem Jubel der Menge, die in einem Sprechgesang immer wieder »Cole« rief, ans Mikrofon zurück.

Seine Stimme hallte durch die Arena. »Ich habe mich gefragt, ob ihr heute Abend vielleicht noch ein Lied hören wollt …«

Die Menge reagierte mit noch lauterem Applaus und Geschrei.

»Dieses hier ist neu … Es wurde noch nie zuvor aufgenommen … Und möglicherweise wird es nach dem heutigen Abend auch nie wieder gesungen werden. Es heißt ›You're in Me‹ und ist meiner einzig wahren Liebe gewidmet. Du weißt, wer du bist.«

Meine Augen füllten sich mit Tränen.

Die Menge rastete vollkommen aus.

Ich hatte Mühe, den Worten zu lauschen, als er zu singen anfing.

The day you walked away.
You never really left.
You may not know it.
But you're still here.

You said you're scared …
But I'm scared, too,
To live in this world without you.

You can leave, but you'll always be here.
In my heart and soul … everywhere.
You're in me.
Till the end,
It will always be you, my friend.

They tell me to move on.
But if I do,
When I look at her, I'll only see you.
You're in me.
Till the end,
It will always be you, my friend.

Even though you've left scars …
You're still my sun, moon and stars.

Wie bitte?

Sobald er diese Worte gesungen hatte, hörte ich nichts anderes mehr. *My sun, moon and stars.* Den Rest des Lieds nahm ich nur noch verschwommen wahr, während ich wie erstarrt dasaß und vollkommen von meinen Gefühlen überwältigt wurde.

Ich hatte das Tattoo von der Sonne, dem Mond und den Sternen Griffin gegenüber nie erwähnt. Er konnte nichts davon wissen, und doch waren diese Worte irgendwie in seinem Herzen gewesen. Ich war mir ziemlich sicher, dass das daran lag, dass *er* in gewisser Weise in *meinem* Herzen lebte. Ich schaute auf mein Tattoo hinunter und wusste ohne den Hauch eines Zweifels, dass Izzy mir gerade die wichtigste Nachricht meines Lebens sandte.

32. KAPITEL

Luca

Tag fünf und immer noch nichts.

Ich hatte keine Ahnung, was ich erwartet hatte, aber mit jedem Tag, den ich zu meinem Postfach ging und es leer vorfand, fühlte ich mich ein wenig hoffnungsloser.

Griffin hatte mir mit einem Lied sein Herz ausgeschüttet, also hatte ich beschlossen, auf meine Weise das Gleiche zu tun und das zu machen, was ich am besten konnte – schreiben. Nach dem Konzert in L.A. war ich die ganze Nacht wach geblieben und hatte mein Herz auf Papier bluten lassen. Ich schrieb ihm, dass ich Angst gehabt und es für das Richtige gehalten hätte, ihn gehen zu lassen, aber dass mir jetzt endlich klar geworden sei, dass meine größte Angst darin bestehe, ihn zu verlieren. Ich hatte Angst davor, körperlich in einem Raum gefangen zu sein, aber das war nichts im Vergleich dazu, mit einem gefangenen *Herzen* zu leben.

Auf Seite vierzehn meines ausschweifenden Briefs hatte ich ihm außerdem ein paar Gedanken dazu erläutert, wie das mit uns funktionieren könnte. Ich hatte mögliche Wohnorte für mich recherchiert, die nicht allzu weit von L.A. entfernt lagen. Innerhalb eines Radius von achtzig Kilometern rund um Los Angeles gab es ein paar wirklich nette ländliche Gemeinden. Ich wollte den Doc nur ungern verlassen, aber er hatte mir versichert, dass wir meine Therapie auch per Video fortsetzen könnten und er mich ein paarmal im Jahr besuchen kommen würde, falls ich umziehe. Gestern Abend war er sogar mit einer Liste von Vögeln vorbeigekommen, die man kürzlich in der Gegend rund um den Topanga Canyon gesichtet hatte. Das war einer der Orte in Kalifornien, die sich möglicherweise gut für mich eigneten. Und er und Martha hatten ohnehin darüber geredet, dass er irgendwann noch mal bei ihr vorbeischauen sollte.

Aber jetzt fühlte es sich langsam so an, als wäre ich mit meinen Planungen ein wenig voreilig gewesen. Ich hatte immer noch Griffins Reiseplan und hatte mir bestätigen lassen, dass ihm der Brief, den ich per Eilsendung in sein Hotel geschickt hatte, vor drei Tagen persönlich zugestellt worden war. Als er nicht sofort angerufen oder mir eine Nachricht geschrieben hatte, hatte ich mich geweigert zu glauben, dass er mit mir fertig war. Ich redete mir ein, dass er nur deswegen so lange brauchte, um sich zu melden, weil er mir ebenfalls einen Brief schreiben wollte. Mittlerweile musste ich mir jedoch eingestehen, dass ich womöglich deswegen noch nichts von ihm gehört hatte, weil er mir gar nicht zurückschreiben würde.

Und ich konnte ihm keinen Vorwurf machen. Meine psychische Krankheit hatte die Situation schon schwierig genug gemacht, aber dann hatte ich mich auch noch von ihm getrennt. Wie oft konnte man von einem Mann erwarten, dass er der Frau, die er liebte, sein Herz schenkte, wenn sie dann darauf herumtrampelte? Irgendwann musste er ja klüger werden und zu dem Schluss kommen, dass er sein Leben besser ohne mich fortsetzen sollte. Und leider war es gut möglich, dass ich selbst ihn mit meiner letzten Zurückweisung an diesen Punkt getrieben hatte.

An diesem Abend war ich einfach nur traurig. Ich hatte keine Energie, um zu schreiben oder überhaupt irgendetwas Produktives zu tun, also bestellte ich etwas beim Chinesen und ließ mich mit zwei Essstäbchen und einer Pappschachtel in den Händen auf die Couch sacken. Hortencia lag auf ihrem Bett am anderen Ende des Zimmers, beäugte ihre ungeduschte Mitbewohnerin und schien den Kopf zu schütteln und zu seufzen.

»Ja. Ich weiß. Aber was soll ich sagen? Es gibt Tage, an denen du ebenfalls nicht so angenehm riechst.«

Na, großartig. Jetzt redete ich mit einer Toten und stritt mich mit einem Schwein.

Ich schaltete den Fernseher an und zappte stumpfsinnig durch die Kanäle. Wo waren die ganzen Schnulzen, wenn man sie brauchte? *Das Leuchten der Stille*, *Bailey – Ein Freund fürs Leben*, vielleicht *Ein ganzes halbes Jahr*. Es gab nichts außer Nachrichten und Reality TV. Ich gab auf, ließ irgendeinen Kanal laufen, warf die Fernbedienung auf die Couch und fing an zu essen.

Mein Mund war so vollgestopft, dass ich beinahe erstickte, als ich im Fernsehen den Namen Cole Archer hörte. Ich schaute auf, und mein Magen vollführte einen Salto, als ich auf dem Bildschirm Griffins hübsches Gesicht erblickte.

»Es ist schön, Sie zu sehen«, sagte die Reporterin.

»Gleichfalls, Maryanne.«

Griffin und eine hübsche dunkelhaarige Reporterin mit großen Augen standen vor einem Stadion. Ein Haufen Frauen und Mädchen im Teenageralter drängten sich im Hintergrund zusammen und riefen seinen Namen. Maryanne schaute in ihre Richtung.

»Sieht so aus, als würden sich Ihre Fans schon wahnsinnig auf das letzte Konzert der Tournee am heutigen Abend freuen.«

Er grinste in Richtung der Menge und winkte. »Ich freue mich ebenso sehr auf heute Abend.«

Gott, als ich sein Lächeln sah, überkamen mich so viele Emotionen – Aufregung, Trauer, *Sehnsucht.*

»Also, Cole ... Vor Kurzem haben Sie der Welt ein neues Lied präsentiert. Können Sie uns etwas darüber erzählen? Wer ist diese geheimnisvolle Frau, und wie lange sind Sie schon mit ihr zusammen?«

Ich hielt den Atem an und starrte auf den Fernseher. Mein Herz hämmerte in meiner Brust, setzte dann aber einen Schlag aus, als das Lächeln auf Griffins Gesicht verblasste.

»Eigentlich gibt es gar keine Frau. Sie war nur ein Produkt meiner Fantasie.«

»Dann befinden Sie sich also nicht in einer Beziehung mit einer Frau namens Luca?«

Griff schaute kurz zu Boden und schüttelte dann den Kopf. »Wenn man heftig genug daran glauben will, dass jemand existiert, erschafft man manchmal eine komplette Fantasie über eine Beziehung in seinem Kopf. Mehr war das nicht.«

Ich fühlte mich, als ob mir jemand in den Magen getreten hätte.

Oh Gott, Griffin. Das, was wir haben, ist echt. Das schwöre ich.

Maryanne schaute in die Kamera und lächelte. »Hier haben Sie es zuerst erfahren, meine Damen. Es gibt keine Luca. Also ist einer der begehrtesten Junggesellen immer noch auf dem Markt, Seattle.«

Die Frau küsste Griff auf die Wange, und er ging auf den Eingang des Stadions zu, ohne zurückzuschauen.

Ich starrte den Fernseher an, während mir das gewaltige Ausmaß dessen bewusst wurde, was ich gerade gehört hatte. Tränen liefen über mein Gesicht. Ich hatte ihn wirklich verloren.

Die Erkenntnis, dass das mit Griffin und mir vorbei war, fühlte sich so ähnlich an, wie der Verlust von Izzy. Ich machte die unterschiedlichen Phasen der Trauer durch. Am Morgen wachte ich mit dem Gedanken auf, dass das alles nur ein böser Traum gewesen war – *Verleugnung*. Dann wurde mir schlagartig klar, dass ich ihn tatsächlich verloren hatte, und der Schmerz kehrte mit unfassbarer Heftigkeit zurück. Ich wusste, dass ich immer wieder an unserer Beziehung gezweifelt hatte, aber am späteren Nachmittag machte mich die Tatsache, dass er meinen Brief nicht beantwortet hatte, wütend – *Zorn*. Ich hatte ihm geglaubt, als er mir gesagt hatte, dass er mich liebe, dass er mir Zeit geben und auf mich warten werde, falls sich die Umstände veränderten. Mir war wohl nicht klar gewesen, dass sich *Zeit* … auf zwei Wochen beschränkte. Gegen Abend löffelte ich Eiscreme direkt aus der Zweiliterpackung, um meinen Kummer wegzuessen – *Depression*. Als ich dann nicht einschlafen konnte, lag ich im Bett und starrte stundenlang an die Decke, während ich mir einen verrückten Plan überlegte, um ihn dazu zu bringen, seine Meinung zu ändern – *Verhandlung*. Für das Erreichen der letzten Phase – *Akzeptanz* – hatte ich im Fall von Izzy acht Jahre gebraucht, und es fühlte sich an, als könnte ich dieses Mal noch länger brauchen.

Der Doc kam zu unserer morgendlichen Therapiesitzung vorbei, und ich war so müde, dass ich mich regelrecht durch die Gegend schleppte. Ich musste mich dazu zwingen, mich für unseren Spaziergang durch den Wald anzuziehen, dachte aber, dass mir ein wenig frische Luft guttun würde.

»Hast du etwas von Griff gehört?«, fragte ich und konnte den hoffnungsvollen Tonfall in meiner Stimme nicht unterdrücken.

Er runzelte die Stirn und schüttelte den Kopf. »Tut mir leid, Luca, das habe ich nicht.«

»Aber du würdest es mir doch erzählen, wenn du etwas von ihm gehört hättest, oder?«

»Ja, ich würde es dir sagen.«

Mittlerweile wartete ich nicht mehr darauf, dass Griffin anrief oder auf meinen Brief antwortete. Acht Tage waren vergangen, seit ich ihm mein Herz auf einem Silbertablett serviert hatte, und drei Tage, seit er der Welt mitgeteilt hatte, dass es keine Luca gebe. Dennoch klammerte ich mich immer noch an eine dumme Hoffnung, dass er wenigstens mal nachhören wollte, wie es mir ging.

»Kann ich dich etwas fragen, Doc? Fändest du es lächerlich, wenn ich nach L. A. fahren würde, um mit ihm zu reden, auch wenn er ziemlich deutlich gemacht hat, dass er keinen Kontakt mit mir haben will?«

»Ich denke, dass wir manchmal im Leben einfach tun müssen, was uns unser Bauchgefühl rät. Und wenn andere Leute nicht finden, dass wir uns lächerlich verhalten, dann strengen wir uns nicht genügend an.«

Ich nickte. »Ich habe einfach das Gefühl, dass ich einen Abschluss brauche. Ich habe die letzten acht Jahre damit verbracht, mich mit Gedanken daran zu quälen, was passiert wäre, wenn ich diese Konzertkarten für Izzy und mich nicht gekauft hätte. Ich kann nicht die nächsten acht Jahre damit verbringen, mich zu fragen, was passiert wäre, wenn ich nach L. A. gefahren wäre, um noch ein letztes Mal mit ihm zu reden.«

»Unsere Ängste sind vorübergehend – sie kommen und gehen im Laufe des Lebens. Aber Bedauern ist beständig – wir tragen es für immer mit uns herum. Wenn du zu ihm fährst und der Besuch nicht so endet, wie du es dir erhofft hast, wirst du traurig sein, aber du wirst mit dem Wissen weiterleben können, dass du versucht hast, sein Herz zurückzugewinnen.«

»Du hast recht. Ich muss es tun. Selbst wenn er mir die Tür vor der Nase zuschlägt. Ich muss durch die geschlossene Tür brüllen und alles tun, was in meiner Macht steht.«

Der Doc lächelte. »Meine Schwester ist für den Rest des Sommers mit ihrer Tochter in New Mexico, also habe ich immer noch das Wohnmobil. Ich könnte es volltanken, und wir könnten heute Abend aufbrechen.«

Ich wusste das Angebot wirklich zu schätzen, und für so eine lange Reise einen Gefährten zu haben würde die Fahrt sehr viel erträglicher machen. Dennoch hatte ich das Gefühl, dass ich es allein tun musste. Ich würde mir einfach doppelt so viel Zeit nehmen müssen und langsamer vorankommen. Ich hatte mich schon genug auf den Doc verlassen. Diese Reise musste ich für Griffin und mich unternehmen, aber vor allem auch für mich selbst.

»Vielen Dank für das Angebot, Doc. Ich weiß es mehr zu schätzen, als du je ahnen wirst. Aber meinst du, dass es deiner Schwester etwas ausmachen würde, wenn ich mir das Wohnmobil allein ausborgen würde?«

Der Doc blieb abrupt stehen. »Allein? Du willst allein knappe fünftausend Kilometer zurücklegen?«

Ich hoffte, dass ich seine Gefühle nicht verletzt hatte. »Ja. Ich kann es nicht erklären, aber ich habe das Gefühl, dass ich diese Reise wirklich allein machen muss.«

Der Doc atmete tief ein und aus und lächelte. »So ist es richtig. Hör auf dein Bauchgefühl, Luca.«

Ich konnte nicht glauben, dass ich das wirklich tat. Ich hatte die vergangenen anderthalb Tage damit verbracht, mich auf die Reise vorzubereiten. Ich entschied mich für dieselbe Route, die der Doc und ich beim letzten Mal genommen hatten. Dieses Mal speicherte ich sie jedoch in meinem Handy und druckte zusätzlich noch Karten aus. Weil ich ganz allein reisen würde, reduzierte ich meine tägliche Strecke auf knapp fünfhundert Kilometer. Ich recherchierte sichere Orte, an denen ich übernachten konnte – Wohnmobilstellplätze mit Sicherheitspersonal und guten Bewertungen –, und belud mein Gefährt mit den grundlegenden Vorräten, die ich für zwei Wochen brauchen würde. Der Tank war voll, das Öl war gewechselt, und der Doc hatte den Beifahrersitz auseinandergebaut und entfernt, damit Hortencias Bett neben mir auf dem Boden stehen konnte.

Die Sonne ging gerade unter, und ich drehte eine Runde durch mein Haus, um noch mal zu überprüfen, ob ich alles ausgeschaltet und alle potenziellen Brandgefahren entfernt hatte. Ich blieb in meinem Schlafzimmer stehen und legte gerade eine Hand auf den Lichtschalter, um die Lampen auszuschalten, als mein Blick auf das gerahmte Foto von Isabella auf dem Nachttisch fiel. Ich ging hinüber und hob es hoch.

»Ich habe das Gefühl, dass du mit mir kommen solltest. Aber in meinem Herzen weiß ich, dass ich das allein durchziehen muss. Doch das ist nicht wahr, oder, Izzy? Ich brauche das Foto nicht, um dich bei mir zu haben, weil du immer in meinem Herzen sein wirst.« Ich holte tief Luft und strich mit einem Finger über ihr Gesicht. »Ich werde *furchtlos* sein. Wir sehen uns in ein paar Wochen.«

Ich stellte den Rahmen zurück auf den Nachttisch und schaute noch einmal lächelnd dorthin zurück, bevor ich die Tür schloss. In der Küche schnappte ich mir Hortencias Leine und beugte mich vor, um ihre Wasserschüssel mitzunehmen. Als ich mich wieder aufrichtete, blitzte durch die Lamellen der heruntergelassenen Jalousien Licht auf. Das Fenster über der Spüle ging zur Vorderseite des Hauses hinaus, und ich lehnte mich vor und schob zwei der Lamellen auseinander, um nach draußen zu schauen. Als ich Scheinwerfer entdeckte, lächelte ich und schüttelte den Kopf. Der Doc hatte vorbeikommen wollen, um mich zu verabschieden, aber ich hatte ihm gesagt, dass es spät werden würde und er es nicht tun müsse. Ich hätte wissen müssen, dass er trotzdem auftauchen würde. Ich schnappte mir meine Handtasche und ein paar Kleinigkeiten, die mir in letzter Sekunde noch einfielen, und ging nach draußen.

Sobald ich die Fliegengittertür öffnete, stürmte Hortencia nach draußen und rannte grunzend auf die Scheinwerfer zu. Sie liebte den Doc. Ich schloss die Tür ab und hielt mir die Hand schützend vor die Augen, während ich mich herumdrehte. Er hatte offensichtlich die ganze Fahrt über das Fernlicht eingeschaltet gehabt, denn ich hatte das Gefühl, dass ein Flutlichtscheinwerfer auf mich gerichtet war.

»Doc … mach deine Scheinwerfer aus!«

Ich machte ein paar Schritte nach vorn, und die Lichter verloschen.

Meine Augen brauchten ganze zehn Sekunden, um sich an die Dunkelheit zu gewöhnen, aber als es ihnen endlich gelang, erstarrte ich. Das Auto in meiner Einfahrt gehörte nicht dem Doc, und der Mann, der darin saß, war definitiv auch nicht der Doc.

Griffin sprang vom Fahrersitz eines riesigen Wohnmobils und schlug die Tür zu. Wir standen beide da und starrten uns einfach nur sehr lange an.

»Was … was machst du hier?«, brachte ich schließlich heraus.

Er nickte in Richtung des Wohnmobils, das der Schwester des Docs gehörte und direkt neben dem stand, mit dem er hergekommen war. Ich hatte den Motor schon laufen lassen, um es aufzuwärmen.

»Willst du irgendwohin?«

Ich schluckte. »Ich wollte … nach Kalifornien fahren, um dich zu sehen.«

Keiner von uns rührte sich. »Sitzt der Doc schon im Wohnmobil?«

Ich schüttelte den Kopf. »Ich wollte allein fahren.«

Griffin zog die Augenbrauen hoch. »Du wolltest allein eine Strecke von fast fünftausend Kilometern zurücklegen?«

Ich nickte. »Ich musste dich sehen.«

Er schob die Hände in die Hosentaschen. »Tja, hier bin ich. Hast du mir etwas zu sagen?«

Ich hatte lange darüber nachgedacht, was ich sagen würde, wenn ich vor seiner Tür auftauchte. Doch nun, da ich fünf Meter von ihm entfernt stand, wusste ich nicht mehr, wo ich anfangen sollte.

Griffin machte ein paar Schritte auf mich zu. Der Kies knirschte unter seinen Schuhen. Er zog etwas aus seiner Tasche und hielt es hoch. »Ich habe deinen Brief erhalten.«

»Ich weiß. Ich habe ihn nachverfolgt und gesehen, dass du dafür unterschrieben hast.«

Er schüttelte den Kopf. »Styx hat dafür unterschrieben. Nicht ich.«

»Dein Schlagzeuger?«

»Ich hatte mich betrunken und war in meinem Zimmer eingeschlafen. Styx' Zimmer lag direkt neben meinem, und er hörte, wie der Hotelmanager an die Tür klopfte, also nahm er den Brief für mich entgegen. Als er den Absender sah, beschloss er, dass ein weiterer Brief von dir das Letzte war, was ich gerade brauchte.« Er hielt inne. »Du hast mich ganz schön fertiggemacht, Luca.«

Ich hatte das Gefühl, dass ein Tennisball in meiner Kehle steckte, und so oft ich auch versuchte, ihn runterzuschlucken, ich wurde ihn einfach nicht los.

Griffin überwand den Abstand zwischen uns und hielt mir den Brief hin, den ich ihm geschrieben hatte. Er war immer noch verschlossen.

»Du … du hast ihn nicht geöffnet?«

Griffin schüttelte langsam den Kopf. »Ich war auf dem Weg zum Flughafen, als Styx endlich beschloss, mir den Brief zu geben. Ich wollte nicht, dass mich irgendetwas von dem, was du geschrieben hattest, von meiner Reise abhalten würde, also las ich ihn nicht.«

Ich runzelte die Stirn. Ich hatte ihn tief verletzt, und doch war er jetzt hier, obwohl er meinen Brief nicht gelesen hatte.

»Wohin genau warst du unterwegs, als Styx dir den Umschlag gab?«

»Hierher.«

»Aber … aber warum?«

»Ich bin wütend auf dich. Ich bin stinksauer. Ich bin müde, weil ich nicht schlafen kann. Ich will nie wieder auch nur ein gottverdammtes Lied singen, in dem dein Name vorkommt. Ich bin verflucht genervt. Aber es ist und bleibt Tatsache, dass ich immer noch jeden wütenden, stinksauren, müden, genervten Augenblick mit dir verbringen will. Also ist mir vollkommen egal, was in diesem Brief steht. Ich bin hier und werde erst wieder gehen, wenn wir diese Sache geklärt haben. Ich habe drei Monate lang keine Termine oder Verpflichtungen. Wenn du mich also nicht bei dir wohnen lassen willst, werde ich einfach in meinem superschicken neuen Wohnmobil übernachten, das mich mehr als mein Haus in Kalifornien gekostet hat und das dann eben für eine sehr lange Zeit vor deinem Haus parken wird.

Oh mein Gott. Wir waren wieder zum Ausgangspunkt zurückgekehrt. Vor so vielen Jahren hatte ich aufgehört, seine Briefe zu lesen, und heute stand er hier vor mir und überreichte mir persönlich meinen ungeöffneten Brief. Ich war ein verrücktes Risiko eingegangen und hatte mein Wohnmobil vor seinem Haus geparkt, und heute war er hergekommen, um sein

Wohnmobil vor meinem Haus zu parken, damit wir vielleicht noch eine Chance hatten.

Ich nahm Griffin den Brief ab und öffnete ihn. Meine Stimme war leise und zitterte, als ich ihm den Inhalt vorlas.

»Lieber Griffin,
acht Jahre lang hatte ich Angst vor der Dunkelheit.
Acht Jahre lang hatte ich Angst davor loszulassen.
Acht Jahre lang hatte ich Angst davor, gefangen zu sein.
Acht Jahre lang hatte ich Angst vor Feuer.
Acht Jahre lang hatte ich Angst davor, etwas zu wagen.
Deine Liebe ließ mich erkennen, dass ich eigentlich nie wirklich Angst vor der Dunkelheit hatte. Ich hatte Angst vor dem, was in der Dunkelheit lauerte.
Ich hatte keine Angst davor loszulassen. Ich hatte Angst, das zu akzeptieren, was bereits verloren war.
Ich hatte keine Angst davor, gefangen zu sein. Ich hatte Angst davor, frei zu sein.
Ich hatte keine Angst vor Feuer. Ich hatte Angst davor, mich zu verbrennen.
Ich hatte keine Angst davor, etwas zu wagen. Ich hatte Angst davor, verletzt zu werden.«

Die nächsten Zeilen kannte ich auswendig, also ließ ich den Brief sinken und schaute Griffin an, während ich sprach.

»Ich behaupte nicht, dass es mir besser geht, denn ich habe noch einen langen Weg vor mir. Aber ich bin es leid, mein Leben von meiner Angst bestimmen zu lassen. Ich habe schreckliche Angst davor, dich zu lieben, Griffin. Ich habe schreckliche Angst vor dem, was passieren würde, wenn ich zulasse, dass ich dich liebe und dich dann verliere.«

Ich sah, wie sich Griffins Augen mit Tränen füllten.

»Aber ich habe mehr Angst davor, mein Leben ohne deine Liebe zu leben, als davor, etwas zu wagen. Also vergib mir bitte. Ich habe es vermasselt. Und ich werde vermutlich noch häufiger etwas vermasseln.«

Ich streckte eine Hand aus.

»Bitte nimm mich zurück, Griffin. Denn meine Liebe für dich ist stärker als all meine Ängste zusammen.«

Griffin schaute mir in die Augen.

»Was sagt man über einen fünfundzwanzigjährigen britischen Rockstar, der die Frau seiner Träume durch eine Brieffreundschaft in der zweiten Klasse kennenlernt und zu ihrem Haus fährt, nachdem sie ihn abserviert hat?«

Ich lachte. »Ich habe keine Ahnung. Dass er ungestüm ist?«

Griffin umfasste meine Wangen mit beiden Händen. »Dass er zu Hause ist. Man sagt über ihn, dass er endlich zu Hause ist.«

33. KAPITEL

Griffin

Ich warf meinen Schlüsselbund auf den Tisch, als ich das Haus betrat. »Ich bin wieder da, und ich habe die Zeitschrift, Babe.«

Luca hatte ein wenig geschrieben, während ich den Morgen mit Besorgungen verbracht hatte. Wir hatten uns für mehrere Monate in ihrem Haus verkrochen, aber demnächst würde ich aufbrechen müssen, um auf Europatournee zu gehen.

Der Plan sah vor, dass sie während meiner Abwesenheit hier in Vermont bleiben würde. Wenn ich zurückkehrte, würden wir uns in der Villa auf Rädern, die ich gekauft hatte, gemeinsam Richtung Westen vorwagen. Danach wollten wir unsere Zeit zwischen Kalifornien, Vermont und der Straße aufteilen.

Ich warf die Zeitschrift aufs Bett. Luca schnappte sie sich und betrachtete die Titelseite. Sie zeigte ein Foto von uns, auf dem ich die Arme um Luca gelegt hatte und wir beide in die Kamera lächelten. Die Schlagzeile lautete: *Cole Archer – Das ist die echte Luca.*

»Oh mein Gott. Dieses Foto von mir sieht so bearbeitet aus.« Sie fuhr mit den Fingern über ihr Gesicht auf der Titelseite. »Irgendwie gefällt es mir.« Sie lachte.

»Du siehst wunderschön aus, ob nun bearbeitet oder nicht. Ich hingegen sehe wie Hortencias Hinterteil aus.«

»Glaubst du, dass wir die richtige Entscheidung getroffen haben? Ich meine, jetzt gibt es kein Zurück mehr.«

»Das war die einzige Wahl, die wir hatten. Wenn du willst, dass dich die Presse größtenteils in Ruhe lässt, musst du das Ganze im Keim ersticken und die Kontrolle über die Situation an dich reißen. Du gibst ihnen, was sie haben wollen, aber zu *deinen* Bedingungen, damit es nichts Interessantes mehr gibt, dem sie nachjagen können.«

Sie blätterte durch die Seiten. »Hast du den Artikel gelesen?«

»Ja. Ich wollte ja sichergehen, dass er keine Überraschungen enthält, bevor ich ihn dir zeige. Sie haben gute Arbeit geleistet. Ich vermute, meine Androhung hat geholfen, dass ich rechtliche Schritte einleiten würde, falls sie auch nur ein Wort von uns ändern.«

Wir hatten die Rechte für unsere komplette Liebesgeschichte an eine seriöse nationale Zeitschrift verkauft und sie von Anfang bis Ende geschildert. Die Titelstory hatte uns drei Millionen Dollar eingebracht, die wir in Isabellas Namen an ein Krankenhaus gespendet hatten, das Verbrennungsopfer behandelte.

Wenn Luca tatsächlich ein Teil meines täglichen Lebens werden sollte, konnte ich sie nicht verstecken, das war mir klar. Die Leute würden irgendwie herausfinden, wer sie war, ob es mir nun gefiel oder nicht. Wenn ich im Verlauf der letzten Jahre eins über die Presse gelernt hatte, dann war das Folgendes: Man durfte nicht vor ihr weglaufen, man musste auf sie zulaufen. Man musste ihr das geben, was sie haben wollte, und zwar schon bevor sie überhaupt wusste, dass sie es haben wollte.

»Willst du den Artikel jetzt lesen?«, fragte ich.

»Vielleicht lieber später. Ich muss mich erst noch innerlich darauf vorbereiten.«

»Okay, gut, denn ich würde dir zuerst gerne etwas anderes zeigen.«

Sie machte große Augen. »Was denn?«

Ich krempelte meinen Ärmel hoch, um ihr das nagelneue Tattoo auf der Innenseite meines Unterarms zu zeigen. Ich war zu demselben Tattookünstler gegangen, der Luca das Motiv mit der Sonne, dem Mond und den Sternen gestochen hatte, und hatte ihn gebeten, mir das gleiche Tattoo zu machen.

Sie schnappte nach Luft und bedeckte ihren Mund mit der Hand.

Ich musterte ihr Gesicht. »Ich kann nicht beurteilen, ob du begeistert oder total entsetzt bist.«

Sie lachte. »Oh mein Gott. Nein, ich liebe es. Es ist perfekt. Es ist mit meinem identisch. Eine tolle Arbeit des Tätowierers.«

»Ich habe wirklich das Gefühl, dass deine Izzy eine entscheidende Rolle gespielt und uns wieder zusammengeführt hat. Ich wollte ihr danken. Ich weiß, dass du dir das Tattoo eigentlich mit ihr gemeinsam stechen lassen wolltest, aber ich hoffe, dass ich an ihre Stelle treten darf … ihr zu Ehren.«

»Sie hätte dich geliebt, Griff.«

»Ja?«

»Weißt du … Ich habe ihr immer viel von dir erzählt. Und sie sagte dann oft: ›Ich glaube, dieser britische Junge ist dein Seelenverwandter.‹ Damals war mir das noch nicht so klar, da ich niemals gedacht hätte, dass ich dir je im Leben wirklich begegnen würde. Ich wusste, dass wir zweifellos eine Verbindung hatten, aber ich sah dich nie als meinen Seelenverwandten an. Doch jetzt weiß ich, dass sie recht hatte. Sie hatte ein Gespür dafür, das mir fehlte.«

»Danke, dass du mir das erzählt hast. Jetzt liebe ich sie sogar noch mehr.«

Sie strich mit einem Finger über das durchsichtige Pflaster und wirkte nachdenklich.

»Was geht dir durch den Kopf?«

»Als wir getrennt waren … hast du da je …?«

Sie zögerte, ihre Frage zu beenden. Aber mir war klar, was sie wissen wollte.

»Du möchtest wissen, ob ich mit jemand anders geschlafen habe?«

Sie nickte.

Ich hatte während unserer Trennung Gelegenheiten gehabt, mit anderen Frauen ins Bett zu gehen. Ich konnte nicht lügen und behaupten, dass ich zu keiner Zeit darüber nachgedacht hätte, es einfach hinter mich zu bringen, um den Schmerz der Trennung zu vergessen. Aber letztendlich wollte ich keine andere Frau, und mein Bauchgefühl hatte mir gesagt, dass ich es bereuen würde.

»Ein Teil von mir *wusste* es einfach, Luca. Ich wusste, dass wir irgendwie wieder zusammenkommen würden. Ich wollte dir nicht in die Augen schauen und dir sagen müssen, dass ich mit einer anderen Frau geschlafen hatte. Wenn du Jahre gebraucht hättest, um deine Meinung zu ändern, bin ich mir nicht sicher, ob ich es so lange allein ausgehalten hätte, aber ich bin so froh, dass du mich nicht allzu lange hast warten lassen. Wenn ich ehrlich bin, hatte ich nie das Gefühl, dass du kein Teil mehr von mir bist, selbst während unserer Trennung. Mein Verlangen galt immer nur dir. Und nein, ich habe mit niemandem geschlafen. Ich bin froh, dass ich dir treu war.«

Sie atmete erleichtert aus. »Ich hatte solche Angst davor, das Thema anzusprechen. Aber es hat mich beschäftigt, und ich musste es einfach wissen.«

»Dann ist es gut, dass du mich endlich gefragt hast.« Ich war neugierig. »Hätte sich zwischen uns etwas verändert, wenn ich mit einer anderen Frau geschlafen hätte?«

»Nein. Ich hätte es verstanden, auch wenn es mich getroffen hätte. Aber ich bin erleichtert.«

»Was ist mit dir?«, fragte ich. »Gibt es jemanden, den ich umbringen muss?«

»Nein, es sei denn, für dich zählt auch ein Furby.«

Luca machte mich in letzter Zeit wahnsinnig stolz. Erst kürzlich war sie mit mir mitten am Nachmittag zur Zoohandlung gefahren, und heute hatten wir uns zum ersten Mal tagsüber in den Supermarkt gewagt.

Für die meisten Menschen gab es nichts Einfacheres, aber für sie war es tatsächlich ein großer Schritt. Doch seit wir wieder zusammen waren, war sie entschlossener denn je, sich ihren Ängsten zu stellen. Ich hoffte, dass sie eines Tages in der Lage sein würde, in ein Flugzeug zu steigen und eins meiner Konzerte zu besuchen, aber wir machten einen Schritt nach dem anderen. Ich würde sie niemals zu etwas zwingen, wofür sie nicht bereit war.

»Wie fühlst du dich?«, fragte ich, als wir uns dem Supermarkt vom Parkplatz aus näherten.

Sie atmete aus. »Nervös. Aber selbst wenn ich mir in die Hose mache, werde ich nicht weglaufen.«

»Wenn du dir in die Hose machst, Süße, werde *ich* derjenige sein, der wegläuft.« Ich zwinkerte ihr zu.

Sie brachte trotz ihrer Anspannung ein Lachen zustande.

Ich drückte ihre Hand und hielt sie fest, während wir durch die gläserne Automatiktür traten. Das grelle Neonlicht begrüßte uns. Es war Nachmittag, also war es im Laden zwar voller als mitten in der Nacht, aber keineswegs überfüllt.

»Kommst du klar?«

Sie nickte und atmete zitternd aus. »Ja.«

»Gut.«

»Was jetzt?«, fragte sie.

»Jetzt? Wir setzen einen Fuß vor den anderen und kaufen ein.«

Darum ging es bei der ganzen Sache. Ein Schritt nach dem anderen. Ich hatte mich enorm gefreut, als sie dem Doc gesagt hatte, dass er nicht mitkommen müsse und dass sie mit mir an ihrer Seite zurechtkommen werde. Natürlich wusste ich sehr zu schätzen, was er alles für sie getan hatte, aber sie würde Vermont schon bald verlassen und musste lernen, sich auf mich zu stützen – bis sie schließlich niemanden mehr brauchte, auf den sie sich stützen musste.

Wir kamen zu den Wassermelonen.

»Wie ging der Trick, Babe? Zeig mir noch mal, wie man die Beste heraussucht.«

Eigentlich wollte ich das gar nicht wissen, aber es war eine gute Methode, um sie von ihrer Nervosität abzulenken.

Sie hob eine Melone hoch und zeigte es mir. »Du musst sie an dein Ohr halten und mit dem Finger dagegen klopfen. Wenn sie hohl klingt, ist sie perfekt.«

Ich zog sie an mich und schmiegte meinen Kopf an ihren Hals, um ausgiebig ihren Duft einzuatmen. Meine Wange landete an ihrer Brust, und ich konnte ihren Herzschlag spüren. Dann tippte ich sanft auf ihre Brust und legte mein Ohr an ihr Herz.

Sie lachte. »Was machst du da?«

»Ja. Ich habe die richtige Frau für mich gefunden. Ich habe mir definitiv die beste ausgesucht.«

EPILOG

Luca

Zwei Jahre später

Liebe Luca,
man sollte meinen, dass mir dieser Brief nach all den Jahren … nach all den Briefen, die ich dir geschrieben habe, leichtfallen würde. Aber irgendwie fühle ich mich wieder wie ein dreizehnjähriger Junge, der Angst davor hat, dem Mädchen, in das er sich verliebt hat, zu gestehen, was er empfindet. Seitdem hat sich eine Menge geändert. Ich bin in dir gewesen. Ich durfte dich auf Arten lieben, die ich nie für möglich gehalten hätte. Und doch … fühlt es sich an, als wäre es erst gestern gewesen, dass ich einfach nur dieser Junge in London war, der darauf wartete, dass dein nächster Brief ankam. Ich hätte mir niemals die Reise vorstellen können, auf die uns das Leben mitnehmen würde, um das zu erreichen, was wir heute haben. Der Mut, mit dem du deine Ängste überwindest, inspiriert mich nicht nur, er beweist mir auch jeden Tag, wie sehr du mich liebst. Ich darf deine Hand halten, während du dich mit mir an deiner Seite durchs Leben wagst. Du stellst dich deinen Ängsten, damit wir zusammen sein können. Das ist der ultimative Beweis für deine Liebe.
Bevor meine Mum starb, sagte sie mir, dass ihr größter Wunsch für mich wäre, dass ich eines Tages jemanden finde, der mich so

sehr lieben würde, wie sie mich liebt. Es freut mich wahnsinnig, dass sie jetzt gerade auf mich herunterschaut und sehen kann, dass ich diese Person gefunden habe. Sie kann in Frieden ruhen, denn sie weiß, dass ich geliebt werde und dass sich jemand um mich kümmert. Und ich hoffe, dass dein Vater und der Doc gerade ebenfalls auf uns herunterschauen und das Gleiche denken – dass sie wissen, dass ihr Mädchen geschätzt und geliebt wird.
Ich bin so glücklich, dass ich der Mann bin, der dich lieben darf. Im Verlauf der letzten zwei Jahre hast du bewiesen, dass du alles für mich tun würdest. Und du sollst wissen, dass ich ebenfalls alles für dich tun würde. Ich würde für dich sterben, Luca. Du bist die einzige Person, von der ich das aufrichtig behaupten kann. Verdammt noch mal, könnte dieser Brief noch kitschiger sein? (Ich musste Chandler Bing aus Friends einfach irgendwie hier unterbringen.) Aber kitschig oder nicht … es gibt einfach keine andere Möglichkeit, es auszudrücken.
Luca Vinetti, meine Liebe für dich ist größer als die Sonne, der Mond und die Sterne. Sie kennt keine Grenzen. Unsere Geschichte ist nicht der Stoff, aus dem Märchen sind … sie ist wahrhaftig und echt.
Würdest du mir die Ehre erweisen, meine Frau zu werden? Heirate mich, Luca. Wenn du diesen Brief gelesen hast, wirst du mich anschauen, und dann werde ich vor dir auf die Knie gehen. Ich werde dich erneut bitten, mich zu heiraten. Falls du Ja sagst, wirst du mich zum glücklichsten Mann auf Erden machen. Falls du Nein sagst, werde ich dich trotzdem lieben, und es wird keine Rolle spielen, ob an deinem Finger ein Ring steckt, um das zu beweisen. Ich liebe dich, Luca. Von jetzt bis in alle Ewigkeit.

In Liebe
Griffin

PS: Bitte sag Ja.
PPS: Heirate deinen Mee-Mee.

Ich faltete den Brief zusammen, schloss die Augen und erinnerte mich an den Tag vor genau einem Jahr, als mir Griffin den Antrag gemacht hatte. Nachdem er von seiner Europatournee zurückgekommen war, waren wir mit dem Wohnmobil durchs ganze Land gefahren.

Während Griffin in Europa gewesen war, war der Doc ganz plötzlich an einem Herzinfarkt gestorben. Ich war zu seinem winzigen Haus gefahren, um ihn zu treffen, und er hatte leblos auf dem Bett gelegen. Das war die zweitschwierigste Situation meines Lebens gewesen und hatte mir wahrhaftig bewiesen, wie stark ich war. Denn ich hätte niemals gedacht, dass ich es überleben könnte, ihn so vorzufinden. Aber ich wusste einfach, dass ich für ihn stark sein musste, weil er niemals der Grund für meine Trauer hätte sein wollen. Ich schuldete es dem Doc, seine Lehren in die Tat umzusetzen, besonders wenn es darum ging, mit seinem Tod fertigzuwerden.

Griffin kam sofort aus Europa zurück, um bei mir zu sein. Er berief sich auf einen familiären Notfall. Die Tournee wurde unterbrochen, bis wir ein wenig Zeit gehabt hatten, um angemessen zu trauern. Anschließend kehrte er nach Europa zurück und absolvierte die letzten Konzerte, die verschoben worden waren. Dann kam er wieder nach Vermont. Kurz darauf begann unser gemeinsames Leben so richtig, denn wir machten uns mit Hortencia im Schlepptau in unserem Wohnmobil auf den Weg. Während dieser Reise übergab mir Griffin auf irgendeinem Parkplatz in Florida den Brief mit seinem Antrag, bevor er vor mir auf die Knie ging. Natürlich sagte ich Ja.

Nun, ein Jahr später, waren wir am Morgen unseres Hochzeitstags zu Hause in Los Angeles. Griffin hatte zugestimmt, sich im Wohnmobil umzuziehen, damit ich ein wenig Zeit für mich hatte. Wir wollten vor der Zeremonie noch Fotos machen, also würde er mich bald sehen.

Ich war völlig allein im ersten Stock unseres Hauses und genoss die Ruhe und den Frieden – abgesehen von Hortencias gelegentlichem Grunzen. Auch wenn ich hier mittlerweile ein paar neue Freundschaften geschlossen hatte, wollte ich keine Brautjungfern haben. Es gab niemanden, der Izzy am heutigen Tag ersetzen konnte. Im Geiste war sie anwesend. Die Zeremonie würde klein sein, nur ein paar unserer engsten Freunde waren eingeladen. Griffins Dad war mit seiner neuen Frau aus London hergeflogen. Ich wusste, dass das für Griff stressig war, aber ich war stolz auf ihn, weil er den Schritt gewagt und ihn eingeladen hatte.

Unsere Hochzeit würde am Dr.-Chester-Maxwell-Vogelhaus hier in Los Angeles stattfinden. Griffin hatte den Betreibern eine großzügige Spende zukommen lassen, und sie hatten die Einrichtung zu Ehren des Docs umbenannt.

Dies war ein sehr emotionaler Tag für mich, sehr viel emotionaler, als ich es mir je vorgestellt hätte. Die Männer, von denen ich mir gewünscht hätte, dass sie mich zum Altar führen – mein Vater und der Doc –, waren beide tot. Also würde diese Ehre Griffin zuteilwerden.

Ich öffnete das Fenster, um ein wenig frische Luft hereinzulassen, bevor ich mein Kleid anziehen musste. In meinem seidenen Morgenmantel starrte ich auf den klaren Himmel über Kalifornien und atmete tief ein.

In diesem Augenblick bemerkte ich einen Rotkardinal, der auf dem Geländer des schmiedeeisernen Balkons hockte. Natürlich dachte ich jedes Mal an den Doc, wann immer ein Vogel auch nur an mir vorbeiflog. Aber bei diesem hier war es irgendwie anders. Er flatterte nicht herum und zwitscherte auch nicht, so wie es die anderen Vögel taten, die sich im Garten tummelten. Er war *stoisch*. Er schien mich einfach nur anzustarren.

»Hallo«, sagte ich.

Der Vogel legte als Reaktion darauf den Kopf schief.

Ich erinnerte mich sehr genau daran, dass der Doc mir einmal etwas über den Rotkardinal erzählt hatte, nämlich dass es hieß, diese Vögel wären Boten von verstorbenen geliebten Menschen.

Ich hatte damit gerechnet, dass der Vogel davonfliegen würde, doch stattdessen flog er auf mich zu und landete direkt neben mir auf der Fensterbank. Tränen stiegen mir in die Augen, hauptsächlich deswegen, weil ich mir so erbärmlich vorkam, weil ich hoffte, dass der Doc mir durch diesen Vogel eine Nachricht zukommen lassen wollte – oder dass er sogar selbst der Vogel war. Ich wollte mehr als alles andere glauben, dass er dieser kleine Rotkardinal war. Aber ich würde es nie erfahren. Ich brach einfach in Tränen aus.

Ich stellte mir vor, wie mein Leben ohne den Doc und ohne Griffin verlaufen wäre. Es war ironisch, denn wäre der Doc nicht gewesen, hätte ich vielleicht niemals zu Griffin gefunden, denn dann hätte ich mich sicher nicht auf die erste Reise nach Kalifornien gewagt. Und ohne Griffin wäre ich sicher niemals mit dem Verlust von Doc zurechtgekommen, denn er war schließlich die einzig verbliebene Person gewesen, die ich als Familie betrachtet hatte. Ich konnte mich glücklich schätzen, diese Männer in meinem Leben gehabt zu haben, die mir so viel bedeuteten und mich auf so grundlegende Weise beeinflusst hatten.

»Hallo, mein Freund«, sagte ich zu dem Vogel. »Ich werde so tun, als wärst du es. Denn die Vorstellung, dass du dich in eins der Lebewesen verwandelt haben könntest, die du so sehr geliebt hast, macht mich glücklich. Aber vor allem will ich glauben, dass du heute hier bei mir bist, wo du sein solltest. Du hättest mich zum Altar geführt, weißt du?« Ich wischte mir über die Augen. »Tut mir leid, dass ich mich nie von dir verabschieden konnte. Aber ich weiß, dass du immer noch hier bei mir bist. Wenn ich Angst habe, höre ich nach wie vor deine Stimme, die mir gut zuredet. Ich nehme dich überallhin mit. Deinetwegen existiere ich, Chester Maxwell.«

Der Vogel flog plötzlich davon. Ohne Verabschiedung. Ohne Vorwarnung. Einfach so. Andererseits war es ja genau so gewesen, nicht wahr?

Es klopfte an der Tür.

»Ja?« Ich wischte mir über die Augen.

»Hi, Miss Vinetti. Darf ich reinkommen?«

Das war die Fotografin, Leah.

Ich öffnete die Tür. »Hi. Ja. Ich muss nur noch mal meine Augen nachschminken und in mein Kleid schlüpfen. Würden Sie mir vielleicht helfen?«

»Natürlich.«

Obwohl ich anstelle von Leah sehr viel lieber meine Mutter oder Izzy hier gehabt hätte, um den Reißverschluss meines Kleids hochzuziehen, tröstete ich mich mit der Tatsache, dass ich schon bald bei Griffin sein würde. Und dann würde die Freude unseres Hochzeitstags diese Gefühle der Einsamkeit verscheuchen.

Nachdem ich angezogen war, machte Leah ein paar Fotos von mir, wie ich in den Spiegel schaute und mein Make-up aufbesserte.

Nun war es an der Zeit, nach draußen zu Griffin zu gehen.

»Mr Archer hat darum gebeten, dass Sie und er noch für einen Moment allein im Hof sein können, bevor das Fotoshooting losgeht. Also werde ich den Augenblick einfangen, in dem er Sie das erste Mal in Ihrem Kleid sieht, und dann für etwa zehn Minuten verschwinden, bevor ich zurückkomme, um die Außenaufnahmen zu machen.«

»Okay. Danke.«

Als ich vom Haus in den Garten trat, stand Griffin unter einem Jacaranda-Baum und hatte mir den Rücken zugewandt.

»Griffin?«

Als er sich herumdrehte und mich erblickte, fing er sofort an zu weinen. Ich hatte Griffin nur selten weinen sehen – zumindest nicht aus Freude. Aber es gab zweifellos keinen größeren Beweis für seine Liebe, als zu sehen, wie ihm jetzt die Tränen über die Wangen liefen.

»Du siehst sogar noch schöner aus, als ich es mir erträumt habe.«

»Danke. Und du siehst wahnsinnig schick aus.« Ich rückte seine Ansteckblume zurecht und tätschelte seine Brust. »Ich liebe diese Weste.« Ich hatte das Gefühl, dass ich hätte weinen sollen, aber vermutlich hatte ich einfach keine Tränen mehr übrig. Das bedeutete jedoch nicht, dass ich in diesem Moment nicht überglücklich war.

Mir fiel auf, dass Griffin einen kleinen Geschenkbeutel in der Hand hielt.

»Was ist da drin?«

»Ich war mir nicht sicher, ob du etwas Altes, etwas Geliehenes, etwas Neues und etwas Blaues hast.«

»An diese Tradition habe ich gar nicht mehr gedacht.« Ich lächelte. »Tatsächlich habe ich nichts davon. Hast du dich etwa darum gekümmert?«

»Das habe ich.« Er zwinkerte mir zu und holte dann den ersten Gegenstand aus dem Beutel. »Etwas Altes«, sagte er, während er ein silbernes Medaillon herauszog. »Das gehörte meiner Mutter. Als ich es nach ihrem Tod erbte, war es leer.

Also habe ich dein Foto von Izzy genommen und es so klein kopieren lassen, dass es genau in das Medaillon passt.«

Okay, jetzt kamen mir doch die Tränen.

Als er mir das Medaillon anlegte, sagte ich: »Mein Make-up wird völlig ruiniert sein.«

»Wir bringen es wieder in Ordnung.«

Es gab nichts, was Griffin nicht wieder in Ordnung bringen oder sogar noch besser machen konnte.

Mein Herz raste vor Vorfreude, als er den nächsten Gegenstand aus dem Beutel zog.

»Etwas Geliehenes« sagte er, bevor er die Samtschachtel öffnete. In ihr lagen absolut umwerfende Diamantohrringe von Harry Winston. Die mussten ein Vermögen kosten.

»Oh mein Gott. Die sind wunderschön.«

»Ich hoffe, dass sie dir wirklich gefallen. Du musst sie nicht tragen, wenn du sie nicht magst.«

»Ich mag sie sehr.« Ich lächelte. »Wirklich. Danke.«

Ich nahm die kleinen Diamantohrstecker, die ich trug, ab und ließ mir dann von ihm dabei helfen, die neuen Ohrringe anzulegen. Sie waren umwerfend, baumelten an meinem Ohrläppchen wie kleine Kronleuchter und kosteten vermutlich so viel wie die ganze Hochzeit.

»Etwas Blaues.« Er lächelte schelmisch und holte dann einen winzigen Furby-Schlüsselanhänger aus dem Beutel. Es war der, den ich nach meinem ersten Besuch bei ihm in seinem Haus zurückgelassen hatte. Und er war zufällig königsblau. Er hatte an der Rückseite eine kleine Sicherheitsnadel angebracht. Nun beugte er sich vor und befestigte das Spielzeug an der Unterseite meines Kleids.

»Das ist perfekt.« Ich strahlte.

»Und wir können ihn später benutzen, bis die Batterie leer ist.« Wieder zwinkerte er mir zu.

Nachdem er den kleinen Beutel beiseitegelegt hatte, wurde mir klar, dass er »etwas Neues« übersprungen hatte.

»Fehlt da nicht noch was? Etwas Neues?«

»Ja, Süße, aber das befindet sich nicht in dem Beutel. Das befindet sich in *dir*.«

Griffin kniete sich vor mich und küsste meinen Bauch.

Die größte Belohnung dafür, dass ich mich meinen Ängsten gestellt hatte, bestand darin, dass er und ich einen kleinen Menschen gezeugt hatten. Im vierten Monat war ich noch nicht so dick, dass ich ein Umstandskleid tragen musste, und zum Glück verbarg der Schnitt des Kleids, für das ich mich entschieden hatte, meinen kleinen Babybauch ziemlich gut. Aber schon in wenigen Monaten würden wir einen Jungen auf der Welt willkommen heißen, den wir Griffin Chester Marchese nennen wollten. Und einmal mehr würde sich mein Leben für immer verändern.

Ob ich Angst davor hatte, Mutter zu werden? Absolut. Aber ich würde mich kopfüber hineinstürzen und alles so nehmen, wie es kam, genau wie ich es mit allem anderen in letzter Zeit auch versucht hatte. Diese Herangehensweise hatte mich weit gebracht. Sie hatte mich *hierher* gebracht, an den wichtigsten Tag meines Lebens.

Griffin nahm meine Hand, und wir spazierten durch seinen Garten und genossen die Ruhe vor der Hochzeit.

»Das Beste, was ich je getan habe, war, deinen ersten Brief zu beantworten, weißt du?«, meinte er.

Ich drückte seine Hand. »Das Beste, was ich je getan habe, war, ihn abzuschicken.«

»Da wir gerade von deinem ersten Brief reden … Ich bin vor Kurzem all meine Kisten durchgegangen, und dabei fiel er mir in die Hände. Ich habe ihn heute in meiner Tasche, damit ich auch ›etwas Altes‹ bei mir trage.«

»Wirklich?«

Er zog ihn hervor und faltete ihn auseinander.

Mit einem Mal wirkte er völlig schockiert. »Oh mein Gott.«

»Was ist?«

»Das ist mir noch gar nicht aufgefallen. Schau dir das Datum an. Luca. Heilige Scheiße. Schau dir das Datum an!«

Es war das *heutige* Datum – vor genau zwanzig Jahren.

Mein Mund klappte auf. »Wir heiraten auf den Tag genau zwei Jahrzehnte nachdem ich dir zum allerersten Mal geschrieben habe.«

»Und wir hatten keine Ahnung davon, als wir den Termin für die Hochzeit ausgewählt haben. Ich würde sagen, dass das verdammt noch mal ziemlich unglaublich ist.«

Ich konnte mich nicht erinnern, was ich in meinem ersten Brief geschrieben hatte. Ich schaute auf den schicksalhaften Brief hinunter und lächelte, während ich ihn las.

Lieber Griffin,
du kennst mich nicht, aber meine Lehrerin hat mir deinen Namen gegeben. Ich bin Luca. Ich glaube, du suchst nach einer Brieffreundin, richtig? Würdest du gern mein Brieffreund sein? Ich bin sieben, lebe in New York und liebe Lakritz und Tanzen. Ich würde wirklich gern wissen, wie es in England so ist. Gibt es dort auch Lakritz? Ich habe gehört, dass die Leute dort auf der anderen Straßenseite fahren. Das ist so seltsam!

Deine Brieffreundin (?)
Luca

PS: Mrs Ryan hat mir eine Liste mit Namen von Kindern gezeigt, und ich habe mich für deinen Namen entschieden. Ich weiß nicht, warum. Vielleicht weil meine Mom gerne diese

Serie Dr. Quinn – Ärztin aus Leidenschaft schaut. Aber dein Name ist mir irgendwie sofort ins Auge gesprungen. Ich hatte einfach so ein Gefühl, dass du der Richtige bist – mein Brieffreund. Mein Dad sagt immer, dass man auf seinen Bauch vertrauen soll. Mein Bauch mag Lakritz. Und mein Bauch sagt mir, dass wir Freunde sein werden, Griffin. Ich hoffe wirklich, dass du mir zurückschreibst.

ÜBERRASCHUNG!

Liebe Leser,
wir haben eine *große Überraschung* für euch! Würdet ihr Griffin gern das Lied *singen* hören, das er in diesem Buch für Luca geschrieben hat? Dann meldet euch für unseren Newsletter an und holt euch einen Gratisdownload von Griff, der sich für die Frau, die er liebt, die Seele aus dem Leib singt!

Wir hoffen, dass es euch ebenso sehr gefällt wie uns!

https://www.subscribepage.com/DirtyLetters

Alles Liebe
Vi und Penelope

DANKSAGUNG

Wir danken all den tollen Bloggern, die über unsere Bücher schreiben. Ohne euch würden uns viele Leser niemals entdecken. Wir sind euch für all eure harte Arbeit und Unterstützung so dankbar.

Julie, danke für deine Freundschaft, deine tägliche Unterstützung und deinen Zuspruch. Wir freuen uns schon darauf zu sehen, was du als Nächstes für uns auf Lager hast!

Luna, danke dafür, dass du uns mit deinem unglaublichen kreativen Talent beschenkst und jeden Tag für uns da bist.

Danke an unsere Superagentin Kimberly Brower, dass du unsere Partnerin bist und uns dabei geholfen hast, die richtigen Leute in der Verlagsbranche zu finden. Du bist so viel mehr als unsere Agentin, und wir wissen es zu schätzen, dass du immer für uns da bist – sogar um sechs Uhr morgens.

Danke an unsere unglaubliche Lektorin bei Montlake, Lindsey Faber, sowie Lauren Plude und das gesamte Montlake-Team – nicht viele Autoren können sich so glücklich schätzen und sagen, dass das Lektorat ein Vergnügen war, aber das war es wirklich. Danke, dass ihr uns vertraut und *The Story of a Love Song* zu dem besten Buch gemacht habt, das es sein konnte.

Und zu guter Letzt vielen Dank an unsere Leser, dass ihr uns in eure Herzen lasst. Wir wissen, dass es für euch da draußen so viele Bücher gibt, und fühlen uns geehrt, dass ihr uns immer wieder auswählt. Danke für eure Treue und eure Liebe. Ohne euch gäbe es keinen Erfolg!

Alles Liebe
Vi und Penelope

Alles geschieht aus einem bestimmten Grund ...

Vi Keeland / Penelope Ward
HATE NOTES
Aus dem amerikanischen
Englisch von
Antje Görnig
352 Seiten
ISBN 978-3-7363-1286-9

Reed Eastwood ist arrogant, zynisch und fordernd. Niemand weiß das besser als seine Assistentin Charlotte Darling. Und doch ist sie sich sicher, dass er auch eine andere Seite hat. Deshalb versucht sie jeden Tag, seine Fassade zum Einsturz zu bringen. Aber Reed hat ein Geheimnis, das eine Liebe zwischen ihnen unmöglich macht. Und so tut er alles, um Charlotte auf Abstand zu halten – und scheitert dabei kläglich ...

»*Hate Note*s macht Spaß, ist prickelnd und doch romantisch und soo emotional!« HARLEQUIN JUNKIE

LYX

Er glaubt nicht mehr an die Liebe – bis er sie trifft ...

Vi Keeland / Penelope Ward
PARK AVENUE PLAYER
Aus dem amerikanischen Englisch von Antje Görnig
432 Seiten
ISBN 978-3-7363-1441-2

Auf dem Weg zu einem Vorstellungsgespräch passiert es: Elodie erwischt mit ihrem alten Jeep den glänzenden Mercedes eines reichen Schnösels. Es ist Abneigung auf den ersten Blick, als ihr der arrogante – wenn auch leider attraktive – Geschäftsmann die Schuld an dem Unfall gibt. Nach einem hitzigen Wortgefecht muss die temperamentvolle New Yorkerin sich sputen, um noch pünktlich zu ihrem Termin zu erscheinen – und staunt nicht schlecht, als sich ihr Unfallgegner als ihr zukünftiger Arbeitgeber entpuppt ...

»Welch. Ein. Spaß!!! Ich habe dieses Buch von Anfang bis Ende einfach nur geliebt!« MARYSE'S BOOK BLOG

LYX

Ein Bad Boy erobert die High Society

Vi Keeland / Penelope Ward
REBEL SOUL
Aus dem amerikanischen
Englisch von
Antje Görnig
ISBN 978-3-7363-1099-5

Rush ist reich, kalt und abweisend. Als er merkt, dass die junge Frau hinter der Theke seiner Bar in den Hamptons keine Ahnung von Cocktails, Wein oder Whiskey hat, will er sie feuern. Doch Gia rührt etwas in seinem Inneren. Sie ist die Einzige, die hinter Rushs Fassade schaut und den verletzlichen Mann sieht. Schnell entwickeln sich Gefühle zwischen den beiden. Doch eine falsche Entscheidung in Gias Vergangenheit holt sie ein und droht ihr Glück zu zerstören …

»*Rebel Soul* macht süchtig! Ich konnte nicht genug von Gia und Rush bekommen!« KINDLE CRACK

LYX

Wenn der Mann, den du nicht ausstehen kannst, mit dir im Fahrstuhl feststeckt ...

Vi Keeland / Penelope Ward
ONE MORE TIME
Aus dem amerikanischen
Englisch von
Antje Görnig
336 Seiten
ISBN 978-3-7363-0832-9

Auf dem Weg zu einem Interview mit dem erfolgreichen Geschäftsmann Dexter Truitt bleibt die Journalistin Bianca George zusammen mit einem heißen Typen im Aufzug stecken. Um sich von ihrer Panik abzulenken, erzählt sie dem vermeintlichen Fahrradkurier, wie sehr sie Männer wie Dex hasst: attraktiv, erfolgreich und davon überzeugt, dass ihnen die Welt gehört – ohne zu ahnen, dass es ausgerechnet der einflussreiche CEO ist, mit dem sie festsitzt ...

»*One More Time* ist alles, was Leserinnen sich nur wünschen können: humorvoll, sexy und dramatisch!« AESTAS BOOK BLOG

LYX

Es heißt: Berühmtheit hat ihren Preis. Doch was, wenn der Preis die Liebe deines Lebens ist?

Julie Johnson
FADED - DIESER
EINE MOMENT
Aus dem amerikanischen
Englisch von
Anika Klüver
368 Seiten
ISBN 978-3-7363-1133-6

Als Felicity Wilde mit nichts außer einem gefälschten Ausweis und ihrer alten Gitarre in Nashville ankommt, will sie nur eins: so unauffällig wie möglich bleiben. Aber sie hat nicht mit Ryder Woods gerechnet. Der stadtbekannte Rockstar zieht sie vom ersten Moment an in seinen Bann. So sehr Felicity auch versucht, die Gefühle, die er in ihr weckt, zu unterdrücken, fasziniert er sie bei jeder Begegnung mehr. Doch ein Leben im Rampenlicht an Ryders Seite ist für Felicity eigentlich unmöglich ...

»Diese Geschichte wird dich mit tränennassen Augen und einem blutenden Herzen zurücklassen.« INKED AVENUE BOOK BLOG

LYX